Os Fantasmas de Pemberley

UMA VARIAÇÃO PARANORMAL DE ORGULHO E PRECONCEITO

CATHERINE BILSON

SHENANIGANS PRESS

Índice

Capítulo Um

ELIZABETH BENNET ACORDOU PELA última vez na cama em que dormira desde a infância e ficou imóvel, escutando. A rachadura no reboco acima do guarda-roupa estava ali desde que ela tinha nove anos. As rosas desbotadas do papel de parede não tinham mudado desde muito antes disso. Tudo estava exatamente como sempre estivera, exceto pelo fato de que, depois de hoje, nada daquilo seria mais seu.

Do corredor vinham os sons abafados de uma casa em polvorosa contida. A voz da Senhora Hill dava ordens às criadas. Em algum lugar mais abaixo, o tom mais agudo de sua mãe se elevava numa exaltação que podia ser tanto de alegria quanto de desespero; no caso da Senhora Bennet, as duas coisas muitas vezes eram indistinguíveis. O tinido da louça anunciava que o café da manhã estava sendo servido com muito mais alarde do que uma terça-feira no fim de setembro normalmente justificaria.

Elizabeth fechou os olhos. Mais uma respiração daquele ar, que cheirava a lavanda seca, linho antigo e ao mais leve vestígio de fumaça de lenha das chaminés abaixo. Então se sentou, afastou as cobertas e pousou os pés sobre as tábuas frias do assoalho.

— Você podia ter calçado os chinelos primeiro — disse tia Irene, da cadeira junto à lareira. — Vai acabar pegando uma pneumonia, e aí que desperdício de um casamento isso seria.

Elizabeth não se assustou. Não se assustava com os mortos que surgiam de repente desde os quatro anos de idade, quando o fantasma do spaniel de seu avô atravessara a parede do quarto das crianças e ela gritara tão alto que Jane caíra da cama. Com o passar dos anos, aprendia-se a controlar as próprias reações.

— Não morro por causa de pés frios, tia Irene — respondeu Elizabeth, estendendo a mão para o roupão. — E, mesmo que fosse o caso, confio que a senhora me informaria prontamente desse fato.

Tia Irene fungou. Na verdade, ela era uma tia-tri-tri-avó, ou talvez com mais um tri do que isso; Elizabeth há muito desistira de contar e ficara com a forma de tratamento mais simples. Havia quase cem anos ela fungava em desaprovação cortês depois de morrer e, se alguma coisa, ficara ainda mais hábil nisso. Era uma figura magra e ereta na cadeira, uma Bennet até a medula. Nunca se casara, nunca saíra de Longbourn e não tinha a menor inclinação a deixar o lugar agora só porque, por acaso, estivesse morta. Seu vestido era do estilo do século anterior, sua touca estava rigidamente presa no lugar, e sua expressão era a de uma mulher que já vira todas as tolices que a família Bennet tinha a oferecer e ainda não terminara de contabilizá-las.

— Você está notavelmente composta — observou Irene — para uma moça prestes a deixar tudo o que já conheceu.

— Estou notavelmente composta — corrigiu Elizabeth com gentileza — para uma mulher prestes a se casar com o homem que ama. Há uma diferença.

— Hmph. — Irene cruzou as mãos translúcidas no colo. — Amor. Seu avô disse a mesma coisa sobre sua avó, e ela mudou todos os móveis de lugar em menos de quinze dias depois do casamento. Quase me deu uma apoplexia. Aquela escrivaninha de tampo inclinado estava na mesma posição desde o tempo da rainha Anne.

— A senhora já estava morta havia vinte anos quando a vovó mudou os móveis de lugar.

— Isso não quer dizer que eu não tivesse sentimentos a respeito.

Elizabeth sorriu com ternura e afeto. Ia sentir falta da tia-avó Irene quase tanto quanto de qualquer um de seus parentes vivos. Atravessou o quarto e parou diante da cadeira de Irene, olhando para o rosto afiado e familiar que ninguém mais naquela casa podia ver.

— Preciso que a senhora cuide deles — disse Elizabeth em voz baixa. — Especialmente do papai. Ele vai fingir que não sente minha falta, e todos vão acreditar, porque ele é muito bom em fingir. Mas a senhora vai saber.

A expressão de Irene mudou, num abrandamento tão sutil que ela o negaria furiosamente se alguém a acusasse disso.

— Cuido desta família desde antes de seu avô nascer, Elizabeth. Não preciso que ninguém me dê instruções.

— Eu sei. Mas preciso do consolo de dá-las.

Houve uma pausa. Então Irene inclinou a cabeça, num gesto carregado de mais dignidade do que muitas mulheres vivas conseguiriam reunir em uma reverência completa.

— Muito bem. Vou ficar de olho. Seu pai não ficará sem companhia, saiba ele disso ou não. — Hesitou, então acrescentou, com uma aspereza que não escondia bem o que sentia: — E também vou vigiar aquele tipo do Collins quando ele vier farejar por aqui. Não queremos que aquilo herde antes do estritamente necessário.

Elizabeth riu, apesar de si mesma.

— Não, de fato. Embora eu ache que papai vá sobreviver a todos nós por pura força de implicância.

— Nesse ponto, ele se parece muito com seu avô. — Irene se recostou na cadeira, retomando seu posto permanente. — Agora vá se vestir, criança. Você tem um casamento a que comparecer, e não vou permitir que digam que uma noiva Bennet se atrasou para as próprias núpcias.

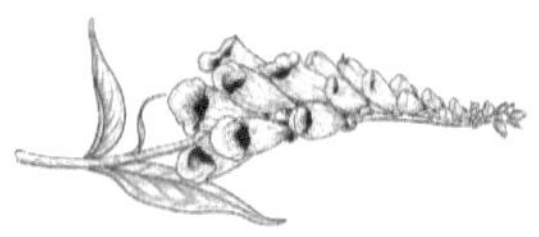

A manhã passou num borrão de musselina, fitas e a voz de sua mãe, que parecia preencher todos os cômodos da casa ao mesmo tempo, como se a Senhora Bennet tivesse, de algum modo, adquirido a capacidade de estar em cinco lugares ao mesmo tempo pela força bruta de sua agitação materna.

— A renda, Hill; não, não essa renda, a renda boa. Ah, onde Mary pôs os livros de oração? Mary! Mary! E, pelo amor de Deus, alguém encontre Kitty; ela devia estar passando as fitas.

Elizabeth estava no quarto de vestir da mãe enquanto Sarah, a criada mais competente da casa, arrumava seus cabelos, com as mãos firmes e impassíveis em meio ao caos que reinava na casa dos Bennet.

— Pronto — disse Sarah, colocando o último grampo. — A senhorita está linda. Senhora, quero dizer.

— Ainda não — disse Elizabeth, sorrindo com a ideia. — Pelo menos não nas próximas duas horas.

No reflexo, ela viu a mãe parada na soleira da porta, uma das mãos pressionada contra o peito e a outra apertando um lenço que já tinha sido bastante usado naquela manhã. Os olhos da Senhora Bennet estavam brilhantes, brilhantes demais, e o queixo tremia daquela maneira particular que precedia ou uma torrente de emoção ou um extenso comentário sobre a inadequação das cortinas dos vizinhos.

— Ah, Lizzy — disse sua mãe, e a voz falhou ao pronunciar o nome.

Sarah se retirou rápida e discretamente, deixando mãe e filha a sós.

Elizabeth se virou. Tinha se preparado para efusões sobre renda, carruagens e dez mil por ano, e por isso estava inteiramente desprevenida para a expressão no rosto da mãe, que não era de triunfo, mas de medo.

— Mamãe?

— Você vai ter cuidado — sussurrou a Senhora Bennet, e Elizabeth entendeu na mesma hora que não estavam falando de renda.

Ela atravessou o quarto e tomou as mãos da mãe. Estavam tremendo. A Senhora Bennet sabia do dom de Elizabeth desde que a filha tinha cinco anos e, no mercado, cumprimentou uma mulher que estava morta havia quinze dias. Os gritos — da Senhora Bennet — duraram quase a tarde inteira. Nos anos que se seguiram, sua mãe lidara com aquele conhecimento da única maneira que sabia: recusando-se a falar sobre o assunto, fingindo que ele não existia, erguendo uma muralha de ruído, nervosismo e falatório incessante tão alta e tão espessa que a verdade aterradora sobre a segunda filha jamais pudesse ser vislumbrada.

Não era coragem, mas era, à sua maneira frenética e trêmula, uma espécie de amor.

— Vou tomar cuidado, Mamãe — disse Elizabeth com firmeza. — Como sempre tomo.

A Senhora Bennet assentiu com movimentos rápidos e bruscos, e então soltou as mãos dela para enxugar os olhos.

— Pois bem! Então isso está resolvido. Agora, as flores, Hill, eu disse expressamente rosas brancas, não... ah, deixa estar, servem, servem.

E ela se foi, com a voz ficando para trás, já engatada em outra queixa, ralhando com alguém por causa da disposição das carruagens.

Elizabeth soltou o ar. No espelho, viu a si mesma: os cabelos escuros presos e cacheados, o vestido novo de seda creme que sua mãe fizera questão de escolher, com renda de Bruxelas na gola e nos punhos, os brincos de pérola que a mãe lhe emprestara. Tia-avó Irene dizia que pertenciam à família Bennet desde antes da época dela. Seus próprios olhos claros e atentos a fitavam de volta.

Ela estava deixando Longbourn. Estava deixando os pais e os fantasmas que tinham sido seus companheiros, parte de sua família estendida, desde a infância. Ia para uma casa que visitara apenas brevemente, para uma vida que mal conseguia imaginar, com um homem que amava e a quem não contara a verdade.

O pensamento pesava em seu peito como uma pedra, familiar e densa. Ela o carregara durante o noivado, durante os preparativos, durante cada momento de ternura com Darcy em que as palavras lhe subiam aos lábios e ela as engolia de volta. *Eu vejo pessoas mortas. Sempre vi. Elas são tão reais para mim quanto você, e nunca contei isso a uma única alma viva fora da minha família. Nem mesmo Charlotte, a amiga mais próxima que já tive, sabe.*

Hoje, não. Hoje era um dia de alegria, de começo. Ela contaria a ele. Contaria. Só não hoje.

Seu pai apareceu na porta, a expressão cuidadosamente composta num ar de leve divertimento, como se conduzir uma filha ao casamento fosse uma tarefa de importância não maior do que escolher um livro na estante da biblioteca.

— Então, Lizzy — disse ele. — Está pronta para tornar um homem muito orgulhoso ainda mais insuportavelmente satisfeito consigo mesmo?

— Papai. — Ela pegou o braço dele e sentiu o mais leve tremor. — Vamos?

O Senhor Bennet deu um tapinha na mão dela, pousada sobre sua manga.

— Vamos. — Fez uma breve pausa. — Embora eu me reserve o direito de trazer você de volta se ele não estiver à altura. Tenho de fonte confiável que Longbourn não pode funcionar sem pelo menos uma pessoa sensata morando aqui, e sua mãe já me informou que eu não me qualifico.

Elizabeth riu, e o som saiu claro o bastante para quase desalojar a pedra em seu peito. Quase.

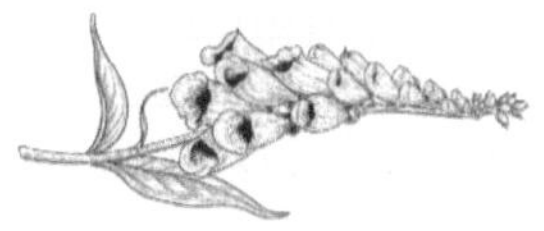

A igreja de Longbourn era pequena, simples e antiga, com paredes de pedra impregnadas de séculos de oração, fofoca e daquela leve umidade que afligia todas as construções de Hertfordshire entre setembro e maio. Os Bennet eram batizados, casavam-se e eram enterrados ali havia tanto tempo quanto qualquer pessoa conseguia se lembrar — e muito mais do que isso, como Elizabeth bem sabia.

Ela sabia disso porque eles lhe tinham contado.

Os fantasmas da igreja estavam entre seus conhecidos mais antigos. O velho reverendo Hackett, que oficiara na paróquia no reinado do rei George II e ainda considerava o atual pároco um radical perigoso por ter, certa vez, pregado um sermão sobre caridade. Senhora Turnbull, mulher de um fazendeiro, que morrera no banco durante um sermão de Páscoa particularmente tedioso em 1742 e simplesmente nunca mais se levantara. O jovem Thomas Briggs, morto aos catorze anos de febre, que era apaixonado por Elizabeth desde que ela tinha doze e ainda corava, ou fazia o equivalente fantasmal de corar que lhe fosse possível, sempre que ela entrava.

Todos estavam presentes naquela manhã. Nenhum deles podia deixar a igreja, é claro, mas Elizabeth sabia que não teriam perdido seu casamento nem se pudessem estar em qualquer outro lugar. Como os fantasmas de Longbourn, eles a amavam, e havia semanas não falavam de outra coisa.

Elizabeth entrou na igreja de braço dado com o pai, com Jane do outro lado dele, e imediatamente sentiu a pressão familiar da atenção espectral; um formigamento na pele, uma mudança sutil no ar, como se o recinto abrigasse mais pessoas do que os olhos podiam contar. O que, naturalmente, era verdade, embora só ela pudesse vê-las.

Jane olhou para ela, serena e radiante de um jeito que só Jane conseguia ser, e apertou o braço do pai. O senhor Bennet, escoltando duas filhas de uma só vez, parecia incapaz de decidir se estava orgulhoso ou abatido por estar perdendo as únicas duas filhas com quem julgava possível ter uma conversa sensata.

A congregação dos vivos já era impressionante por si só. Os bancos estavam cheios: os Lucas, os Phillips, os Longs, os Gouldings, os Hursts e muitos outros moradores da região que Elizabeth conhecia a vida inteira, todos sorrindo para ela com orgulho. Lady Matlock estava sentada no primeiro banco ao lado de Lord Matlock, com a postura impecável, a expressão amável e o chapéu uma verdadeira construção arquitetônica. Elizabeth ficara nervosa com a perspectiva de conhecê-los, mas o conde e a condessa tinham se mostrado tão calorosos, tão genuinamente gentis, que sua ansiedade se desfez em menos de quinze minutos. Georgiana estava com eles, com uma expressão de puro deleite.

Caroline Bingley estava sentada com os Hurst na fileira logo atrás; seu vestido tinha uma elegância tão agressiva que parecia feito menos para celebrar a ocasião do que para registrar um protesto formal contra ela. Seu sorriso estava fixo, tenso, e não chegava aos olhos. Kitty e Mary estavam sentadas juntas com a senhora Bennet, e os olhos de Kitty vagueavam um pouco mais vezes do que o estritamente necessário na direção do Coronel Fitzwilliam, muito elegante em seu casaco vermelho.

Diante do altar, os dois noivos das irmãs esperavam. Bingley irradiava um sorriso tão largo que parecia prestes a flutuar de pura felicidade, quase saltitando sobre os calcanhares como se o esforço de ficar parado fosse quase mais do que sua boa natureza podia suportar.

E ali estava Darcy.

Elizabeth prendeu a respiração. Não de modo dramático, nem visível, mas daquela forma pequena e privada que se tornara habitual sempre que ela o via de surpresa. Ele estava ereto, o casaco escuro impecável, as mãos unidas atrás das costas. Observava a porta, e a expressão em seu rosto era tão aberta, tão desarmada em sua esperança, que Elizabeth sentiu o coração se revirar no peito. Ele parecia um homem sem inteira certeza de que aquilo estava mesmo acontecendo, armado contra a possibilidade de não estar.

Então ele a viu, e todo o seu rosto mudou.

Elizabeth já vira Darcy sorrir antes; sorrisos raros, rápidos, que transformavam seus traços e desapareciam antes que alguém pudesse apreciá-los de verdade. Mas aquilo era outra coisa. Era alegria, sem máscara nem defesa, inteiramente voltada para ela. Por um momento, Elizabeth se esqueceu dos fantasmas, dos segredos, da pedra em seu peito e simplesmente caminhou em direção a ele.

— Até que enfim — murmurou o velho reverendo Hackett, de sua posição habitual perto da pia batismal. — O homenzarrão está suando como um condenado. E o ruivo está sorrindo que nem um bobo desde que chegou.

Elizabeth comprimiu os lábios com força.

— Ah, mas como ele é bonito — suspirou a Senhora Turnbull, aproximando-se para observá-lo melhor. — Esses ombros! Esse maxilar! Eu tinha um primo com um maxilar assim, embora fosse bem mais baixo e tivesse um estrabismo pavoroso.

Elizabeth fixou o olhar na gravata de Darcy e pensou desesperadamente em aritmética.

— Dez mil por ano — disse o jovem Thomas, em tom melancólico, de algum lugar perto do órgão. — Eu não tenho dez xelins.

— Você não tem pulso, Thomas — observou o Reverendo Hackett. — É uma questão de prioridades, meu caro.

Elizabeth mordeu a parte de dentro da bochecha com tanta força que sentiu gosto de cobre. Seu pai olhou para ela, e ela compôs as feições numa expressão que tentava fazer passar por serenidade nupcial, e não a histeria contida de uma mulher recebendo comentários indesejados de três paroquianos mortos durante a própria cerimônia de casamento.

O Senhor Bennet colocou primeiro a mão de Jane na de Bingley, e Bingley a recebeu como se lhe tivessem entregado uma relíquia sagrada, com o rosto iluminado. Depois seu pai se voltou para Elizabeth e colocou a mão dela na de Darcy. Os dedos dele se fecharam em torno dos seus, quentes e firmes, e ele a apertou uma vez; uma comunicação íntima que dizia mais do que quaisquer palavras que o vigário estava prestes a pronunciar.

— Amados irmãos — começou o vigário, e Elizabeth se entregou às palavras antigas, à pedra fria, ao calor da mão que segurava a sua.

Atrás dela, os fantasmas se aquietaram. Agora estavam em silêncio, até mesmo a Senhora Turnbull, até mesmo Thomas, observando como fazem aqueles que entendem, talvez melhor do que a maioria, que certos momentos são sagrados. Tinham visto Elizabeth crescer, de uma criança assustada que podia vê-los à mulher que estava ali hoje e, fosse o que fosse que a aguardava, eles não a seguiriam. Os mortos de Longbourn pertenciam a Longbourn.

Os votos foram pronunciados duas vezes. A voz de Jane era suave e segura. A de Bingley falhou no "sim"; ele riu de si mesmo, metade da congregação riu com ele, e até o canto da boca de Darcy se moveu. Elizabeth ouviu a própria voz, firme e clara, fazendo promessas que pretendia cumprir por inteiro, exceto uma, que se prendeu, ainda que só um pouco, em sua garganta. Renunciando a todos os outros. Ela não renunciara aos mortos. Nunca conseguira, e não sabia se isso contava. Não era o tipo de pergunta que se pudesse fazer a um vigário sem desencadear uma conversa extremamente embaraçosa.

A voz de Darcy era baixa, segura, e trazia uma nota de maravilhamento que ele não parecia perceber que era audível. Quando disse "eu aceito", havia ali algo que ia além das palavras; nada ensaiado, nada composto, mas cru, grato e inteiramente dele.

O anel deslizou por seu dedo. Metal frio, um encaixe perfeito. O polegar dele roçou a junta do seu dedo ao acomodá-lo, e um calor subiu por seu braço até o peito, afastando, ao menos por um instante, o peso que ela carregava ali.

— O que Deus uniu, ninguém separe.

Da congregação, a Senhora Bennet soltou um soluço tão estrondoso que assustou um pombo das vigas. A Lady Matlock, para seu eterno mérito, não se sobressaltou. O sorriso de Caroline Bingley havia se congelado numa expressão tão rígida que parecia esculpida em mármore. Georgiana Darcy estava chorando, embora Elizabeth tivesse certeza de que eram lágrimas de felicidade; o Coronel Fitzwilliam passou o braço por seus ombros e lhe entregou o lenço.

Dois casais recém-casados voltaram-se para a congregação. Jane também chorava, lindamente, como só Jane conseguia, e Bingley olhava para ela como se o sol nascesse e se pusesse em seu rosto. Elizabeth encontrou o olhar de Darcy e viu que ele observava a ela, não a congregação; observava-a como se pretendesse memorizar aquele momento até o menor de seus detalhes.

Elizabeth Darcy, o nome estranho e novo, saiu da igreja para a pálida luz do sol de setembro, com a mão apoiada no braço do marido, e não olhou para trás. Não precisava. Podia senti-los observando; o Reverendo Hackett em pé, muito ereto, a Senhora Turnbull enxugando olhos que na verdade não podiam produzir lágrimas, Thomas erguendo a mão num aceno tímido e sem esperança.

E, na casa além da estrada, tia Irene estava sentada em sua cadeira junto à lareira fria, vigiando uma família que não podia vê-la, e não deixaria seu posto até que as próprias paredes de Longbourn viessem abaixo.

Capítulo Dois

O ALMOÇO DE CASAMENTO em Netherfield foi mais grandioso do que Elizabeth esperava, embora achasse que deveria ter previsto isso. Bingley se atirara aos preparativos com o mesmo entusiasmo com que fazia tudo, amplamente incentivado pela Senhora Bennet. O resultado era uma sala de jantar transformada: flores de estufa em arranjos imponentes, prataria, cristal e porcelana que não fariam feio nem num palácio, comida suficiente para sustentar um pequeno exército durante um cerco.

Elizabeth estava sentada ao lado de Darcy, na cabeceira da mesa, intensamente consciente do anel em seu dedo e do estranho peso novo de seu nome de casada cada vez que alguém o usava. Senhora Darcy. Ela cruzou o olhar de Jane do outro lado da mesa e viu ali refletida a sua própria felicidade atônita. Jane, sentada ao lado de Bingley, parecia ter sido gentilmente colocada dentro de um sonho e não tinha a menor pressa de despertar dele. Bingley não parava de tocar a mão dela, como se precisasse se assegurar de que ela estava mesmo ali, e Jane simplesmente permitia.

— Você está muito quieta — murmurou Darcy, inclinando-se na direção dela, ao abrigo da conversa geral.

— Estou absorvendo — respondeu Elizabeth. — Há muita coisa para absorver.

— É demais?

Ela olhou para ele. Ele a observava como a observara diante do altar, como se ela fosse a única pessoa na sala. Alguma coisa em seu peito, o nó habitual, se moveu e voltou a se acomodar.

— Não — disse ela. — É exatamente o suficiente.

Os lábios dele se curvaram; não no meio sorriso contido ao qual ela se acostumara, mas em uma expressão mais suave. Ele ergueu o copo na direção dela, de leve, e ela ergueu o seu em resposta.

Do outro extremo da mesa, a voz de Caroline Bingley se elevou acima do falatório, brilhante e quebradiça como vidro soprado.

— Que cerimônia encantadora! Tão... pitoresca. A simplicidade de uma igreja do interior tem mesmo seu charme, não tem, Louisa?

Senhora Hurst murmurou alguma coisa vagamente afirmativa.

— Espero sinceramente — continuou Caroline, lançando o olhar na direção de Elizabeth — que a mudança para arredores mais grandiosos não seja avassaladora demais para a senhora, Senhora Darcy. Pemberley é, afinal, uma perspectiva bem diferente de Hertfordshire.

— Tenho certeza de que vou me sair muito bem — disse Elizabeth, amavelmente. — Mas agradeço sua preocupação, Senhorita Bingley. Deve ser um grande conforto para o Senhor Bingley ter uma irmã tão atenta aos assuntos domésticos alheios.

O sorriso de Caroline se estreitou. Lady Matlock, mais adiante à mesa, encontrou os olhos de Elizabeth e lhe lançou uma expressão de aprovação indisfarçada. Elizabeth sorriu por trás da própria taça.

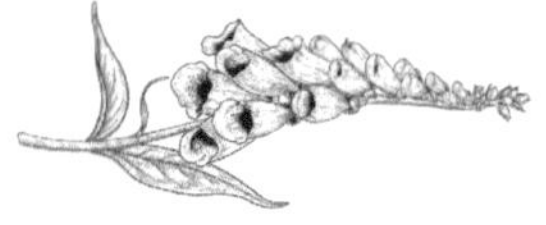

O café da manhã se estendeu por brindes, discursos e previsões cada vez mais lacrimosas da Senhora Bennet sobre netos. O Senhor Bennet suportou tudo por trás de sua taça de vinho, oferecendo comentários secos ocasionais que Elizabeth notou, satisfeita, pareciam encontrar um público receptivo em Lord Matlock. O Coronel Fitzwilliam contou uma história sobre Darcy quando menino que fez Georgiana dar risadinhas e Darcy parecer desejar que o chão se abrisse sob sua cadeira. Kitty riu tanto que derramou sua limonada, e Mary disse algo sério sobre a santidade do casamento que todos educadamente fingiram achar interessante.

Foi, Elizabeth pensou, um bom café da manhã de casamento. Ela olhou ao redor, absorvendo tudo cuidadosamente, do mesmo modo que se guarda uma flor prensada entre as páginas de um livro, para ser resgatada e apreciada depois, quando se precisa de algo belo como distração.

Aos poucos, a casa foi ficando silenciosa. Os convidados partiram numa sequência de carruagens, em meio a votos de felicidades; os Bennet estavam entre os últimos a sair, a Senhora Bennet alternando entre soluços e êxtases até que o Senhor Bennet a conduziu firmemente em direção à porta. Mary apertou sua mão solenemente. Seu pai beijou sua testa e não se atreveu a falar.

Jane e Bingley haviam subido e desaparecido há algum tempo. Caroline tinha se recolhido ao seu quarto, alegando uma dor de cabeça provocada pelo champanhe; Elizabeth suspeitava que a dor de cabeça se devia mais à visão do irmão casado com uma Bennet do que a qualquer bebida. Lord e Lady Matlock e o Coronel Fitzwilliam haviam se retirado discretamente, e Georgiana desaparecera com Kitty, que os acompanharia a Pemberley no dia seguinte. Kitty e Georgiana já pareciam estar se tornando grandes amigas, para alívio de Elizabeth.

Elizabeth ficou de pé no corredor, diante do quarto que partilharia com Darcy naquela noite — sua primeira noite como marido e esposa —, e tentou acalmar o coração acelerado. Ele estava lá dentro, ela sabia, esperando por ela. Ela deveria entrar. Ela queria entrar.

Mas primeiro, ela tinha uma promessa a cumprir.

Ela desceu as escadas dos fundos, sapatos na mão. Uma vida inteira desviando-se do invisível lhe ensinara a mover-se por corredores escuros sem fazer ruído. A casa era diferente à noite; o burburinho diurno desvanecido para revelar sua ossatura. Tábuas antigas no chão. Pedra fria. O silêncio particular de uma construção que se mantivera de pé por duzentos anos e guardava a memória deles em cada parede.

A biblioteca era onde eles se reuniam. Era seu cômodo favorito desde a primeira visita de Elizabeth, quando viera cuidar de Jane durante a febre e descobrira, com uma resignação nada surpreendida, que Netherfield vinha com fantasmas próprios. A maioria eram apenas sombras, vultos que ela mal conseguia ver, mas alguns eram mais permanentes. Sólidos o suficiente para distinguir suas feições, e que retinham personalidade e vontade suficientes para conversar com ela.

Havia quatro deles. Sir Harold Pembury, um cavalheiro corpulento do período jacobino que construíra a casa original e considerava todas as alterações subsequentes uma afronta pessoal. Sua esposa, Lady Cecily, que discordava dele sobre tudo por princípio e vinha fazendo isso há duzentos anos sem sinais de se cansar. Old Margaret, uma governanta da casa do século passado que ainda tentava limpar o pó de superfícies que não podia mais tocar. E um jovem lacaio chamado Daniel, que morrera de tuberculose nos aposentos dos criados apenas uma década antes e tinha o ar gentil e levemente confuso de alguém que vivia esquecendo que estava morto.

Eles estavam esperando por ela. Sir Harold estava de pé perto da lareira, Lady Cecily sentada em sua cadeira habitual, Old Margaret pairando perto das estantes, e Daniel empoleirado no assento da janela, seu rosto magro se iluminando quando Elizabeth entrou.

— Finalmente, aí está ela — declarou Sir Harold. — A noiva. Aceite minhas felicitações, senhora, embora confesse que tinha esperado que a senhora se estabelecesse aqui permanentemente. Sua presença tem sido muito animadora.

— O senhor é muito gentil, Sir Harold — disse Elizabeth, acomodando-se na cadeira em frente a Lady Cecily. — Mas receio que Netherfield terá que ficar sem mim. Vim me despedir.

— Despedir! — A mão de Old Margaret voou para o peito. — Oh, mas a senhora vai visitar, certamente? Porque sua irmã está aqui?

— Claro que visitarei. Mas eu queria falar com todos vocês antes de partir, porque Jane será a senhora desta casa, e Jane não pode vê-los, e preciso que me prometam algo.

Quatro rostos espectrais a fitaram com solenidade.

— Vocês devem cuidar dela — disse Elizabeth. — Ela é a melhor pessoa que conheço, e ela cuidará desta casa e de todos nela, vivos ou não. Ela sabe que vocês estão aqui, mesmo que não possa vê-los. Em troca, preciso que se comportem.

Ela deixou seu olhar pousar significativamente em Sir Harold. — Isso significa não bater as portas quando desaprovarem o cardápio do jantar.

Sir Harold pareceu ofendido. — Isso só aconteceu uma vez — disse Sir Harold.

— Foram dez vezes numa única noite, e a cozinheira quase pediu demissão.

— A mulher serviu carneiro cozido numa quinta-feira. Eu tenho padrões.

— É preciso que deixem os outros residentes em paz — continuou Elizabeth, com firmeza. — Todos eles. Mesmo os que merecem o contrário.

Seguiu-se um silêncio delicado. Lady Cecily estudou suas unhas, ou a memória delas.

— A senhora está se referindo à Senhorita Bingley — disse Lady Cecily.

— Estou me referindo à Senhorita Bingley.

A lembrança continuava vívida. O baile de Netherfield, tantos meses antes, quando Elizabeth tentava aproveitar a noite e ao mesmo tempo lidar com uma casa cheia de fantasmas agitados. Caroline pontificava perto da lareira, fazendo comentários maldosos sobre a falta de relações da família Bennet, e Sir Harold ficara tão indignado em defesa de Elizabeth que tentara derrubar a taça de vinho da mão de Caroline. É claro que não podia tocá-la fisicamente, mas a força concentrada de sua indignação espectral criara uma corrente de ar forte o bastante para fazer as velas tremeluzirem e desfazer de um lado os cachos cuidadosamente arrumados de Caroline.

Aquilo fora apenas a salva de abertura. Lady Cecily, não disposta a ficar atrás do marido em coisa alguma, passara a sussurrar diretamente no ouvido de Caroline toda vez que a mulher fazia uma pausa para respirar, o que a fazia se sobressaltar, olhar por cima do ombro e, por fim, reclamar em voz alta que havia uma corrente de ar no salão, o que levou Bingley a mandar verificar as janelas e alimentar o fogo, o que fez o salão ficar insuportavelmente quente, o que levou a Senhora Bennet a se abanar com tanto vigor que deslocou o turbante da Senhora Long.

Elizabeth passara a maior parte da noite numa negociação sussurrada com quatro fantasmas cada vez mais criativos enquanto tentava dançar com o Senhor Collins, que não fazia a menor ideia, e com o Senhor Darcy, que fazia. Ela ainda não sabia como conseguira manter uma conversa civilizada com o Senhor Darcy enquanto Sir Harold permanecia bem atrás dele, fazendo comentários depreciativos sobre a rigidez de sua dança.

— Caroline ficará aqui grande parte do tempo — disse Elizabeth. — Ela é irmã do Senhor Bingley, e Jane vai querer preservar a paz na família. Vocês vão deixá-la em paz.

— Ela é uma mulher inteiramente detestável — afirmou Sir Harold.

— Ela é uma mulher que foi obrigada a aceitar que o irmão se casasse com uma família que considera abaixo dela, e está infeliz — corrigiu Elizabeth. — Isso não justifica o comportamento dela, mas deve moderar a nossa resposta. Além disso, se vocês assombrarem Caroline Bingley, ela vai dificultar a vida de Jane, e eu não vou permitir isso.

Não havia o que contestar, e eles sabiam disso. Jane era o fator decisivo. Jane, que se sentara junto ao fogo naquele mesmo aposento, lendo romances em voz alta que sabia que Elizabeth não estava escutando, porque entendia que Elizabeth precisava do som de sua voz como âncora enquanto cuidava de assuntos que não podia explicar. Jane, que jamais pedira a Elizabeth que justificasse o que não podia ver. Os fantasmas de Netherfield talvez não conseguissem se comunicar com Jane como se comunicavam com Elizabeth, mas, como todas as outras almas que se aproximavam de Jane, reconheciam sua bondade inata. Elizabeth tinha quase certeza de que eles já eram devotados a ela.

— Muito bem — disse Lady Cecily, em um tom que sugeria que fazia um grande sacrifício pessoal. — Pelo bem de Jane, seremos contidos.

— Seremos modelos de decoro — concordou Sir Harold, em tom bem menos convincente.

— Obrigada — Elizabeth se levantou e olhou para eles, aquela estranha pequena família de mortos. — Cuidem dela. Ela é a pessoa que eu mais amo, e estou confiando-a a vocês.

A velha Margaret enxugava os olhos. Daniel ergueu a mão em um meio aceno, o rosto jovem solene. Sir Harold fez uma reverência; Lady Cecily inclinou a cabeça.

Elizabeth saiu da biblioteca e subiu as escadas em direção ao quarto onde o marido a esperava, levando consigo o peso silencioso de mais uma despedida.

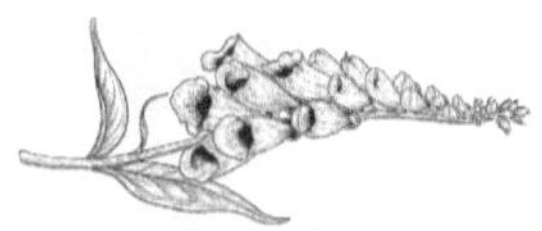

Jane foi ao quarto de Elizabeth na manhã seguinte, depois que Darcy descera, mas antes que a casa realmente despertasse. Bateu de leve e entrou; Elizabeth, que estava sentada à penteadeira fingindo escovar os cabelos, quando na verdade encarava o anel no dedo, tentando acreditar que era real, virou-se e sentiu algo dentro de si ceder ao ver o rosto da irmã.

Elas não precisavam falar. Nunca tinham precisado, não de verdade; não sobre as coisas que mais importavam. Jane se sentou na beirada da cama, Elizabeth ao lado dela, e as duas deram as mãos. Por alguns minutos, apenas ficaram ali sentadas, respirando juntas, duas irmãs à beira de futuros que agora tomavam rumos diferentes.

— Você parece bem — disse Jane por fim, com a voz suave e calorosa, trazendo o mais leve tom de pergunta. Elizabeth entendeu o que ela realmente queria saber.

— Estou bem — disse ela com sinceridade. — Ele é tudo que eu esperava.

O sorriso de Jane floresceu, lento e luminoso.

— Fico feliz. Muito, muito feliz.

— E você, com o Bingley?

— Ele é... — Jane fez uma pausa, procurando a palavra, e então riu, um som baixo e maravilhado. — Ele é exatamente quem ele é. Não sei por que isso me surpreende, mas surpreende. Ele é exatamente quem eu achei que ele era, e de algum modo isso é o mais espantoso de tudo.

Elizabeth apertou a mão dela. Lá fora, um pássaro cantou; a manhã de setembro estava límpida e quieta, e pela janela ela via os jardins de Netherfield se estendendo em suaves ondulações de verde. Dentro de uma hora, ou menos, ela estaria numa carruagem rumo ao norte. Deixando Jane para trás.

— Você vai me escrever — disse Jane. Não era uma pergunta.

— Toda semana. Duas vezes, provavelmente.

— E vai me contar a verdade? Não só a versão bonita?

Elizabeth olhou para ela. Os olhos azuis de Jane estavam serenos. Ela conhecia a natureza dos medos de Elizabeth. Pemberley era antigo, vasto, impregnado de séculos da história dos Darcy. Se alguma casa na Inglaterra testaria o fardo particular de Elizabeth, seria aquela.

— Em Pemberley vai haver fantasmas — disse Jane com gentileza, quando Elizabeth não respondeu. — Você sabe que vai.

— Eu sei.

— E você vai ter de lidar com uma casa inteiramente nova, cheia deles, sem ninguém que saiba. Kitty vai estar lá, o que significa que você terá pelo menos uma confidente, mas, Lizzy...

Jane hesitou e depois prosseguiu.

— Você não contou a ele.

— Não.

— Você vai precisar contar. Talvez não hoje. Nem esta semana. Mas em breve. — Jane apertou a mão dela. — Ele ama você. Casou-se com você. Seja o que for que você diga a ele, ele não vai se afastar de você.

— Você não sabe disso.

— Eu o conheço — disse Jane com simplicidade. — Não tão bem quanto você, mas bem o bastante. Ele é um bom homem, Lizzy. Merece a verdade, e você merece poder compartilhá-la.

A garganta de Elizabeth doeu. Já tinha ouvido aquele argumento antes, já o repetira a si mesma cem vezes, e em todas elas o medo vencera. O medo de ver o rosto dele mudar. Sob isso, enterrada ainda mais fundo, estava a certeza de que o mundo em que ela vivia, o mundo dos mortos, causaria repulsa ao homem que ela passara a amar com todo o coração. Que o perderia por causa de uma verdade em que ele não acreditaria, uma verdade impossível de recolher depois de pronunciada.

— Eu vou contar — disse ela. — Quando estiver pronta.

Jane não insistiu. Nunca insistia. Apenas segurou a mão de Elizabeth, e elas ficaram juntas na quietude da manhã, enquanto a distância que se aproximava se instalava entre elas como uma respiração suspensa.

— Escreva para mim — disse Jane outra vez, quando os sons da casa começando a despertar chegaram até elas através do assoalho. — E, se precisar de mim, eu vou. Através de lama e chuva, se for preciso.

Elizabeth riu, com a voz embargada.

— Se bem me lembro, esse é o meu truque.

— Então aprendi com a melhor. — Jane beijou sua face, levantou-se e alisou a saia. Na porta, fez uma pausa e olhou para trás, e sua expressão era a mesma que Elizabeth vira mil vezes: amor, preocupação e a recusa absoluta de se deixar vencer por um ou por outro.

— Seja corajosa, Lizzy — disse ela. — Pemberley não pode ser pior do que o Senhor Collins no jantar de Natal.

Elizabeth ainda estava rindo quando a porta se fechou atrás da irmã. O som a acompanhou até a carruagem, onde Darcy esperava, com a mão estendida para ajudá-la a entrar. A estrada para Pemberley se estendia diante deles, longa, ignota e cheia de fantasmas que ela ainda não conhecia.

Capítulo Três

O grupo de viagem se reuniu no pátio de Netherfield pouco depois das dez: Elizabeth, Darcy, Georgiana e Kitty, com duas carruagens, uma carroça de baús, o valete de Darcy, a nova criada de companhia de Elizabeth e um ar geral de agitação contida que parecia afetar todo mundo, exceto Darcy, que encarava a organização de uma viagem de dois dias rumo ao norte como algo que exigia a mesma autoridade tranquila que dirigia a todo o resto.

Kitty tentava não pular de animação. Havia lhe dado um vestido novo de viagem para a ocasião, um vestido sensato de lã azul que a Senhora Bennet declarara "nem de longe fino o bastante" e que Elizabeth declarara "exatamente certo", e Kitty entendia que seu mundo estava prestes a se tornar consideravelmente maior que Meryton, e sua empolgação transbordava. Georgiana, ao lado dela na segunda carruagem, já falava sem parar sobre a sala de música de Pemberley e quais peças poderiam aprender juntas, e o rosto de Kitty brilhava com o prazer muito particular de ser desejada. A Senhora Annesley, dama de companhia de Georgiana, já havia tirado um livro da bolsa e parecia perfeitamente satisfeita em deixar as moças em paz.

Elizabeth as observava pela janela da primeira carruagem e se sentia grata.

— Elas vão fazer bem uma à outra — disse Darcy, seguindo seu olhar.

Sentava-se de frente para ela, as pernas compridas dispostas com cuidado para não amassar sua saia, e havia algo quase tímido na maneira como a olhava naquela manhã, como se a intimidade da noite anterior o tivesse deixado mais inseguro a seu respeito, e não menos.

— Também acho — concordou Elizabeth. — Kitty precisa de alguém que não a trate como a sombra de Lydia, e Georgiana precisa de alguém que a arranque do pianoforte e a faça rir.

— Georgiana ri — protestou Darcy com brandura.

— Georgiana sorri com educação e, de vez em quando, se permite uma risadinha. Kitty vai fazê-la gargalhar até o fim do dia.

— Você vai estragá-la — disse ele, mas estava sorrindo.

— Vou melhorá-la. É diferente.

Os lábios dele se contraíram levemente.

— Você deve estar certa.

— Eu frequentemente estou certa. Com o tempo, você vai descobrir isso.

— Ah, eu já sei — disse ele, e o calor em sua voz a fez querer se inclinar e beijá-lo, apesar do decoro, da janela da carruagem e da proximidade do cocheiro.

Em vez disso, ela apenas estendeu a mão e apertou a dele. Ele não a soltou.

As carruagens partiram. Elizabeth se virou para lançar um último olhar a Netherfield, com seus tijolos vermelhos aquecidos pelo sol da manhã, e para Jane, parada nos degraus com Bingley ao lado, erguendo a mão em despedida. Elizabeth ergueu a sua em resposta e a manteve assim até a casa desaparecer atrás das árvores.

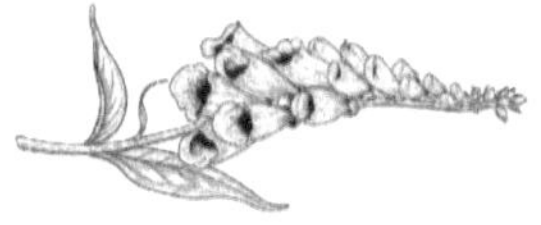

A viagem do primeiro dia foi longa, mas não desagradável. As estradas estavam secas, o tempo se manteve firme, e a paisagem se estendia em suaves ondas de verde e dourado. Darcy leu por algum tempo, depois deixou o livro de lado.

— Me fale da sua mãe — disse ele.

Elizabeth piscou.

— Minha mãe?

— Percebo que nunca lhe perguntei nada sobre ela além do mais básico. Em vez disso, eu estava bastante concentrado em notar as falhas da conduta dela. — Ele se mexeu ligeiramente, num gesto desconfortável. — Isso não foi generoso da minha parte.

— Foi exato — disse Elizabeth. — Minha mãe é vaidosa e tola e já tirou metade do condado do sério. Mas também é generosa até demais com aqueles que ama. Só não pensa muito antes de falar.

— E, ainda assim, você saiu sensata, assim como Jane.

Ela deu de ombros.

— Eu lia. Tudo. A biblioteca do meu pai não é grande, mas já li tudo nela duas vezes. Papai incentivava isso; nunca me desestimulou a ler nenhum livro que despertasse meu interesse.

Ele a ouviu enquanto ela falava, fazendo perguntas, encorajando-a a contar sobre as tardes passadas no escritório do pai, as conversas que haviam moldado sua mente, a solidão de ser inteligente numa família que não dava muito valor a isso. Ele absorveu tudo sem julgamento, e, quando a carruagem reduziu a velocidade diante de uma estalagem de posta perto de Northampton, ela começara a acreditar que talvez, um dia, pudesse confiar a ele o segredo muito maior do seu dom.

Cada milha rumo ao norte era uma milha mais perto de uma casa que ela sabia, com a certeza de uma longa experiência, que estaria cheia de fantasmas. Ela havia visto dois em ocasiões anteriores, ambos na galeria, e tomara cuidado para não dar nenhum sinal de que os notara. Na ocasião, eles não pareceram vê-la; ela os apanhara desprevenidos, translúcidos diante das janelas da galeria, discutindo as várias possibilidades de casamento para Darcy.

— Ele vai se casar com aquela Bingley — dissera um deles, um homem com roupas antiquadas. Elizabeth tomara cuidado para não olhar muito de perto, mas suspeitara que ambos fossem da classe dos criados, pela qualidade e pelo corte das roupas.

— Deus o ajude — respondeu a outra. Era uma mulher de meia-idade, vestida com as roupas severamente simples de uma puritana, e seu tom era mordaz. — Aquela criatura tem o cérebro de um pardal e o coração de um abutre. Ela o deixaria sem nada e ainda sorriria enquanto fazia isso.

Elizabeth deixara escapar um pequeno som de divertimento antes que pudesse se conter, mas conseguira disfarçá-lo com uma tosse quando os fantasmas se viraram em sua direção. Tinha saído depressa, o coração disparado. Depois, não pensara muito nisso, tratando aquilo como um incidente isolado, um momento de descuido. Mas agora não seria uma visita; era a Senhora Darcy, a nova senhora de Pemberley. Viveria ali, comeria ali, dormiria ali. Não conseguiria evitar por muito tempo uma casa inteira cheia de mortos.

A ideia lhe deu uma sensação de vertigem, como se estivesse à beira de um precipício e alguém a obrigasse a olhar para baixo.

Chegaram à estalagem ao anoitecer, um amplo edifício de enxaimel chamado Red Hart, que, segundo a placa acima da porta, servia viajantes na Grande Estrada do Norte desde o reinado de Henrique VIII. O pátio estava cheio de carruagens em vários estágios de carga e descarga. O ar cheirava a cavalos, terra revolvida e fumaça de lenha vinda da cozinha.

Darcy havia providenciado os aposentos com antecedência: a melhor suíte e quartos adjacentes para a Senhora Annesley, Georgiana e Kitty. O estalajadeiro não parava de se curvar em reverências, reconhecendo distinção assim que a via, e os quartos, quando chegaram a eles, eram razoavelmente limpos e aquecidos, com lençóis frescos e o fogo já aceso. Elizabeth não encontrou defeito algum em nada daquilo.

Exceto pelo fato de que a estalagem estava, como ela temera, absolutamente apinhada de fantasmas.

Não do tipo que se fixa num lugar, como os de Longbourn ou Netherfield. Estalagens de diligência atraíam um tipo inteiramente diferente: espíritos transitórios, confusos e desorientados, pessoas que haviam morrido longe de casa e não tinham nada que as retivesse. Vagavam pelos corredores, agrupavam-se na sala comum, sentavam-se nos cantos com expressão perdida. A quantidade deles atingiu Elizabeth como um choque de água gelada assim que ela passou pela porta.

Ela ficou imóvel. Era um reflexo arraigado, tão automático quanto respirar; quando os mortos se adensavam à sua volta, ela se mantinha quieta e deixava a onda de percepção passar por ela antes de decidir como reagir. Havia uma mulher em trajes Tudor junto ao balcão, olhando ansiosamente para a porta, à espera de alguém que jamais entraria por ela. Um homem com casaco de soldado que seguia andando de uma ponta a outra do corredor, como se procurasse alguma coisa. Uma moça de não mais de dezesseis anos, com o rosto marcado pelas lágrimas. Dezenas de outros, entrando e saindo da percepção de Elizabeth como nuvens passando diante do sol.

A maioria era inofensiva. Viajantes confusos, pessoas apanhadas pela corrente de um lugar por onde centenas tinham passado ao longo dos séculos. A maioria não precisava da ajuda dela. Simplesmente estavam ali, e continuariam ali muito depois de sua partida.

Mas podiam vê-la. Alguns já estavam se virando em sua direção, percebendo aquilo que a tornava diferente, aquilo que ela jamais soubera nomear e que atraía os mortos para ela como mariposas para a luz da vela. A mulher Tudor a observava da extremidade do corredor. Uma criança, de não mais de oito anos, puxou sua saia quando ela passou e disse:

— Você consegue me ver? Consegue mesmo me ver?

O passo de Elizabeth vacilou. Darcy, ao seu lado, olhou imediatamente para ela.

— Está bem? Você está muito pálida.

— Apenas cansada da viagem — disse ela, sorrindo, e odiou a si mesma por isso.

Kitty apareceu ao lado dela. Enlaçou o braço no de Elizabeth, num gesto fácil, fraternal, e disse com vivacidade:

— Venha, vamos encontrar nossos quartos; quero mostrar a Georgiana o padrão de bordado que Mamãe me deu antes de sairmos. Senhor Darcy, seria tão gentil de mandar subir nossos baús? Minha bolsa de viagem em especial; vou querer me arrumar antes do jantar.

Foi muito bem feito. No espaço de poucas frases, Kitty dera a Darcy uma tarefa que o ocuparia por vários minutos e criara um motivo para Elizabeth deixar o corredor apinhado de estranhos espectrais. Tudo isso sem demonstrar nada além de um entusiasmo alegre, ligeiramente avoado. Lá em cima, foi igualmente hábil, incentivando Georgiana e a Senhora Annesley a aproveitarem alguns instantes e usarem primeiro a água de lavagem; ela só ajudaria Elizabeth com a roupa de viagem.

No instante em que ficaram sozinhas e a porta se fechou atrás delas, a expressão de Kitty mudou.

— Quão ruim está? — perguntou em voz baixa.

— Dezenas — disse Elizabeth, deixando-se cair na cama. — Por toda parte. Acho que a maioria está só de passagem, mas há alguns presos aqui, e eles conseguem me ver, e aquela criança... — Ela pressionou os dedos contra as têmporas. — Há uma menininha, Kitty. Ela não deve ter mais de oito anos. Está sozinha, está com medo e não entende por que ninguém fala com ela.

Kitty se sentou ao lado dela e tomou sua mão, do mesmo modo que Jane teria feito. Kitty não podia ver os mortos. Nunca pudera. Mas passara a vida inteira aprendendo os sinais: a imobilidade repentina, os olhos acompanhando algo invisível, a maneira como a respiração de Elizabeth mudava quando o mundo espectral chegava perto demais — e agora ela estava ali, assumindo o papel que normalmente seria de Jane. Elizabeth sentiu uma gratidão tão profunda que mal podia medir por não estar sozinha naquele momento.

— Você consegue ajudá-la? — perguntou Kitty.

— Não sei. Posso tentar. Mas isso vai levar tempo, e Darcy vai notar se eu desaparecer.

— Deixe Darcy comigo — disse Kitty, com firmeza. — Posso fazer a ele um sem-número de perguntas sobre Pemberley. Diga-me quando precisar sair de fininho, e eu cuido disso.

Elizabeth olhou para a irmã mais nova, essa moça que passara anos sendo tratada como tola, como a sombra de Lydia, como a Bennet que ninguém notava, e viu, em vez disso, quem ela estava se tornando longe da influência de Lydia: firme, perspicaz, ferozmente leal.

— Obrigada — disse Elizabeth.

Kitty apertou sua mão.

— Vá lavar o rosto. Você está com cara de quem viu um fantasma. — Fez uma pausa. — O que, suponho, aconteceu. Várias dezenas deles.

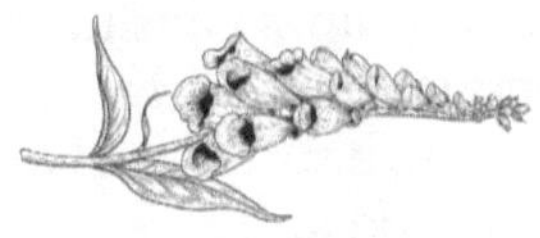

O jantar foi animado, com Kitty conduzindo a conversa com uma habilidade que teria impressionado uma anfitriã experiente. Ela perguntou a Georgiana sobre o lago em Pemberley, se era possível andar de barco nele, se havia peixes, como a propriedade era no outono. Georgiana, encantada por ter alguém tão interessada, falou com mais desenvoltura do que Elizabeth jamais a ouvira falar, descrevendo os passeios, os bosques, a horta e as estufas onde os jardineiros cultivavam abacaxis, abacaxis de verdade, o que fez Kitty soltar um suspiro tão teatral que até Darcy riu.

— Você precisa ensinar tudo isso à Lizzy — disse Kitty, sorrindo para Georgiana. — Ela vai querer conhecer cada palmo de Pemberley, e você conhece aquilo melhor do que ninguém.

— Eu gostaria muito disso — disse Georgiana, em voz baixa, e havia em sua voz uma melancolia que Elizabeth reconheceu. Georgiana passara tempo demais de sua vida em salas de visita, com acompanhantes. Por mais bondosa que a Senhora Annesley fosse, a perspectiva de ter uma irmã mais ou menos da sua idade, de ter companhia que não fosse vigilância, era claramente algo que ela desejava havia muito tempo.

Elizabeth se retirou pouco depois da refeição, alegando uma dor de cabeça devido à viagem. Darcy pareceu preocupado, mas não insistiu; Kitty imediatamente começou a lhe fazer perguntas sobre as fazendas arrendadas da propriedade e, quando Elizabeth saiu discretamente da sala de jantar privativa, Darcy estava mergulhado numa explicação sobre rotação de culturas, e Kitty assentia, aparentemente fascinada.

O corredor estava mais silencioso agora; a maior parte dos hóspedes vivos já tinha se recolhido ou se acomodado na sala comum. Os fantasmas continuavam ali. Elizabeth passou entre eles com cuidado, murmurando cumprimentos aos que pareciam notá-la, oferecendo pequenas gentilezas sempre que podia.

Perto da escada da cozinha, uma mulher robusta, de casaco de viagem, repreendia a parede com considerável veemência.

— O frango — anunciou ela, para ninguém em particular — não estava cozido por dentro. Eu disse isso na hora. Eu disse: "Senhor Featherstone, esse frango está rosado", e ele disse: "Bobagem, minha querida, está apenas suculento", e eu disse: "Há uma diferença importante entre suculento e cru, Senhor Featherstone", e fui ouvida? Não fui. E olhe no que deu.

Ela apontou para si mesma com indignação formidável. Elizabeth apertou os lábios, murmurou seus pêsames e seguiu em frente.

O soldado na escada era um desertor da guerra que morrera de febre a caminho de casa. Era jovem, não muito mais velho do que Kitty. Estava sentado com os cotovelos nos joelhos, a cabeça pendida. Não queria ajuda. Queria que alguém soubesse seu nome. Ela perguntou seu nome, e ele respondeu: William Carver, de Sunderland. Ela repetiu o nome para ele e viu a rigidez de seu rosto ceder um pouco. Ele não tornou a falar, mas ergueu a cabeça, e os olhos a seguiram enquanto ela passava, e Elizabeth pensou que talvez aquilo bastasse.

A mulher dos tempos Tudor estava procurando o filho. Elizabeth sentou-se com ela por algum tempo, ouvindo, mas o filho da mulher estava morto havia trezentos anos, e não havia nada que Elizabeth pudesse fazer para aliviar aquela dor em especial, exceto dizer que sentia muito, e ela disse, com sinceridade.

Mas era a menina que a chamava com mais urgência.

Ela estava sentada no canto da passagem dos criados, com os braços em volta dos joelhos e o queixo apoiado neles. Seu vestido parecia de uns cinquenta anos antes, de lã simples, gasta nos punhos. Tinha cabelos de um ruivo claro e dourado e, quando ergueu o rosto para Elizabeth, olhos da cor do céu de abril.

— Eu posso ver você — disse Elizabeth, com gentileza, ajoelhando-se ao lado dela. Ela sentiu as tábuas do assoalho frias mesmo através das saias. — Posso ouvir você. Pode me dizer seu nome?

— Nell — sussurrou a menina. — Sou Nell Whitmore. Eu estava esperando meu pai. Ele saiu e nunca mais voltou.

Elizabeth se acomodou ao lado dela, ali, naquele canto frio do corredor de serviço de uma estalagem na Great North Road.

— Fale-me sobre seu pai — disse ela.

A história de Nell veio em fragmentos, montada a partir da compreensão infantil dos acontecimentos e da noção confusa de tempo de um fantasma. Seu pai era tropeiro, tinha sido tropeiro, e levava o gado rumo ao sul pela estrada Great North Road. Às vezes ela viajara com ele, quando a mãe estava doente. Tinham parado no Red Hart naquele dia, e o pai dissera que ia levar o cavalo até a carroça. Tinha deixado Nell com a capa de viagem e a boneca, e dito que ficasse com a mulher do estalajadeiro.

— Ela era bondosa — disse Nell. — Ela me deu pão e leite. Mas depois se esqueceu de mim. Estava acontecendo tanta coisa. Gente gritando. Fui até o estábulo procurar o papai.

— O que aconteceu depois? — perguntou Elizabeth, embora já começasse a suspeitar.

— Havia uma carroça. Eu não a vi. Estava procurando o papai. E então... — A voz de Nell esmoreceu. — Eu estava deitada no chão, e a mulher estava chorando, e o papai veio correndo, e me pegou no colo, e disse: "Nell, Nell, acorda, fica comigo", mas eu não conseguia. E então tudo ficou embaçado e estranho, e eu fiquei sozinha.

Elizabeth queria abraçar Nell, mas isso estava além de seu dom. Só podia se sentar e ouvir.

— Achei que ele fosse voltar — sussurrou Nell. — Ele disse que voltaria. Disse que nunca me deixaria sozinha. Mas então apareceu tanta gente, e as carroças foram tiradas dali, e os cavalos sumiram, e eu não sabia mais onde estava. As pessoas vinham e iam, e eu as via, mas elas não podiam me ver, e eu fiquei esperando, e esperando, e ele nunca voltou.

— Ah, Nell — disse Elizabeth. — Sinto muito.

— Você pode me ver — disse Nell, e agora havia espanto em sua voz, e algo como esperança. — Você é real. Você está viva e pode me ver.

— Eu consigo ver você — confirmou Elizabeth. — E ouço você. E você não está sozinha.

Ficaram assim por muito tempo. Nell falava, Elizabeth ouvia, e então ela fez algo que raramente fazia: uma promessa. Ela se lembraria do nome de Nell Whitmore. Ela saberia que Nell tinha sido amada, desejada e que importava. Era uma coisa pequena, talvez nem sequer um consolo real em qualquer sentido duradouro. Mas Nell ergueu os olhos para ela com algo como paz na expressão e disse, baixinho:

— Obrigada.

Quando Elizabeth subiu as escadas, a cabeça latejava muito, as pernas pesavam, e ela não queria nada além de cair na cama e dormir por dias. Mas mal tinha se enfiado na cama e pousado a cabeça no travesseiro fresco quando Darcy entrou, tentando não fazer barulho, até perceber que ela estava de olhos abertos. A preocupação em seu rosto era quase pior do que os fantasmas quando ele se sentou na beira da cama e olhou para ela.

— Sua dor de cabeça — disse ele. — Está muito ruim?

— Está melhor agora — mentiu ela, e estendeu a mão para ele. Moveu-se com cuidado, deliberadamente, aninhando-se nos braços dele como se fosse muito mais frágil do que de fato era. Ele a envolveu sem reclamar, os lábios pressionados contra seus cabelos. Ele cheirava a couro, cera de vela e aquele aroma particular que era só dele, que era Darcy.

— Mais três dias — murmurou ele. — E então você estará de volta ao lar.

Casa. Pemberley. Uma casa que se erguia havia séculos. Que vira nascimentos, mortes, guerras e pestes. Que fora o lar de geração após geração da família à qual ela se unira pelo casamento. Em suas breves visitas anteriores, ela tinha vislumbrado apenas dois fantasmas, mas não estivera procurando. Tinha tomado cuidado para não procurar.

Agora, não teria esse luxo.

Elizabeth fechou os olhos, encostou o rosto no ombro dele e não disse nada. Tentou não pensar no que a aguardava no fim da estrada.

Capítulo Quatro

Elizabeth reconheceu a sensação antes de reconhecer a estrada.

Tinha sido igual na visita anterior, naquela tarde de verão com os Gardiner, quando fora a Pemberley como turista e tentara não pensar demais no homem a quem o lugar pertencia, até que ele surgira diante dela, para grande desconcerto seu. A casa pressionara sua percepção naquela ocasião, um zumbido baixo e insistente nas margens de seu dom, mais denso do que qualquer coisa que já sentira antes. Na época, atribuíra aquilo à idade do lugar, ao peso de séculos impregnado em suas pedras.

Agora, quando as carruagens dobraram para a estrada de acesso e o parque se abriu ao redor delas, ela sentiu aquilo de novo. O mesmo zumbido, a mesma pressão. Só que, dessa vez, não haveria partida.

— Estamos perto — disse Darcy, e havia algo em sua voz que ela aprendera a reconhecer: orgulho, temperado por ansiedade. Ela o ouvira no dia em que ele perguntara se podia apresentar Georgiana a ela, e então não o compreendera. Apesar da própria ansiedade, sorriu ao escutá-lo agora.

— Dá para perceber — respondeu Elizabeth, e quis dizer isso de um modo que ele não teria como entender.

O parque era vasto e ondulado, e os carvalhos começavam a ganhar tons de bronze. Cervos pastavam em grupos pelas encostas, erguendo a cabeça à passagem das carruagens, e, na segunda carruagem, Kitty se inclinou para fora da janela e disse:

— Ah! — A voz de Kitty conseguiu soar ao mesmo tempo maravilhada e ligeiramente apavorada.

Então as árvores rarearam, e ali estava.

Elizabeth já vira Pemberley antes. Estivera justamente naquela aproximação e sentira o primeiro movimento de algo que ainda não estava pronta para nomear, uma sensação de que aquele lugar e o homem a quem pertencia eram muito mais do que ela se permitira imaginar. Mas aquela era outra Elizabeth, uma visitante de passagem, livre para admirar e seguir adiante. A mulher na carruagem agora era a senhora da imensa propriedade diante dela, e o peso disso, somado à pressão da presença da casa, desceu sobre ela como um casaco, pesado demais e quente demais para o tempo, ligeiramente sufocante.

— E então? — perguntou Darcy.

— É — respondeu Elizabeth, escolhendo as palavras com cuidado — exatamente tão bonita quanto eu me lembrava. E consideravelmente mais aterrorizante.

Ele a encarou, surpreso.

— Aterrorizante?

— Estou prestes a me tornar responsável por tudo isto. Acho que tenho o direito de achar isso aterrorizante.

A expressão dele se suavizou.

— Você não está sozinha nisso. Senhora Reynolds administra a casa há muitos anos e vai continuar administrando. Tudo o que se espera de você é que seja você mesma.

— É justamente isso — disse Elizabeth — o que me preocupa.

É claro que ele não compreendeu o que ela queria dizer. Pensou que ela estivesse nervosa com a casa, os empregados, as expectativas sociais. E estava. Mas sob tudo aquilo havia a coisa que ela não podia dizer: que o zumbido se transformara em rugido, que a presença espectral que ela apenas roçara na visita como turista agora a pressionava de todos os lados, e que ela teria de entrar naquela casa e fingir que não sentia nada, para que o marido não pensasse que ela enlouquecera.

Ela puxou o ar pelo nariz e soltou pela boca. Calma. Só precisava de tempo, cuidado e de Kitty de olho nela.

As carruagens subiram pela alameda e pararam diante das grandes portas da frente. Darcy desceu primeiro e ajudou Elizabeth a sair, e a mão dele estava quente e firme em torno da sua. Ela se agarrou a ela por um instante mais do que o estritamente necessário.

Senhora Reynolds havia reunido os empregados no hall de entrada, dispostos em duas fileiras impecáveis que iam da porta ao pé da escadaria. Era uma demonstração de considerável formalidade: lacaios em sua melhor libré, criadas com toucas brancas, o pessoal da cozinha em vestidos escuros bem arrumados e aventais brancos impecavelmente limpos, o mordomo em atenção rígida, os jardineiros e cavalariços ao fundo, um pouco menos rígidos, mas todos usando botas reluzentes de tão bem engraxadas. Todos os rostos se voltaram para Elizabeth quando ela passou pela porta, e Senhora Reynolds, de pé à frente da fila, sorriu com um calor que parecia inteiramente sincero.

— Bem-vinda à sua casa, Senhora Darcy — disse ela.

Ali estava uma mulher que conhecia Darcy desde menino, que servira ao pai, à mãe dele e àquela casa por décadas. O quanto aquilo importava para ela naquele momento transparecia com toda clareza em seu rosto, e Elizabeth, que se preparara para ser julgada, encontrou bondade em vez disso.

— Obrigada, Senhora Reynolds — respondeu, com sinceridade.

As apresentações começaram. Senhora Reynolds a conduziu ao longo da fila, nomeando cada criado, sua função e há quanto tempo estava em Pemberley. Elizabeth fez o melhor que pôde para guardar cada rosto e cada nome na memória, sorrindo, dizendo algo pessoal sempre que podia. Elogiou uma criada pela touca bem arrumada, perguntou a um lacaio de aparência jovem havia quanto tempo estava a serviço, disse à cozinheira que ouvira coisas maravilhosas sobre a cozinha por Georgiana.

O problema era que nem todos na fila estavam vivos.

Ela percebeu o primeiro no sexto lugar da fila: uma criada da casa com um uniforme de estilo mais antigo, com a touca feita de modo diferente das demais, parada entre duas moças vivas e olhando para Elizabeth com franca curiosidade. O olhar de Elizabeth passou por ela sem hesitação, sem o menor sinal de reconhecimento. Não podia se dar ao luxo de agir de outro modo. Não agora.

Mais adiante, um lacaio com uma peruca branca empoadada, cuja libré pertencia a uma geração anterior, talvez de quarenta anos antes. Mantinha-se em posição de sentido com a correção de um hábito antigo. Uma criada de sala cuja touca estava desbotada de um modo que um olhar vivo não teria notado. Uma segunda criada da casa cujos pés não tocavam inteiramente o chão. Elizabeth precisou se concentrar muito para não retribuir as mesuras e reverências deles como fazia com as dos empregados vivos.

Havia dois cavalariços, tão parecidos que só podiam ser irmãos, e não deviam estar mortos havia tanto tempo, a julgar pelo corte dos casacos. Ali, dentro de casa, estavam desbotados. Ela suspeitava que seriam mais nítidos nos estábulos, mas eles, como todos os outros empregados de Pemberley, não deixariam de cumprimentar a nova senhora, quer fossem reconhecidos por ela ou não.

No fim da fila, perto da escada, estava um homem idoso, vestido como um mordomo de outra época. Mantinha-se ereto como se ainda carregasse todo o peso da casa nos ombros e não tivesse a menor intenção de depô-lo só porque estava morto. Seus olhos acompanharam Elizabeth ao longo da fila, sem deixar escapar nada, e ela sentiu aquele escrutínio como um peso físico. Sua compostura vacilou sob aquele olhar espectral, só um pouco, um aperto na mandíbula que ela não conseguiu reprimir inteiramente.

Sete. Ela contara sete fantasmas na fila, em pé entre os vivos como se jamais tivessem abandonado seus postos, e não reconhecera nenhum deles, mas este... ela suspeitava que soubesse que ela os vira.

Kitty estava a seu lado. Elizabeth não soube em que momento a irmã se aproximara, apenas que de repente ela estava ali, perguntando a Senhora Reynolds sobre as cozinhas, dizendo algo gentil sobre a altura e a imponência do saguão. A pequena comoção era suave, deliberada, e deu a Elizabeth o espaço de alguns instantes para fechar os olhos e respirar.

Ela abriu os olhos, sorriu para Senhora Reynolds, que explicava os preparativos para o chá, e se deixou conduzir mais para dentro da casa.

O grande salão de Pemberley era mais grandioso do que qualquer cômodo em que Elizabeth já estivera. O teto se erguia acima deles, pintado e dourado, com um trabalho de estuque tão intricado que parecia conter dramas inteiros em miniatura. A escadaria subia em uma curva de carvalho polido, e as paredes exibiam retratos dos Darcy de séculos passados: homens de semblante severo, mulheres elegantes e crianças com os mesmos olhos escuros de Darcy, todos olhando de cima, de suas molduras douradas, com expressões que sugeriam estar reservando julgamento sobre a nova Senhora Darcy até que ela provasse seu valor.

Ela suspeitava que alguns deles não estivessem confinados às molduras.

Darcy apareceu ao seu lado, depois de falar com o administrador da propriedade.

— Devo lhe mostrar a casa? Ou você prefere descansar primeiro?

— Mostre-me — disse Elizabeth, porque descansar era impossível e ela precisava conhecer a forma daquilo com que estava lidando.

Ele a conduziu pelos principais aposentos, e ela tentou prestar atenção ao que ele dizia enquanto, ao mesmo tempo, identificava os fantasmas de cada sala. A sala amarela, com sua bela mobília dourada e janelas voltadas para o lago, abrigava um senhor idoso cochilando numa cadeira ao lado da janela, com uma peruca de outro tempo e as pontas dos dedos unidas sobre o colete. Ele não se mexeu quando passaram.

A sala de música fez Georgiana sorrir. Não havia ali nada de sobrenatural que Elizabeth pudesse perceber, o que lhe trouxe um alívio tão agudo que ela quase suspirou em voz alta.

A biblioteca era outra história. Os livros subiam do chão ao teto; o ar cheirava a couro e tempo. Numa cadeira junto ao fogo, estava sentada uma mulher de vestido antiquado, lendo. Quando Elizabeth entrou, a mulher ergueu os olhos, presumiu que não havia sido vista e voltou ao livro com a resignação silenciosa de quem estava muito acostumada à invisibilidade.

— A biblioteca era o aposento preferido do meu pai — disse Darcy, caminhando à frente dela, alheio. — Ele passava aqui a maior parte das noites. Acho que você vai gostar.

— Tenho certeza de que sim — conseguiu responder Elizabeth, contornando com cuidado o fantasma de uma criada ajoelhada junto à lareira, cuidando de um fogo que se apagara décadas antes.

Darcy continuou falando sobre a coleção da biblioteca, sobre como seu avô adquirira a maior parte dos volumes e como seu pai acrescentara a seção de história natural e a edição completa de Shakespeare em fólio. Elizabeth se obrigou a escutar, se obrigou a fazer perguntas. Na verdade, não era difícil; a biblioteca era magnífica, e em quaisquer outras circunstâncias ela teria ficado genuinamente absorta. Mas o fantasma que lia junto ao fogo continuava erguendo os olhos para ela, e a criada à lareira começara a cantarolar, um som baixo e sem melodia que só Elizabeth podia ouvir, e o esforço de fingir que não ouvia nada começava a cansá-la.

A sala de jantar estava, felizmente, vazia de fantasmas, embora um frio persistisse num dos cantos, sugerindo que alguém estivera ali havia pouco. A sala de desjejum, pequena, clara e voltada para o leste, guardava apenas o mais tênue sussurro de uma presença, antiga, estável e inofensiva.

Na galeria longa, duas crianças corriam uma atrás da outra entre as janelas, um menino e uma menina com roupas de talvez um século antes. Eram os mesmos dois que ela vislumbrara em sua visita de turista, disso ela tinha quase certeza, embora então estivessem imóveis, observando. Agora brincavam e, quando viram Elizabeth olhando, pararam como se tivessem levado um choque, os olhos redondos arregalados de espanto. Ela se obrigou a desviar o olhar e, depois de um instante, o sussurro da correria recomeçou.

Ela não viu os dois fantasmas de criados da galeria, aqueles que haviam discutido as perspectivas de casamento de Darcy. Talvez estivessem em outro lugar da casa. Talvez a observassem à distância, observando a mulher com quem ele se casara em vez da criatura dos Bingley, e formando suas opiniões. Ela não tinha certeza de querer saber quais eram essas opiniões.

— Foi aqui que pratiquei dança quando menino — disse Darcy, e ela pôde ouvir a leve diversão em sua voz. — Muito mal, ao que me disseram.

— Não consigo imaginar você sendo ruim em nada a que se dedique — disse Elizabeth.

— Você não me viu dançar.

— Não. Mas dancei com você depois disso, e não encontrei defeito algum.

Ele pareceu satisfeito, do modo silencioso como Darcy parecia satisfeito, algo quase indistinguível de sua seriedade habitual, a menos que se soubesse o que observar. Elizabeth estava aprendendo.

Quando chegaram aos seus aposentos, suas têmporas já haviam começado a latejar com o esforço de manter a compostura absoluta. Ela pediu licença, alegando cansaço da viagem, e Darcy pareceu aceitar isso sem fazer perguntas. Ele a conduziu aos seus aposentos, beijou-lhe a mão e se retirou, deixando-a sozinha com a criada que estava desfazendo suas malas.

Elizabeth sentou-se na beira da cama, cruzou as mãos no colo e ficou olhando para a parede. Dois fantasmas a observavam dos cantos do quarto: uma arrumadeira de outra época, que apertava contra si um espanador que já não podia usar, e um jovem com casaca de lacaio, parado junto à janela como se a guardasse de alguma ameaça que só ele podia perceber. Ambos a observavam como criados observavam uma nova patroa: com cuidado e sem se comprometer com uma opinião, e Elizabeth não deu mostras de notar nenhum dos dois. Ainda não. Ela ainda não estava pronta, e a criada viva desfazia suas malas placidamente. Isso teria de esperar até que ela estivesse sozinha, verdadeiramente sozinha, porque, assim que um dos fantasmas de Pemberley soubesse que ela podia vê-los, todos saberiam.

Ela pensou nas palavras de Jane em Netherfield. Pemberley vai estar cheio deles. Você sabe que vai. Jane estivera certa, como tantas vezes estava a respeito das coisas que mais importavam. Pemberley os tinha. Pemberley tinha dezenas deles. E Elizabeth, que lidava com os mortos desde que se entendia por gente, sentiu, pela primeira vez na vida, que estava em clara desvantagem contra eles.

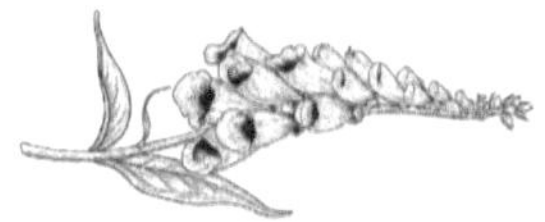

O jantar daquela noite transcorreu de modo mais tranquilo do que Elizabeth esperava, embora a qualidade dos pratos servidos lhe dissesse que os cozinheiros de Pemberley estavam ansiosos para impressionar sua nova senhora. Eram apenas os cinco à mesa, numa mesa em que caberiam trinta. Darcy sentava-se à cabeceira, e Elizabeth à sua direita; Senhora Annesley tomava um lugar mais ao centro, e Georgiana e Kitty ficavam uma de frente para a outra, do outro lado da mesa. As velas derramavam uma luz cálida sobre a prata e o cristal, e, por um breve momento, Elizabeth quase pôde fingir que era apenas uma mulher jantando com a família, sem nenhum dom de segunda visão e sem o peso espectral pressionando sua consciência.

Kitty estava especialmente animada, fazendo Georgiana falar de sua música e de seus desenhos. Perguntou sobre as estufas e sobre os jardineiros que cultivavam abacaxis, e Georgiana as descreveu com um entusiasmo sincero. Senhora Annesley observava a troca com aprovação silenciosa, contribuindo de vez em quando, e até Darcy pareceu relaxar aos poucos, a rigidez que assumia em sociedade ia se afrouxando à medida que a noite ganhava um ar familiar.

— A Senhora Reynolds me disse que você encantou todo o pessoal da casa — disse Darcy, voltando-se para Elizabeth. — Segundo ela, você se lembrou do nome de todos.

— Não exatamente de todos — disse Elizabeth. — Vou precisar que me apresentem de novo aos ajudantes dos jardineiros e aos cavalariços. Parece que são muitos.

— Os jardins e os estábulos de Pemberley são imensos.

— Pemberley tem tudo em grande escala.

Ela sorriu, e ele sorriu de volta. Por um instante, o calor e a quieta domesticidade de tudo aquilo fizeram a pedra em seu peito parecer um pouco mais leve.

— Você monta, Elizabeth? — perguntou Georgiana de repente, e corou, como se a pergunta lhe tivesse escapado antes que pudesse avaliar se era apropriada.

— Monto, sim, embora não muito bem, e tenho certeza de que os estábulos de Pemberley farão os de Longbourn parecerem insignificantes. Meu pai tem um cavalo que é mais velho do que eu e tem opiniões muito firmes sobre galopar. Ou trotar, se eu for completamente sincera. Em geral, eu percebia que meus próprios pés me levavam aonde eu queria ir mais depressa do que as pernas relutantes de Nellie.

— Meu irmão tem a égua mais bonita do mundo — disse Georgiana, ficando mais ousada. — O nome dela é Athena. Ela é muito mansa. Tenho certeza de que ele deixaria você montar nela.

— Eu adoraria — disse Elizabeth, e Darcy observou aquela troca entre a esposa e a irmã com uma expressão de cautelosa surpresa, como se não tivesse ousado esperar por aquilo.

Depois do jantar, Georgiana se ofereceu para tocar para eles. Retiraram-se para a sala de música, e Georgiana começou uma sonata delicada, com técnica cuidadosa, mas cada vez mais confiante à medida que se entregava à peça. A melodia era límpida e luminosa, e Elizabeth ouviu, sentindo algo dentro de si se soltar.

Ela se sentou ao lado de Darcy no sofá. A mão dele encontrou a sua no espaço entre os dois, onde a luz das velas não chegava por completo. Ela a segurou, sentiu os dedos dele quentes e firmes em torno dos seus. Ele tinha cheiro de linho limpo e daquele aroma leve, amadeirado, que ela começava a associar à própria Pemberley, algo no polimento, nos painéis de madeira, ou simplesmente no cheiro acumulado de séculos de carvalho e pedra. Ela se inclinou para ele, só um pouco, e sentiu o braço dele se mover para acomodá-la, e a simplicidade daquele gesto era tão cotidiana, tão doméstica, tão abençoadamente normal, que sua garganta apertou de gratidão.

Mas a casa respirava à sua volta. Ela podia senti-la mesmo agora, mesmo naquele aposento belo e silencioso: a presença dos mortos pressionando de leve os limites de sua percepção. Não eram hostis. Estavam curiosos. Uma nova senhora em Pemberley, e ainda não sabiam o que pensar dela.

Kitty cruzou seu olhar do outro lado da sala e ergueu uma sobrancelha, no menor dos movimentos. Elizabeth fez um gesto quase imperceptível com a cabeça.

Mais tarde. Ela lidaria com tudo aquilo mais tarde. Mas não naquela noite. Naquela noite, ela se sentaria ao lado do marido, ouviria Georgiana tocar, veria Kitty se tornar alguém novo naquele mundo mais grandioso e seria, por mais algumas horas, simplesmente Elizabeth Darcy, recém-casada, recém-chegada, recém-em-casa.

Os fantasmas podiam esperar.

Capítulo Cinco

Elizabeth era senhora de Pemberley havia cinco dias quando conheceu a mulher que de fato mandava ali.

Estava em sua saleta particular, o pequeno aposento ao lado do quarto principal que Darcy lhe dissera ser, tradicionalmente, da senhora de Pemberley. Era um cômodo bonito, voltado para o sul, com vista para o jardim de rosas, e Elizabeth passara as manhãs ali, escrevendo cartas, aprendendo as contas da casa e fingindo que não estava sendo observada.

Fora cuidadosa. Não dera o menor sinal. Cinco dias navegando com cautela por uma casa lotada de fantasmas, desviando do invisível, mantendo o rosto neutro quando uma figura translúcida atravessava a mesa do desjejum ou uma criança morta havia séculos ria no corredor. Kitty fora magnífica, cobrindo cada deslize, preenchendo cada silêncio suspeito, afastando Darcy e Georgiana dos cômodos em que o autocontrole de Elizabeth estava por um fio. O sistema que haviam construído em Longbourn, refinado ao longo de uma vida inteira de prática, estava se sustentando em Pemberley exatamente como sempre. Só que agora trabalhava muito, muito mais, com muito mais fantasmas e apenas Kitty para distrair.

Elizabeth escrevia para Jane. A carta já passara por dois rascunhos. O primeiro fora um relato leve de seus novos arredores, cheio de descrições dos jardins, da biblioteca e da gentileza da Senhora Reynolds, e ela o rasgara por ser mentira. O segundo pendia demais para o extremo oposto, começando com "Minha queridíssima Jane, há mais fantasmas nesta casa do que criados vivos, e não estou inteiramente certa de qual dos grupos é mais exigente", o que teria sido um alívio enviar, mas imprudente demais para pôr no papel. A terceira tentativa encontrara um meio-termo: notícias domésticas entremeadas com o código cuidadoso que as irmãs haviam desenvolvido ao longo dos anos. "A casa tem muito caráter" significava "os fantasmas estão por toda parte". "Estou aprendendo a me orientar pelos corredores" significava "quase fui pega seis vezes". "Kitty tem sido inestimável" significava exatamente o que dizia.

Estava compondo uma frase especialmente cautelosa sobre os criados fantasmagóricos na fileira do pessoal da casa, disfarçada de observação sobre a curiosa variedade de librés usadas em Pemberley ao longo dos anos, quando percebeu que havia alguém parado à porta, olhando para ela.

Ergueu os olhos, esperando uma criada ou talvez Georgiana, e encontrou em vez disso uma mulher que nunca tinha visto antes, viva ou morta.

A fantasma era velha, ou tinha sido velha quando morreu. Pequena, mas de costas tão retas que isso parecia lhe acrescentar alguns centímetros. Estava vestida de modo impecável segundo a moda de um século e meio antes; seda cinza, de corte simples, mas inegavelmente cara, com mangas no estilo da Restauração e um corpete pontiagudo que saíra de moda antes mesmo de a avó de Elizabeth nascer. Os cabelos brancos estavam presos sob uma touca de renda de qualidade notável, a renda em si tão fina que Elizabeth conseguia ver através dela o couro cabeludo translúcido. As mãos, pequenas e manchadas pela idade, estavam cruzadas diante da cintura. O rosto era um mapa de determinação: maçãs do rosto marcadas, boca firme, um queixo que parecia ter sido fixado naquela posição em algum momento do século anterior e não se movera desde então.

Mas foram os olhos dela que detiveram Elizabeth. Escuros, astutos e absolutamente sem piscar, examinavam Elizabeth como um general examinaria um novo recruta: minuciosamente, de modo crítico e sem qualquer expectativa particular de se impressionar.

Também parecia não estar nem um pouco surpresa por Elizabeth olhar diretamente para ela.

Elizabeth pousou a pena.

— Bem — disse a fantasma. — Então é você quem ele desposou.

Sua voz era afiada e clara, e trazia a autoridade inconfundível de uma mulher que passara muito tempo dando ordens e não via por que parar só porque estava morta. O olhar percorreu o rosto de Elizabeth, sua postura, seu vestido, sua escrivaninha, a carta inacabada, e pareceu considerar tudo aquilo insatisfatório.

— Sou eu — disse Elizabeth. — E a senhora é?

— Eu — disse a fantasma, erguendo-se até toda a sua altura, que não era grande, mas de algum modo parecia que deveria ser — sou Dorothea Darcy. Fui a senhora de Pemberley por setenta e sete anos, o que é um tanto mais do que qualquer outra conseguiu, e cuido dela desde então, o que já faz muito mais tempo ainda. Os criados me chamam de Nana. Você pode me chamar de Senhora Darcy, até que eu decida se você merece coisa melhor.

Elizabeth pestanejou.

— Eu sou a Senhora Darcy.

— Sim. Estou ciente. Sou a Senhora Darcy desde 1684. Você é uma espécie de recém-chegada. — Fez uma breve pausa e depois acrescentou, de má vontade: — Suponho que é melhor você me chamar de Nana. Para evitar equívocos.

As duas se estudaram de um lado ao outro do aposento. Elizabeth passara a vida inteira lidando com fantasmas de todo temperamento, dos tímidos aos confusos, dos suavemente melancólicos. Tinha sabido lidar com a autoritária tia Irene, os Pembury briguentos, os mortos desnorteados das estalagens de diligência. Nunca encontrara ninguém exatamente como esta.

— A senhora se casou jovem — observou Elizabeth, recordando a recitação da Senhora Reynolds sobre a linhagem dos Darcy enquanto caminhavam pela galeria de retratos. Dorothea Darcy fora uma noiva bonita e jovem, com uma nítida semelhança com Georgiana, sua tataraneta, se Elizabeth estava correta. Elizabeth não teria reconhecido naquela mulher a jovem do retrato, não fosse por aqueles olhos escuros e perspicazes.

— Casei aos dezesseis anos. Fiquei viúva aos vinte, com um filho que ainda nem andava. Os primos do meu marido desceram sobre a propriedade como corvos sobre uma carcaça, certos de que uma moça de vinte anos não seria capaz de manter uma propriedade deste tamanho. Estavam errados. — O queixo de Nana se ergueu. — Mantive Pemberley para meu filho, criei-o para que a sustentasse depois de mim e, quando ele se casou com uma mulher perfeitamente aceitável de uma família que eu não aprovava, fiquei calada, o que foi o maior sacrifício que já fiz, em vida ou em morte. Estou aqui desde então, porque alguém precisa garantir que os padrões que estabeleci sejam mantidos e, francamente, as mulheres que se casaram com esta família depois de mim foram, no geral, decepcionantes.

— No geral — repetiu Elizabeth.

— Anne era aceitável. A mãe de Fitzwilliam. Não tinha espinha dorsal digna de nota, mas tinha bom gosto, amava o menino e morreu cedo demais para que eu descobrisse suas deficiências. A anterior foi um desastre. Mudou a coleção de Delft azul para o cômodo errado e se recusou a ouvir quando tentei lhe dizer.

— Recusou-se ou não conseguia ouvi-la?

— Ah, recusado. Eu ainda estava viva naquela época. Ninguém que mora nesta casa conseguiu me ver nem me ouvir desde o dia em que morri. Até, ao que parece, você. Nana estreitou os olhos. — O que me deixa com várias perguntas que pretendo ver respondidas.

Elizabeth recostou-se na cadeira, quase aliviada por enfim poder contar a verdade a alguém.

— Eu consigo ver os mortos. Posso fazer isso desde que era muito pequena. É um dom, ou um fardo, dependendo do dia, e eu o carrego por toda a vida. Minha família sabe, mas meu marido não. Por enquanto, prefiro manter assim.

— Por quê?

A pergunta foi direta, e Elizabeth respeitou isso.

— Porque estou casada há menos de uma semana, e suspeito que dizer a um homem que a nova esposa dele vê fantasmas não seja o melhor alicerce para a harmonia doméstica.

— É sensato, suponho. Embora eu não aprove enganos entre pessoas casadas. Meu marido e eu não tínhamos segredos.

— Vocês foram casados por quatro anos.

— O que importa é a qualidade, Senhora Darcy, não o tempo.

Ela atravessou o aposento e se acomodou na cadeira junto à lareira, arrumando as saias ao redor do corpo como se ela ainda estivesse sujeita às leis da física.

— Agora, estou observando você desde que chegou e tenho várias observações a fazer.

Elizabeth ergueu uma sobrancelha.

— Tem mesmo?

— Os cardápios são adequados, mas sem inspiração. A Senhora Reynolds se sai razoavelmente bem com os empregados, mas dá liberdade demais aos lacaios na hora de polir a prata; daqui eu vejo as marcas. O jardim de rosas foi deixado ao abandono desde que o velho Gregson morreu, e o substituto dele não tem o menor jeito para as variedades damascenas. As cortinas da sala de visitas estão desbotadas de forma vergonhosa. E você — ela lançou a Elizabeth um olhar que teria pregado uma mulher menos firme à parede — anda se desviando dos meus fantasmas como uma mulher atravessando um campo enlameado com sapatinhos novos.

Elizabeth não estava prestes a se deixar intimidar por um fantasma.

— Seus fantasmas?

— Eles vivem na minha casa. Isso faz deles minha responsabilidade. Eu cuido disso há cinquenta anos e posso lhe dizer que os criados se comportam perfeitamente bem desde que não sejam importunados, as crianças na galeria são inofensivas, e o cavalheiro da sala de visitas amarela está dormindo desde antes mesmo de eu nascer e dificilmente vai se mexer. Você não precisa andar às escondidas como se esperasse que eles fossem saltar na sua frente.

— Eu não estava andando às escondidas.

— Estava, sim. Eu estava observando. Você não é ruim nisso, concedo, mas ainda não aprendeu a casa e, até aprender, vai continuar cometendo erros. Ontem você quase deu a entender que estava vendo Sarah Dunn no corredor do lado de fora da biblioteca, e a Senhora Reynolds estava a dois passos atrás de você.

Elizabeth sentiu o calor subir ao rosto. Ela quase tinha reconhecido a criada espectral alinhada no saguão de entrada, que devia ser Sarah Dunn, e por muito pouco aquilo não dera errado, de fato. Sarah tinha parado bem no caminho dela, radiante, encantada, como se enfim tivesse encontrado uma senhora da casa digna do nome, e Elizabeth abrira a boca para lhe desejar bom-dia antes de se lembrar de que a Senhora Reynolds vinha logo atrás. Ela disfarçara fingindo uma tosse, o que levara a Senhora Reynolds a lhe oferecer uma tisana, o que acabara levando a uma conversa de vinte minutos sobre o remédio da mãe da governanta para congestão nos pulmões.

— Eu preciso de regras claras — disse Elizabeth, endireitando-se. — Se nós duas vamos dividir esta casa, você e eu, precisa haver um acordo.

— Acordo — repetiu Nana, como se a palavra tivesse um gosto desagradável.

— O quarto principal está fora dos limites. Para todos os fantasmas. Em qualquer hora. Não vou negociar isso.

As sobrancelhas de Nana subiram a uma altura impressionante.

— Eu atravessei aquele quarto livremente desde o dia em que me tornei Senhora Darcy.

— E vai parar. Sou uma mulher recém-casada e não vou aceitar observadores no meu quarto, mortos ou vivos.

— Eu passei por aquele quarto carregando o pai do seu marido nos braços — disse Nana. — Quando ele ainda era pequeno o suficiente para ser carregado. Pisei naquele assoalho e velei por aquela cama em meio a febres, corações partidos e nascimentos de quatro gerações. Você vai me barrar por pudor?

— Vou barrá-la porque ele é meu — disse Elizabeth, com a voz firme. — Meu quarto. Meu casamento. Minha vida privada. Talvez você tenha velado por aquela cama por mais de cem anos, e eu honro o cuidado que isso representa. Mas agora eu sou quem manda nesse quarto, e estou lhe dizendo: aquele quarto é privado. Isso não é um pedido.

O silêncio que se instalou entre elas era elétrico, carregado. Nana estudou Elizabeth com uma intensidade que fez os pelos de seus braços se arrepiarem. Elizabeth sustentou o olhar e não piscou. Lá fora, um pássaro cantava no jardim de rosas; lá dentro, as chamas se moveram e crepitaram.

— E se eu me recusar? — disse Nana, em voz baixa.

— Eu posso ver você — disse Elizabeth, inclinando-se para a frente. — Posso ouvir você. Faço isso a minha vida inteira e, nesse tempo, já lidei com fantasmas furiosos, fantasmas de luto, fantasmas confusos e fantasmas simplesmente teimosos. Nunca encontrei um que eu não conseguisse dominar. Quer descobrir se você é a exceção?

Ela estava blefando. Não fazia ideia se seria capaz de lidar com um fantasma que se recusasse a cooperar. Nunca precisara descobrir; a maioria dos fantasmas reagia bem a uma gentileza firme, e os raros mais difíceis tinham sido manejáveis com paciência e persistência. Mas Nana não sabia disso, e Elizabeth aprendera muito cedo que confiança era uma moeda em si mesma, tanto com os vivos quanto com os mortos.

Nana ficou olhando para ela. Elizabeth sustentou o olhar.

Então Nana riu.

Não foi uma risadinha. Foi uma risada plena, rica, encantada, que encheu o aposento e fez tremular as velas no consolo da lareira, transformando seu rosto de autoridade severa em algo caloroso, surpreso e genuinamente satisfeito. As linhas ao redor de seus olhos se aprofundaram, seu corpo pequeno estremeceu, e por um momento Elizabeth conseguiu ver a garota que ela tinha sido, a noiva de dezesseis anos, a viúva de vinte anos que enfrentara um bando de primos gananciosos e lhes dissera que saíssem da casa dela.

— Bem — disse Nana, acomodando-se de novo na cadeira. — Talvez você sirva, afinal.

Elas conversaram por quase uma hora, e Elizabeth descobriu duas coisas sobre Dorothea Darcy. A primeira era que ela era a pessoa mais teimosa que Elizabeth já conhecera, viva ou morta, e Elizabeth conhecera Lady Catherine de Bourgh. A segunda era que ela não aceitava ser conduzida.

Elizabeth passara a vida lidando com fantasmas. Era o que fazia; ouvia, ajudava, fazia acordos, levava os inquietos em direção à paz e mantinha relações amistosas com aqueles que escolhiam ficar. Era boa nisso. Conseguira lidar com a aspereza da tia Irene, a pompa de Sir Harold, a tagarelice interminável da Senhora Turnbull. Tinha um método, e o método funcionava.

Nana demoliu o método em menos de vinte minutos.

Não era exatamente que ela fosse difícil, embora certamente fosse. Era que ela não operava dentro dos limites normais da relação entre fantasma e médium. Não precisava da ajuda de Elizabeth. Não queria a orientação de Elizabeth. Não estava confusa, nem perdida, nem de luto, nem precisava de manejo delicado. Ela era, e fora por cento e trinta anos, a guardiã autoproclamada de Pemberley. Tinha ideias muito claras sobre como a casa deveria ser administrada, e pretendia compartilhar cada uma delas com a nova Senhora Darcy.

— A ala leste está com infiltração — informou Nana a Elizabeth. — Está assim desde 1763, e ninguém jamais tratou disso como devia. Leve o assunto ao seu marido o quanto antes.

— Estou casada há cinco dias. Ainda não vou levantar questões de reparo estrutural.

— Bobagem! Uma boa esposa deve zelar pela conservação da própria casa.

— Uma boa esposa também deixa o marido terminar o café da manhã antes de discutir infiltração.

— O Senhor Darcy, o meu Senhor Darcy, teria recebido muito bem essa conversa. Ele dava grande atenção à estrutura da casa.

— O seu Senhor Darcy viveu no século dezessete e, suponho, tinha menos opções no café da manhã para distraí-lo.

Nana fungou. Foi um fungar magnífico. Até a tia Irene teria ficado impressionada.

— Além disso — continuou Nana, exatamente como se Elizabeth não tivesse falado — o dourado do espelho na saleta está manchado. Está assim há quarenta anos. Estou olhando para ele todas as manhãs desde 1772, e isso me ofende profundamente.

— Você é um fantasma. Você não usa a saleta.

— Eu a ocupo. E as cortinas da biblioteca são finas demais. Deixam entrar sol demais à tarde, e as lombadas dos volumes mais antigos estão desbotando. Meu filho gastou uma fortuna nesses livros. Seria de imaginar que alguém se importasse o bastante para pendurar um par de cortinas decentes.

Elizabeth ficou dividida entre a exasperação e algo perigosamente próximo de afeto.

— Há alguma coisa nesta casa que tenha a sua aprovação?

Nana refletiu sobre isso.

— Os fogões novos na cozinha são bastante funcionais. Desaprovei quando George mandou instalá-los, mas admito que são uma melhora.

— Que generosidade.

— Não costumo fazer elogios vazios, Senhora Darcy. Se eu lhe digo que algo é satisfatório, a senhora pode confiar plenamente nisso.

Ela fez uma pausa, e sua voz mudou.

— Quanto ao jardim de rosas... isso não é uma questão de gosto. Minha sogra plantou aquelas rosas. Eu mesma cuidei delas, nos anos depois da morte do meu marido, quando eu não tinha nada além de um bebê, um jardim e a vontade de manter ambos vivos. Lady Anne as amava e cuidava delas, e o velho Gregson as entendia. Ele sabia quais precisavam de abrigo e quais suportavam o vento. O substituto dele trata todas da mesma forma, e elas estão morrendo por causa disso.

Elizabeth olhou para ela e viu, sob a imponência, algo que reconhecia. Dor. Não recente, mas profunda, do tipo que se instala nos ossos ao longo dos séculos e se torna indistinguível da pessoa que a carrega. As rosas não eram apenas rosas. Eram as mãos de Nana na terra, aquilo que a mantivera enraizada quando todo o resto lhe estava sendo arrancado.

— Vou olhar o jardim de rosas — disse Elizabeth, em voz baixa. — Não posso prometer restaurá-lo de um dia para o outro, mas vou olhar.

Nana a observou por um instante. Houve uma mudança tão sutil em sua expressão que Elizabeth poderia ter imaginado. Então ela assentiu uma vez, como se um contrato tivesse sido assinado.

— Agora — disse Nana, com vivacidade, retomando o comando — a rotina da casa. A Senhora Reynolds mantém bem a criadagem na linha, mas há desperdício. Os lacaios passam metade da manhã em tarefas que poderiam ser concluídas em um quarto do tempo, se fossem bem dirigidos. As ajudantes da copa vivem fofocando. A segunda arrumadeira tem saído com o ajudante do jardineiro e, embora eu não tenha nada contra romance, desde que se comportem direito, ela vem negligenciando as grelhas do andar de cima, ficando à janela, suspirando por ele, em vez de polir os ferros da lareira.

— A senhora não pode realmente esperar que eu trate com a Senhora Reynolds do caso de amor da segunda arrumadeira.

— Espero que você saiba o que se passa com eles. Uma senhora de Pemberley que não conhece o estado da própria casa é uma senhora que será dominada pela criadagem, e não o contrário.

Elizabeth não tinha muito o que dizer a isso, porque o mais irritante era que Nana estava certa. Elizabeth passara cinco dias aprendendo a superfície de Pemberley; Nana lhe oferecia uma visão do que havia por baixo dela, dos mecanismos, das relações e dos pequenos dramas que faziam a casa funcionar. Eram informações inestimáveis. Também estava lhe sendo transmitida da maneira mais irritante possível.

Ao fim daquela hora, Elizabeth compreendeu que sua relação com Nana seria diferente de tudo o que já havia experimentado. Não se parecia com nenhuma relação que

Elizabeth já tivesse tido com um fantasma, nem mesmo com tia Irene. Era algo mais próximo de uma parceria, ou talvez de um duelo de vontades, entre uma mulher que governara Pemberley por quase oitenta anos em vida e cinquenta na morte, e uma mulher que estava oficialmente no comando havia menos de uma semana.

— Eu virei vê-la todas as manhãs — anunciou Nana, levantando-se da cadeira. — Falaremos da casa, dos empregados, dos cardápios e de quaisquer assuntos que exijam sua atenção. Você poderá me fazer perguntas sobre a casa e sua história, e eu as responderei, se julgar que as perguntas são dignas disso. Em troca, você vai tratar da umidade na ala leste e devolver o roseiral ao padrão que lhe é devido.

— Isso não é uma negociação — observou Elizabeth. — É uma lista de exigências.

— Sim — concordou Nana serenamente. — Acho que exigências funcionam melhor do que pedidos. Poupa-se uma boa quantidade de tempo. — Ela fez uma pausa à porta, voltou-se e encarou Elizabeth com uma expressão que se abrandara no menor e mais relutante dos graus. — Você tem fibra, Senhora Darcy. Eu não esperava gostar de você. Reservo-me o direito de mudar de ideia, mas, por ora, você me serve muito bem.

Ela se foi antes que Elizabeth conseguisse formular uma resposta, o que ela suspeitava ser inteiramente deliberado.

Elizabeth ficou sentada sozinha em seu salão, cercada pelo silêncio de uma casa que não era, e jamais seria, verdadeiramente silenciosa. Pela janela, o roseiral se estendia abaixo dela, invadido pelo mato e emaranhado, as variedades damascenas que Nana tanto amara sufocadas por corriola e abandono. Ela podia ver, agora que estava olhando, que aquilo já fora belo. Também podia ver que poderia voltar a ser belo.

Ela pegou a pena e virou para uma folha nova de papel.

"Minha queridíssima Jane," escreveu. *"Conheci a pessoa mais extraordinária. Ela está morta há cinquenta anos, tem opiniões sobre minhas cortinas e acredito que talvez venha a ser minha confidente mais íntima, depois de você.*

Não sei se devo ficar encantada ou horrorizada. Suspeito que estarei as duas coisas, em medidas mais ou menos iguais, no futuro previsível."

Ela fez uma pausa, considerou a carta e acrescentou: *"A casa tem muito caráter. Mais do que eu imaginava. Estou conseguindo lidar. Kitty manda seu amor."*

Ela lacrou a carta, pôs-na de lado e ficou um momento olhando para o roseiral. Então se permitiu uma única risada de incredulidade.

Passara a vida inteira conduzindo os mortos com gentileza. Em Pemberley, ao que parecia, os mortos queriam conduzi-la.

Capítulo Seis

Nana chegou às sete e meia da manhã seguinte, antes que Elizabeth terminasse seu chocolate.

— Você está atrasada — anunciou Nana, acomodando-se na cadeira junto ao fogo como se a usasse havia décadas, o que, Elizabeth supunha, de fato acontecia. — Estou esperando desde as sete.

— Eu não sabia que tínhamos combinado às sete.

— Não combinamos nada. Eu disse que viria visitá-la todas as manhãs. A manhã começa às sete.

— A manhã começa — disse Elizabeth — quando eu tomo meu chocolate. Isso não está em discussão.

Nana lançou um olhar para a xícara na mão de Elizabeth com a expressão de uma mulher que morrera antes de o chocolate virar moda e não estava inteiramente convencida de que devesse ter virado.

— No meu tempo, nos levantávamos com o sol.

— No seu tempo, não havia chocolate. Considero isso um argumento a favor da modernidade.

Algo que talvez fosse divertimento passou pelo rosto de Nana, rapidamente reprimido.

— Muito bem. Oito e meia. Mas nem um minuto depois.

Ela tirou de algum lugar entre as dobras do vestido o que parecia ser uma lista bastante extensa.

Elizabeth piscou. Nana teria materializado aquela lista por pura força de vontade? Ela era, de fato, um fantasma extraordinário.

— Agora. A ala leste — começou Nana.

— Nós discutimos a ala leste ontem.

— Nós não discutimos isso o suficiente. A umidade se espalhou desde o inverno passado, e há uma rachadura no reboco acima do corredor do segundo andar que não teria sido tolerada no meu tempo. Também observei que o novo jardineiro tem podado a alameda de tílias de maneira incorreta. Ele corta perto demais do tronco. As árvores vão sofrer com isso em cinco anos.

Elizabeth baixou a xícara.

— Nana, qual é o tamanho dessa lista? Eu não posso reorganizar Pemberley inteira antes do almoço.

— Não estou pedindo que você reorganize Pemberley inteira. Estou pedindo que preste atenção. Há uma diferença.

Ela fitou Elizabeth com aqueles olhos escuros e astutos.

— Agora. Quer que eu apresente você aos outros ou pretende continuar se esgueirando por aí como se tivesse medo da própria casa?

Elizabeth abriu a boca para protestar que não estava se esgueirando, lembrou-se de que perdera aquela discussão no dia anterior e tornou a fechá-la.

— O que você quer dizer com me apresentar aos outros? — perguntou, em vez disso.

— Você tem evitado todos eles. Os criados, os residentes mais antigos, todos que tentaram chamar sua atenção. Eles sabem que você consegue vê-los, Senhora Darcy. As notícias correm rápido entre os mortos. Sarah Dunn nunca soube guardar um segredo em vida, muito menos na morte.

Então era o fim da discrição. Elizabeth pensou em todo o cuidado que tivera para evitá-los, nas expressões controladas, nos cinco dias fingindo que não via nada, e sentiu uma onda de algo entre frustração e alívio.

— Se eles já sabem, então suponho que não adianta fingir o contrário.

— Nenhuma mesmo. Venha comigo.

Nana se levantou da cadeira.

— Vou levá-la para uma visita. A visita adequada, não aquela que seu marido lhe fez, que foi totalmente inadequada.

Nana conduziu a visita pelos mortos de Pemberley com a mesma autoridade enérgica que aplicava a todo o resto. Ela cruzou os corredores com Elizabeth atrás, e os habitantes fantasmas da casa se apresentaram com uma formalidade que sugeria que Nana os avisara com antecedência e que todos fariam bem em se comportar da melhor maneira possível.

Os criados vieram primeiro. Sarah Dunn, a arrumadeira que Elizabeth vira perfilada no saguão de entrada, ficou tão encantada por ser formalmente reconhecida que fez quatro reverências em rápida sucessão e Nana precisou mandá-la se compor. Estava morta havia doze anos, servira em Pemberley por vinte antes disso e, como informou a Elizabeth com sincera convicção, jamais permitira uma única teia de aranha em qualquer canto sob sua responsabilidade.

— Era uma criada competente — reconheceu Nana. — Sua sucessora não é.

— Minha sucessora — disse Sarah, com ar magoado — não tira o pó atrás do relógio no patamar do segundo andar. Eu venho observando.

Havia outros. Uma cozinheira do século anterior que assombrava a cozinha e concordava com Nana que os fogões eram uma melhora, mas desaprovava o uso de noz-moscada pela cozinheira atual. Um valete que servira ao avô de Darcy e comentou, com uma expressão de dolorida preocupação, a maneira como os casacos do atual Senhor Darcy eram passados.

Elizabeth cumprimentou cada um deles, aprendeu seus nomes, perguntou havia quanto tempo estavam em Pemberley. Era o mesmo trabalho que sempre fizera, a tarefa paciente e prática de reconhecer os mortos. Em Longbourn, era um punhado. Em Netherfield, quatro. Ali, só os criados já somavam mais de uma dúzia, e isso antes de Nana levá-la além dos aposentos de serviço.

A apresentação mais divertida foi a do mordomo e da governanta, que ocupavam extremidades opostas do salão dos criados e discutiam havia tanto tempo que ninguém mais se lembrava desde quando. O Senhor Graves, o mordomo que Elizabeth vira perfilado no saguão de entrada, era georgiano; a Senhora Alcott, a governanta, morrera durante o reinado da rainha Anne. Nunca haviam se conhecido em vida, separados por várias décadas, mas na morte tinham desenvolvido a intimidade combativa de um casal antigo, discordando sobre tudo, desde a temperatura correta para servir o clarete até o método apropriado de guardar a roupa de cama.

— O clarete deve ser trazido duas horas antes do jantar — informou o Senhor Graves a Elizabeth, com o ar de um homem proclamando uma verdade sagrada.

— Tolice — retrucou a Senhora Alcott do outro lado do salão. — Uma hora é suficiente. Duas horas e ele azeda.

— Vinho tinto não vira vinagre. Você está pensando em cerveja.

— Não estou pensando em nada disso. Tomei conta desta casa por vinte e sete anos e sei perfeitamente como administrar uma adega.

— A senhora foi governanta da casa num século totalmente desprovido de bom gosto — disse o Senhor Graves, e a expressão da Senhora Alcott sugeria que ela considerava seriamente se um fantasma podia arrancar as orelhas de outro fantasma.

Na galeria longa, as duas crianças estavam esperando. Desta vez, permaneciam imóveis, de mãos dadas, observando Elizabeth se aproximar, de olhos arregalados e expressão solene, como se lhes tivessem dito que se comportassem, mas não soubessem muito bem por quê. O menino devia ter uns dez anos; a menina, um ou dois a menos; e usavam roupas do fim do século XVII, bem-feitas, mas simples.

— Edmund e Charlotte — disse Nana. — O irmão mais novo e a irmã mais nova do meu marido. Morreram de escarlatina alguns anos antes de eu vir para a casa. Desde então, vivem correndo um atrás do outro por esta galeria, o que eu permito, porque são crianças e crianças precisam brincar, mas não admito que atravessem correndo a sala de desjejum durante as refeições.

— Nós só fizemos isso uma vez — disse o menino.

— Vocês fizeram isso quatro vezes numa única semana, e o Senhor Darcy, o atual, comentou sobre as correntes de ar.

Elizabeth olhou para eles, aqueles rostinhos pequenos e solenes, e sentiu o aperto familiar que sempre vinha diante de crianças que tinham morrido cedo demais. Não estavam aflitos, nem confusos; tinham Nana, que deviam ter visto chegar a Pemberley como uma jovem noiva e viver ali por quase oitenta anos depois disso. Ela devia ter sido a pessoa mais constante que haviam conhecido; desde a própria morte, passara a aceitá-los como família, administrando-os com a mesma mão de ferro que aplicava a todo o resto. Mas eram tão jovens, duas crianças entregues a brincadeiras que ninguém mais podia ver, e Elizabeth sentiu um aperto no peito.

— Fico muito feliz em conhecer vocês dois — disse ela, e falava sério.

O rosto de Charlotte se abriu num sorriso largo. Edmund manteve a dignidade por aproximadamente três segundos antes de perguntar:

— Você consegue mesmo nos ver? De verdade? Não só sombras?

— De verdade — confirmou Elizabeth. — Cada detalhe. Suas meias não combinam, Edmund.

Ele olhou para baixo, alarmado. Charlotte desatou a rir, radiante, e até o canto da boca de Nana se contraiu.

Da galeria, Nana a levou até a sala de estar amarela, onde o cavalheiro idoso de peruca ainda cochilava.

— Sir Roderick Darcy — disse Nana, baixando a voz, embora Elizabeth não tivesse certeza de que fantasmas pudessem ser despertados. — O bisavô do meu marido. O fantasma mais antigo de Pemberley que conseguimos identificar; há alguns vultos mais tênues, claramente ainda mais antigos pelas roupas, mas não falam e não sabemos seus nomes. Nenhum de nós jamais falou com Sir Roderick nem o viu acordado. Ele simplesmente fica sentado, dorme e não incomoda ninguém. Prefiro que o deixem em paz.

— Eu não tinha intenção de incomodá-lo.

— Ótimo. Quando estava acordado, tinha fama de ser um homem excepcionalmente desagradável.

Na biblioteca estava a mulher que lia, que se revelou uma antiga preceptora chamada Senhorita Pardoe. Servira à família na década de 1740, amara a biblioteca acima de qualquer outro aposento e simplesmente nunca mais deixara o aposento depois que a gripe a levou num inverno de frio cruel. Mal ergueu os olhos quando foi apresentada, murmurou algo educado e voltou ao livro com um ar que parecia indicar que já tinha sido interrompida o bastante por um século inteiro.

Mas foi o jardim de rosas que fez Elizabeth estacar.

Elas saíram pela porta lateral para a manhã de outubro, o ar fresco e cortante, o jardim se estendendo diante delas em toda a sua glória, agora tomado pelo mato e pelo abandono. E ali, sentada no banco de pedra sob a velha roseira trepadeira, estava uma mulher que Elizabeth ainda não tinha visto.

Era bastante jovem, talvez tivesse trinta anos, e se vestia no elaborado estilo elisabetano: uma gola rígida, um corpete bordado, um verdugado tão largo que ocupava quase todo o banco. Os cabelos escuros estavam presos sob um toucado adornado de joias, as mãos pousavam no colo, e ela sorria.

Não para Elizabeth. Nem para Nana. Para as rosas.

— Lady Margaret Darcy — disse Nana, e sua voz tinha ficado baixa, desprovida do comando habitual. — A esposa de Sir Roderick. Foi ela quem plantou as primeiras rosas deste jardim. Antes da minha sogra, antes de mim. Foi ela quem traçou os canteiros e trouxe as variedades damascenas da propriedade em Kent onde nasceu. Está sentada aqui desde então.

— Ela não fala?

— Nunca falou. Nem comigo, nem com qualquer fantasma que eu tenha conhecido. Ela se senta, sorri e cuida do jardim à sua maneira, seja lá como os mortos cuidem das coisas. É a mais antiga entre nós, junto com Sir Roderick, e a mais pacífica.

Elizabeth observou Lady Margaret por algum tempo, em silêncio. O sorriso do fantasma era sereno, sem perturbação alguma, inteiramente voltado para as rosas, que, mesmo no atual estado de abandono, ainda eram belas como coisas antigas e assentadas são belas: a ossatura do jardim visível sob o excesso de folhagem, a estrutura firme embora os detalhes tivessem se perdido.

— Eu vou restaurá-lo — disse Elizabeth, e dessa vez não era uma concessão, mas uma decisão. — Não só por você. Por ela.

Nana não disse nada. Mas inclinou a cabeça, e o gesto teve mais peso do que quaisquer palavras que pudesse ter oferecido.

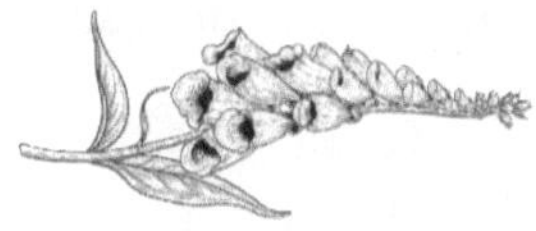

O café da manhã naquela manhã foi uma prova de resistência.

Elizabeth chegou à mesa depois de passar uma hora sendo apresentada à população espectral de uma propriedade com quatrocentos anos de história. Esperava-se que se sentasse, comesse torradas, conversasse como se nada de importante tivesse acontecido. Darcy já estava sentado, lendo uma carta de seu administrador. Georgiana passava manteiga no pão com a concentração cuidadosa que dedicava a tudo. Senhora Annesley estava com o olhar um pouco ausente de alguém que não dormira bem e ainda preferia estar na cama. Kitty foi a última a chegar, um pouco sem fôlego, com os cabelos não tão arrumados quanto deveriam; estivera explorando a propriedade antes do café da manhã, disse ela, e encontrara a mais maravilhosa trilha ao longo do rio.

— Você está com muito bom aspecto esta manhã — disse Darcy a Elizabeth, pondo a carta de lado. — O ar do campo faz bem a você.

— Sempre preferi o campo — disse Elizabeth, aceitando o chá do lacaio e notando, pelo canto do olho, o criado de quarto espectral pairando atrás da cadeira de Darcy e se encolhendo diante de um vinco em seu casaco. — Embora eu admita que o ar do campo de Pemberley seja um tanto mais grandioso que o de Hertfordshire.

— Tudo em Pemberley é mais grandioso do que em Hertfordshire — observou Kitty, alegremente. — Até os pãezinhos do café da manhã são maiores. Eu gostaria de saber como a cozinheira consegue isso.

— Uma boa cozinha e um padeiro prestativo — disse Senhora Reynolds, aparecendo à porta com a correspondência da casa daquela manhã. — Senhora Darcy, quando a senhora puder dispor de um momento depois do café da manhã, eu gostaria de discutir os cardápios da próxima semana.

— Certamente — disse Elizabeth. — Também gostaria de falar sobre o jardim de rosas, se a senhora tiver tempo. Parece ter sido um tanto negligenciado.

Senhora Reynolds pareceu surpresa e depois satisfeita.

— Foi mesmo, senhora, desde que o velho Gregson morreu. Eu já mencionei isso ao homem novo, mas ele tem as próprias ideias.

— Então talvez ele e eu devamos ter uma conversa sobre de quem são as ideias que devem prevalecer — disse Elizabeth, em tom brando, e percebeu, pelo canto do olho, um lampejo de movimento junto à porta que bem poderia ser Nana, assentindo.

Kitty lançou a Elizabeth, por cima da mesa, um olhar rápido e avaliador. Elizabeth devolveu o olhar com o mais leve dos meneios de cabeça: *Estou bem.* Kitty manteve o olhar por um instante a mais do que o necessário, lendo ali alguma coisa que a satisfez, e voltou ao café da manhã.

Era perfeito. Sempre fora perfeito. Em Longbourn, o sistema tinha sido construído entre as irmãs ao longo de anos de prática: as checagens silenciosas, as distrações inventadas, a maneira como as outras moças percebiam quando a atenção de Elizabeth se dividia entre o mundo visível e aquele que só ela podia ver. Ali em Pemberley, com muito mais em jogo, os fantasmas muito mais numerosos e só Kitty para cuidar de suas costas, o sistema estava sendo levado ao limite como nunca antes, mas resistia.

Georgiana encontrou o olhar de Kitty e sorriu, um sorriso tímido, hesitante, como se ainda não tivesse certeza absoluta de que lhe era permitido ser feliz.

— Vamos caminhar até o lago depois do café da manhã? — perguntou ela. — Eu gostaria de lhe mostrar de perto o pavilhão ornamental.

— Eu gostaria muito — disse Kitty, e o entusiasmo em sua voz era genuíno, não forçado. Ela vinha observando Georgiana com a mesma atenção silenciosa que dedicava a tudo em Pemberley, e estava aprendendo, depressa, quais assuntos faziam Georgiana florescer e quais a levavam a recuar. Londres era empolgante, mas assustadora. O irmão dela era adorado, mas ligeiramente assustador. Música era terreno seguro. Wickham não era, embora Kitty ainda não soubesse por quê. Elizabeth não forçaria esse assunto; Georgiana o revelaria no seu devido tempo, ou não. Kitty navegava por tudo isso com uma perspicácia instintiva que Elizabeth achava silenciosamente notável.

Ela também estava fazendo outra coisa, algo que Elizabeth não havia esperado. Estava aprendendo Pemberley. Não apenas a geografia da casa, embora também aprendesse isso, memorizando corredores e escadas com uma rapidez que Elizabeth não esperara dessa irmã que começava a perceber ter sempre subestimado um pouco. Kitty estava aprendendo a geografia social: como Senhora Reynolds dirigia a casa, em quais criados podia confiar, como a timidez de Georgiana funcionava e como contorná-la. Estava estudando os ritmos da grande casa como um dia estudara os ritmos de Meryton, e se adaptava a eles com uma rapidez que teria espantado qualquer pessoa que ainda pensasse nela como a tola Kitty Bennet, a sombra de Lydia.

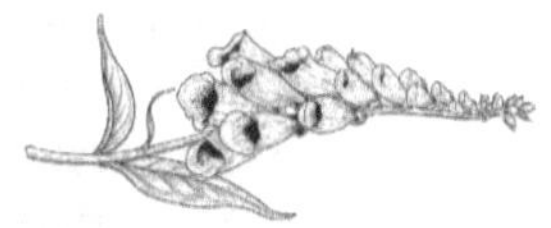

Depois do café da manhã, Elizabeth caminhou pela propriedade com Darcy. Ele lhe mostrou a fazenda principal, as casas dos arrendatários visíveis da crista da elevação, o riacho onde pescara quando menino. Falou de seus planos para a propriedade com aquela paixão silenciosa que ela aprendia a reconhecer: Darcy não se entusiasmava exatamente; apenas se tornava mais específico, e suas frases ficavam mais longas e mais detalhadas à medida que seu interesse se intensificava. Elizabeth ouviu, fez perguntas e descobriu que estava genuinamente interessada. A administração de uma grande propriedade era um assunto que ela jamais tivera motivo para estudar, e ainda assim atraía a mesma parte de sua mente que apreciava problemas, padrões, a satisfação das coisas bem feitas.

Ao mesmo tempo, porém, ela estava consciente de quatro fantasmas observando-os de vários pontos ao longo do caminho. O valete espectral, seguindo Darcy a uma distância respeitosa. Um jardineiro do século anterior, cuidando de um canteiro de flores que já não existia. Um dos irmãos criados do estábulo, consideravelmente mais sólido ali nos jardins do que parecera no saguão de entrada, montando um cavalo espectral. E, de pé sobre a ponte do riacho, um homem em trajes do fim do período Tudor, observando-os passar com uma expressão de profundo desagrado.

— Aquela ponte foi construída no lugar errado. Eu disse isso na época. Ninguém me deu ouvidos na época, e duvido que alguém vá me dar agora — chamou o cavalheiro Tudor atrás deles, com a voz carregada da indignação de quem alimentava aquela queixa havia duzentos anos.

Elizabeth manteve o rosto admiravelmente impassível. Darcy, caminhando a seu lado, apontou um grupo de carvalhos que o avô plantara e disse alguma coisa sobre o rendimento da madeira.

— Falarei com o senhor mais tarde — murmurou Elizabeth, sob o pretexto de examinar uma sebe, e o cavalheiro Tudor pareceu tão espantado por estar sendo ouvido que se calou, no que ela suspeitou ser a primeira vez em dois séculos.

A manhã estava linda, os jardins estavam lindos, seu marido era lindo, embora, no caso de Darcy, nunca tivesse sido tanto uma questão da disposição de seus traços, e sim da seriedade de sua atenção. Ele tomou a mão dela enquanto voltavam em direção à casa. Ela segurou a mão dele e, por longos trechos, era simplesmente uma mulher caminhando com o homem que amava por jardins que pertenciam aos dois, os fantasmas não passando de uma percepção secundária, um zumbido familiar nas bordas de sua consciência.

Mas então atravessavam uma porta; um criado espectral fazia uma reverência, ou uma figura translúcida cruzava o corredor à deriva, ou Nana surgia ao seu lado com um lembrete sobre as cortinas desbotadas da sala de estar. Os dois mundos colidiam, e Elizabeth tinha de recompor a expressão, voltar-se para Darcy, dizer alguma coisa sobre o tempo ou o papel de parede como se não tivesse acabado de ser abordada por uma mulher morta havia meio século.

Aquela era sua vida agora. Aquela sempre fora sua vida, mas a escala daquilo ali, naquela casa vasta, antiga e apinhada de fantasmas, era algo para o qual ela não estivera preparada. Ela estava conseguindo. E continuaria conseguindo. Mas o esforço, a representação incessante da normalidade, começava a se entranhar em seus ossos como um cansaço que ela não conseguia afastar.

Kitty a encontrou na sala de visitas antes da refeição da manhã, sentou-se a seu lado sem dizer nada, tomou sua mão e a segurou.

— Estou bem — disse Elizabeth.

— Eu sei — disse Kitty. — Estou segurando sua mão porque quero, não porque você precise de mim.

Elizabeth sorriu e sentiu o cansaço aliviar, ainda que só um pouco, e pensou: *Eu consigo. Tenho Kitty, e tenho Nana, e tenho um marido que me ama, mesmo que ainda não conheça tudo o que há em mim.*

Afinal, ela não tinha muita escolha.

Capítulo Sete

A culpa era de Kitty, o que era injusto, porque Kitty não tinha feito nada de errado.

Elizabeth mandou chamar a costureira. Era um gesto de afeto; embora nenhum esforço ou despesa tivesse sido poupado na composição do enxoval de Elizabeth, e ela estivesse muito bem preparada para a nova vida como Senhora Darcy, Kitty chegara a Pemberley com um guarda-roupa adequado a Hertfordshire, e isso não bastava. Se Kitty fosse acompanhar Georgiana a Londres na primavera, precisaria de vestidos que não a denunciassem como filha de um cavalheiro do campo no instante em que entrasse num salão, e a costureira de Lambton, calorosamente recomendada pela Senhora Reynolds, viera à casa naquela manhã com amostras de tecido e figurinos de moda, discretamente determinada a honrar a irmã da Senhora Darcy.

Seriam pelo menos duas horas, calculou Elizabeth. Duas horas em que Kitty seria alfinetada, medida e virada de um lado para o outro, e em que Elizabeth estaria, pela primeira vez desde que chegara a Pemberley, inteiramente sem seu amparo.

Ela não pretendera ir para a galeria comprida. Estava indo para a biblioteca, com a intenção de passar uma hora tranquila lendo na companhia da espectral Senhorita Pardoe. Mas Edmund e Charlotte a encontraram no corredor, ofegantes e insistentes, puxando sua atenção do mesmo modo que crianças vivas puxam uma manga.

— Você prometeu — disse Edmund, postando-se em seu caminho com a certeza inabalável de um menino que sabia estar com a razão.

Elizabeth não prometera nada, de fato. Dissera que visitaria a galeria em breve, o que Edmund aparentemente tomara por uma promessa formal.

— Por favor — acrescentou Charlotte, e a palavra trazia o peso devastador de uma criança que não pudera pedir nada durante um século e meio.

Então Elizabeth foi até a galeria. Ela nunca conseguira resistir a crianças, vivas ou mortas; Darcy estava fora de casa, Georgiana e Senhora Annesley estavam na sala de música, e Sarah Dunn prometera avisá-la se algum dos empregados da casa, entre os vivos, se aproximasse.

A galeria estava silenciosa, a luz de outubro entrando em longas colunas pálidas através das janelas altas. Edmund e Charlotte tinham mais presença ali do que em qualquer outro ponto da casa, os traços mais nítidos, as roupas mais definidas, os detalhes de seus rostos claros o bastante para que Elizabeth pudesse contar as sardas de Charlotte. Eles corriam por aquela galeria havia mais de um século, e o lugar os conhecia, os abrigava, lhes dava substância.

— Conte-nos sobre lá fora — quis saber Edmund, sentando-se de pernas cruzadas no chão com o ar de um menino se preparando para um cerco. Charlotte sentou-se ao lado dele, acomodando as saias em volta dos joelhos numa imitação inconsciente do irmão.

— Lá fora?

— Além dos jardins. Além do parque. Nós não conseguimos ir além do ha-ha, e Charlotte nunca passou da ponte.

— Eu fui até a ponte uma vez — corrigiu Charlotte. — Mas fiquei muito fraca.

Elizabeth sentou-se no banco da janela, acomodando-se de modo a ficar de frente para as crianças, sem perder de vista toda a extensão da galeria. Uma precaução. A porta na extremidade oposta estava fechada, e Sarah Dunn atravessaria a porta e faria um gesto se alguém estivesse vindo.

Ou era nisso que ela acreditava.

— O que vocês gostariam de saber? — perguntou.

— Tudo — respondeu Edmund.

— Esse é um assunto bem vasto.

— Comece por Londres — disse Charlotte. — Nana diz que Londres é barulhenta, cheira a cavalos e que as ruas são uma vergonha para a civilização. Mas ela não vai a Londres desde que estava viva, e isso foi uma eternidade atrás, então talvez esteja errada.

— Nana raramente está errada — disse Elizabeth, sorrindo. — Londres é barulhenta, e realmente cheira a cavalos, e as ruas frequentemente são uma vergonha. Mas também está cheia de coisas maravilhosas. Teatros, livrarias, parques, o rio, e mais gente do que você conseguiria contar mesmo que passasse um ano inteiro tentando.

— Tem fantasmas em Londres? — perguntou Edmund.

— Muitos, suponho. Não passei tempo suficiente lá para conhecê-los bem; só estive na casa do meu tio uma ou duas vezes, e ela é nova. Não há fantasma nenhum. — Eles pareceram quase desapontados com isso, então ela se apressou a acrescentar: — Mas há edifícios em Londres ainda mais antigos do que Pemberley. Alguns construídos antes mesmo de os normandos chegarem; nós paramos brevemente numa estalagem de diligências que se orgulhava disso. Fiquei feliz por não precisar entrar, para falar a verdade.

— Deve ter um monte de fantasmas lá — disse Edmund, parecendo bastante satisfeito com a ideia.

Meninos eram sempre meninos, interessados no gótico e no macabro, pensou Elizabeth, ocultando um sorriso divertido. Mesmo quando eles próprios estavam mortos.

— Mas seriam diferentes — observou ela. — Os fantasmas de Londres seriam, em sua maioria, estranhos, de passagem. Aqui, vocês todos são família, ou quase isso. Não é a mesma coisa.

Charlotte se iluminou num sorriso radiante.

— Nana diz que nós fazemos parte de Pemberley. Diz que a casa não seria a mesma sem nós.

— Nana também está certa nisso.

— Ela está certa sobre quase tudo — disse Edmund, resignado; ele já tinha posto essa ideia à prova muitas vezes e saíra derrotado em todas. — Ela diz que você é passável, e isso é o melhor que já disse de qualquer pessoa que não tenha nascido Darcy desde Annie.

— Aquela é Lady Anne — sussurrou Charlotte. — A mãe do Senhor Darcy. Nana gostava muito dela.

— É? — Elizabeth arquivou aquilo na mente. Nana falara de Lady Anne com aprovação, até com certa ternura, mas ouvir isso confirmado pelas crianças dava à informação outro peso. Nana não aprovava ninguém com facilidade; seu amor, suspeitava Elizabeth, ela concedia menos ainda.

— Ela chorou quando Annie morreu — disse Edmund. — Eu não sabia que fantasmas podiam chorar. Mas Nana podia.

Elizabeth ia responder quando ouviu, tarde demais, o rangido suave de uma porta. Não a do extremo oposto da galeria, que ela vinha observando, onde Sarah Dunn estava postada para alertá-la sobre intrusos. A porta atrás dela, a que levava, por uma antessala, à sala de música.

Ela se virou. Georgiana estava à porta, uma das mãos ainda sobre a maçaneta, os olhos arregalados.

O silêncio que se seguiu foi o mais alto que Elizabeth já vivera.

O olhar de Georgiana passou de Elizabeth para o ar vazio ao lado dela, para o lugar onde Edmund e Charlotte estavam sentados no chão, invisíveis para ela, e voltou ao rosto de Elizabeth. Sua expressão não mostrava nada do alarme que Elizabeth esperava encontrar. Havia surpresa, sim, e curiosidade, e sob ambas um lampejo de reconhecimento, como se uma pergunta que ela carregava havia muito tempo enfim começasse a encontrar resposta.

— Elizabeth — disse Georgiana com cuidado. — Com quem você estava falando?

Uma dúzia de mentiras lhe ocorreu na mesma hora. A acústica da galeria. Ensaiando uma carta em voz alta. Falando sozinha, um péssimo hábito, mortificante. Qualquer uma teria servido, com a risadinha certa, com o gesto certo da mão. Elizabeth passara a vida inteira dando esse tipo de desculpa, e era boa nisso.

Mas os olhos de Georgiana estavam firmes, e não havia medo neles, e Elizabeth sentiu um cansaço nos ossos de mentir para as pessoas que amava.

— Quer vir se sentar? — disse Elizabeth.

Georgiana atravessou a galeria e se sentou no banco da janela, as mãos cruzadas no colo, as costas rígidas. Parecia, pensou Elizabeth, uma moça que tinha se preparado para alguma coisa sem saber exatamente o que era.

— Eu vejo os mortos — disse Elizabeth. — Consigo fazer isso desde criança. Há dois fantasmas nesta galeria, Edmund e Charlotte, parentes distantes seus, e são crianças. Eu estava falando com eles. Eu sei como isso soa, e sei que você não tem motivo algum para acreditar em mim, e vou entender perfeitamente se achar que enlouqueci.

Georgiana ficou em silêncio. Elizabeth observou seu rosto, procurando o lampejo de dúvida, o início de um afastamento, a cautelosa neutralidade que significaria tê-la perdido.

— Eu não acho que você tenha enlouquecido — disse Georgiana devagar. — Acho que você explicou uma coisa sobre a qual me pergunto há anos. — Ela olhou ao longo da galeria, o olhar percorrendo as janelas, os retratos, a longa extensão do piso polido. — Este cômodo sempre pareceu diferente. Quando eu era pequena, costumava me sentar aqui e sentir como se alguém estivesse sentado comigo. Não era assustador. Apenas... presente. Como se o cômodo não estivesse inteiramente vazio, mesmo quando eu era a única pessoa ali. Às vezes eu tinha vontade de correr, embora não de fugir; como se estivesse brincando de correr atrás com outra criança.

Elizabeth olhou para Edmund e Charlotte. Os dois sorriam, radiantes, e assentiam com vigor.

— Você não estava sozinha. E eles estavam tentando brincar com você. Você deve ter percebido isso de algum modo.

— Que extraordinário! — disse Georgiana, e um pequeno sorriso maravilhado tocou seus lábios. Ela fez uma pausa. — Meu irmão sabe? Sobre... isso, que você pode vê-los?

— Não — admitiu Elizabeth.

— Vai contar a ele?

— Vou. Quando eu estiver pronta. Ainda não encontrei o momento certo e, confesso, tive medo de encontrá-lo.

Georgiana refletiu sobre aquilo com a seriedade com que encarava tudo. — Ele vai acreditar em você — disse por fim. — Ele acredita em tudo o que você lhe diz. Nunca vi meu irmão confiar em alguém como confia em você.

As palavras cravaram-se em Elizabeth bem no peito, naquele lugar onde culpa e gratidão vinham convivendo de modo desconfortável desde o dia do casamento. — Espero que você esteja certa.

— Raramente acerto em alguma coisa — disse Georgiana, com um lampejo de autodepreciação que fez Elizabeth se lembrar dolorosamente de Darcy. — Mas sobre meu irmão, acerto.

Edmund escolheu esse momento para anunciar:

— Ela está sentada no meu lugar.

Elizabeth apertou os lábios.

— Edmund diz que você está sentada no lugar dele.

Georgiana se sobressaltou, olhou para o banco da janela e então riu, um som claro e surpreso que ecoou pela galeria.

— Peço desculpas a ele. Onde devo me sentar?

— Ele tem dez anos e está morto há cento e cinquenta anos, mais ou menos. Pode muito bem ceder o lugar na janela.

— Eu ouvi isso — disse Edmund, e Charlotte riu, um som leve, cristalino, que trouxe consigo a mais tênue das brisas.

Georgiana deve tê-la sentido, porque tocou a face, os olhos se arregalando. — Isso foi...? — perguntou timidamente.

— Charlotte está rindo do irmão — disse Elizabeth com carinho. — Ela se parece bastante com você, sabia? Embora o cabelo dela seja mais escuro. A semelhança com os Darcy é muito forte.

Tanto Charlotte quanto Georgiana pareceram encantadas por Elizabeth achar que se pareciam, e Georgiana pareceu relaxar um pouco.

Nana apareceu em menos de uma hora, atraída — Elizabeth suspeitava — por algum instinto que lhe dizia que algo significativo mudara na casa.

Ela se materializou à porta da sala de Elizabeth, lançou um olhar para Georgiana sentada na cadeira junto ao fogo, ainda um pouco pálida, e disse:

— Ah.

— Ah.

— Georgiana sabe — disse Elizabeth.

— Estou vendo que ela sabe. A menina está sentada na minha cadeira.

Nana entrou na sala como uma rajada, irradiando desagrado com a interrupção de sua rotina.

— Saia daí.

— Nana — disse Elizabeth. — Ela não pode ouvi-la.

— Então diga você.

Elizabeth suspirou.

— Georgiana, você está sentada na cadeira de Nana. Ela gostaria que você mudasse de lugar e, ao contrário de Edmund, não acho que vá ceder — disse Elizabeth.

Georgiana se levantou tão depressa que quase derrubou o anteparo da lareira.

— Me desculpe, eu não... como... onde eu deveria...

— Sente-se em qualquer outro lugar — disse Elizabeth. — Nana vai avisar se aquilo também estiver errado.

Georgiana escolheu o canapé e se empoleirou na beirada, com os olhos arregalados correndo pela sala como se pudesse, de repente, desenvolver a capacidade de ver o que Elizabeth via.

— Ela está aqui? Agora mesmo? Nesta sala?

— Ela está sempre nesta sala a esta hora. Ela tem uma rotina.

— Eu tenho padrões — corrigiu Nana. — São conceitos distintos.

— Ela diz que tem padrões — repassou Elizabeth, e Georgiana soltou um som meio riso, meio suspiro, e levou as duas mãos à boca.

— Nana é a Senhora Dorothea Darcy — disse Elizabeth, enquanto Nana se sentava e ajeitava as saias. — Ela é sua tetravó e viveu até quase os cem anos. O bastante para embalar seu pai nos braços quando ele era bebê.

Georgiana pareceu profundamente impressionada e inclinou a cabeça com respeito em direção ao assento que acabara de desocupar.

— Nana — disse Elizabeth, voltando-se para o fantasma. Esta é Georgiana. Sua tetraneta. Há algo que gostaria de lhe dizer?

Nana observou Georgiana com atenção. A rigidez de seu rosto se suavizou, não por completo, porque o rosto de Nana não fora feito para a suavidade, mas do mesmo jeito que acontecia quando ela via Edmund e Charlotte correndo, uma expressão que reservava apenas para os nascidos na casa Darcy.

— Diga a ela que, embora eu veja nela os traços dos Darcy, também vejo a mãe dela — disse Nana, em voz baixa. — A coloração de Annie, as mãos de Annie. Ela se porta do mesmo jeito, como se tivesse medo de ser alta demais. Tenho observado essa criança a vida inteira e nunca pude lhe dizer isso.

— Nana diz que você tem a coloração da sua mãe — disse Elizabeth com gentileza. E as mãos dela.

Os dedos de Georgiana se fecharam no colo. Seus olhos brilhavam.

— Ela conheceu minha mãe?

— Nana conheceu todas as mulheres que se casaram com esta família ao longo de mais de cem anos. Ela conheceu sua mãe muito bem.

Georgiana ficou imóvel e então disse, numa voz que se esforçava para não tremer:

— Minha mãe está aqui? Em Pemberley?

A expressão de Nana mudou. Ela olhou para Elizabeth, e havia algo naquele olhar, um aviso, um pedido, que Elizabeth não conseguiu decifrar inteiramente. Então Nana tornou a se voltar para Georgiana, embora Georgiana não pudesse vê-la, e falou com uma ternura que Elizabeth nunca lhe ouvira antes.

— Sua mãe estava em paz — disse Nana. Desde o momento em que morreu. Ela amava você e seu irmão com tudo o que tinha e, quando se foi, se foi suavemente, sem luta, sem arrependimento. Ela não permaneceu. Não precisou. Sabia que seus filhos estavam seguros em Pemberley.

Elizabeth repetiu aquilo palavra por palavra, observando o rosto de Georgiana à medida que cada frase fazia efeito. Lágrimas escorreram pelas faces da moça, silenciosas e sem que ela as enxugasse, e ela não tentou contê-las.

— Ela foi a melhor de todas — acrescentou Nana, mais baixinho. — A melhor mulher que já se casou com esta família. Incluo a mim mesma nesse julgamento, e não o digo levianamente.

Elizabeth passou isso adiante também, e Georgiana soltou um fôlego que guardava há dezesseis anos.

— E meu pai? — perguntou Georgiana. — Ele está...

Elizabeth estava observando o rosto de Nana e viu algo se fechar ali enquanto Georgiana fazia a pergunta, como uma porta se fechando por trás dos olhos. Aconteceu em menos de um batimento, e, se Elizabeth não estivesse olhando com atenção, teria deixado passar. Mas ela estava olhando, e não deixou passar, e o que viu não foi luto, ou pelo menos não apenas luto. Era algo contido, algo deliberado.

— Seu pai — disse Nana, agora com a voz novamente brusca, curta, restaurada à autoridade habitual — é assunto para outro dia. Eu lhe falei de sua mãe porque você perguntou e porque merece saber. Mas não vou discutir a família inteira numa única tarde; há muitos Darcy.

Foi uma manobra magistral. O tom dizia: *sou uma mulher velha e decido o ritmo dessas conversas.* As palavras diziam: *agora não.* Georgiana, que acabara de receber o presente mais extraordinário de sua jovem vida, aceitou isso sem questionar. É claro que Nana não se apressaria. É claro que ainda haveria mais a aprender.

Mas Elizabeth vira a porta se fechar. Vira a fração de segundo em que a compostura de Nana falhara e algo urgente e sem solução espiara pela fresta antes de ser firmemente trancado outra vez. George Darcy não era um assunto confortável. George Darcy era um assunto que Nana não desejava discutir de forma alguma, e os motivos para evitar isso não eram os que ela apresentara.

Elizabeth não disse nada. Guardou aquilo, como aprendera a guardar tantas coisas ao longo de toda uma vida ouvindo os mortos, e voltou a atenção para Georgiana, que enxugava os olhos com as costas da mão e sorria.

— Obrigada — sussurrou Georgiana. — Obrigada, Elizabeth.

— Não me agradeça. Agradeça a Nana. É ela quem se lembra de tudo.

— Eu me lembro de tudo — disse Nana. — É meu dom e também meu fardo. Bem parecido com o seu, Senhora Darcy.

Kitty apareceu à porta da sala às quatro e meia, ligeiramente corada da prova do vestido e trazendo um leve cheiro de lã nova. Deu um passo para dentro do cômodo, olhou para o rosto marcado de lágrimas de Georgiana, olhou para a expressão cautelosa de Elizabeth e parou.

— O que aconteceu?

— Georgiana sabe — disse Elizabeth.

A cor sumiu do rosto de Kitty. Ela olhou para Georgiana, depois de volta para Elizabeth, e sua boca se apertou numa linha fina. Entrou, fechou a porta atrás de si e girou a chave.

— Como? — A pergunta saiu seca.

— Ela veio da sala de música enquanto eu estava na galeria. Eu estava falando com Edmund e Charlotte. Ela me ouviu.

Kitty fechou os olhos por um instante. Quando os abriu, atravessou o aposento, mas não se sentou ao lado de Georgiana. Parou diante dela, e sua expressão era algo que Elizabeth jamais vira no rosto da irmã mais nova: feroz, assustada e absolutamente séria.

— Georgiana — disse Kitty. — Você entende o que aprendeu hoje?

Georgiana assentiu, os olhos arregalados.

— Não — disse Kitty. — Acho que não entende. Ainda não.

Ela se ajoelhou, ficando à altura de Georgiana no sofá, e tomou as duas mãos dela.

— Se alguém descobrir o que Elizabeth pode fazer, qualquer pessoa, ela pode ser destruída. Não ficar envergonhada. Não virar alvo de cochichos. Destruída. Vão chamá-la de louca. Vão trancá-la num asilo, Georgiana. O nome do seu irmão será desonrado, o juízo dele será posto em dúvida, o casamento deles virará assunto de escárnio público. E Elizabeth perderá tudo. A liberdade. O marido. A vida como a conhece.

— Eu nunca contaria a ninguém — sussurrou Georgiana.

— Você precisa jurar. Não só para Elizabeth. Pra mim. Porque passei a vida inteira protegendo esse segredo. Preciso saber que você entende o que isso custa.

— Eu juro — disse Georgiana, e sua voz saiu baixa, mas firme.

— Seu irmão não pode saber. — Kitty apertou com mais força as mãos de Georgiana. — Eu sei que é difícil ouvir isso. Ele é seu irmão, você o ama e não gosta de esconder coisas dele. Mas ele não pode saber. Agora não. Talvez nunca.

— Kitty — disse Elizabeth baixinho.

— Não, Lizzy. Ela precisa ouvir isso. — Kitty não desviou os olhos de Georgiana. — Os homens não entendem esse tipo de coisa. Nem os homens bons. Nem os melhores deles. Ele acharia que ela está doente. Tentaria ajudar, e a ajuda dele seria justamente o que a destruiria. Traria médicos. Contaria ao tio, que é um conde e tem poder para agir. Faria isso por amor, e isso arruinaria a vida dela, e eu não vou deixar que aconteça.

Georgiana parecia arrasada, mas não recuou.

— Você realmente acredita que ele não aceitaria isso?

— Eu acredito que o risco é grande demais para pagarmos para ver. Guardamos esse segredo há vinte anos. Jane sabe. Papai sabe. Mamãe sabe, embora finja que não, porque é assim que Mamãe lida com o que não consegue controlar. Mary sabe. Até Lydia sabe, embora Papai tenha precisado ameaçá-la para que ficasse calada. Todos nós guardamos isso, porque a alternativa é impensável. — A voz de Kitty se suavizou, mas só um pouco. — Algumas famílias têm um primo que bebe. Nós temos Elizabeth. Nós a amamos, nós a protegemos e não falamos disso com ninguém de fora da família. Você é a primeira pessoa de fora dos Bennet a saber disso.

O peso daquelas palavras pairou no ar.

— Vou dizer como nós lidamos com isso — continuou Kitty, soltando as mãos de Georgiana e se sentando sobre os calcanhares. — Se ela fica imóvel durante o jantar, eu derrubo um copo. Se começa a olhar para alguma coisa que ninguém mais consegue ver, eu faço alguma pergunta em voz alta sobre o tempo. Se ela precisa sair de um aposento, eu invento um motivo. Faço isso desde que tive idade suficiente para entender o que estava acontecendo, e sou muito boa nisso. Você vai precisar aprender a fazer o mesmo.

— Ela é muito boa nisso — confirmou Elizabeth. — Melhor do que Jane, em alguns aspectos. O instinto de Jane é consolar. O de Kitty é distrair, o que é mais útil na presença de outras pessoas.

— Papai é o pior de todos — disse Kitty, e um fantasma de seu calor habitual voltou a aparecer. — Papai se esquece e faz comentários. Uma vez ele disse ao Senhor Collins que Elizabeth tinha um talento especial para conversar com o que não se via, e o Senhor Collins tomou isso como um elogio à vida de orações dela e falou a respeito por meia hora.

A boca de Georgiana se abriu. Então ela riu, um som trêmulo e surpreso, e Kitty se permitiu um pequeno sorriso.

O aposento mergulhou em silêncio por um momento. Nana, em sua cadeira, observava Kitty com uma expressão que Elizabeth nunca havia visto em seu rosto. Parecia, notavelmente, respeito.

Georgiana se endireitou, e por um instante Elizabeth viu o aço que corria na linhagem dos Darcy, o mesmo aço que ela vira no próprio Darcy quando ele tinha certeza do caminho que seguiria.

— Não vou deixar que ninguém machuque você — disse Georgiana, com uma ferocidade que pegou Elizabeth de surpresa. — Você é minha irmã agora. Seus segredos são meus. E eu não vou contar ao meu irmão. Eu prometo.

Kitty a estudou por um instante, depois assentiu.

— Ótimo.

— Bem — observou Nana de sua cadeira, num tom de satisfação relutante. — A moça tem fibra, no fim das contas.

Elizabeth não transmitiu isso, mas sorriu. Kitty percebeu o sorriso e ergueu uma sobrancelha; Elizabeth balançou a cabeça. Aquele velho código de olhares que as irmãs Bennet partilhavam desde a infância se ampliou, só um pouco, para abrir espaço para mais uma pessoa.

Mais tarde, depois que Georgiana saiu para se vestir para o jantar e Nana se afastou flutuando para inspecionar alguma coisa que considerava abaixo do padrão, Elizabeth se sentou sozinha em sua sala de estar e sentiu o silêncio se acomodar ao seu redor como água esfriando.

Ela havia estado feliz. Essa era a parte desconcertante. Naqueles últimos dias em Pemberley, aprendendo a casa, conhecendo seus fantasmas, encontrando seu lugar com Nana, começara a acreditar que podia fazer aquilo. Que o segredo podia ser guardado ali como fora guardado em Longbourn, com cuidado, inteligência e as pessoas certas olhando por ela. Começara, sem perceber direito, a relaxar.

O rosto de Kitty, branco e feroz diante de Georgiana, a tinha feito perder essa ilusão.

Vão chamá-la de louca. Vão trancá-la num asilo. Kitty não estava exagerando. Kitty, que sabia melhor do que ninguém o quanto Elizabeth chegara perto ao longo dos anos — os quase acidentes, os momentos em que uma palavra errada ou um olhar em falso poderiam ter desfeito tudo. Kitty estava com medo porque entendia exatamente o que estava em jogo, e ouvir esse medo expresso em voz alta, naquela casa, arrancara dela a ilusão suave que Elizabeth vinha construindo para si: a de que Pemberley talvez fosse diferente. A de que ali ela talvez estivesse segura.

Ela não estava segura. Nunca estivera segura. Apenas tivera sorte, e sorte não era estratégia, e quanto mais pessoas soubessem de seu segredo, mais essa sorte se esgarçava.

Elizabeth apoiou as mãos espalmadas sobre a escrivaninha e respirou, e a pedra em seu peito, que se tornara mais leve nessas primeiras semanas em Pemberley, voltou a se assentar com seu peso familiar.

Capítulo Oito

DA JANELA DE SEU salão, Elizabeth podia ver o jardim de rosas, e nele, duas moças ajoelhadas na lama de outubro, sem se importar com os vestidos.

Georgiana havia abraçado o projeto de restauração com um entusiasmo que beirava a ferocidade. Havia se apoderado de um par de luvas velhas do galpão de jardinagem, prendido o cabelo com uma fita que já estava se soltando, e arrancava trepadeiras da base de uma rosa-de-damasco como se a planta a tivesse ofendido pessoalmente. Kitty trabalhava ao seu lado, menos metódica mas igualmente determinada, o chapéu abandonado no banco de pedra onde Lady Margaret sentava sorrindo para rosas que, pela primeira vez em anos, estavam sendo libertadas das ervas daninhas que as sufocavam.

A ideia tinha partido de Nana, ou melhor, uma ordem de Nana, o que dava no mesmo. Ela havia levado Elizabeth, Georgiana e Kitty à galeria longa duas manhãs atrás e apontado para o retrato de Lady Margaret Darcy. Era uma pintura refinada, de estilo elisabetano, formal e ricamente colorida, e atrás da figura sentada o artista havia representado o jardim de rosas em detalhes cuidadosos: os canteiros dispostos em um padrão geométrico, as roseiras trepadeiras conduzidas ao longo do muro sul, o banco de pedra posicionado sob o que parecia ser um espécime especialmente magnífico de velha rosa-de-damasco subindo por um arco de ferro forjado.

— Assim — havia dito Nana — é como deveria estar. Assim estava quando Margaret o plantou, e quando minha sogra cuidava dele, e quando o mantive depois dela. O estado em que está é uma vergonha.

Elizabeth havia transmitido isso a Georgiana, que estudara o retrato com a intensidade que normalmente reservava para peças musicais difíceis, e disse, com tranquila certeza:

— Minha mãe amava o jardim de rosas. A Senhora Reynolds me disse uma vez que ela passava manhãs inteiras lá.

Ela olhou para Elizabeth.

— Posso ajudar?

Não havia precisado perguntar duas vezes.

Agora Elizabeth as observava da janela, Kitty rindo de algo que Georgiana havia dito, Georgiana limpando terra da bochecha com as costas do pulso, Lady Margaret observando o trabalho de seu banco com serena aprovação. O fantasma não havia falado; ela nunca falava. Mas o sorriso havia mudado desde que as moças começaram seu trabalho, tornando-se algo mais caloroso, menos distante, como se as mãos vivas em seu jardim tivessem alcançado alguma parte dela que séculos de silêncio não haviam tocado.

Era uma boa manhã. Uma manhã tranquila. O tipo de manhã que Elizabeth havia começado a acreditar que Pemberley poderia oferecer com mais frequência, agora que Georgiana sabia, agora que a casa se estabelecera em um ritmo que acomodava tanto os vivos quanto os mortos sem que um atrapalhasse violentamente o outro. Darcy havia cavalgado cedo para visitar um arrendatário, a Senhora Annesley estava escrevendo cartas na sala da manhã, e Nana ainda não havia chegado para sua inspeção diária, o que significava que Elizabeth tinha o raro luxo de uma hora tranquila para si.

Ela estava revisando as contas da casa, ou tentando. A Senhora Reynolds as havia deixado em sua escrivaninha na noite anterior com um bilhete discreto sugerindo que a nova senhora talvez desejasse se familiarizar com as despesas trimestrais, e Elizabeth estava descobrindo que as despesas trimestrais de Pemberley eram significativamente maiores que as anuais de Longbourn, o que exigia um certo ajuste de perspectiva. Ela acabara de identificar o que parecia ser uma soma alarmantemente grande alocada para velas quando ouviu a porta se abrir atrás de si e viu, pelo canto do olho, uma figura alta entrando em um casaco de montaria azul-escuro.

— Você voltou cedo — disse ela. — Pensei que fosse cavalgar até a fazenda dos Henderson e não voltaria antes do meio-dia. Fico feliz, porém; tenho uma dúvida sobre o orçamento de velas que suspeito que a Senhora Reynolds preferiria que eu esclarecesse com você, não com ela.

O silêncio que lhe respondeu estava errado.

Ela soube que estava errado antes de erguer os olhos. Era a qualidade do silêncio, o peso dele. Os silêncios de Darcy tinham textura; eram cálidos, ponderados, o silêncio de um homem escolhendo suas palavras antes de dizê-las. Este silêncio era outra coisa. Era denso, carregado, e pressionava contra sua consciência de um modo que a presença de nenhuma pessoa viva jamais havia feito.

Elizabeth virou a cabeça para olhar direito.

O homem parado na porta de seu salão não era seu marido.

Ele parecia seu marido. Esse era o choque, a coisa que fez sua respiração engasgar e suas mãos ficarem imóveis sobre o livro-razão. Ele era alto, de cabelos escuros, com a mesma mandíbula forte e a mesma expressão grave na boca. Ele estava de pé do modo como Darcy ficava, ereto e formal, o peso assentado, o queixo nivelado. Estava vestido na moda de talvez quinze anos atrás, bem cortada, cara, o tipo de roupa que um homem de fortuna considerável usaria sem pensar nisso. O casaco era muito parecido com o que Darcy usava regularmente; a mesma cor, embora o corte fosse ligeiramente diferente. Ele poderia ser Darcy. À primeira vista, com pouca luz, ele era Darcy.

Mas ele não era Darcy, e Elizabeth sentiu-se atordoada pelo choque, porque ele era um fantasma, e ele estava errado.

Ele era sólido demais. Era a única palavra que lhe vinha à mente. Todo fantasma que ela já havia conhecido carregava alguma marca de sua natureza: uma leve translucidez, uma suavidade nos contornos, uma qualidade de luz que não estava bem certa. Até Nana, que estava entre os fantasmas mais vívidos que Elizabeth havia encontrado, tinha uma cintilação, um lembrete de que ela existia entre estados. Este homem não tinha nada disso. Sua presença era densa, carregada, como se a força que o mantinha ali o tivesse comprimido em algo quase mais real que os vivos. O ar ao seu redor parecia comprimido, e a vela na escrivaninha de Elizabeth vacilou e achatou-se como se pressionada por uma mão invisível. E a porta; a porta estava fechada e agora estava aberta. Este fantasma tinha mais controle sobre a matéria do que qualquer um que Elizabeth já havia encontrado.

Ele também era, ela percebeu quando sua visão se ajustou e o primeiro choque passou, mais velho que Darcy. As linhas ao redor de seus olhos eram mais profundas, o cabelo já grisalho nas têmporas. Havia uma pesadez em seu rosto que ia além da idade, algo cru, como se alguma coisa tivesse sido arrancada dele que deveria estar ali e a ausência tivesse deixado o osso próximo demais da superfície.

Os olhos eram o pior. Eram os olhos de Darcy, o mesmo castanho escuro, a mesma inteligência, mas onde os de Darcy guardavam reserva, os deste homem guardavam fúria. Controlada, contida, abafada como brasas sob cinzas, mas fúria ainda assim, e uma dor tão profunda que havia se tornado indistinguível da raiva.

A mão de Elizabeth apertou a borda da escrivaninha.

— O senhor é George Darcy — disse ela, tão certa disso quanto jamais estivera de qualquer coisa em sua vida.

O fantasma não se moveu. Ficou parado na porta e olhou para ela, e o olhar era tão parecido com o mais penetrante de Darcy que Elizabeth mal conseguia respirar.

— A senhora pode me ver — disse ele, e sua voz era a voz de Darcy tornada mais áspera, as vogais as mesmas mas o controle mais frágil, como se o esforço de manter o tom equilibrado lhe custasse algo considerável. — Eles disseram que a senhora podia. Os criados, as crianças. Até minha bisavó me disse, embora também tenha me dito para esperar, e eu tenho esperado, e descobri que não posso esperar mais.

Nana. É claro. Nana vinha desviando do assunto sobre George Darcy por uma razão, e a razão estava parada em sua porta, irradiando uma dor tão poderosa que fazia a chama da vela vacilar.

— Ela quer o melhor — disse George Darcy, e o lampejo de ternura que atravessou seu rosto era tão parecido com a expressão de Darcy quando falava de Georgiana que a garganta de Elizabeth se contraiu. — Ela sempre quis o melhor. Tem tentado me controlar como controla todo o resto, e eu permiti, porque ela me carregou no colo quando eu era criança e nunca fui capaz de recusar nada a ela. Mas isso não pode ser controlado. O que tenho a lhe dizer não pode esperar pela sua conveniência, pela sua aprovação ou pelo seu senso de ordem.

Ele entrou no cômodo, e o ar gelou. Não o frio suave dos fantasmas mais antigos de Pemberley, o ligeiro frescor que passava quando Sarah Dunn atravessava uma parede ou as crianças corriam pela galeria. Este era um frio visceral, agudo e súbito, que fazia os dedos de Elizabeth doerem e seu hálito formar névoa no ar, apesar da lareira crepitante.

— Sente-se, por favor — disse Elizabeth, porque convivia com fantasmas desde que tinha idade suficiente para falar com eles, e a primeira coisa que aprendera era que um fantasma sentado era mais calmo que um em pé. — Há uma cadeira. Quer usá-la?

A expressão dele mudou. Ele olhou para ela. Por um instante a raiva e a tristeza recuaram, e ela viu o homem que ele devia ter sido: cortês, cuidadoso, um pouco formal. Um bom homem. Um homem muito parecido com seu filho.

Ele se sentou. A cadeira não rangeu sob seu peso, porque ele não tinha peso, mas o estofamento se comprimiu levemente, o que Elizabeth nunca tinha visto um fantasma fazer antes. Sua solidez era extraordinária.

— Sou Elizabeth — disse ela. — A esposa de seu filho.

— Sei quem a senhora é. Tenho observado a senhora desde que chegou. — Ele fez uma pausa, e quando falou novamente sua voz estava mais baixa, embora não menos intensa. — A senhora não é o que eu esperava. Ele se saiu bem. Melhor do que eu merecia, dado o que falhei em ensinar a ele sobre o mundo.

— Senhor Darcy...

— George. Meu filho é o Senhor Darcy agora, e eu não tiraria isso dele. — Ele se inclinou para frente, e o ar entre eles se tensionou. — Senhora Darcy. Elizabeth. Preciso que a senhora me ouça com muita atenção, porque o que estou prestes a lhe contar mudará tudo o que a senhora pensa que sabe sobre esta família, e sobre um homem que a senhora acredita já entender.

Elizabeth apertou a borda da escrivaninha. Ela já tinha ficado com fantasmas enlutados, fantasmas confusos, fantasmas raivosos. Tinha segurado a tristeza de Nell Whitmore numa estalagem e deixado tia Irene repreendê-la uma última vez na manhã de seu casamento. Tinha passado uma vida inteira aprendendo a ser firme na presença dos mortos, a oferecer calma onde ela lhes faltava.

Mas o modo como George Darcy olhava para ela fazia todos os fantasmas que ela já conhecera parecerem uma chama de vela ao lado de uma fogueira.

— Fui assassinado — disse ele. — Em minha própria casa, por um homem que amei como filho. Um homem que criei, eduquei, em quem confiei e defendi contra todas as advertências, incluindo as de meu próprio filho, que tentou me dizer a verdade e que me recusei a ouvir. — Sua voz falhou, apenas um pouco, na palavra *recusei*, e a falha foi pior do que gritar teria sido. — George Wickham me envenenou. Ele colocou algo em meu conhaque. Eu bebi. Pela manhã eu estava morto, e todos acreditaram que foi meu coração, porque por que não acreditariam? Eu não era velho, mas essas coisas acontecem, não é? Uma doença súbita. Um coração fraco de que ninguém sabia. Uma tragédia, mas natural.

O cômodo estava gelado agora. Elizabeth não conseguia sentir os dedos.

— Não foi natural — disse George Darcy. — Foi assassinato. O homem que fez isso está livre. Esperei seis anos por alguém que pudesse ouvir-me. Agora, finalmente, você está aqui, e lhe peço justiça.

Elizabeth sentiu o ar faltar. O livro-razão estava esquecido, a conta das velas absurda, a manhã tranquila com seu jardim de rosas e suas meninas rindo um mundo que ela havia habitado cinco minutos atrás e ao qual não podia retornar. Ela olhou para George Darcy, para sua fúria, sua tristeza, sua solidez terrível e inabalável, e sentiu o chão se mover sob seus pés.

Wickham.

É claro que era Wickham. Wickham, que tinha charme como uma faca tem fio, que usava seus sorrisos como moeda corrente e os gastava onde rendessem mais. Que tinha tentado fugir com Georgiana quando ela tinha quinze anos, que tinha arruinado Lydia e sido comprado para casar com ela. Wickham, que a própria Elizabeth um dia acreditara ser tudo de agradável, antes que a carta de Darcy lhe abrisse os olhos e lhe mostrasse o homem por baixo da máscara.

Um sedutor. Um caçador de fortunas. Um mentiroso. Mas um assassino?

Ela olhou para o rosto de George Darcy e viu a resposta ali. A raiva não era loucura. Era a fúria de um homem que tinha confiado absolutamente e sido traído absolutamente, que tinha morrido pelo pecado de acreditar no melhor de alguém que merecia o pior, e que tinha passado seis anos observando seu assassino circular livremente enquanto seu próprio filho carregava uma culpa que nunca foi dele.

— Conte-me tudo — disse Elizabeth.

A história saiu em pedaços, não porque George Darcy fosse incoerente, mas porque ele tentava ser justo, mesmo agora, mesmo sobre o homem que o havia matado. Ele queria que Elizabeth compreendesse não apenas o que Wickham havia feito, mas por quê, e para entender isso, ela precisava conhecer a história: o afilhado criado ao lado do herdeiro, o filho do fiel administrador a quem foram dadas todas as vantagens, a lenta divergência entre o menino que Wickham havia sido e o homem em que se tornara.

Elizabeth escutava, e enquanto escutava, sua mente disparava à frente das palavras dele, formando uma imagem que ela não queria ver.

Wickham era casado com Lydia. Wickham havia fugido com sua irmã mais nova e reintegrado à sociedade respeitável pelo próprio filho do homem que assassinara. George Darcy não sabia disso. Ele havia dito "o homem que fez isso está livre por aí", mas não havia dito "o marido de sua irmã". Ele não sabia. E Elizabeth, sentada atrás de sua escrivaninha com as mãos agarrando a borda, teria de decidir o que fazer com aquilo.

Não agora. Ela não podia contar a ele agora. Aquilo seria uma granada jogada numa conversa já carregada com tristeza e fúria suficientes para rachar as paredes, e ela não sabia o que aquilo faria a ele, esse fantasma que já era mais sólido, mais poderoso, mais volátil do que qualquer outro que ela houvesse encontrado. Se ele soubesse que a mulher a quem pedia ajuda estava ligada por família ao homem que o matara, ainda confiaria nela? Ou a raiva que já pressionava os limites de seu controle explodiria de vez?

Ela não sabia. Não queria descobrir. E então empilhou mais um segredo sobre os que já carregava, e escutou.

E sob tudo aquilo, cortante como uma lâmina, um pensamento: *Graças a Deus não contei a Darcy.* Kitty estava certa. Se Elizabeth tivesse seguido seu próprio instinto, se tivesse confessado seu dom em algum momento terno e Darcy tivesse acreditado nela, o que aconteceria? Ela estaria agora diante do marido, dizendo: *seu pai foi assassinado pelo homem que chamo de cunhado. O fantasma dele me contou.* O amor dele, e seu casamento, não sobreviveriam. Não à revelação, não à fonte, não ao emaranhado impossível de família e culpa e acusação que se seguiria. O medo de Kitty, que havia parecido tão feroz e tão final na sala, agora parecia o pensamento mais sensato que qualquer pessoa na vida de Elizabeth jamais tivera.

— Eu não vi — disse George Darcy, e a autoacusação em sua voz era nua. — Meu filho viu. Fitzwilliam tentou me avisar, mais de uma vez, e eu o ignorei. Disse a ele que estava com ciúmes, que não suportava dividir o afeto do pai. Disse coisas ao meu próprio filho que eu... — Ele parou. Controlou-se. Continuou. — Eu estava errado. Sobre tudo. Wickham não era o que eu acreditava, e Fitzwilliam era tudo em que eu deveria ter confiado, e quando finalmente entendi isso, era tarde demais.

O ponto de ruptura havia sido uma moça da propriedade. Sally Wilson, a filha de um arrendatário. Ela havia procurado o pai aflita, apontando Wickham como o homem que havia gerado a criança crescendo em seu ventre. O pai dela havia ido a George Darcy, que acreditara nele imediatamente, sem questionar, porque ele finalmente enxergava a verdade e podia ver o que seu próprio filho vinha lhe dizendo há anos.

Elizabeth pensou em Lydia. Lydia, que era barulhenta, descuidada, ainda tão jovem, casada com esse mesmo homem, morando com ele em quartos alugados em Newcastle enquanto ele bebia, acumulava dívidas, seu charme se esvaindo mês a mês. Lydia, que não sabia que era casada com um assassino. Lydia, que era irmã de Elizabeth, apesar de todas as suas falhas, e que estava num perigo que sequer conseguia compreender.

O horror daquilo se acumulava, camada sobre camada, e ela não podia deixar nada disso transparecer em seu rosto.

— Confrontei Wickham naquela noite — disse George Darcy. — Disse a ele que deveria se casar com a moça. Disse que se recusasse, eu o cortaria inteiramente, revogaria o benefício eclesiástico prometido e me certificaria de que todas as portas da sociedade se fechariam para ele. Ele ficou em meu escritório e me olhou por um momento com olhos que eram apenas... opacos. Vazios. Como se não houvesse nada por trás deles. E então sorriu, e concordou com tudo. Disse que estava arrependido. Disse que faria o certo por ela. E eu acreditei nisso também.

Ele fez uma pausa. A vela sobre a escrivaninha de Elizabeth havia se apagado. O quarto estava frio.

— Ele me trouxe conhaque naquela noite. Um gesto de boa vontade, disse. Uma oferta de paz. Bebi. Fui para a cama e nunca mais acordei.

As mãos de Elizabeth tremiam. Ela as pressionou contra a escrivaninha e as manteve ali até pararem. *Um gesto de boa vontade. Uma oferta de paz.* Wickham havia sorrido, servido, observado seu protetor beber e ido embora sabendo que pela manhã o único homem que poderia arruiná-lo estaria morto. O cálculo disso, a paciência fria e sorridente disso, era pior do que a violência teria sido.

E esse era o homem que partilhava o leito de Lydia.

— Nana sabe de tudo isso — disse ela, porque precisava dizer alguma coisa, e as coisas que não podia dizer estavam se amontoando tão densas atrás dos dentes que ela temia o que poderia escapar se não escolhesse suas palavras com cuidado.

A compostura de George Darcy se rompeu. Foi uma ruptura pequena, controlada quase instantaneamente, mas Elizabeth a viu: o lampejo de angústia, a ferida ainda viva de um luto que seis anos não haviam embotado.

— Ela gritou para que eu não bebesse — disse ele. — Ela não conseguiu me fazer ouvir. Ela me viu morrer e não pôde fazer nada. Ela carregará isso até que esta casa desmorone em pó, porque ela nunca partirá, e nunca se perdoará, e nunca o perdoará.

— É por isso que ela não falaria de você para Georgiana — percebeu Elizabeth.

— Ela está protegendo a menina. Protegendo todos eles. À sua maneira.

Ele olhou para as próprias mãos e, por um momento, era simplesmente um pai enlutado, exausto, preso ao mundo por um fio de raiva que não conseguia soltar.

— Meu filho carrega uma culpa que nunca deveria ter sido dele. Ele acredita que eu morri ainda enganado sobre Wickham. Ele acredita que, se tivesse insistido mais, argumentado mais, sido menos orgulhoso, eu poderia ter escutado. Ele carrega isso desde o dia em que morri, e isso o danificou de maneiras que ele não deixa ninguém ver.

— Eu sei — disse Elizabeth, baixinho. — Eu vi.

George Darcy olhou para ela então, olhou de verdade, e o que quer que tenha visto em seu rosto fez parte da tensão abandonar seus ombros. — Sim — disse ele. — Acho que talvez você tenha visto mesmo.

Ele ficou quieto por um tempo. — Eu amava meu filho, Senhora Darcy. Eu o amava mal, de forma errada, com toda a cegueira de um homem que pensava saber mais que um rapaz de vinte anos. Mas eu o amava, eu o amo. E preciso que ele saiba que vi a verdade, no final. Que ouvi tudo o que ele tentou me dizer. Que fui eu quem falhou, não ele.

Elizabeth pensou em Darcy, na maneira como ele se portava, aquela reserva cuidadosa e guardada que ela um dia confundira com orgulho e agora entendia como algo muito mais doloroso. Na culpa que ele carregava tão silenciosamente que a maioria das pessoas nunca a via. Ela pensou no que significaria para ele ouvir as palavras de seu pai, e no que custaria explicar como ela as conseguira, e a distância entre essas duas coisas se abriu num abismo cujo fundo ela ainda não conseguia ver.

— Vou ajudá-lo — disse ela. — Ainda não sei como, mas vou ajudá-lo.

Ela falava sério. Também sabia, com uma clareza que era quase dolorosa, que não tinha ideia de como seria essa ajuda. Todo fantasma que ela já cuidara havia precisado de algo que ela podia dar: reconhecimento, gentileza, um ouvido atento, o incentivo suave para partir. George Darcy não precisava de nada disso. Ele precisava de justiça, e justiça significava provas, e provas significavam comprovar um assassinato que fora planejado para parecer natural, cometido seis anos atrás por um homem que agora estava entranhado em sua própria família. Não podia ir a um magistrado com o depoimento de um fantasma. Não podia contar a Darcy sem revelar seu dom. Não podia agir contra Wickham sem destruir Lydia, desgraçar os Bennet e dar a Lady Catherine a munição para interná-la como louca.

As paredes da armadilha se fecharam ao seu redor enquanto estava ali sentada, e ela não conseguia ver porta alguma.

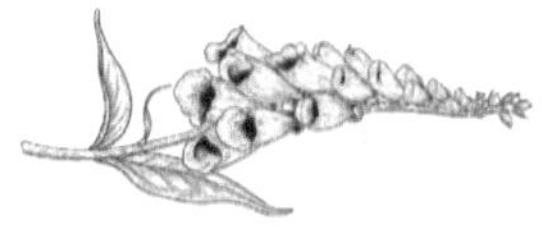

George Darcy fechou os olhos. Quando os abriu novamente, a fúria ainda estava lá, e a dor, e o propósito inabalável que o mantinha preso àquela casa havia seis anos. Mas havia algo mais agora. Parecia, timidamente, esperança.

— Obrigado — disse ele. — Isso é mais do que qualquer um me deu desde a noite em que morri.

Nana entrou naquele momento, lançou um único olhar para George Darcy sentado na cadeira em frente a Elizabeth e disse, numa voz que esfriou ainda mais o ambiente —

— Eu disse para você esperar.

— Já esperei o suficiente, Nana.

— Você esperou seis anos. Mais uma semana não teria matado você. — Ela fez uma pausa, percebeu o que havia dito e acrescentou, com magnífica dignidade: — De novo.

Elizabeth, que acabara de ser informada de que o marido de sua irmã era um assassino, sentiu um impulso totalmente inadequado de rir e mordeu o interior da bochecha, com força.

Nana e George Darcy se encararam do jeito que sempre faziam: como duas pessoas que se amavam profundamente e discordavam sobre tudo. Nana tinha metade da altura dele e estava morta desde que ele era pequenino, mas vinha vencendo discussões desde antes da Revolução Gloriosa, e não ia parar agora.

— Você a deixou perturbada — disse Nana, com um olhar afiado para Elizabeth.

— Eu disse a ela a verdade. Se a verdade a perturba, a culpa não é minha.

— A culpa é toda sua. Você poderia ter me deixado prepará-la. Eu tinha um plano.

— Seu plano envolvia mais seis semanas de apresentações domésticas e uma escalada gradual de insinuações. Não tenho paciência para seis semanas, e nunca tive.

— Você nunca teve paciência alguma. Foi uma criança impaciente e é um fantasma impaciente, e eu disse a mesma coisa ao seu pai quando você tinha dois anos.

— Meu pai concordou com você. Ele concordava com todo mundo. Era sua principal falha.

— A principal falha dele — disse Nana, empertigando-se — foi morrer antes que eu pudesse terminar de lhe ensinar bom senso. Uma falha que você herdou.

Eles estavam, Elizabeth percebeu, discutindo exatamente como Darcy e Lady Catherine discutiam: com convicção absoluta de ambos os lados e nenhuma possibilidade de resolução. A semelhança era tão marcante, e tão absurda dado que ambos os participantes estavam mortos, que o impulso de rir voltou com força redobrada.

Ela não riu. Sentou-se à escrivaninha no cômodo frio, com a vela apagada e o livro-razão esquecido. Olhou para esses dois fantasmas, bisavó e bisneto, unidos por amor, perda, uma fúria que não tinha para onde ir, e pensou: *Não dou conta disso.*

Ela havia cuidado dos fantasmas de Longbourn desde a infância, navegado pelos de Netherfield com graça, lidado com uma estalagem caótica cheia de espíritos confusos com nada além de compostura e bom senso. Conhecera Nana e se mantivera firme. Fazia isso a vida inteira, e sempre, sempre fora suficiente.

Isso era diferente. Isso era assassinato, e família, e uma teia de segredos tão emaranhada que puxar qualquer fio desmancharia toda a trama. Ela tinha vinte e um anos. Estava casada havia menos de um mês. Um homem morto estava pedindo que ela entregasse seu assassino à justiça; seu assassino era o marido de sua irmã mais nova, e ela não podia contar a ninguém, porque cada verdade que pudesse dizer explodiria numa direção diferente. Ela ainda não conseguia ver qual explosão seria a menos destrutiva.

George Darcy e Nana ainda estavam discutindo. Elizabeth deixou que continuassem. Sentou-se com as mãos espalmadas sobre a escrivaninha e fitou a janela onde, uma hora atrás, havia observado duas meninas arrancando ervas daninhas sob o sol, e permitiu-se sentir, só por um momento, o peso total do que havia recaído sobre ela.

Então endireitou os ombros, porque ela era Elizabeth Bennet: uma mulher que havia encarado Lady Catherine de Bourgh e vencido, que havia dito a Nana para ficar fora de seu quarto e falara a sério, que carregara um segredo a vida inteira sem uma vez sequer deixá-lo quebrá-la. Estava com medo, e estava sobrecarregada, e não tinha a menor ideia do que fazer em seguida.

Mas daria um jeito. Não achava que tivesse outra escolha.

Capítulo Nove

Elizabeth não dormiu bem naquela noite.

Ficou deitada ao lado de Darcy na escuridão do quarto principal, o único cômodo de Pemberley em que nenhum fantasma tinha permissão para entrar. Fitou o dossel sobre a cama, revolvendo a palavra *assassinato* na cabeça até que ela perdeu toda a forma e se tornou apenas um som, feio, brusco, impossível de largar.

Darcy dormia como fazia tudo o mais, com um autocontrole silencioso, a respiração regular, um braço descansando sobre o travesseiro entre os dois. No sono, a reserva cuidadosa que governava suas horas de vigília se dissolvia, e seu rosto ficava mais jovem, mais suave, mais parecido com o menino que devia ter sido antes que o luto e a responsabilidade lhe gravassem nos traços a gravidade habitual. Elizabeth o observou e pensou no pai dele, sentado em sua sala de visitas, com o mesmo rosto marcado pela angústia, e pressionou os dedos contra a boca para não soltar nenhum som.

Ela não podia dizer aquilo a ele. Ainda não, não assim, não sem nada além do testemunho de um fantasma e de seu próprio dom impossível como prova. Darcy era um homem que lidava com fatos, com livros de contas, com relatórios dos administradores da propriedade e com o peso tangível da responsabilidade. Se falasse com ele agora e dissesse: "Seu pai foi assassinado por Wickham, e eu sei disso porque o fantasma dele me contou", o melhor cenário seria a perplexidade. O pior ela preferia nem imaginar.

E, por baixo disso, enroscada como uma cobra no fundo de um poço, estava a outra coisa. A coisa que ela não contara a George Darcy.

Wickham era o marido de Lydia. Wickham era da família. Tudo o que Elizabeth fizesse dali em diante seria uma escolha entre justiça para os mortos e segurança para os vivos. Ela ainda não conseguia enxergar um caminho que oferecesse as duas coisas.

Acabou dormindo, por fim, de modo inquieto, e sonhou com taças de conhaque, homens sorridentes e uma velha gritando avisos que ninguém podia ouvir.

A manhã trouxe céu cinzento e uma garoa fina e persistente que transformou a propriedade em lama e manteve o pessoal da casa recolhido. Elizabeth desceu para o desjejum mais tarde do que de costume, depois de ter demorado mais do que gostaria com o cabelo e o vestido, embora a verdade fosse que passara boa parte desse tempo parada à janela do quarto, observando a chuva e tentando compor uma expressão que não alarmasse seu marido.

Não tinha sido inteiramente bem-sucedida nisso.

Darcy ergueu os olhos quando ela entrou na sala de desjejum, e o olhar dele se demorou no rosto dela um instante além do que teria se demorado numa manhã comum. Ele não disse nada de imediato; era do feitio dele observar antes de falar, reunir as provas antes de chegar a uma conclusão. Elizabeth sentou-se, aceitou o chocolate e se concentrou numa torrada que não queria, com uma dedicação totalmente desproporcional ao seu interesse.

— Você não dormiu bem — disse ele.

Não era uma pergunta, mas uma observação cuidadosamente neutra. Ela achou que ele não queria insistir, mas claramente havia notado.

— O vento foi forte à noite — disse Elizabeth.

Tinha havido vento, o que tornava aquilo tecnicamente verdade e, portanto, pior do que uma mentira, porque não tinha sido o vento que a mantivera acordada.

— Ainda não estou acostumada aos sons da casa à noite. Em Longbourn, a gente conhecia cada rangido e cada gemido; aqui, eles são bem mais numerosos.

Kitty, que tentara dar um passeio antes do desjejum apenas para ser derrotada pelo mau tempo, já estava sentada ao lado de Georgiana, um pouco despenteada pelo vento, passando manteiga em um pãozinho com o ar de uma moça que ganhara o café da manhã a duras penas.

— A ala oeste é a pior — disse Georgiana do outro lado da mesa, comendo um ovo com lentidão ostensiva e com a atenção claramente presa à conversa, e não ao desjejum. — As vigas se movem com o vento. Quando eu era pequena, costumava pensar que era, bem...

Ela encontrou o olhar de Elizabeth, e a cor lhe subiu ao rosto. Houve um pequeno baque debaixo da mesa.

— Ratos — disse Georgiana por fim, com a convicção desesperada de uma moça que acabara de descobrir que era uma péssima mentirosa. — Ratos... uns ratos enormes. Nas paredes.

Ela voltou ao ovo com uma intensidade que ele em nada merecia.

Fantasmas. Georgiana estava prestes a dizer que costumava achar que eram fantasmas, e se lembrou, uma fração de segundo tarde demais, de que agora guardava um segredo que tornava comentários tão casuais bem mais carregados do que eram uma semana atrás. Elizabeth não ousou olhar para Kitty.

— Será que existe alguma coisa para fazer nesta casa que não envolva costura? — disse Kitty, com admirável leveza e nenhum sinal de que seu pé acabara de fazer contato com a canela de Georgiana. — Nunca consegui dar um ponto direito, e me recuso a fingir o contrário.

— A biblioteca — disse Darcy. — Você pode pegar qualquer coisa das prateleiras.

— Georgiana e eu podemos tocar — sugeriu Kitty, virando-se para Georgiana com um entusiasmo que era apenas parcialmente fabricado. — Você prometeu me ensinar aquela peça de Clementi, embora eu avise que sou uma aluna terrível.

Georgiana se animou.

— Você não é terrível. Você só acha que é porque sua professora anterior não era muito boa.

— Minha professora anterior era Mary, que toca como se o pianoforte a tivesse ofendido pessoalmente e precisasse ser punido por isso.

Até Darcy sorriu diante disso, e o momento passou, e Elizabeth sentiu uma onda de gratidão pelas duas moças tão intensa que beirava a dor. Elas estavam protegendo-a, cada uma à sua maneira, Kitty por longa prática e Georgiana por uma lealdade nova e fervorosa; determinadas a proteger aquilo que lhes fora confiado.

Mas Darcy estava observando. Elizabeth conseguia sentir a atenção dele mesmo quando não estava olhando para ele, aquela atenção silenciosa e constante tão característica dele. Ele sabia que algo estava errado. Estava esperando que ela lhe dissesse o quê.

Depois do café da manhã, ele a encontrou no corredor fora da saleta de estar. A senhora Annesley havia levado Georgiana e Kitty para a sala de música. A casa estava momentaneamente, abençoadamente quieta tanto dos vivos quanto dos mortos.

— Elizabeth.

Ela se virou. Ele estava perto, tão perto que ela conseguia ver a pequena ruga entre suas sobrancelhas que surgia quando ele estava preocupado, e seus olhos vasculhavam o rosto dela com uma intensidade que a fazia querer contar tudo e tornava absolutamente impossível fazê-lo, as duas coisas ao mesmo tempo.

— Você tem estado quieta esta manhã — disse ele. — Não parece você mesma. Se algo a está incomodando, espero que saiba que pode me contar.

— Estou me adaptando — disse Elizabeth, e ouviu como as palavras soaram fracas, inadequadas. — Há muito o que aprender, e é que... as contas da casa são mais complicadas, e o jardim de rosas exige... e eu... — Ela se calou, ouvindo a própria hesitação, vendo a expressão dele mudar de preocupação para algo mais cauteloso, mais reservado. Ele sabia que ela estava escondendo algo. Ele conseguia ouvir isso nos espaços entre suas palavras, nas frases que ela começava e não conseguia terminar. Ela podia vê-lo escolhendo não insistir. A contenção estava lhe custando caro, e esse custo era pior do que qualquer acusação teria sido.

— Estou bem — disse ela, com mais firmeza. — De verdade. Só preciso de tempo.

Ele a olhou por um longo momento. Então assentiu, e ergueu a mão dela até os lábios, e a gentileza daquele gesto a despedaçou por dentro.

— Estarei no meu escritório se precisar de mim — disse ele, e a deixou parada no corredor. Elizabeth pressionou as costas contra a parede, fechou os olhos, e pensou: *Não posso fazer isso por muito tempo.*

A ocultação que praticava desde sempre, o cuidado em esconder seu dom, sempre fora um fardo que carregava com leveza porque a alternativa era impensável. Mas isso era diferente. Isso não era esconder o que ela conseguia ver; isso era esconder o que ela sabia. O que ela sabia era isto: o pai de seu marido fora assassinado. O assassino era seu próprio cunhado. O homem ali no corredor, oferecendo-lhe seu amor e sua confiança, merecia a verdade, e não podia tê-la. Ainda não. Não até que ela tivesse algo mais do que a fúria de um homem morto e seu próprio testemunho impossível.

Ela precisava conversar com alguém que não fosse um fantasma sobre o que sabia, o que significava que precisava de Kitty.

A garoa não havia dado trégua ao meio-dia, mas Elizabeth não se importava. Precisava estar lá fora, longe da casa e de suas paredes que pareciam ouvir e de seus residentes sobrenaturais que podiam atravessar uma porta fechada a qualquer momento. Precisava dizer em voz alta o peso do que havia descoberto ontem, e precisava dizê-lo à única pessoa que poderia ouvir sem recuar.

— Venha caminhar comigo — disse a Kitty, aparecendo na porta da sala de música com o casaco já abotoado e o chapéu na mão.

Kitty olhou para o rosto dela uma vez, largou a partitura e se levantou. — Vou buscar minha capa.

Saíram pela porta lateral, que dava para o jardim de rosas e descia em direção à alameda de tílias. A chuva era fina e cinzenta, mais névoa que aguaceiro, do tipo que encharca o tecido devagar, completamente, transformando os caminhos em lama macia. Os jardins estavam desertos; nenhum jardineiro, nenhum cavalariço, ninguém para ouvi-las exceto o jardineiro espectral que estava podando uma cerca-viva que não existia mais. Ele fez uma pausa quando passaram, olhou para a alameda de tílias franzindo os olhos e resmungou: — Perto demais do tronco. Eu disse isso em sessenta e três — antes de voltar ao seu arbusto fantasma.

Kitty caminhou ao lado dela em silêncio por vários minutos, esperando. Ela sempre sabia quando esperar. Era uma de suas maiores qualidades, essa paciência que as pessoas que julgavam conhecer Kitty Bennet jamais lhe atribuiriam.

— George Darcy veio me ver ontem — disse Elizabeth. — O pai de Darcy. Ele é um fantasma. O fantasma mais sólido que já encontrei.

Kitty assentiu. Seu rosto estava calmo, atento.

— Ele me disse que foi assassinado — disse Elizabeth. — Envenenado. Aqui, na própria casa dele, há seis anos.

Kitty parou de andar. Virou-se para Elizabeth. A chuva se acumulava em gotículas em sua capa, escorrendo em finos filetes. Sua expressão não mudou, exceto por um aperto ao redor da boca que Elizabeth reconheceu como Kitty controlando uma reação forte.

— Quem? — disse Kitty.

Elizabeth olhou para a irmã, para essa moça que um dia havia subestimado, e disse: — Wickham.

Elizabeth observou o rosto de Kitty enquanto a palavra caía, enquanto as implicações se desdobravam uma a uma: Wickham. O marido da irmã delas. O homem que fugira com Lydia. O homem a quem Darcy pagara para se casar, para salvar a família Bennet da desgraça. O homem que se sentava à mesa deles, chamava o pai delas de "senhor", beijava a bochecha da mãe delas, reclamava de seu posto, bebia vinho tinto demais e era, aparentemente, um assassino.

— Lydia — disse Kitty. Uma só palavra. Tudo que importava.

— Sim.

Kitty se virou e caminhou três passos pelo caminho, parou, voltou. A chuva havia escurecido seu cabelo; sua capa estava salpicada de lama. Naquele momento, ela não parecia mais a moça tola que fora, nem ainda a jovem mulher perspicaz que estava se tornando, mas alguém preso entre essas duas versões, tentando encontrar a que pudesse suportar o que acabara de ouvir.

— Ele sabe? O fantasma? — perguntou. Ele sabe que Wickham se casou com Lydia?

— Não. Ele sabe que Wickham está livre. Não sabe que Wickham se casou com alguém da minha família. Não contei a ele. Também não podemos contar a Darcy — disse Elizabeth. — Ainda não.

— Não — concordou Kitty, e sua voz estava firme, embora as mãos, Elizabeth notou, estivessem cerradas dentro da capa. — Se você contar a Darcy que Wickham assassinou o pai dele, ele vai agir. Imediatamente, provavelmente com violência, e certamente sem esperar por provas que qualquer outra pessoa aceitaria. E se você contar a ele como sabe... — Ela não terminou a frase.

Não precisava. Ambas sabiam o que acontecia com mulheres que afirmavam ver fantasmas. A palavra *Bedlam* pairou no ar entre elas, não pronunciada, mas tão presente quanto a chuva.

— Também não podemos contar a Georgiana — disse Elizabeth. — Ela sabe do meu dom agora, mas isso, o assassinato, Wickham. Ela tem sua própria história com Wickham, de Ramsgate. Ela contou a você? Sim, achei que já tivesse contado - acrescentou quando Kitty assentiu. — Saber que o homem que tentou seduzi-la aos quinze anos também assassinou o pai dela seria demais para ela suportar, não posso impor esse fardo a ela. Ainda não. Ela é jovem demais, e o conhecimento é perigoso demais, e embora ela guarde meu segredo do irmão até que eu dê a palavra, este não é meu segredo. Não podemos pedir isso a ela.

— Concordo. — Kitty assentiu, a expressão se fixando em algo que Elizabeth reconheceu: o olhar que surgia quando ela resolvia um problema, ordenando as peças, encontrando as bordas. — Então. Você sabe. Eu sei. Todos os fantasmas sabem, mas não podem contar a ninguém. Quem mais?

— Ninguém vivo. Preciso escrever para Jane — disse Elizabeth.

— Sim. Em código — disse Kitty.

— Obviamente em código — disse Elizabeth.

Elas continuaram caminhando. A alameda de tílias se estendia à frente, as árvores nuas em seu despojamento outonal, a garoa embaçando a vista dos jardins além.

Um cavalariço espectral conduzia um cavalo espectral pelo caminho à frente delas e desapareceu ao virar a esquina do bloco das estrebarias. Elizabeth mal o registrou; sua mente estava cheia demais.

— Há outra coisa — disse ela. — uma coisa que venho remoendo desde ontem, e não consigo ver uma saída.

Kitty esperou.

— Mesmo que pudéssemos provar, mesmo que encontrássemos evidências que um tribunal aceitasse, e daí? Wickham é enforcado. Lydia é viúva de um assassino aos dezesseis anos. O nome Bennet estará em cada periódico escandaloso da Inglaterra, arruinando as perspectivas de você e Mary de fazerem um bom casamento, arrastando os nomes Bingley e Darcy para a lama também. E a pergunta que todos farão é: como a Senhora Darcy soube? Como a nova senhora de Pemberley, casada há menos de um mês, veio a acusar seu próprio cunhado de um assassinato que aconteceu seis anos antes de ela chegar?

— Você teria que revelar seu dom.

— O que não posso fazer. Não publicamente. Não de um jeito que alguém de fora da nossa família ouça. Porque, se eu fizer isso, não sou uma mulher em busca de justiça. Sou uma louca. E um marido, por lei, pode fazer o que quiser com uma louca.

Kitty estremeceu. Foi um estremecimento pequeno, rapidamente controlado, mas Elizabeth o viu. Ela se odiou por colocá-lo ali, mas tinha que dizer de qualquer forma, porque este era o formato da armadilha e Kitty precisava ver cada parede dela.

— Então — disse Kitty, após uma longa pausa, em uma voz cuidadosamente controlada. — Precisamos de evidências que não dependam de fantasmas. Evidências reais. O tipo que uma pessoa viva poderia ter encontrado por meios comuns.

— Sim.

— Então devemos investigar. Discretamente. Do jeito que sempre fizemos: você escuta os mortos, e eu observo os vivos, e entre nós descobrimos o que realmente aconteceu.

Elizabeth olhou para sua irmã, parada na chuva com a capa enlameada, apenas dezessete anos, feroz e assustada e recusando-se a ser menos que à altura daquela situação. — Kitty. Isso não é me cobrir no café da manhã. Não é derrubar um copo quando vejo algo que não devia. Isso é perigoso.

— Eu sei — disse Kitty. — Tudo sobre seu dom sempre foi perigoso. Só tivemos sorte, até agora, porque o perigo era pequeno.

Elas ficaram paradas no caminho, a chuva caindo ao redor delas, a grande casa atrás delas se erguendo contra o céu cinzento. Em algum lugar lá dentro, Darcy estava em seu escritório, perguntando-se o que se passava com sua esposa. Georgiana estava ao pianoforte. A Senhora Reynolds estava comandando a criadagem. E em algum lugar nos corredores invisíveis de Pemberley, George Darcy esperava, com uma paciência que não era paciência nenhuma, e sim uma raiva contida pelo mais fino fio de esperança, que Elizabeth encontrasse um jeito de cumprir a promessa que fizera.

— Devemos entrar — disse Kitty. — Estamos as duas encharcadas, e se pegarmos um resfriado, a Senhora Reynolds vai nos enfiar alguma coisa medicinal goela abaixo e ficamos uma semana de cama.

Elizabeth quase sorriu. — Um momento.

Ela olhou de volta para a casa. Dali, podia ver a janela da sala, a janela onde havia ficado observando Georgiana e Kitty no jardim de rosas, a luz do sol da manhã, o sorriso de Lady Margaret, nos últimos momentos antes de tudo mudar. A janela estava escura agora, marcada pela chuva.

— Vou escrever para Jane hoje à noite — disse ela. — E amanhã, vou começar a fazer perguntas discretas. Sobre o pai do Senhor Darcy, sobre seus últimos dias, sobre Wickham. O tipo de pergunta que uma recém-casada naturalmente faria.

— E eu estarei ao seu lado — disse Kitty. — Garantindo que ninguém desconfie.

Elas caminharam de volta para a casa juntas, braço no braço, as barras encharcadas pela chuva. Elizabeth segurou firme a irmã e sentiu o medo se transformar em um peso que podia carregar, se não com conforto, ao menos sem se quebrar.

Capítulo Dez

Elizabeth precisou de três tentativas para escrever a carta cifrada a Jane.

A primeira era transparente demais. Qualquer pessoa que interceptasse a correspondência teria entendido que ela estava insinuando que Wickham assassinara o Senhor George Darcy, e Elizabeth não podia correr esse risco. A segunda era opaca demais; ela a releu e nem ela mesma conseguiu entendê-la. A terceira encontrou o equilíbrio de que precisava, entrelaçada num relato descontraído sobre a casa e a restauração do jardim de rosas e as aulas de música de Kitty com Georgiana.

> *A casa continua a revelar seu caráter das maneiras mais inesperadas. Aprendi muito sobre a história da família, e parte dela foi difícil de ouvir. Um capítulo em particular diz respeito ao falecimento do pai do meu marido na presença de uma pessoa que ambas conhecemos, cuja conduta, estou começando a acreditar, foi muito pior do que qualquer uma de nós imaginou. Preciso do seu conselho, Jane. Não do seu conforto, embora eu aceite isso também. Do seu julgamento. Descubro que não confio no meu próprio.*

Jane entenderia. Jane sempre entendia. Ela leria "uma pessoa que ambas conhecemos" e sua mente percorreria as possibilidades. Chegaria à resposta certa, porque Jane, apesar de toda a sua doçura, estava longe de ser tola.

Elizabeth selou a carta, colocou-a na bandeja do correio matinal e ficou sentada por um momento à luz das velas, tentando não pensar em quanto tempo levaria para chegar a Netherfield.

Ela começou a investigação necessária com a Senhora Reynolds na manhã seguinte, durante a revisão dos menus.

Esta era a ordem natural das coisas: a senhora da casa consultava a governanta sobre refeições, provisões e a administração da casa. Elizabeth vinha fazendo isso desde sua chegada, aprendendo os ritmos de Pemberley com atenção diligente, porque entendia que uma grande propriedade dependia de mil pequenas decisões, cada uma aparentemente trivial e cada uma essencial. A Senhora Reynolds tinha sido paciente com ela, guiando-a gentilmente pelas complexidades de uma casa que abrigava, entre família, hóspedes e criados, mais de cinquenta pessoas. E essas eram apenas as que estavam vivas e precisavam ser alimentadas.

Hoje, porém, Elizabeth tinha um propósito diferente. Precisava que a Senhora Reynolds falasse sobre o passado, e precisava que parecesse nada mais que a curiosidade de uma esposa recente.

— Tenho olhado os retratos de família na galeria — disse Elizabeth, enquanto a Senhora Reynolds servia seu chá na sala de estar da governanta.

Era um espaço aconchegante e cheio de pequenos pertences, perfumado com lavanda seca e a cera de abelha específica que a Senhora Reynolds preferia. — Georgiana me contou um pouco sobre sua mãe, e gostaria de saber mais. Sinto que devo entender a família com a qual me casei, e há muito a conhecer.

O rosto da Senhora Reynolds se suavizou, como sempre acontecia quando Lady Anne era mencionada.

— Senhora, Lady Anne foi a melhor mulher que já conheci. Vim para Pemberley no ano do casamento deles, e ela foi a própria bondade desde o primeiro dia. Sabia o nome de cada criado em menos de quinze dias, e nunca esquecia um aniversário ou uma criança doente. Quando ela morreu, esta casa perdeu seu coração.

— E o Senhor Darcy? O falecido Senhor George Darcy, quero dizer.

— Um bom homem, senhora. Um homem muito bom. — A Senhora Reynolds pousou o bule. — Ele não era fácil de conhecer, não no começo. Reservado, como seu filho. Mas justo, sempre justo, e generoso também. Amava seus filhos ferozmente, embora nem sempre demonstrasse de maneiras que eles pudessem ver. Depois que Lady Anne morreu, ele se fechou em si mesmo. A casa sentiu isso.

— A casa sentiu isso? — Elizabeth olhou para a governanta com interesse.

A Senhora Reynolds fez uma pausa, e algo se moveu por trás de sua expressão, uma hesitação que não era relutância, mas cautela, como se estivesse escolhendo quanto de si revelar.

— Pemberley é uma casa antiga, Senhora Darcy. Muito antiga. Estou aqui há muito tempo, e aprendi... bem, aprendi a sentir quando as coisas estão certas e quando não estão. Depois que Lady Anne morreu, a casa não estava certa. Não consigo explicar melhor que isso. Havia uma pesadez, um frio em certos cômodos. O patrão também sentiu isso, acho, embora nunca fosse admitir. Ele passou mais tempo em seu escritório, sozinho.

Elizabeth percebeu que a Senhora Reynolds estava descrevendo uma consciência dos residentes invisíveis da casa que ia além da intuição. Lady Anne não permanecera como fantasma, mas os fantasmas teriam lamentado sua partida.

— O Senhor Darcy teve muitos visitantes em seus últimos meses? — perguntou Elizabeth, mantendo a voz leve, curiosa. — Sei tão pouco sobre aquela época.

— Não muitos, senhora. — A governanta fez uma pausa. — Ele se retirou da sociedade depois de Lady Anne. Lord e Lady Matlock visitaram várias vezes; Lady Matlock estava preocupada com a Senhorita Georgiana não ter mãe, é claro, e o Coronel Fitzwilliam vinha regularmente; o patrão era muito afeiçoado ao sobrinho. E o Senhor Wickham, é claro.

O nome atingiu Elizabeth como um golpe no peito.

— O Senhor Wickham visitava com frequência?

— Sim, senhora. O patrão tinha sido muito bom com ele, educou-o ao lado do jovem senhor Darcy, tratou-o quase como um segundo filho. O Senhor Wickham tinha um jeito... muito desembaraçado, muito encantador. O patrão apreciava muito a companhia dele.

A boca da Senhora Reynolds se apertou, quase imperceptivelmente.

— Ele visitou de forma bastante inesperada, pouco antes da morte do patrão. Lembro-me particularmente porque o patrão parecia, bem, não exatamente angustiado, mas perturbado. Como se algo pesasse em sua mente. E então o Senhor Wickham chegou, sem ser anunciado. Embora o falecido Senhor Darcy não parecesse surpreso, pelo que me lembro. Talvez ele tivesse escrito para chamar Wickham por algum motivo.

Kitty, que acompanhara Elizabeth com o pretexto de discutir os armários do enxoval, examinava uma prateleira de compotas com concentração fingida. Não ergueu os olhos, mas Elizabeth viu seus ombros se enrijecerem.

— E a morte do senhor Darcy — disse Elizabeth com cuidado. — Foi repentina?

A Senhora Reynolds ficou em silêncio por um momento. O quarto perfumado de lavanda pareceu abafado, e o tique-taque do relógio da lareira soou alto demais.

— Foi, senhora. Muito repentina. Ele estava perfeitamente bem, ou assim parecia. Jantou como de costume naquela noite, recolheu-se cedo e, pela manhã, já não estava mais. — Ela comprimiu os lábios. — O médico disse que foi o coração. Chamou de uma falha súbita. Essas coisas acontecem, disse ele, com homens de certa idade, embora o patrão não fosse velho. Nem um pouco velho.

— Deve ter sido um choque terrível.

— Para a casa inteira, senhora. — Senhora Reynolds parou e, quando tornou a falar, sua voz mudara, tornando-se mais baixa, mais íntima, como se estivesse confidenciando algo que nunca conseguira pôr em palavras antes. — Eu achei que a casa tinha ficado pesada quando Lady Anne faleceu. Mas, depois que o Senhor Darcy morreu, não foi nada parecido. Foi como se as próprias pedras gritassem contra a partida do patrão.

Não as pedras, pensou Elizabeth. *Os fantasmas.* A fúria de George Darcy, reverberando por cada corredor, era sentida por uma mulher que não podia ver sua origem, mas cujos instintos eram afiados o bastante para registrar sua presença.

Ela observou Senhora Reynolds com mais atenção, essa mulher prática, calorosa, absolutamente sensata, e viu algo que não notara antes: uma vaga consciência por trás dos olhos, uma qualidade de atenção que ia além do comum. Senhora Reynolds não tinha o dom de Elizabeth. Não via os mortos nem os ouvia. Mas era sensível a eles, sentia-os, como algumas pessoas sentem a chegada de uma tempestade nos ossos, e sentia aquilo havia trinta anos sem jamais compreender exatamente o que sentia.

— E o mestre Fitzwilliam — continuou Senhora Reynolds, com a voz agora embargada. — Ele estava fora, em Londres. Cavalgou dia e noite quando a mensagem urgente chegou até ele, embora o pai já estivesse morto havia muito. Nunca vi um jovem com a expressão que ele tinha quando voltou para casa e tomou a Senhorita Darcy nos braços. Ele carrega isso desde então, embora nunca o dissesse.

Elizabeth pousou a xícara de chá e percebeu que sua mão estava firme, embora todo o resto não estivesse.

— Agradeço, Senhora Reynolds. Sei que isso não deve ser fácil de falar.

— Não é, senhora. Mas fico contente que a senhora tenha perguntado, porque merece saber, e seria mais doloroso para o Senhor Darcy ou para a Senhorita Darcy lhe falar disso. — Senhora Reynolds hesitou e depois acrescentou, com cautela, como se estivesse ruminando aquilo havia muito tempo e nunca tivesse encontrado a quem dizê-lo: — Eu tinha estima pelo falecido patrão. Muita estima. E sempre achei, embora não me caiba dizer isso, que houve algo errado na morte dele. Nada que eu pudesse apontar. Só uma sensação. A casa nunca mais foi a mesma desde então, e não me refiro apenas ao luto. Tem algo inquieto nela. Algo está inquieto há seis anos, e eu nunca falei disso a ninguém, porque o que é que eu diria? Que a casa parece errada?

— Sensações — disse Elizabeth em voz baixa — não são coisa sem importância, Senhora Reynolds.

A governanta olhou para ela com uma expressão quase sobressaltada, como se esperasse ser dispensada e, em vez disso, percebesse que tinha sido ouvida.

— Não, senhora — disse ela, por fim. — Não acredito que sejam.

Separaram-se à porta do quarto da governanta, e Kitty passou a caminhar ao lado de Elizabeth enquanto voltavam pelo térreo. Ela ficou em silêncio até estarem fora do alcance de qualquer ouvido, e então disse, em tom baixo:

— Você não pode contar isso a ele, Lizzy.

Elizabeth não fingiu não entender.

— Eu sei.

— Estou falando sério. Eu vi seu rosto lá dentro. Você pensou nisso. Pensou: se ao menos Darcy soubesse o que a Senhora Reynolds sente, se ao menos eu pudesse explicar isso a ele, ele entenderia. — Kitty segurou seu braço e a deteve no corredor. — Ele não entenderia. Ia achar que você enlouqueceu ou que estava sendo cruel, revirando a morte do pai dele por alguma razão que ele não conseguiria compreender.

— Senhora Reynolds sente isso também, Kitty. Ela sente há seis anos. Não sou a única que sabe que há alguma coisa errada.

— Senhora Reynolds se sente inquieta em cômodos antigos. Isso é bem diferente de dizer: "o fantasma do seu pai me contou que o envenenaram". — O aperto de Kitty em seu braço estava firme. — Me promete. Promete que não vai contar a ele até termos uma prova de verdade. Alguma coisa que não comece e termine com você vendo coisas que mais ninguém pode ver.

Elizabeth olhou para o rosto da irmã, feroz e assustado. Pensou em Darcy, paciente, sinceramente preocupado, à espera de uma verdade que ela não podia lhe dar.

— Eu prometo — disse.

Nana estava esperando na sala de visitas quando Elizabeth voltou.

Estava em sua poltrona, naturalmente, o corpo pequeno rígido de impaciência contida. Tinha algo a dizer e esperava para dizê-lo havia mais tempo do que considerava aceitável. Elizabeth verificou se o corredor estava vazio de vivos, fechou a porta e se sentou.

— A senhora falou com a Senhora Reynolds — disse Nana.

— Falei. Ela me contou muita coisa. Mais, acho eu, do que pretendia.

— Ótimo. Ela é uma mulher sensata. Venho influenciando-a há anos.

Elizabeth lançou um olhar agudo para Nana.

— Trabalhando nela?

— Ela sente certas coisas — disse Nana, com o tom objetivo de quem descreve uma ferramenta útil da casa, não um ser humano. — Sempre sentiu. Não vê, não ouve, nada tão definido assim. Mas tem consciência de nós, à maneira dela. Quando fico perto dela, ela se arrepia. Quando me desagrado com alguma coisa, ela fica inquieta até que aquilo seja corrigido. Aprendi cedo que podia direcionar a atenção dela para coisas que precisavam de conserto, questões que os empregados vivos haviam deixado passar. Uma corrente de ar fria perto de uma janela negligenciada. Uma sensação de desconforto num cômodo em que os móveis tinham sido dispostos de forma errada. Ela não sabe por que nota essas coisas. Acredita que seja instinto, ou experiência, ou simplesmente a sabedoria acumulada de vinte anos numa casa antiga.

— A senhora se valia dela.

— Eu vinha guiando-a — corrigiu Nana, seca. Cento e cinquenta anos obtendo o que queria sem que ninguém percebesse o que ela fazia lhe haviam dado um senso muito apurado dessa distinção. — Há diferença. Nunca a fiz fazer nada que ela mesma não teria feito, se tivesse informação suficiente. Apenas garanti que ela recebesse essa informação, do único modo que me era possível. Um arrepio no corredor certo. Um desconforto perto de uma mancha que precisava ser bem esfregada. Certa vez, fiquei ao lado das cortinas do quarto azul por três manhãs seguidas, até ela se sentir tão desconfortável que mandou chamar a costureira.

— Um lampejo de satisfação atravessou o rosto de Nana.

— Elas foram recolocadas em menos de uma semana. Um desconforto persistente no quarto em que meu trineto foi envenenado, que ela sente todos os dias há seis anos, porque eu permaneço naquele quarto todos os dias há seis anos, fazendo questão de que ela o sinta.

Elizabeth absorveu aquilo. Era manipulador, e também, à sua maneira, extraordinário: um fantasma que não podia falar com os vivos, que não podia escrever, tocar ou mover objetos com nada sequer parecido com a força que George Darcy possuía, encontrando um meio de se comunicar pelo único canal à sua disposição, a sensibilidade de uma mulher que nem sequer sabia que estava escutando.

— A senhora manteve a memória viva — disse Elizabeth. — A senhora garantiu que a Senhora Reynolds nunca esquecesse de todo que havia algo errado.

— Alguém tinha que fazer isso. Ninguém mais podia me ouvir.

A voz de Nana estava firme, mas algo vacilou atrás de seus olhos, a mesma expressão cautelosa que Elizabeth tinha visto quando o nome de George Darcy fora mencionado pela primeira vez diante de Georgiana. — Eu não podia resolver aquilo. Não podia contar a verdade a ninguém. Mas podia impedir que a ferida se fechasse, para que, quando enfim aparecesse alguém capaz de me ouvir, as evidências não estivessem totalmente soterradas.

Houve um silêncio. Então Nana disse, mais baixo:

— Eu lhe devo desculpas.

Elizabeth quase deixou a xícara de chá cair. Não esperava ouvir aquelas palavras de Nana nesta vida nem em qualquer outra.

— George não deveria ter vindo até você da maneira como veio. Eu lhe disse que esperasse. Queria prepará-la, dar-lhe tempo de se acostumar à casa, de construir confiança entre nós, antes de pôr tudo isso sobre você. Ele é impaciente. Sempre foi impaciente, mesmo quando criança, e a morte não o melhorou nesse aspecto. — Fez uma pausa, e apertou os lábios. — Mas ele também está certo ao dizer que isso não podia esperar para sempre. Venho contendo George desde que você chegou, e a paciência dele já estava no fim. Se eu não o tivesse deixado vir logo até você, ele teria feito alguma imprudência, e um fantasma imprudente com a força particular dele é a última coisa de que esta casa precisa.

— O que ele teria feito?

— Teria se mostrado a Fitzwilliam. Teria arrastado móveis. Teria quebrado alguma coisa valiosa. — O tom de Nana sugeria que os danos à mobília de Pemberley a preocupavam ao menos tanto quanto os danos ao auto-controle de Fitzwilliam. — Ele tem poder para isso, como você viu; abriu sua porta, afundou a cadeira. É o fantasma mais sólido de Pemberley. A raiva dele alimenta essa solidez, e passei seis anos garantindo que ele voltasse essa força para dentro, e não para fora, porque a alternativa teria aterrorizado toda a casa e possivelmente ferido a própria Pemberley.

Elizabeth pensou na vela tremulando, na queda da temperatura, no hálito embaçado num quarto com o fogo aceso.

— A senhora vinha controlando-o.

— Eu venho administrando tudo — disse Nana, e por um instante o cansaço em sua voz foi tão vasto, tão antigo, que Elizabeth sentiu o peso dele como algo físico. — Há quase cento e trinta anos, venho administrando esta casa, todos os que estão nela, vivos e mortos. Estou cansada, Senhora Darcy. Muito cansada. E agora você está aqui, e pode me ouvir, e eu não preciso fazer isso sozinha.

Ela parou, como se estivesse surpresa com o que acabara de dizer, então tornou a se recompor, e a severidade voltou ao seu rosto como uma viseira se fechando de golpe.

— Isso não é um convite à sentimentalidade — acrescentou, ríspida. — Espero que você seja prática com isso. George precisa de justiça. A Senhora Reynolds lhe deu um ponto de partida. O que você fará com isso é problema seu, mas sugiro que faça rápido, antes que meu trineto perca o que resta de sua paciência e faça algo do qual todos nós nos arrependeremos.

— Entendido — disse Elizabeth.

— Ótimo. Agora. As cortinas da sala de estar. Eu estava querendo falar com você sobre elas, e não vou mais adiar.

Elizabeth, que acabara de receber um pedido de desculpas, uma confissão e um ultimato de uma mulher que estava morta havia meio século, sentiu-se grata pelas cortinas. As cortinas eram algo manejável. Com as cortinas ela podia fazer alguma coisa.

Ela encontrou Darcy na biblioteca naquela tarde.

Ele estava de pé junto à janela, um livro aberto nas mãos, embora Elizabeth suspeitasse que ele não estivesse lendo. Ele se virou quando ela entrou, e sua expressão era aquela que ela passara a temer: atenta, cuidadosa, vigilante. Ele a estudava como se estudasse uma passagem difícil em latim, procurando o significado por trás das palavras.

— Estive conversando com a Senhora Reynolds — disse Elizabeth, sentando-se na cadeira junto ao fogo e pegando o livro que deixara ali no dia anterior, uma frágil tentativa de normalidade. — Sobre a casa, a família. Ela tem sido muito prestativa.

— Ela gosta de você — disse Darcy. — Ela me disse isso ontem. Disse que você a lembra de minha mãe.

As palavras deveriam ter sido um presente. Pareceram uma faca. — É um grande elogio — conseguiu dizer Elizabeth.

Darcy fechou o livro e veio sentar-se à sua frente. A distância entre eles, a distância que Elizabeth criara com seus segredos e silêncios, parecia tão sólida quanto a mesa que os separava. A preceptora, Senhorita Pardoe, ergueu o olhar para ele, registrou que havia tensão doméstica no ar e voltou ao livro com o foco deliberado de uma mulher que sobrevivera décadas nas casas de outras pessoas sabendo precisamente quando não se envolver.

— Elizabeth — disse ele. — Você tem estado diferente nestes últimos dois dias. Você sorri, mas o sorriso não atinge seus olhos. Você está presente às refeições, mas seus pensamentos estão em outro lugar. Você e Kitty cochicham juntas e se calam quando me aproximo. — Ele fez uma pausa, e o que se seguiu não foi uma acusação, mas algo pior: um apelo. — Não estou pedindo que me conte tudo. Sei que há coisas que uma esposa guarda para si, ajustes que precisam ser feitos, e não desejo sufocá-la. Mas preciso saber que você não está infeliz. Que você não está se arrependendo...

— Não estou me arrependendo de nada — disse Elizabeth, e isso, pelo menos, era a verdade, completa e sem ressalvas. — Não me arrependo de ter me casado com você. Não poderia me arrepender. Você não deve pensar isso.

— Então o que é?

Ela olhou para ele do outro lado da mesa, para esse homem que amava, que lhe oferecia uma abertura pela qual ela não podia passar, e sentiu a impossibilidade de sua posição com uma agudeza que lhe roubou o ar. Ela não podia contar a ele sobre o pai dele. Não podia contar sobre Wickham. Não podia contar sobre nada disso, porque no momento em que o fizesse, uma de duas coisas aconteceria: ele acreditaria nela, agiria, e as consequências seriam catastróficas. Ou ele não acreditaria nela, e o casamento que ela tentava desesperadamente proteger racharia de um modo que ela jamais poderia reparar.

— Estou aprendendo — disse ela. — Sobre a casa, sobre a família, sobre todas as coisas que uma nova esposa precisa entender. E parte do que estou aprendendo é... é muita coisa para assimilar. A história deste lugar, as pessoas que viveram aqui, o peso de tudo isso. Não estou infeliz. Estou simplesmente me ajustando.

Era a mesma palavra que usara no dia anterior, terrivelmente inadequada, e ambos sabiam disso.

Darcy suspirou fundo, mas não pareceu exasperado ou zangado. Apenas cansado. — Quando estiver pronta para me dizer o que está perturbando você, estarei aqui.

Ele se levantou, aproximou-se da cadeira dela e beijou o topo de sua cabeça, e saiu da biblioteca. Elizabeth ficou sentada ouvindo seus passos se afastarem pelo corredor. Ela pressionou as mãos sobre o rosto. Não chorou, porque chorar não ajudaria e a Senhora Reynolds poderia entrar.

Ela ficou ali por muito tempo. O fogo crepitou e se acomodou. Senhorita Pardoe virou uma página de seu livro interminável e não ergueu os olhos.

Por fim, Elizabeth tirou as mãos do rosto, endireitou as costas e pegou o caderno que começara a manter, aquele disfarçado de observações domésticas. Ela escreveu:

Sra. R confirma: falecido Sr. GD bem antes da morte. W presente na casa, visita inesperada, convocado? Sr. GD inquieto/agitado nos dias anteriores. Médico atribuiu morte ao coração. Sra. R sempre sentiu que algo estava errado. Casa em si inquieta desde então. Sra. R sensível; mais do que ela sabe.

Ela olhou para o que escrevera. Circunstancial. Tudo circunstancial. Uma morte súbita, um hóspede, a inquietação de uma governanta. Nada que um magistrado consideraria por um momento.

Mas era um começo. Amanhã ela faria mais perguntas, gentilmente, cuidadosamente, usando a máscara de uma noiva que simplesmente queria entender a família na qual entrara. Kitty estaria ao seu lado, observando, cobrindo. Juntas, elas de alguma forma juntariam as peças a partir de sussurros, memórias, o testemunho inabalável de um homem morto que não conseguia descansar.

Pela janela da biblioteca, o sol do fim da tarde rompeu as nuvens pela primeira vez naquele dia. Os jardins de Pemberley se estendiam em sua beleza outonal. Elizabeth olhou para eles, pensou no rosto de Darcy ao sair da sala, paciente, magoado, ainda confiando nela, e acrescentou mais uma linha ao caderno:

Preciso encontrar um jeito. Preciso encontrá-lo logo.

Ela fechou o caderno e o colocou na gaveta de sua escrivaninha, embaixo das contas domésticas, onde ninguém pensaria em procurar.

Capítulo Onze

O JARDIM MEDICINAL FICAVA atrás da ala da cozinha, encaixado num canto voltado para o sul onde os velhos muros de pedra retinham o calor do sol mesmo no fim de outubro. Elizabeth o encontrou por acaso, ou melhor, da maneira como se encontra algo quando se procura sem saber o quê.

Ela estava caminhando pela propriedade com Kitty, ostensivamente para aprender os caminhos e dependências que uma senhora deveria conhecer. Na verdade estava inquieta, pensando nas palavras da Senhora Reynolds do dia anterior, a sensação de desassossego na casa, a convicção da governanta de que algo estava errado. Precisava se mover e pensar, e descobriu que conseguia fazer ambas as coisas melhor do lado de fora do que dentro, onde cada cômodo abrigava ou um fantasma ou um marido ou ambos.

Passaram pela horta, onde as últimas couves de outono repousavam em fileiras sólidas, e pelos canteiros de ervas, onde a alfazema havia ficado cinzenta, lenhosa, o alecrim produzindo suas últimas flores pálidas. Além destes, meio escondido por uma cerca viva de teixo, havia um jardim menor que Elizabeth não tinha visto antes.

— O que é isto? — perguntou ela a Kitty, atravessando a estreita abertura na cerca.

Era um jardim medicinal de verdade, do tipo que as grandes casas mantinham havia séculos antes que os médicos se tornassem moda e os boticários assumissem o ofício da cura. Os canteiros estavam dispostos no velho estilo formal, cada um cercado por buxo baixo, e embora as plantas tivessem se tornado selvagens em alguns lugares, Elizabeth conseguia ver a lógica do projeto original: ervas agrupadas por uso, plantas medicinais separadas das culinárias, os espécimes perigosos com seu próprio canteiro perto do muro mais distante.

Ela soube o que estava vendo antes que compreendesse o que via. As hastes altas, suas flores havia muito transformadas em cápsulas secas de sementes, erguendo-se num aglomerado denso contra o muro sul onde teriam recebido o melhor do sol de verão. Dedaleira. *Digitalis purpurea.* Ela crescera no campo e conhecia cada planta das cercas vivas pelo nome; e a biblioteca de seu pai continha o tratado de Withering sobre a dedaleira, que ela lera aos quatorze anos com o mesmo apetite indiscriminado que dedicava a todos os livros da casa.

Dedaleira, que em doses cuidadosas podia estabilizar um coração enfraquecido. Que em doses maiores podia detê-lo completamente.

Que produzia sintomas, em excesso, que pareceriam a qualquer médico uma falha súbita e natural daquele órgão.

Elizabeth ficou parada, olhando. O sol de outono estava quente em seus ombros. Um melro cantava do alto da cerca de teixo. A horta estava cheia de sons comuns, uma porta se abrindo, a voz de uma criada chamando alguém sobre nabos, o arrastar de um carrinho de mão no cascalho. Tudo estava normal. Tudo estava exatamente como deveria estar, exceto que Elizabeth estava parada diante da planta que havia matado o pai de seu marido, e ela crescia a vinte metros da porta da cozinha.

Kitty havia atravessado a cerca atrás dela. Olhou para o jardim, depois para Elizabeth, depois para a dedaleira.

— Entendo — murmurou.

Kitty também havia lido Withering. Ou se não havia lido tudo, havia lido o suficiente, porque Elizabeth lhe contara sobre isso aos quatorze anos, ofegante com a empolgação de uma nova descoberta e desesperada para compartilhá-la com alguém. Aquele foi o ano em que caminharam por todas as sebes ao redor de Meryton identificando plantas, Elizabeth recitando suas propriedades enquanto Kitty coletava espécimes e os prensava num livro que mantinham escondido de sua mãe, que teria achado aquilo tudo insalubre.

— Ela está aqui há anos — disse Kitty, olhando para as raízes estabelecidas, as plantas que haviam se semeado sozinhas e se espalhado além do canteiro original. — Muito antes de o velho senhor Darcy morrer.

— Qualquer pessoa na casa poderia tê-la colhido. Qualquer um que soubesse o que ela era.

— E Wickham foi educado aqui. Ao lado de Darcy. Ele teria conhecido este jardim.

Ficaram juntas sob o sol de outono. O melro continuou cantando. A dedaleira estava ali, em seu canteiro contra o muro, alta, marrom, absolutamente inocente e, ao mesmo tempo, totalmente incriminadora.

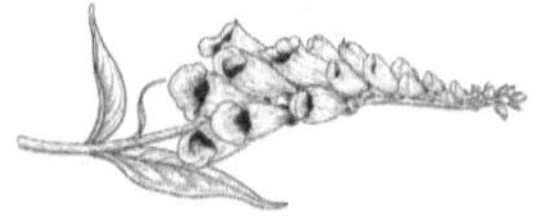

George Darcy estava na sala quando Elizabeth voltou.

Ela não o havia convocado; não sabia como fazê-lo, nem onde ele passava o tempo normalmente. Ele simplesmente apareceu, do jeito que fizera da primeira vez, preenchendo a entrada com sua presença sólida demais, e a temperatura da sala caiu vários graus no tempo que levou para Elizabeth fechar a porta atrás de si. Kitty, que não podia vê-lo mas podia sentir o frio súbito e ver pela expressão no rosto de Elizabeth que não estavam sozinhas, envolveu-se com os próprios braços e sentou-se na cadeira mais próxima da lareira.

— Preciso lhe fazer uma pergunta difícil — disse Elizabeth, sem rodeios.

George Darcy sentou-se. A cadeira não rangeu, mas a almofada se comprimiu.

— Pergunte.

— Na noite em que o senhor morreu. Preciso que me conte exatamente o que aconteceu. Não o confronto com Wickham, não o que levou a isso. A própria noite. O que comeu, o que bebeu, quando começou a se sentir mal. Tudo de que conseguir se lembrar.

Ele havia contado a ela a verdade geral, o envenenamento, o conhaque, a manhã em que não acordou. Mas ela estava pedindo os detalhes agora, a memória específica, minuciosa, de sua própria morte, e ela podia ver o que lhe custava voltar àquilo.

— Jantamos às sete — disse ele. — Toda a casa jantou junta naquela noite. Wickham estava lá. Ele estava, estava muito à vontade. Muito agradável. Como se a conversa daquela tarde, o confronto sobre Sally Wilson, não tivesse acontecido. Lembro-me de pensar que ou ele havia aceitado melhor do que eu esperava, ou estava tramando algo mais profundo do que eu imaginava.

Ele fez uma pausa, balançando a cabeça lentamente. Elizabeth podia ver claramente o arrependimento em seu rosto, a autoacusação.

— Depois do jantar, fui para meu escritório. Wickham veio me encontrar lá. Ele me serviu conhaque. Pensei nisso milhares de vezes. Lembro-me de que ele ficou de costas para mim junto ao aparador enquanto servia, depois trouxe duas taças e colocou uma em minha mão. Disse que desejava se desculpar de homem para homem, e discutir os preparativos para o casamento. Ele estava... não consigo descrever. Ele era o rapaz de que me lembrava. O menino que eu amara. Aberto, sincero, arrependido de seus erros. Eu queria acreditar. Meu Deus, depois de tudo, eu ainda queria acreditar.

Kitty, que podia ouvir apenas o lado de Elizabeth na conversa, sentou-se com as mãos postas no colo, o rosto virado para o fogo. Não se moveu.

— Bebi o conhaque — disse George Darcy. — Ele ficou comigo talvez meia hora. Conversamos. Ele concordou com tudo que pedi, o casamento com Sally, os termos, a paróquia de Kympton, ainda prometida para ele quando seu atual vigário falecesse, e um sustento menor nesse meio-tempo, enquanto completava seus estudos e se sustentava como coadjutor. Foi razoável. Contrito. Foi tudo o que eu queria que ele fosse, e eu fui um tolo, porque havia passado vinte anos acreditando em uma versão de George Wickham que nunca existiu, e não parei de acreditar nem mesmo quando meu próprio filho me disse a verdade.

Sua voz baixara. A sala estava terrivelmente fria agora. Elizabeth podia ver a própria respiração, e a de Kitty, suspensa no ar entre elas.

— Recolhi-me às dez. Meu coração começou a me incomodar nas escadas. Um tremor, nada mais, o tipo de coisa que se nota e se ignora. Mas quando cheguei ao meu quarto havia se tornado outra coisa. Não uma palpitação. Uma irregularidade. Meu coração estava falhando, desacelerando, batendo num ritmo que estava errado, que eu podia sentir que estava errado, embora nunca em minha vida tivesse tido motivo para pensar nas batidas do meu próprio coração.

Ele olhou para Elizabeth, e a dor crua em seu rosto era terrível.

— Não chamei ninguém. Pensei que passaria. Deitei-me na cama. Esperei. As falhas pioraram. A sala ficou gelada, ou era eu que estava gelando; não consegui distinguir. A última coisa de que me lembro é o teto acima de minha cama, depois nada, depois acordar e descobrir que ainda estava no quarto, mas o corpo na cama não era mais o meu.

O silêncio que se seguiu foi absoluto. Até o fogo parecia ter parado de se mover.

— Dedaleira — disse Elizabeth.

George Darcy olhou para ela.

— Digitalis — disse ela. — Derivada da dedaleira. Em pequenas doses é usada para tratar condições do coração. Em grandes doses causa exatamente o que o senhor descreveu: batimentos cardíacos irregulares, uma desaceleração, uma parada que parece inteiramente natural. Qualquer médico que o examinasse depois concluiria que seu coração simplesmente parou. Porque parou. Foi feito para parar.

— Como você sabe disso?

— Cresci numa casa de campo, onde havia um antigo jardim medicinal. Não na escala do de Pemberley, é claro, mas reconheço cada planta nele e sei para que são usadas. E leio muito — disse Elizabeth. — Há um canteiro de dedaleira no jardim medicinal, a não mais de vinte metros da porta da cozinha.

George Darcy ficou em silêncio. Então disse, numa voz que mal era uma voz:

— Mostrei a ele cada canto de Pemberley, por dentro e por fora. Cada jardim, cada caminho, cada cômodo. Mostrei-lhe o jardim medicinal quando ele era menino. Não me lembro de ter explicado exatamente a finalidade de cada planta, mas me lembro de tê-lo avisado que, embora pudessem ter grande benefício medicinal, algumas das plantas eram perigosas nas quantidades erradas, ou usadas de forma errada. E certamente há livros na biblioteca que poderiam ter lhe dado a informação de que a dedaleira é uma delas, e por quê.

— O senhor não podia saber.

— Não. Mas mostrei a ele a arma que usou para me matar, e é com isso que tenho de conviver. Ou não conviver. Seja lá como queira chamar.

A tentativa de humor negro do fantasma era tão parecida com algo que Darcy teria dito que Elizabeth sentiu o peito apertar.

Nana chegou dez minutos depois, o que era dez minutos além do que Elizabeth esperava.

Entrou com agilidade; estivera escutando atrás da porta, se é que fantasmas podem escutar atrás de portas. Olhou para George Darcy com amor feroz e exasperação em igual medida.

— Você contou a ela sobre o conhaque — disse Nana.

— Ela perguntou.

— Ela perguntaria — disse Nana. — É meticulosa.

Nana voltou-se para Elizabeth.

— Você encontrou a dedaleira.

— Encontrei — disse Elizabeth. — E tenho uma pergunta para a senhora, Nana. A senhora disse que o viu morrer. Disse que gritou para ele não beber. A senhora viu Wickham preparar o conhaque?

O rosto de Nana mudou. A vivacidade habitual dissipou-se. O que restou era velho, cansado, furioso.

— Vi-o colocar algo no copo enquanto servia. Observei-o entregar o copo a George. Observei seu rosto enquanto George bebia. Vi muitos rostos em mais de cento e trinta anos, Senhora Darcy. Sei como é o rosto de um homem quando está vendo algo que planejou se concretizar. Ele não estava ansioso. Não estava esperançoso. Estava satisfeito. Parecia um homem vendo uma armadilha fechar-se. Gritei e tentei tudo que pude para fazer George derramar o copo, mas foi inútil.

— Infelizmente — disse Elizabeth com gentileza —, seu testemunho não é do tipo que qualquer vivo aceitaria.

— Não — concordou Nana. — Não é.

George Darcy se levantou. Não ficou andando de um lado para o outro; não era homem de fazer isso, assim como seu filho também não era. Caminhou até a janela, olhou para os jardins de Pemberley. Sua postura era tão idêntica à do marido dela que o coração de Elizabeth se apertou.

— Eu tinha dois filhos — disse ele, e a raiva em sua voz não era dirigida a Elizabeth, mas a algo maior, que abrangia toda a extensão miserável do que Wickham havia feito e do que sua morte havia deixado para trás. — Dois filhos e nenhuma esposa e uma casa cheia de responsabilidades. Agora meu filho carrega tudo isso. Minha filha mal me conheceu. E isto, isto é o que tenho. A fúria de um fantasma e um jardim cheio de dedaleira e nenhum modo de provar coisa alguma.

— O senhor poderia ter se casado de novo — disse Nana, e sua voz estava mais suave do que Elizabeth jamais a ouvira. — Deveria ter. Era suficientemente jovem.

— Não pude.

Ele desviou o olhar da janela, voltando-se para elas.

— Annie era... ela era tudo. Não consegui colocar outra mulher no lugar dela.

— Eu sei. Você amava sua Annie demais.

Nana fez uma pausa. Algo cruzou seu rosto que Elizabeth nunca vira ali antes: uma ternura tão antiga, tão profunda, que parecia vir de algum lugar além da própria mulher. Da menina que ficara viúva aos vinte anos, que criara um filho sozinha, que vivera quase oitenta anos mais.

— Está tudo bem, meu filho. Você fez o seu melhor.

George Darcy olhou para a bisavó. Por um momento a raiva o deixou, e ele era simplesmente um homem que sentia falta da esposa, que havia falhado com os filhos, que queria que alguém lhe dissesse que estava tudo bem. Nana havia dito. Era o suficiente.

Então o momento passou. A raiva voltou. O cômodo ficou frio novamente.

Elizabeth olhou para os dois, a matriarca e o tataraneto, unidos por sangue, pelo luto, pelas paredes de uma casa que não conseguiam abandonar. Ela compreendeu algo que não havia compreendido antes.

Aquilo não era uma assombração. Aquilo era uma família. Sua família, agora.

E famílias, vivas ou mortas, mereciam a verdade.

— Preciso contar uma coisa aos dois — disse ela. — Há um problema que não mencionei, porque não sabia como dizer, e porque estava com medo do que isso poderia significar. Mas vocês merecem saber, e não posso mais esconder isso.

Os olhos de Nana se estreitaram. George Darcy se virou para ela com toda a força de sua atenção, e o peso daquela atenção era considerável.

— Wickham é casado — disse Elizabeth. — Com minha irmã mais nova. Lydia.

O silêncio que se seguiu foi de um tipo diferente daquele que veio depois do relato de George Darcy sobre sua morte. Aquele havia sido o silêncio do luto revisitado. Este era o silêncio de algo fundamental se movendo, de dois fantasmas reavaliando tudo o que haviam pedido a ela diante de um fato que alterava a forma de todo desfecho possível.

George Darcy falou primeiro.

— Sua irmã. — Ele olhou para Kitty, sentada junto ao fogo, observando as chamas em silêncio. — Não esta?

— Não, esta é minha irmã Kitty. Lydia é a mais nova de nós; tem apenas dezesseis anos. Ela fugiu com ele no começo do verão. Minha família só foi poupada da desgraça porque seu filho, meu marido, pagou as dívidas de Wickham e comprou para ele uma patente no exército e garantiu que se casassem. Darcy fez isso por minha causa, embora eu não soubesse na época. Ele nunca apresentou isso como mais do que um dever, mas foi mais do que isso, e nós dois sabemos disso.

— E você não me contou isso — disse George Darcy lentamente — porque?

— Porque se Wickham for levado à justiça pelo seu assassinato, minha irmã fica viúva de um assassino aos dezesseis anos, e o nome dos Bennet, e o nome dos Darcy, serão arrastados em todos os jornais de escândalo da Inglaterra — Ela acenou na direção de Kitty, que havia erguido o olhar, percebendo que havia se tornado parte da discussão. — Tenho duas irmãs ainda solteiras que não podem se dar ao luxo de ter suas perspectivas manchadas por tal escândalo. Eu estava com medo de que, se vocês soubessem, não se importariam com as consequências para minha família. Não os culparia por isso. O direito de vocês à justiça é real e legítimo, e não se torna menos válido porque o homem que o matou teve o mau gosto de se casar com minha irmã antes.

Nana a observava com uma expressão que Elizabeth não conseguia decifrar.

George Darcy se sentou novamente. Lentamente. A almofada se comprimiu sob ele, e ele juntou as mãos, e ficou sentado em silêncio por vários minutos.

— Eu não teria exigido que sua irmã sofresse — disse ele, por fim. — Estou com raiva. Estou, acho, mais furioso do que qualquer homem tem o direito de estar, vivo ou morto. Mas não sou cruel, e não era cruel quando estava vivo, fosse lá o que mais eu tenha sido. Sua irmã era pouco mais que uma criança quando ele se casou com ela, seduzida por ele como tantas outras jovens inocentes. Ela não é minha inimiga.

— Não — disse Elizabeth. — Não é. Mas ela faz parte do problema, e eu precisava que vocês entendessem por que isso não pode ser resolvido com um magistrado e um tribunal. Mesmo que tivéssemos provas, o que não temos, as consequências de usá-las seriam catastróficas.

— Então o que você propõe?

Elizabeth olhou para ele. Olhou para Nana. Pensou na dedaleira no jardim, no conhaque de seis anos atrás, na certidão de óbito que dizia insuficiência cardíaca, no médico que não havia visto nada de errado, na criadagem que havia pranteado sua morte e seguido em frente, no mundo que havia esquecido a morte de George Darcy como nada mais que uma perda triste, porém comum.

— Ainda não sei — disse ela. — Mas não vou parar de tentar encontrar provas.

Não era suficiente. Ela podia ver que não era suficiente, na rigidez do maxilar de George Darcy e no aperto dos lábios de Nana. Mas era honesto, e honestidade era a única moeda que ainda lhe restava com algum valor.

Nana falou no silêncio.

— A menina. Sua irmã. Ela está segura?

A pergunta surpreendeu Elizabeth. Ela havia esperado recriminação, ou ao menos frustração. Não havia esperado que Nana perguntasse sobre Lydia.

— Não sei — disse Elizabeth. — As dívidas dele foram pagas, mas não duvido que estejam se acumulando novamente. O temperamento dele deve piorar, agora que está limitado por uma esposa que cerceia sua busca por prazeres. E agora eu sei do que ele é capaz quando se sente encurralado.

— Então é melhor você encontrar suas respostas rapidamente — disse Nana. — Pelo bem dela tanto quanto pelo nosso.

Era, Elizabeth refletiu depois, a coisa mais perturbadora que Nana já havia lhe dito. Não por causa das palavras em si, mas pelo que elas implicavam: que o perigo não estava apenas no passado, mas no presente, não apenas para os mortos, mas para os vivos, e que quanto mais tempo ela levasse para encontrar uma solução, mais pessoas correriam o risco de ser feridas por um homem que já havia provado que mataria para se proteger.

Em algum lugar da casa, Darcy esperava que sua esposa descesse para o jantar. Ela iria. Sorriria. Sentaria à sua frente, seria encantadora, calorosa, presente, e não lhe contaria que havia passado a tarde com seu pai morto e sua tataravó, discutindo a planta usada para assassinar um deles, o homem que o fizera, a irmã que se casara com ele e a impossibilidade de trazer nada daquilo à luz.

Capítulo Doze

Senhora Annesley partiu na terça-feira seguinte para uma visita prolongada à irmã em Nottingham. Isso já estava planejado havia algum tempo; com uma nova senhora de Pemberley na casa, e Kitty para lhe fazer companhia, Darcy concordara que Georgiana muito bem podia passar um mês ou dois sem sua acompanhante.

Elizabeth não refletira muito sobre o papel da Senhora Annesley na casa até sua partida. Era uma mulher tranquila e constante, que fazia tudo correr bem pelo simples expediente de estar sempre no lugar certo, dizer a coisa certa e garantir que os dias de Georgiana tivessem forma e propósito sem jamais parecer impor nem uma coisa nem outra. Ela era acompanhante de Georgiana desde Ramsgate, contratada por Darcy depois daquele quase desastre, e cumprira tão bem seu papel que sua presença se tornara quase imperceptível, como acontece, no fim, com todas as pessoas verdadeiramente competentes.

Sua ausência, porém, era tudo menos discreta.

Georgiana encontrou Elizabeth na biblioteca na primeira manhã, pairando daquele jeito que tinha quando queria alguma coisa, mas não sabia ao certo se tinha permissão para pedir. Estava vestida para o dia, mas parecia ligeiramente à deriva, como se tivesse ido à sala de desjejum e descoberto que a pessoa que costumava ancorar sua manhã não estava lá.

— Posso me sentar com você? — perguntou.

— Claro — disse Elizabeth. — Sempre.

Georgiana se sentou, olhou para as mãos, depois para Elizabeth.

— Algum deles está aqui agora? — perguntou, num tom cuidadosamente casual, como se tivesse ensaiado a pergunta.

Elizabeth passou os olhos pela biblioteca. Miss Pardoe estava em sua cadeira de sempre, lendo.

— Miss Pardoe — disse ela. — A preceptora; ela sempre se senta naquela cadeira, meio escondida entre as estantes. Está lendo, como sempre. Acho que não vira uma página há sessenta anos, mas parece satisfeita.

Miss Pardoe ergueu os olhos ao ouvir seu nome, fitou Elizabeth com o leve desagrado de uma mulher que fora comentada como se fosse um móvel da sala e voltou ao livro.

O olhar de Georgiana foi para a cadeira onde Miss Pardoe estava sentada, e sua expressão era uma mistura complicada de fascínio e desconforto. É claro que ela não via nada. A cadeira estava vazia para ela, como estava para todos, exceto Elizabeth. Mas saber que havia alguém sentado ali, alguém morto havia décadas, alguém que vivera, respirara e lera livros naquele aposento, mudava a forma como Georgiana olhava o espaço ao seu redor.

— Ela sabe que eu estou aqui? — perguntou.

— Ela tem consciência da sua presença, sim. Mas receio que não se interesse muito pelos vivos. Quando descobriu que eu podia vê-la, falou comigo brevemente, e foi assim que soube seu nome e que ela tinha sido preceptora aqui sessenta anos atrás, das irmãs do seu avô, creio eu, mas desde então não tornou a falar comigo. Ela está inteiramente absorvida em seu livro.

— O que ela está lendo? — perguntou Georgiana.

— Nunca consegui ver o título. Já tentei, mas parece fazer parte dela, se isso faz sentido. O livro que estava lendo quando morreu, ou talvez o de que mais gostava. Não muda.

Georgiana assimilou aquilo. Tinha uma centena de perguntas; Elizabeth conseguia vê-las se agitando por trás de seus olhos, e, ao longo daquela manhã, ela fez a maior parte delas. Como o dom de Elizabeth funcionava? Ela sempre fora capaz de ver fantasmas, ou isso surgira em certa idade? Era a única da família que podia vê-los? Conseguia ver todos os fantasmas, ou apenas alguns? Eles sabiam que estavam mortos? Podiam tocar nas coisas? Podiam sair da casa?

Elizabeth foi tão honesta quanto pôde. Via fantasmas desde antes de se lembrar; sua mãe dizia que, quando bebê, ela conversava com quartos vazios, e a família supusera que fosse balbucio de bebê até ficar claro que Elizabeth travava conversas com pessoas que ninguém mais podia ver. Até onde sabia, ninguém mais em sua família conseguia vê-los, embora seu pai certa vez tivesse especulado que seu avô materno, o velho Senhor Gardiner, às vezes parecia saber coisas que não tinha como saber, o que fizera dele um homem de negócios extraordinariamente bem-sucedido. Mas ele morrera antes de Elizabeth nascer, portanto já não havia como lhe perguntar. Ela achava que nem todo fantasma lhe era visível; suspeitava que existissem espíritos tão tênues, tão distantes, que nem mesmo seu dom pudesse alcançá-los. Todo fantasma que encontrara sabia que estava morto, embora alguns demorassem mais que outros para aceitar isso. Eles não podiam deixar os lugares aos quais estavam ligados, e era por isso que todos os fantasmas de Pemberley estavam ligados à casa ou à propriedade. E, em geral, não conseguiam interagir fisicamente com o mundo ao redor.

— Em geral? — perguntou Georgiana.

— Alguns fantasmas são mais sólidos do que outros. Depende de... não tenho absoluta certeza do que depende. De há quanto tempo estão aqui, da força da ligação deles com o lugar, de quanto assunto inacabado os prende. Nana é notavelmente vívida, inteiramente presente, mas não consegue mover objetos nem abrir portas. Outros são mais tênues, mal estão ali, mais como impressões do que como pessoas.

Ela sabia que estava em terreno perigoso. Cada resposta que dava levava Georgiana mais perto da pergunta que Elizabeth não podia responder, a pergunta que estava sentada na sala tão presente quanto Miss Pardoe em sua cadeira: *e meu pai?*

A pergunta veio depois do almoço.

Estavam na sala de música, Georgiana ao pianoforte, Kitty virando as páginas. Elizabeth fingia ler. A música era Handel, alguma peça solene e formal que Georgiana tocava com uma fluência que a fazia soar sem esforço, embora Elizabeth percebesse a concentração que aquilo exigia.

Georgiana terminou a peça, pousou as mãos no colo e disse, sem erguer os olhos:

— Nana disse que minha mãe foi adiante. Que estava em paz. Que não permaneceu.

— Sim — disse Elizabeth. — Foi o que Nana me contou.

— Mas meu pai. — A voz de Georgiana estava firme, e ela ergueu os olhos, diretamente para Elizabeth. — Nana não quis falar dele. Mudou de assunto.

Kitty, que estava organizando as partituras, parou de se mexer.

— Georgiana — disse Elizabeth.

— Não sou criança, Elizabeth. Eu sei quando estão me conduzindo, e Nana estava fazendo isso, assim como você está fazendo agora. O que significa que há alguma coisa a respeito do meu pai que ela não queria que eu soubesse, e passei todo esse tempo pensando nisso, e não consigo imaginar razão para esse silêncio, a menos que... — Ela parou, respirou fundo. — A menos que ele esteja aqui. A menos que meu pai seja um fantasma em Pemberley, e Nana não tenha querido me contar.

A sala ficou em silêncio. Kitty olhava para Elizabeth com uma expressão que dizia: *isso é com você, e sinto muito.*

Elizabeth pousou o livro.

— Seu pai está aqui — disse ela. — Sim.

Georgiana manteve a compostura, mas por muito pouco. Elizabeth conseguia ver o esforço que isso exigia, o modo como endireitava a coluna, o modo deliberado como ela aquietava as mãos no colo. A coluna vertebral dos Darcy, Elizabeth estava descobrindo, era hereditária.

— Por que Nana não me contou?

— Porque seu pai não está em paz, Georgiana. Ele está furioso, em luto, preso aqui por assuntos inacabados. Nana estava tentando protegê-la da força disso. Ela vem lidando com ele há seis anos, mantendo-o contido, impedindo que a casa sinta toda a extensão da presença dele. Ela não queria que você carregasse isso até ter certeza de que conseguiria suportar.

— E eu consigo suportar?

— Acho que você consegue suportar muito mais do que a maioria das pessoas lhe atribui.

A gratidão na expressão de Georgiana era tão desnuda que Elizabeth precisou desviar o olhar.

— Posso vê-lo? Você pode... pode fazer com que eu esteja na sala quando ele estiver lá, como fez antes, com Nana? Você poderia me dizer o que ele diz.

— Posso. Mas ainda não. Há coisas que eu preciso... há aspectos da situação dele que ainda estou tentando entender, e preciso passar por isso antes de envolver você. Estou pedindo que confie em mim. Você pode fazer isso?

Georgiana estudou seu rosto em silêncio.

— Você está me protegendo de alguma coisa — disse por fim. — Como Nana estava.

— Sim.

— E vai me dizer o que é. Quando estiver pronta.

— Sim. Eu prometo.

Georgiana assentiu. Voltou-se para o pianoforte, abriu uma nova partitura e começou a tocar. Era algo rápido, brilhante, exigente; uma peça que reclamava cada partícula de sua atenção e não deixava espaço para os pensamentos que se amontoavam quando as mãos estavam ociosas.

Kitty encontrou o olhar de Elizabeth por cima da cabeça curvada de Georgiana. O olhar dizia: *por quanto tempo você vai conseguir sustentar isso?*

Elizabeth não tinha resposta.

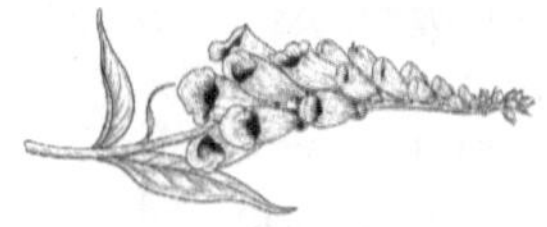

A carta de Lydia chegou na manhã seguinte e mudou tudo.

Elizabeth a abriu no café da manhã, esperando a habitual ladainha de reclamações e fofocas. As cartas de Lydia eram previsíveis: a monotonia de Newcastle, o entretenimento inadequado que se encontrava entre as outras esposas de oficiais, a injustiça de estar tão longe de Brighton, de Londres e de todos os lugares que importavam. Elizabeth havia aprendido a lê-las com impaciência afetuosa, passando os olhos em busca de algo que exigisse resposta e deixando o resto de lado.

Esta carta era diferente.

Minha querida Lizzy, escreveu Lydia, com sua letra grande e cheia de voltas que usava três folhas onde uma bastaria.

Você não pode imaginar como Newcastle ficou monótono. Não há nada para fazer e ninguém que valha a pena conhecer e Wickham sai quase todas as noites e quando ESTÁ em casa não é boa companhia nem um pouco. Ele perdeu uma fortuna no jogo na semana passada e tem estado de um humor PÉSSIMO por causa disso. Sei que não deveria reclamar, pois ele é meu marido e tenho certeza de que é muito difícil para ele, mas Lizzy, ele me assusta às vezes.

As mãos de Elizabeth ficaram imóveis sobre o papel.

Ele não grita. Nunca grita. Mas quando eu disse algo sobre a conta do açougueiro ele ficou muito quieto, olhou para mim, e seus olhos ficaram VAZIOS, como se não houvesse nada por trás deles, e pensei por apenas um momento que não o conhecia. Apenas um momento. Então ele sorriu e disse que sentia muito e beijou meu rosto e voltou a ser só gentileza. Mas não dormi bem naquela noite e não tenho dormido bem desde então.

Não quero preocupar você. Tenho certeza de que não é nada. Ele está sob muita pressão com o dinheiro e tudo o mais. Eu deveria ser mais paciente. Por favor, não conte para a Mamãe. E por favor não conte para Darcy.

Elizabeth leu a carta duas vezes. Dobrou-a, colocou-a no bolso, virou-se para Darcy, que a observava do outro lado da mesa.

— Lydia manda lembranças.

Depois do café da manhã, ela entregou a carta a Kitty sem dizer palavra. Kitty a leu na sala da manhã, de pé junto à janela onde a luz era boa, e quando terminou ergueu os olhos e seu rosto estava pálido.

— Os olhos dele ficaram vazios — disse Kitty. — Como se não houvesse nada por trás deles. E então tudo passou.

— Sim.

— Foi assim que George Darcy o descreveu. Quando Wickham concordou com tudo e sorriu e era o menino de quem ele se lembrava. O charme que se acende e apaga.

— Sim.

Kitty dobrou a carta ao longo dos vincos, devagar, com cuidado, como se fosse algo frágil.

— Ela diz que tem certeza de que não é nada.

— Ela tem dezesseis anos e não sabe o que está vendo.

— Não. Mas nós sabemos.

Kitty devolveu a carta. — O que você vai fazer?

Elizabeth pôs a carta no bolso, ao lado do caderno que agora levava consigo, aquele que ia se enchendo de provas que não provavam nada e significavam tudo.

— Vou falar com Darcy — disse ela. — Sobre Lydia. Não sobre o resto. Só sobre Lydia.

— Ela pediu para não contar a ele.

— Eu sei o que ela pediu. Mas já estou guardando segredos demais do meu marido, e este é um segredo que é melhor não guardar. Ele precisa saber o que Wickham está fazendo com ela. Se houver como resolver a questão do dinheiro, Darcy é quem pode fazer.

— Isso é ajudar um assassino.

— Sim. Até que eu consiga pensar em algo melhor, é exatamente isso.

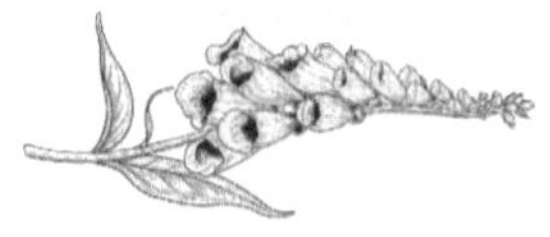

Ela o encontrou no escritório depois do almoço. Ele estava à escrivaninha, examinando os livros de contabilidade da propriedade. Quando ela entrou, ele largou a pena e olhou para ela. — Foi a carta, não foi?

Elizabeth parou na porta. — Como soube?

— Porque você a leu no café da manhã, seu rosto mudou, e desde então você está em outro lugar. Kitty tem observado você do jeito que faz quando algo está errado. Você veio me procurar no escritório no meio do dia, o que faz quando tem algo a dizer e não tem certeza de como dizer. — Ele fez uma pausa. — Não sou tão desatento quanto você parece pensar, Elizabeth.

— Nunca pensei que fosse desatento. Esse é justamente o problema.

Os cantos da boca dele se crisparam. Não exatamente um sorriso, mas o começo de um, o primeiro alívio que ela vira em seu rosto em dias. A tensão de guardar o segredo de George Darcy, somada aos seus próprios segredos, pesava sobre seu casamento que rapidamente se tornava insuportável. Ela não podia esperar muito mais, mas primeiro, primeiro ela precisava tentar garantir a segurança de sua irmã.

— Lydia me pediu para não mostrar isso a você — disse Elizabeth, tirando a carta do bolso. — Mas acho que deveria ler.

Entregou-lhe a carta, sentou-se na cadeira do outro lado da escrivaninha e esperou. Observou o rosto dele quando chegou à passagem sobre o jogo de cartas, as dívidas, o temperamento. Viu o momento em que ele leu as palavras *seus olhos ficaram vazios*, porque a mandíbula dele se enrijeceu e algo frio e duro se fixou por trás de seus próprios olhos, algo que não era surpresa.

Ele pousou a carta.

— Ela tem medo dele — disse ele.

— Sim. Embora ela ainda não saiba disso.

— Ela diz *por favor, não conte a Darcy*. — Ele olhou para a carta, depois para Elizabeth. — E ainda assim você está me mostrando.

— Porque sou sua esposa, ela é minha irmã, e não vou ocultar isso de você. Já tenho preocupações demais, e isso é algo que você precisa ver.

Ela quase dissera: *Estou guardando segredos demais.* Contivera-se por pouco. Viu pelo lampejo na expressão de Darcy que ele ouvira o tropeço, registrara a frase que ela começara mas não terminara, escolhera não pressionar. A contenção estava se tornando sua própria espécie de linguagem entre eles, uma gramática de silêncios e frases pela metade que dizia mais do que as próprias palavras.

— As dívidas dele — disse Darcy, depois de um momento. — Se eu pagasse as dívidas dele de novo. Discretamente. Por meio de um advogado, para que Wickham não soubesse a origem. Isso aliviaria a pressão, ao menos por um tempo.

— Por um tempo. Ele acumulará mais.

— Acumulará. Sempre acumula. — Darcy ficou em silêncio, olhando para a carta sobre a escrivaninha. Elizabeth podia vê-lo remoendo algo; o mesmo processo deliberado que ela o observara aplicar a problemas da propriedade, disputas com arrendatários, cada dificuldade que surgia diante dele. — Eu poderia arranjar uma mesada trimestral, paga pelo advogado. Suficiente para mantê-lo à tona. Não o bastante para financiar seus piores hábitos, mas o suficiente para que as dívidas não se tornem desesperadas. Seria uma coleira, não uma cura, mas o manteria sob controle.

— Você faria isso. Por Wickham.

— Faria por Lydia. E por você. — Ele a olhou fixamente. — Sei o que ele é, Elizabeth. Sei desde que éramos meninos. É um homem que pega o que quer e descarta o que não lhe serve, e nunca, em todos os anos que o conheço, demonstrou remorso por nada que tenha feito. Não digo isso para assustá-la. Digo porque preciso que entenda que, seja o que for que esteja enfrentando, seja o que for que ainda não esteja pronta para me contar, não estou entrando nisso às cegas. Eu sei o que Wickham é.

As palavras pairaram entre eles. Elizabeth olhou para o marido, para aquele homem que estava oferecendo exatamente o que ela precisava: dinheiro para Lydia, paciência para si mesma, a garantia tácita de que quando a verdade viesse à tona ele não ficaria tão chocado quanto ela temia. Ela queria contar tudo. O impulso era tão forte que conseguia sentir as palavras se formando, tudo; fantasmas, assassinato, dedaleira, o fantasma do pai dele sentado em sua sala com raiva ardendo atrás dos olhos.

Ela não disse nada. Ainda não. Mas se inclinou para frente, pegou a mão dele por cima da escrivaninha, segurou-a.

— Obrigada.

Darcy ergueu a mão dela até os lábios e beijou levemente seus nós dos dedos, e por um momento a distância entre eles não era uma parede, mas uma janela, algo através do qual ela quase conseguia ver o outro lado.

— Quando você estiver pronta — disse ele.

— Em breve — disse Elizabeth, prometendo a si mesma tanto quanto a ele.

Kitty estava esperando na sala da manhã. Ergueu os olhos quando Elizabeth entrou e leu sua expressão. — Ele vai ajudar.

— Ele vai pagar as dívidas e providenciar uma mesada trimestral. O suficiente para que Wickham não afunde.

— Bom... — Kitty fez uma pausa. — E o resto?

— Ainda não. Mas em breve. Eu disse a ele que seria em breve, e estava falando sério, Kitty. Não consigo continuar assim por muito mais tempo. Ele sabe que algo está errado e está sendo tão paciente a respeito que é pior do que se exigisse respostas.

A expressão de Kitty mudou. Ela atravessou a sala e fechou a porta.

— Elizabeth. Você quase contou a ele. Agora há pouco. Consigo ver no seu rosto.

— Eu não contei.

— Mas você quis. Estava sentada diante dele. Ele estava sendo gentil, firme, oferecendo ajuda com Lydia, e você quis contar tudo. — A voz de Kitty era baixa e urgente. — Você não pode. Quer contar a Darcy, que vai confrontá-lo no momento em que souber, e o que você acha que Wickham vai fazer então? O que acha que ele vai fazer com Lydia?

As palavras atingiram Elizabeth como água fria.

— Ele matou um homem que ameaçou cortar-lhe a mesada — continuou Kitty. — Um homem que supostamente amava. Lydia é uma garota de dezesseis anos com quem ele se casou porque foi pago para isso. Se Darcy o confrontar, se Wickham sentir a armadilha se fechando, você realmente acredita que Lydia está segura?

Elizabeth se sentou. Não tinha pensado por esse ângulo. Estava tão concentrada na impossibilidade de contar a Darcy sobre os fantasmas que não tinha pensado no que Darcy faria com a informação, o que Wickham faria em resposta, quem ficaria mais exposto ao impacto.

— Preciso tirá-la de lá primeiro — disse Elizabeth lentamente. — Antes de qualquer outra coisa. Lydia tem que estar segura antes de agirmos contra ele.

— Sim. — A voz de Kitty estava feroz. — Você precisa tirar nossa irmã de perto de um assassino antes de dar ao seu marido um motivo para ir à guerra contra ele.

As duas ficaram em silêncio por um momento. Então Kitty disse, mais gentilmente: — Georgiana me perguntou esta manhã se o fantasma do pai dela quer vê-la.

Elizabeth fechou os olhos.

— Eu disse que não conseguia vê-lo, então não sabia. Ela aceitou. Mas vai continuar perguntando, Elizabeth. Ela é paciente e inteligente, não tem mais nada em que pensar agora que a Senhora Annesley se foi. Ela vai descobrir.

— Eu sei.

— Então, seja lá o que você vai fazer — disse Kitty —, precisa fazer antes que Georgiana descubra sozinha. E antes que você ceda e conte ao seu marido. Porque uma vez que você contar a Darcy, tudo se move, e vai se mover mais rápido do que qualquer uma de nós consegue controlar, e Lydia não está segura, Lizzy. Ela é casada com um assassino.

Elizabeth conseguia ver o medo no rosto de Kitty; o medo pela irmã que Kitty, afinal, sempre amara mais, por serem as duas tão próximas em idade. Elizabeth também tinha medo por Lydia, mas não da mesma forma que Kitty. Pensou em como se sentiria se fosse Jane numa situação dessas, e assentiu.

— Vou dar um jeito nisso, Kitty. De um modo que proteja Lydia antes de tudo. Eu prometo.

Capítulo Treze

Darcy lhe disse isso durante o café da manhã, erguendo os olhos de uma carta que acabara de abrir.

— Meu tio e minha tia Matlock planejam nos visitar na quinta-feira por algumas semanas, se for conveniente.

— Claro — disse Elizabeth, porque o que mais ela poderia dizer? Os Matlock eram a família mais próxima de Darcy. Lord Matlock era irmão de sua mãe; Lady Matlock, a mulher que tentara ser uma mãe para Georgiana depois que Lady Anne morreu. Tinham todo o direito de fazer uma visita. Darcy claramente queria que eles estivessem ali. Elizabeth não podia explicar que a perspectiva de receber hóspedes a enchia de um pavor que nada tinha a ver com a administração da casa e tudo a ver com o fato de que mais dois observadores atentos na casa significavam mais duas pessoas de quem ela teria de se esconder.

Georgiana se animou visivelmente.

— Tia Margaret! Ah, fico tão contente. Ela vai querer saber das reformas no jardim de rosas, dos meus estudos de música e de... tudo.

Ela olhou para Elizabeth e desviou o olhar de novo, depressa.

— Ela vai querer saber de tudo, quer queiramos contar ou não — disse Darcy com um sorriso.

Kitty cruzou o olhar com o de Elizabeth do outro lado da mesa. O olhar foi breve, mas disse tudo: *mais gente, menos espaço.*

Elizabeth passou os três dias antes da chegada deles com Mrs Reynolds, revendo os preparativos da casa com a minúcia que Pemberley exigia e que Elizabeth, aos poucos, aprendia a ter.

Aquelas sessões matinais na saleta da governanta haviam se tornado a melhor parte de seu dia. A Senhora Reynolds tinha um jeito de fazer a vasta engrenagem da casa de Pemberley parecer administrável, dividindo tudo em decisões que Elizabeth podia considerar e aprovar e, cada vez mais, tomar sozinha. Os cardápios da semana já estavam prontos, mas a Senhora Reynolds explicou a Elizabeth os ajustes que precisavam ser feitos por causa dos visitantes esperados: Lord Matlock preferia a carne malpassada e não suportava nabos; Lady Matlock só bebia chá bohea e o tomava sem açúcar; ambos estavam acostumados a ter o fogo aceso no aposento de vestir, independentemente da estação.

— A senhora os conhece bem — disse Elizabeth.

— Eles visitam Pemberley desde que Lady Anne se casou com o velho senhor, senhora. Lord Matlock vinha para a temporada de caça todo outono, e Lady Matlock vinha sempre que Lady Anne precisava dela, o que acontecia com frequência. As duas eram tão próximas quanto irmãs.

Mrs Reynolds interrompeu a contagem das peças de prata, e seu rosto se suavizou daquele modo que tantas vezes assumia quando ela falava do passado.

— Será bom tê-los aqui outra vez. A casa fica melhor quando a família se reúne.

Elizabeth pensou no que aquela frase significava numa casa em que metade da família estava morta, e não disse nada.

A verdade era que ela passara a contar com Mrs Reynolds de maneiras que não previra. Não apenas para a condução prática da casa, embora isso por si só já bastasse, mas pela firmeza que a mulher oferecia, pela competência imperturbável que aos poucos transformava Elizabeth de uma impostora fingindo ser a senhora de uma grande propriedade em uma mulher que talvez, com o tempo, realmente ocupasse esse lugar. Mrs Reynolds nunca a tratava com condescendência. Nunca insinuava que Elizabeth estivesse perdida, mesmo quando claramente estava. Simplesmente apresentava as informações, dava sua opinião quando era pedida e confiava que Elizabeth tomaria a decisão correta.

O que a Senhora Reynolds não sabia, e o que Elizabeth jamais poderia lhe contar, era que ela tinha uma parceira silenciosa na tarefa de administrar Pemberley. Nana tinha opiniões sobre tudo, da troca da roupa de cama ao arranjo das flores no vestíbulo da frente, e as comunicava a Elizabeth com uma franqueza de que a sensibilidade de Mrs Reynolds mal se aproximava. O resultado era que Elizabeth muitas vezes chegava aos encontros da manhã já sabendo quais aposentos precisavam de atenção, quais criados estavam descontentes e qual fornecedor estava cobrando demais pelas velas, informações que ela apresentava como observações próprias e que a Senhora Reynolds recebia com um respeito discreto e cada vez maior.

Era desonesto, à sua maneira. Mais um engano sobreposto aos que Elizabeth já mantinha. Mas também era, ela precisava admitir, notavelmente eficaz. Entre os séculos de administração doméstica de Nana e os trinta anos de experiência prática de Mrs Reynolds, Pemberley funcionava como um relógio, e Elizabeth estava aprendendo a entender seu mecanismo mais depressa do que seria razoável esperar da filha de um gentleman do campo casada havia pouco mais de um mês.

— Creio que estamos prontas, senhora — disse a Senhora Reynolds, guardando suas listas com um sorriso satisfeito.

— Obrigada, Senhora Reynolds. Eu não conseguiria dar conta de nada disso sem a senhora.

— Conseguiria, senhora. Apenas administraria de outro modo.

Mrs Reynolds hesitou e então acrescentou, com cuidado, como sempre fazia quando tratava-se de observações pessoais:

— Lady Anne costumava dizer que uma casa não precisa de uma senhora perfeita. Precisa de uma que preste atenção. A senhora presta atenção, Senhora Darcy. A casa sabe disso.

Elizabeth agradeceu o imenso elogio, subiu para se trocar e encontrou Nana já postada à janela de seu salão. A carruagem dos Matlock fora avistada na estrada de Lambton, e Nana não tinha a menor intenção de perder a chegada.

— Três e meia — disse Nana, consultando o relógio sobre a lareira. — Ela é pontual, isso eu reconheço.

Aquilo era, segundo Nana, exatamente o horário em que Lady Matlock preferia chegar a qualquer lugar, porque lhe permitia avaliar a organização da casa para a tarde, julgar o estado do chá e ainda ter tempo de se vestir para o jantar.

— Ela faz isso há trinta anos — disse Nana, observando da janela do salão. Ela observava chegadas em Pemberley havia muito mais tempo do que isso. — Na primeira vez que veio, havia acabado de se casar e estava tentando desesperadamente causar boa impressão. Usava um vestido de seda completamente inadequado para o campo e passou a primeira noite inteira tirando carrapichos da barra. Gostei dela imediatamente. Qualquer um que se esforce tanto e fracasse tão completamente tem caráter.

Elizabeth disse:

— Você vai se comportar enquanto eles estiverem aqui.

— Eu sempre me comporto.

— Você não vai ficar atrás de Lady Matlock fazendo caretas. Não vai rearrumar nada no quarto deles. E não vai fazer seja lá o que for que você fez com as cortinas da sala de jantar, que Senhora Reynolds já precisou rependurá-las duas vezes.

Nana se empertigou.

— As cortinas estavam erradas. Ainda estão erradas. Estou tentando comunicar isso à Senhora Reynolds faz quinze dias, e a mulher está sendo incomumente obtusa nesse assunto.

— As cortinas estão ótimas.

— As cortinas são uma afronta à memória de todos que já viveram nesta casa, e nisso incluo os que ainda vivem nela. Mas muito bem. Vou me conter. Durante a visita.

Ela fez uma pausa.

— As cortinas, no entanto, serão resolvidas depois.

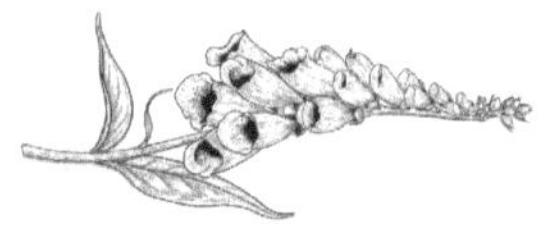

Elizabeth deixou Nana com suas queixas e desceu ao saguão de entrada, onde Darcy já esperava, Georgiana ao lado dele, com os olhos brilhantes de expectativa, Kitty um passo atrás dos dois em seu melhor vestido da tarde, reta como uma vareta. O Senhor Graves também havia se postado perto da porta, Elizabeth percebeu; estava em posição, com a dignidade solene de um mordomo que jamais aceitara por completo que a casa pudesse receber visitas sem sua supervisão.

A carruagem parou diante da casa. Um lacaio abriu a porta. E Lady Matlock desceu como se Pemberley tivesse sido construída especificamente para recebê-la.

Era alta, loira, bonita de um modo que devia mais à força da personalidade do que à composição dos traços. Usava um vestido de viagem azul-escuro que conseguia parecer elegante apesar da poeira da estrada e lançou à fachada de Pemberley um olhar rápido e abrangente. Ao que parecia, fora aprovada.

— Fitzwilliam — disse ela, beijando Darcy nas duas faces com afeto decidido. — Você está muito bem. O casamento lhe faz bem; eu disse que faria, e estava certa, como invariavelmente estou. Georgiana, minha querida, você cresceu de novo; vou ter de falar com alguém a respeito disso.

Ela se voltou para Elizabeth, e seu olhar a avaliou minuciosamente, mas sem indelicadeza.

— Senhora Darcy. Que bom vê-la outra vez.

Deu um passo à frente, tomou a mão de Elizabeth entre as suas, apertou-a gentilmente, um leve sorriso curvando-lhe os lábios.

— Você está muito bem. Acho que Pemberley lhe faz bem.

— Como alguém poderia não ser feliz em Pemberley? — disse Elizabeth, com sinceridade, o que lhe valeu um sorriso mais largo de Lady Matlock.

Lord Matlock surgiu da carruagem atrás da esposa, sem pressa. Havia muito tempo que aceitara que suas entradas seriam ofuscadas pelas dela e parecia perfeitamente satisfeito com esse arranjo. Seu rosto era agradável e perspicaz. Ouvia mais do que falava, e se lembrava de tudo o que escutava.

— Darcy — disse ele, apertando a mão do sobrinho com calor genuíno. — O lugar está com ótima aparência. Melhor do que isso, na verdade. O que você fez nos jardins?

— Elizabeth tem trabalhado com os jardineiros na divisa sul — disse Darcy, e o orgulho em sua voz era discreto, mas inconfundível.

— Tem? Ótimo. Estava mesmo precisando. — Lord Matlock voltou-se para Elizabeth e fez uma reverência, os olhos bondosos. — Senhora Darcy. É um prazer vê-la novamente. Espero que não a alarmemos aparecendo com tão pouco aviso. Receio que possamos parecer bastante alarmantes, mas prometo que não somos.

— Eu ouvi isso — disse Lady Matlock, já caminhando em direção à casa com o braço de Georgiana enlaçado no seu. — E contradigo completamente. Somos exatamente tão alarmantes quanto parecemos. É uma de nossas melhores qualidades.

Elizabeth gostou deles de imediato. Já esperava gostar deles; Darcy falava da tia e do tio com um respeito que beirava a ternura, o Coronel Fitzwilliam era um dos homens mais afáveis que ela já conhecera, e um homem assim precisava ter vindo de algum lugar. Tivera pouca oportunidade de conhecê-los melhor antes do casamento, mas percebeu que estava ansiosa para se aproximar melhor de ambos. Depois de semanas de segredos, a franqueza deles parecia ar fresco depois de um quarto fechado.

A casa se reorganizou em torno dos Matlock com a fluidez natural de uma casa que havia recebido membros mais velhos da família por gerações. O ritmo dos dias de Elizabeth, que ela mal começara a sentir como seus, mudou para acomodar a visita: visitas matinais à fidalguia local, chá da tarde em companhia, a sala amarela cheia todas as noites, conversa esperada e silêncio conspícuo.

Era o silêncio que a preocupava. Ou melhor, a falta dele. Nas últimas semanas, Elizabeth pudera escapar para sua sala particular, caminhar pelos jardins com Kitty, ter as conversas que importavam nos intervalos entre aquelas que eram apenas esperadas. Com os Matlock hospedados em casa, esses intervalos se fecharam. Lady Matlock esperava a companhia de Elizabeth e era perceptiva o bastante para notar quando ela lhe era recusada. Lord Matlock observava à sua maneira silenciosa, registrando ausências e irregularidades mesmo quando não fazia comentário algum. A casa estava mais cheia, mais barulhenta, mais vigiada, e a vida dupla de Elizabeth era espremida num espaço que diminuía a cada dia.

Nana não estava ajudando.

— Margaret mudou as flores de lugar na sala azul — informou ela a Elizabeth na segunda manhã, aparecendo no quarto de vestir enquanto Elizabeth prendia o cabelo. — Ela faz isso toda vez que vem nos visitar. Acredita que as flores devem combinar com o papel de parede, o que é um absurdo; as flores devem combinar com a estação. Estou travando essa batalha há trinta anos e ainda não a venci, mas sou paciente.

— Você é a pessoa mais impaciente que conheço, entre vivos e mortos.

— Paciência e persistência não são a mesma coisa, Senhora Darcy. Desta última, tenho aos montes — Nana se apoiou na beirada da penteadeira. — Margaret também anda perguntando à Senhora Reynolds sobre as contas da casa. Ela também faz isso. Considera isso um direito, por ser a parente mais velha da família, garantir que a casa esteja sendo administrada como deve. Desde que Annie morreu, ela se autoproclamou inspetora-geral dos arranjos domésticos de Pemberley. É insuportável, mas, devo admitir, até útil às vezes. Há três anos, ela percebeu uma discrepância nas contas do vinho que teria passado despercebida. Foi preciso dispensar um submordomo.

— A senhora gosta dela? — perguntou Elizabeth.

Nana pensou um momento.

— Gosto mais dela do que gostava quando ela tinha vinte anos, o que não quer dizer muito, porque aos vinte ela era uma tola completa. Melhorou com a idade, o que é mais do que se pode dizer da maioria das pessoas. É leal, é perspicaz quando quer, e ama esta família com uma ferocidade que eu respeito, mesmo quando isso se manifesta em mudar minhas flores de lugar. Ela também — acrescentou Nana, com o ar de quem proferia um veredito final — é a única mulher da geração dela que jamais reclamou da temperatura no corredor leste, o que me diz que tem mais fibra do que deixa transparecer.

Ou menos sensibilidade, pensou Elizabeth, mas não disse.

Lady Matlock, por sua vez, instalava-se em Pemberley como se fosse uma de suas próprias casas. Tomou para si a ponta do sofá mais próxima do fogo, na sala amarela, convocou Georgiana para um relato completo de seu progresso musical, interrogou Kitty sobre seus preparativos para a próxima temporada em Londres com uma franqueza que, em qualquer outra pessoa, seria grosseira, mas nela era estranhamente lisonjeira, e examinou a casa.

Kitty portou-se lindamente. Elizabeth observou a irmã lidar com a saraivada de perguntas de Lady Matlock com uma compostura que teria sido impossível um ano antes, quando Kitty teria ficado sem palavras, ou dado risadinhas, ou as duas coisas. Falou de Longbourn com afeto, mas sem pedir desculpas, de suas aulas de música com Georgiana com entusiasmo genuíno, e de suas irmãs com uma franqueza que fez Lady Matlock rir e dizer:

— Cinco filhas! Sua pobre mãe. Eu tive três meninos e quase perdi o juízo.

— O juízo da minha mãe está perfeitamente intacto — disse Kitty. — Embora ela o use de maneiras um tanto incomuns.

Lady Matlock riu de novo, e Darcy, sentado por perto com o tio, permitiu-se um pequeno sorriso dirigido quase inteiramente a Elizabeth, como se dissesse: *sua irmã é um crédito para você, e estou contente que ela esteja aqui.*

Já Lord Matlock era mais calado, mas não menos observador. Sentou-se com Darcy depois do jantar, com uma taça de porto na mão. Os dois falaram sobre a propriedade, sobre política, sobre o andamento da guerra, o preço da lã, os desafios particulares de administrar arrendatários durante um outono chuvoso. Elizabeth, observando do outro lado da sala amarela, viu em Darcy algo que ainda não tinha visto: uma descontração, um à-vontade. Com o tio, a reserva cuidadosa que governava sua postura em público se suavizava em algo mais próximo do menino que ele devia ter sido um dia, o sobrinho que admirava aquele homem, aprendia com ele e confiava nele.

Darcy riu de algo que Lord Matlock disse, uma risada verdadeira, sem reservas, e Elizabeth sentiu uma pontada que não era bem ciúme, mas algo muito próximo disso: o reconhecimento de que havia partes de seu marido às quais ela ainda não tivera acesso, partes que pertenciam a relações mais antigas, a uma história mais profunda. Ela teria de conquistar seu lugar nelas, em vez de tomá-las como um direito.

Lord Matlock fazia perguntas que pareciam casuais e não eram, ouvia atentamente as respostas e expunha suas próprias opiniões com ponderação; estava acostumado a ser ouvido. Nunca levantava a voz. Não precisava.

Elizabeth, observando do outro lado da sala amarela, onde fingia escutar o relato de Lady Matlock sobre um jantar desastroso em Londres, percebeu que estudava Lord Matlock com renovada atenção. Era um homem de influência, com ligações no governo, nos meios jurídicos, em círculos discretos onde certas coisas podiam ser feitas sem alarde e sem escândalo. Se ele acreditasse que algo precisava ser investigado, poderia pôr essa investigação em andamento por canais que jamais chegariam a um tribunal público.

O pensamento se formou devagar, tomando corpo como uma figura que emerge da névoa: não de uma vez só, mas aos poucos, até que o contorno ficou claro. Se conseguisse encontrar provas, provas reais, do tipo que não dependessem do testemunho dos mortos, Lord Matlock era o homem que poderia agir. Não com a força bruta de um magistrado e de um julgamento, mas com a autoridade cuidadosa e privada de uma família protegendo os seus. Wickham podia ser tratado discretamente. O escândalo podia ser contido. Lydia podia ser protegida.

Se. A palavra se instalou no centro de tudo, pequena e imóvel.

George Darcy a esperava em sua saleta quando ela subiu, depois que o pessoal da casa se recolheu. Ele estava outra vez diante da janela, olhando para os jardins mergulhados na escuridão, e sua postura lembrava tanto a quietude noturna do Darcy que Elizabeth precisou se lembrar, mais uma vez, de que aquele não era seu marido.

— Ouvi Margaret — disse ele, sem se virar. — Ela soa exatamente igual. Exatamente.

— Você gosta muito dela.

Então ele se virou, e sua expressão era complexa, camadas de sentimento se movendo sob a superfície, como sempre acontecia com ele, sem jamais se acomodarem em algo tão simples quanto uma única emoção.

— Ela era a amiga mais próxima de Anne. As duas foram debutantes juntas em Londres, antes de Anne se casar comigo; depois, Margaret se casou com o irmão de Anne. — Ele fez uma pausa. — Margaret manteve meus filhos unidos quando eu morri. Ela veio em menos de uma semana, ficou um mês, cuidou de tudo o que eu deveria ter deixado providenciado e não deixei, porque era orgulhoso demais e tolo demais para admitir que não viveria para sempre.

— Ela disse hoje que se ofereceu para levar Georgiana depois que Anne morreu.

— Mais de uma vez. Eu recusei porque não suportava perder minha filha, além da minha esposa, nem mesmo para alguém que teria cuidado bem dela. — Sua boca se contraiu. — Receio não ter sido um bom pai. Eu estava de luto, cego. Deixei Wickham entrar em minha casa enquanto afastava meu próprio filho. Margaret viu isso e não disse nada, porque era bondosa demais para dizer a um homem enlutado que ele estava arruinando tudo.

— Ela não era bondosa demais — disse Elizabeth. — Era discreta demais. Há diferença.

George Darcy olhou para ela, e um vestígio de sorriso surgiu em seu rosto.

— Você soa como ela quando diz coisas assim.

— Vou tomar isso como um elogio.

— Era essa a intenção.

Ficaram em silêncio por um momento. Então George disse:

— O marido dela. Matlock. Ele também vinha muito aqui naqueles últimos anos. Ele e eu não éramos próximos, não da maneira como Margaret e Anne eram próximas, mas eu o respeitava. Ele é um homem que vê as coisas com clareza e age de acordo com essa percepção. Se houvesse qualquer coisa a notar sobre a minha morte, ele teria notado.

— Mas não havia nada a notar.

— Não. Essa é a genialidade do que Wickham fez, não é? Não havia nada para ver. Uma morte súbita, uma casa em luto, o parecer de um médico, e o mundo seguiu em frente. As únicas testemunhas eram os mortos, e os mortos não podem falar com ninguém além de você.

A vela sobre a cornija da lareira tremulou. O aposento estava frio, mas não com aquele frio cortante e agressivo que marcava a ira de George Darcy. Era um frio mais quieto, mais triste.

— Matlock poderia ajudar — disse Elizabeth. — Se eu tivesse provas. Ele tem as relações, a autoridade, a discrição.

— Tem. Também é tio de Fitzwilliam e, na prática, tutor de Georgiana, e, se acreditasse por um instante que o pai deles foi assassinado, não descansaria até que o homem responsável fosse destruído. Faria isso em silêncio, porque esse é o jeito dele, mas faria isso até o fim.

— É disso que eu preciso.

— Então encontre algo que ele possa usar, Senhora Darcy. Porque eu posso lhe dizer o que aconteceu, e Nana pode lhe dizer o que viu, mas nenhum de nós pode apresentar provas a Matlock. Só você pode fazer isso.

Em algum ponto do corredor, ouviu-se uma porta se fechar, passos, a voz de Lady Matlock dizendo algo à criada que Elizabeth não conseguiu distinguir direito. George Darcy se voltou na direção do som, e seu rosto transparecia saudade. Ela seguia ocupada com o simples trabalho de viver numa casa em que ele já não podia mais viver.

— Ela visita o túmulo de Anne toda vez que vem a Pemberley — disse ele. — No cemitério da família. Vai sozinha, logo cedo, antes que qualquer outra pessoa esteja acordada. Faz isso a cada visita, há dezesseis anos.

Elizabeth não disse nada. Algumas coisas não exigiam resposta.

— Eu não posso visitá-lo — disse George Darcy. — Estou preso à casa. O túmulo fica além do meu alcance. Não vou ao túmulo de minha esposa desde o dia em que fui enterrado ao lado dela, e não me lembro disso, porque eu já estava morto.

Ele tornou a se voltar para a janela, e a vela vacilou, e o frio no aposento se intensificou.

— Encontre as provas, Elizabeth. Dê a Matlock algo real. E, quando isso terminar, quando Wickham tiver sido eliminado e eu puder enfim descansar, talvez Margaret vá ao túmulo uma última vez, e eu estarei lá para recebê-la.

— Amanhã — disse ela. — Lady Matlock vai querer caminhar pelos jardins, e eu pretendo caminhar com ela. Pretendo escutar com atenção tudo o que ela disser.

George Darcy assentiu uma vez. Então desapareceu, não se apagando aos poucos como os fantasmas mais gentis, mas simplesmente ausente, como se a força que o mantinha preso tivesse afrouxado o aperto por aquela noite.

A sala de estar estava quente outra vez. A vela queimava firme. Elizabeth foi para a cama, onde seu marido já dormia. Deitou-se ao lado dele no escuro, tentando não pensar nas provas, ou na falta delas, ou na visita ao cemitério que Lady Matlock faria pela manhã.

Capítulo Quatorze

Lady Matlock propôs o passeio ela mesma, na terceira manhã da visita, e Elizabeth não precisou inventar um motivo nem levar o assunto até lá. Simplesmente apareceu no café da manhã com um vestido de passeio e botas sensatas, anunciou que pretendia ver a propriedade direito, que Elizabeth a acompanharia, e que todos os demais podiam se entreter pela manhã.

— Fiquei confinada numa carruagem por dois dias, numa sala de visitas por mais dois, e preciso de ar, exercício e conversa inteligente, de preferência nessa ordem — disse ela. — Elizabeth, você vai me fazer esse favor.

Não era uma pergunta. Lady Matlock não fazia perguntas quando já sabia a resposta.

Saíram pela porta do jardim, passaram pelo roseiral onde o trabalho de restauração de Georgiana e Kitty começava a mostrar resultado, as ervas daninhas arrancadas, os canteiros delineados, os primeiros sinais de ordem surgindo do que haviam sido anos de abandono. Lady Margaret Darcy estava sentada em seu banco sob a velha roseira trepadeira, sorrindo para os canteiros recém-cuidados com a mesma serenidade satisfeita de sempre; se um fantasma podia parecer satisfeito, Lady Margaret parecia satisfeita. Lady Matlock parou para olhar.

— Isto aqui era da Anne — disse ela. — Ela passava manhãs inteiras aqui. Dizia que era o único lugar em Pemberley onde conseguia ouvir os próprios pensamentos, o que eu sempre tomei como um comentário sobre o marido, não sobre a casa, embora nunca lhe tenha dito isso. — Tocou um dos caules nus da roseira com delicadeza. — Quem tem trabalhado aqui?

— Georgiana e Kitty. Elas encontraram um retrato na galeria que mostra como ele era no século passado e estão tentando restaurá-lo.

— Ótimo. — Lady Matlock retirou a mão e voltou a andar. — Anne teria gostado disso. Também teria gostado da sua irmã. Kitty tem algo da natureza de Anne, essa atenção silenciosa às coisas que os outros deixam passar.

Elizabeth guardou aquilo na memória. Não era a primeira vez que alguém comparava Kitty a Lady Anne; tanto a Senhora Reynolds quanto Nana já haviam feito observações nesse sentido, e a comparação se tornava mais interessante a cada vez.

Caminharam em silêncio por algum tempo, pela trilha que levava ao limite sul e à alameda de tílias além dele. A manhã estava fria e luminosa, o tipo de dia de fim de outubro em que o céu parecia alto, de um azul brilhante, e a luz tornava tudo mais nítido. Lady Matlock andava com energia, a passada longa e firme. O jardineiro espectral estava na alameda de tílias quando se aproximaram, inspecionando as árvores com uma expressão de quem se sentia pessoalmente traído, mas recuou para junto da sebe quando Lady Matlock avançou pela trilha, e Elizabeth mal podia culpá-lo por isso.

— Muito bem — disse ela, quando já estavam bem afastadas da casa. — Tenho várias coisas a dizer a você, e prefiro dizê-las onde não seremos ouvidas, porque algumas dizem respeito ao seu marido, e acho mais fácil falar francamente sobre a família quando a família em questão não está ouvindo.

Elizabeth se armou de coragem.

— Primeiro. Você está indo muito bem. Extraordinariamente bem. A casa está em excelente ordem, a Senhora Reynolds a adora, e Georgiana está mais feliz do que eu a via há anos. Seja lá o que você estiver fazendo, continue.

— Obrigada.

— Ainda não terminei. Segundo. Você precisa dar um baile.

Elizabeth esperava um interrogatório. Não esperava isso. Parou no meio da passada e a encarou.

— Um baile?

— Um baile. Um baile de verdade. Você é a nova senhora de Pemberley, e a vizinhança espera ser entretida. Não é opcional, Elizabeth; faz parte da posição. Toda noiva recém-casada numa grande casa dá um baile dentro dos primeiros meses de casamento. Isso a apresenta, a firma em sua posição, diz ao condado que Pemberley está aberto e florescendo e que a família Darcy está seguindo em frente. Se você não fizer isso, as pessoas vão falar, e tirarão exatamente as conclusões erradas sobre o motivo.

— Eu não tinha pensado nisso — disse Elizabeth, o que era verdade. Um baile era a coisa mais distante de sua mente, espremida entre uma investigação de assassinato, uma casa cheia de fantasmas, uma irmã casada com um assassino e um marido para quem ela estava mentindo.

— Claro que não. Você andou ocupada conhecendo a casa, se adaptando à sua nova vida. Eu respeito isso, mas o período de adaptação tem limite, e a sociedade é menos paciente do que você talvez desejasse. Sugiro o começo de novembro. Lord Matlock e eu ainda estaremos aqui, o que lhe dá o peso da família ao seu lado. Eu ajudarei com os preparativos, naturalmente.

— Naturalmente — disse Elizabeth, ouvindo a própria voz soar um tanto fraca.

— Trezentos convidados, creio eu. As principais famílias de Derbyshire, certamente, e as famílias mais próximas dos condados vizinhos. Os Matlock escreverão para nossos conhecidos. Darcy convidará a pequena nobreza local. E você — Lady Matlock olhou para ela com uma expressão ao mesmo tempo imperiosa e bondosa — convidará sua família. Sua mãe e seu pai, se vierem. Suas outras irmãs. Os Bingley.

Os Bingley.

Jane.

Elizabeth perdeu o fôlego e, pela primeira vez desde que Lady Matlock dissera a palavra *baile*, ela sentiu algo além de apreensão. Jane podia vir a Pemberley. Jane, que lera a carta codificada, que compreendia o que Elizabeth enfrentava, que não podia ver os mortos, mas sempre soubera, sempre fora o chão firme debaixo dos pés de Elizabeth. Jane, de quem ela precisava com uma urgência que se tornava cada vez mais difícil de conter.

— Os Bingley, sim — disse Elizabeth. — Eu gostaria muito disso. Jane, minha irmã mais velha, a Senhora Bingley; creio que ela viria antes. Para ajudar com os preparativos.

— Excelente ideia. Lembro-me de Jane no casamento; ela é uma moça adorável e sensata. Será de grande ajuda para você.

Tinham alcançado a alameda de tílias. As árvores agora estavam nuas, as folhas arrancadas pelos ventos de outubro, e o caminho se estendia diante delas, longo e reto, com a vista da propriedade além suavizada por uma névoa tênue que se agarrava às partes mais baixas do terreno.

Lady Matlock permaneceu em silêncio por vários passos. Quando voltou a falar, sua voz havia mudado. A vivacidade prática continuava ali, mas sob ela havia uma nota que Elizabeth ainda não tinha ouvido, cautelosa e reservada.

— Tenho outra questão — disse ela. — Menos agradável que o baile, mas isso não é difícil, considerando que o baile parece tê-la alarmado tanto.

— Não estou alarmada. Estou apenas... reavaliando.

— Uma boa palavra. — Lady Matlock lançou um olhar para ela. — A Senhora Reynolds me disse que você tem feito perguntas sobre a família. Sobre a história da casa, a linhagem Darcy. Ela mencionou isso para mim porque ficou satisfeita; acha que isso mostra que você se importa com a família à qual agora pertence, e ela está certa. Mas também mencionou que você tem perguntado especificamente sobre George. Sobre seus últimos dias.

Elizabeth continuou andando. Manteve o olhar fixo à frente, a expressão serena, e não deixou que o passo vacilasse.

— Tenho, sim — disse ela. — Pareceu-me certo entender o que aconteceu. Darcy não fala disso com facilidade, e eu não queria pressioná-lo. A Senhora Reynolds foi gentil o bastante para compartilhar o que lembrava.

— Sim. Ela se lembra de muita coisa, Senhora Reynolds. Lady Matlock fez uma pausa e, quando continuou, a encenação havia desaparecido por completo. O que restava era uma mulher que perdera a amiga mais próxima para a doença e o marido da amiga para uma morte súbita, e que carregava sua dúvida sozinha há seis anos. — George não era um homem velho, Elizabeth. Tinha cinquenta e dois anos. Não estava doente. Cavalgava todos os dias, administrava a propriedade pessoalmente, era vigoroso, lúcido e tinha pleno domínio de si. Então, certa noite, foi se deitar e não acordou. Disseram-nos que fora o coração. Nós aceitamos, porque o que mais poderíamos fazer?

— Realmente, o que mais? — disse Elizabeth, com cautela.

— Eu estava aqui há algumas semanas, em visita, antes de ele morrer. Você sabia disso?

Elizabeth balançou a cabeça, um pouco surpresa. Ninguém tinha mencionado isso, nem George, nem Nana, nem mesmo Senhora Reynolds.

— Fui embora, bem, uns três dias antes da morte dele. Ele tinha ficado bastante agitado, o que não era do feitio dele. George sempre fora o calmo, o equilibrado; era Anne quem sentia tudo com intensidade, e George quem mantinha tudo unido. Mas, naquela visita, havia algo errado. Ele estava distraído. Foi ríspido com os criados, o que nunca acontecia. Disse-me algo sobre seu afilhado, Wickham. — Lady Matlock franziu a testa, buscando a lembrança. — Não consigo me recordar das palavras exatas. Algo sobre decepção, sobre ter descoberto alguma coisa, não sei. Não insisti. Presumi que fosse a velha questão, a tensão entre Wickham e Fitzwilliam. Eu sabia que George favorecia Wickham mais do que devia e que isso causava atrito. Pensei apenas que ele estava, enfim, admitindo o que todos os outros já viam.

— Que Wickham não era digno desse favoritismo?

— É uma forma interessante de colocar. — Lady Matlock a observou com curiosidade. Elizabeth se perguntou se ela sabia do casamento de Wickham com Lydia, de como aquilo acontecera, ou mesmo sobre Ramsgate e Georgiana. — Quero dizer que era imprudente e cruel favorecer o afilhado em detrimento do próprio filho. Fosse qual fosse a opinião de George sobre Wickham, Fitzwilliam era seu filho e seu herdeiro.

— Claro — murmurou Elizabeth.

Lady Matlock parou de andar e se voltou para encarar Elizabeth.

— E então George morreu. Wickham estava em Pemberley quando aconteceu, e na época não achei nada de estranho nisso, porque Wickham estava sempre em Pemberley, entrando e saindo como se o lugar lhe pertencesse. O médico disse que fora o coração. Lord Matlock providenciou tudo. Fitzwilliam voltou para casa. Enterramos George ao lado de Anne, o mundo seguiu em frente, e eu nunca disse uma palavra a ninguém sobre a sensação que tive de que havia algo errado.

— Por quê? — perguntou Elizabeth.

— Porque o que eu poderia ter dito? Uma sensação? A impressão de que as peças não fechavam? Isso não é prova, Elizabeth. Isso é intuição feminina, e aprendi há muito tempo que a intuição de uma mulher, por mais exata que seja, não tem peso no mundo dos homens a menos que ela possa sustentá-la com fatos. Eu não tinha fatos. Tinha apenas o marido da minha amiga morta, a opinião do médico e uma sensação que engoli porque sensações não bastavam.

— Sensações não são pouca coisa — disse Elizabeth. Ela ouviu o eco do que dissera à Senhora Reynolds e soube que não era a primeira mulher nesta casa a pressentir a verdade e ouvir que isso não contava.

Lady Matlock a olhou pensativa.

— Não — disse ela. — Não são. É por isso que estou lhe contando agora, porque você tem feito as mesmas perguntas que eu nunca ousei fazer, e acho que você merece saber que não está sozinha em achar as respostas perturbadoras.

Elas ficaram uma diante da outra no caminho, enquanto a névoa se movia entre as árvores, e Elizabeth pensou no que significaria revelar toda a verdade a Lady Matlock. Ainda não. Não sem provas mais concretas do que as que tinha no momento. Mas a porta estava aberta, e tinha sido a própria Lady Matlock quem a abrira, e isso importava mais do que Elizabeth seria capaz de dizer.

— Obrigada — disse Elizabeth. — Por me contar.

— Não me agradeça. Eu deveria ter dito alguma coisa seis anos atrás. Deveria ter feito as perguntas, exigido as respostas e não deixado o mundo me dizer que uma sensação não bastava. — A voz de Lady Matlock estava firme, mas seus olhos brilhavam. — Se você descobrir alguma coisa, Elizabeth, se suas perguntas levarem a algum lugar, prometa-me que não cometerá o mesmo erro que eu. Prometa-me que não ficará em silêncio.

— Eu prometo.

Lady Matlock assentiu uma vez. Então a encenação voltou, a armadura que ela usava há trinta anos, brilhante e impenetrável, e ela disse, em tom prático:

— Muito bem. Agora. O baile. O salão precisa de velas novas no lustre, que vai precisar de uma boa limpeza. O piso deve ser polido e depois marcado com giz. Precisaremos discutir o menu da ceia com Senhora Reynolds, e tenho opiniões bem firmes sobre a música, que você vai ouvir queira ou não.

— Eu não esperaria nada menos.

— Excelente. Então nos entendemos.

Lady Matlock tomou o braço de Elizabeth, e elas voltaram juntas em direção à casa enquanto o sol da manhã rompia a névoa, e Pemberley cintilava adiante delas sob a luz nítida do outono.

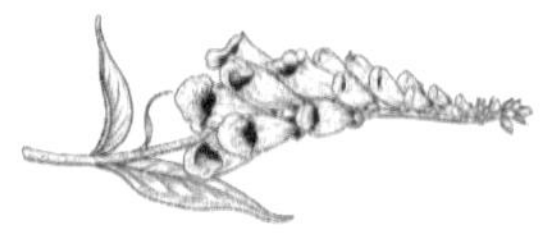

Elizabeth escreveu para Jane naquela tarde.

Ela não usou o código. Não precisava, porque aquela carta era simples e verdadeira e não continha nada que precisasse ser escondido: *venha para Pemberley. Venha cedo, antes do baile. Venha assim que puder. Preciso de você aqui.*

Ela selou a carta e a entregou ao lacaio para o correio da tarde, e sentiu, pela primeira vez em semanas, que o chão sob seus pés estava firme. A dúvida de Lady Matlock não era prova. Suas memórias não eram prova. Mas eram a confirmação, vinda de uma mulher viva, de que a inquietação que Elizabeth sentia não era só sua, de que estava fazendo as perguntas certas, de que, quando chegasse a hora de agir, ela não agiria sozinha.

Enquanto voltava para a casa com o braço de Lady Matlock enlaçado ao seu, pensou no que mais os Matlock poderiam fazer. Lady Matlock tinha influência. Tinha conexões, autoridade social, o tipo de poder que abria portas e reorganizava vidas sem que ninguém percebesse direito. Seria possível convencê-la a se interessar por Lydia? A convidá-la para uma longa visita, talvez, ou encontrar algum pretexto para separá-la de Wickham por um tempo?

Mas cada versão do plano desmoronava sob o próprio peso. Lydia não deixaria Wickham de livre vontade; tinha dezesseis anos, era casada, ainda meio apaixonada pela ideia de estar apaixonada. Resistiria a qualquer interferência. Wickham perceberia qualquer pretexto no mesmo instante e usaria seu charme para se esquivar, ou simplesmente se recusaria, e uma recusa a um convite de Lady Matlock levantaria exatamente o tipo de perguntas que Elizabeth não podia se dar ao luxo de responder. Explicar por que Lydia precisava ser salva significava explicar o que Wickham era, o que havia feito. Elizabeth prometera a Kitty que não faria isso até que Lydia estivesse em segurança. A lógica era circular e implacável: ela não podia salvar Lydia sem revelar a verdade, e não podia revelar a verdade sem pôr Lydia em perigo.

Então. O dinheiro, por ora. A mesada discreta de Darcy, mantendo Wickham confortável, Lydia alimentada, abrigada e a salvo do pior. Não bastava, mas era o que ela tinha.

Do baile, ela podia cuidar. Tinha Nana, Senhora Reynolds e agora Lady Matlock. Entre elas, Pemberley estaria pronta. E Jane estava vindo.

Jane estava vindo. Depois disso, tudo seria mais fácil e, de algum modo, ela encontraria a coragem, as palavras, para contar a verdade a seu marido.

Capítulo Quinze

Elizabeth ensaiara exatamente as palavras que diria duas vezes naquela manhã: uma no banho, outra percorrendo toda a extensão da galeria de retratos depois do desjejum, enquanto Edmund e Charlotte corriam um atrás do outro de uma ponta à outra, e Kitty a observava enquanto fingia, muito mal, examinar um quadro.

A discussão com Kitty ocupara a maior parte da noite anterior.

— Você não pode contar a ele sobre o pai dele — dissera Kitty, direta e categórica, no instante em que Elizabeth tocou no assunto. Estavam no salão de Elizabeth, com a porta trancada, falando baixo. — Você não pode dizer a

Darcy que o pai dele foi assassinado. Você me prometeu, Elizabeth.

— Eu sei. Não vou contar a ele sobre o assassinato. Só sobre os fantasmas. Sobre o meu dom, sobre o que eu sou.

— E não sobre George.

— E não sobre George. — Mas, ainda enquanto dizia isso, o problema começava a ficar claro. — Exceto que eu preciso. Kitty, eu contei a Georgiana. Ela sabe que o pai dela está aqui. No momento em que Darcy souber do meu dom, Georgiana vai saber que ele conhece o segredo, e vai falar com ele sobre isso. Sobre o pai deles. Eu não posso pedir que ela minta para o irmão, e não posso impedi-la de falar com ele. Então ou eu mesma conto a Darcy sobre George, ou ele vai ouvir isso de Georgiana e vai saber que eu escondi dele de propósito.

Kitty ficou olhando para ela.

— Então você não pode contar nada.

— Eu preciso. Darcy sabe que estou escondendo alguma coisa, e a paciência dele vai acabar, e eu prefiro lhe contar uma verdade parcial a deixá-lo descobrir tudo por acidente. — Ela fez uma pausa. — E Lydia. O dinheiro vai ajudar, mas dinheiro não basta. Eu preciso do meu marido ao meu lado nisso, não do outro lado da mesa do café da manhã, me observando e se perguntando o que estou escondendo. Eu preciso poder pedir ajuda a ele, ajuda de verdade, por causa de Lydia, sem ter de pesar cada palavra pelo que ela pode revelar. Não posso fazer isso enquanto ele acha que a mulher dele é uma mulher comum.

— Então você conta a ele sobre George. E quando ele perguntar por que o pai dele ainda está aqui?

— Eu digo... Não sei. Que alguns espíritos ficam presos aos lugares que amaram, e que eu não entendo completamente por que alguns permanecem e outros seguem em frente. Não chega a ser completamente mentira.

— Isso é mentira, Elizabeth.

— Sim. É o melhor que eu tenho.

Kitty não discutiu mais. Não chegou exatamente a concordar, mas parou de objetar, o que, no fim, dava no mesmo. O que ela disse, naquela manhã, parecendo quase tão tensa quanto Elizabeth se sentia, foi:

— Vai logo. Antes que você perca a coragem de novo.

Elizabeth não perdera a coragem. Simplesmente, em todas as ocasiões anteriores em que poderia ter falado, encontrara um motivo para não fazê-lo.

Mas Jane estava vindo, e Jane perguntaria se Elizabeth tinha contado ao marido, e Elizabeth não conseguiria enfrentar essa conversa sem uma resposta honesta.

Ela o encontrou no escritório, como esperava àquela hora. Ele estava lendo correspondência, mas a deixou de lado quando ela entrou, porque sempre fazia isso, e a alegria em seu rosto tornou o que ela estava prestes a fazer ao mesmo tempo mais fácil e mais terrível.

— Preciso contar uma coisa a você — disse ela.

Darcy olhou para ela. Sua expressão não mudou, mas seu olhar se aguçou.

— Não quer se sentar? — disse ele, em tom gentil. Como se talvez pensasse que ela poderia fugir se ele soasse formal ou severo.

Ela se sentou. Entrelaçou as mãos no colo e logo as soltou de novo.

— Há algo sobre mim que eu deveria ter contado a você antes de nos casarmos. Algo que carrego comigo a vida inteira, que minha família conhece, e venho tentando encontrar o momento certo de contar, mas não existe momento certo, então escolhi este.

Darcy ficou um pouco tenso, a postura rígida, quase como se estivesse à espera de um golpe. Ela podia vê-lo se preparando para alguma coisa, embora não soubesse dizer o que ele esperava. Uma infelicidade. Alguma tristeza que ela vinha escondendo.

Ele não estava exatamente errado.

— Darcy, eu...

Uma batida à porta do escritório a interrompeu antes que ela pudesse começar a dizer aquilo. A batida era seca, urgente. Darcy lançou a Elizabeth um olhar de desculpas antes de se levantar e ir até a porta.

Elizabeth entrelaçou as mãos e se obrigou a respirar devagar. *Seja quem for, vai embora em um instante*, pensou, *e então eu vou dizer.*

Mas a voz à porta era a da Senhora Reynolds, que jamais os interromperia sem motivo, e soava cuidadosamente composta, mas não de todo calma, ao dizer:

— Peço perdão, senhor, mas acabam de avistar uma carruagem na entrada. É a carruagem de Lady Catherine de Bourgh.

O silêncio durou talvez dois segundos. Pareceu bem mais.

— Ela não escreveu — disse Darcy.

— Não, senhor.

Darcy se afastou da porta e olhou para Elizabeth. Elizabeth olhou para Darcy. A verdade que ela passara dias reunindo coragem para dizer ficou pairando entre os dois.

— Continuaremos esta conversa — disse Darcy. Não era uma pergunta.

— Sim — disse Elizabeth. — Continuaremos.

Mas o momento havia passado. Os dois sabiam disso. Elizabeth se levantou, alisou o vestido e foi ao encontro da carruagem com o marido ao lado, e as palavras ainda presas atrás dos dentes.

Lady Catherine desceu da carruagem como se o próprio chão devesse agradecer por recebê-la.

Ela vestia bombazina preta, menos em sinal de luto do que de autoridade, e lançou à entrada principal de Pemberley um único olhar de alto a baixo, com uma expressão que deixava bem claro considerar inteiramente inadequado o espetáculo diante dela. Atrás dela, Anne de Bourgh foi ajudada a descer por sua dama de companhia, pálida, magra e piscando sob o sol de outubro como uma criatura saindo de um longo cativeiro. O que, em certos aspectos, Elizabeth supôs, de fato era. Ela realmente jamais esperara ver Anne de Bourgh em Pemberley, tão longe da segurança de Rosings.

— Fitzwilliam. Cheguei — disse Lady Catherine.

— Estou vendo — disse Darcy.

Sua voz era perfeitamente civil e perfeitamente fria, e Elizabeth conseguia ouvir o esforço que lhe custava ser as duas coisas ao mesmo tempo.

— Não vou ficar muito tempo. Uma semana, talvez duas. Quero ver como a casa está sendo mantida. Anne precisa de ar; ela não tem passado bem, e a Senhora Jenkinson insiste no campo. Preciso tratar de assuntos com meu irmão, Lord Matlock. E desejo — ela voltou o olhar para Elizabeth, e a força dele era considerável — ver como a senhora está se saindo, Senhora Darcy.

— Muito bem, obrigada — disse Elizabeth, e sorriu, porque a única defesa contra Lady Catherine sempre fora a cortesia oferecida com a mais impecável expressão impassível.

De algum lugar atrás dela, Elizabeth ouviu George Darcy dizer:

— Ah, meu Deus. Não, Catherine.

Elizabeth não se sobressaltou. Manteve os olhos em Lady Catherine, o sorriso firme, e não deu, por nenhum sinal visível, qualquer indício de que reconhecia o fantasma de seu sogro, que se materializara logo além da porta da frente, encarando a própria cunhada com horror indisfarçado.

— Ela está usando preto de novo — disse George. — Faz dezessete anos que ela usa preto. Lewis está morto há dezessete anos, e ela ainda atormenta todo mundo com isso. Ele não teria querido uma coisa dessas. Lewis queria ser cremado numa pira funerária viking, ideia que Catherine se recusou até a considerar, então é difícil acreditar que ela use preto por causa dele.

Elizabeth teve de morder a parte interna da bochecha para impedir que o riso irrompesse ao imaginar a expressão de Lady Catherine ao ser informada de que o marido desejara ser cremado numa pira funerária viking. Foi um dos esforços mais difíceis de sua vida. Sentiu gosto de sangue.

Lady Catherine entrou no vestíbulo, enumerando deficiências.

— Os pisos precisam ser polidos. As flores estão erradas. Por que as cortinas da sala amarela são diferentes? Eram azuis da última vez que estive aqui.

— Porque estavam desbotadas — disse Nana, materializando-se junto ao ombro de Elizabeth com um fungou alto. — Fazia anos que estavam desbotadas, e ela não percebeu na última vez que esteve aqui. Nem nas três últimas vezes em que esteve aqui.

Elizabeth agora tinha dois fantasmas fazendo comentários, e Lady Catherine mal havia chegado à sala amarela.

George e Nana seguiram Lady Catherine, e Elizabeth foi atrás de todos eles, recebendo comentários de duas direções ao mesmo tempo. Catherine examinou os móveis, passou o dedo sobre o consolo da lareira, verificou se havia pó e não encontrou nenhum, o que pareceu desapontá-la. Examinou a disposição das cadeiras e declarou que estava errada. Olhou para o pianoforte e disse que precisava ser afinado, embora Elizabeth não pudesse imaginar como ela poderia saber disso sem tocar uma única nota.

— Ela não sabe tocar — confidenciou George a Elizabeth. — Nunca soube. Tem opiniões fortíssimas sobre a música dos outros e não consegue tocar uma escala sequer. Annie costumava dizer que essa era a maior tristeza de Catherine, embora ela jamais admitisse isso.

Catherine parou diante do retrato de Lady Anne pendurado acima da lareira. Ficou em silêncio por um instante, e George também. Então Catherine disse:

— A moldura precisa ser limpa.

E seguiu adiante.

— Ela não consegue dizer que sente falta dela — disse George. — Dezesseis anos, e ainda não consegue simplesmente dizer que sente falta da irmã.

— Os criados parecem bem o bastante — continuou Lady Catherine, voltando sua atenção para as duas criadas e os dois lacaios alinhados contra a parede à espera de instruções. — Embora os lacaios pudessem ter postura melhor. Na minha casa, eu insisto nisso. Boa postura é a base da ordem doméstica.

— Ela disse exatamente a mesma coisa em 1796 — observou George. — E em 1802. E em todas as visitas entre uma e outra. Acredito que ela considere isso uma filosofia.

Georgiana, que descera para cumprimentar a tia, encontrou o olhar de Elizabeth no exato momento em que George disse aquilo. Ela não podia ver o pai; não podia ouvi-lo. Mas podia ler o rosto de Elizabeth, e o que quer que tivesse encontrado ali foi demais; soltou um som que foi quase uma risada, transformou-o numa tosse e disse:

— Com licença, acho que deixei uma coisa na sala de música.

E fugiu.

Lady Catherine a observou se afastar.

— A garota continua nervosa. Você precisa fazer alguma coisa a respeito, Fitzwilliam.

— Georgiana está bem — disse Darcy, num tom que não convidava a novos comentários.

Lord Matlock apareceu no vão da porta, sem pressa, porque sobrevivera a décadas de chegadas da irmã e aprendera o valor de uma entrada tardia.

— Catherine. Que surpresa agradável.

— Não é surpresa, Matlock. Eu escrevi para você.

— Não escreveu.

— A intenção era escrever. O resultado é o mesmo.

— Não é nem de longe a mesma coisa — disse Lady Matlock, entrando atrás do marido — mas vamos dar um jeito. A Senhora Reynolds disse que você ficará nos aposentos azuis, Catherine; eles dão para o leste, e eu sei que você prefere a luz da manhã. Senhora Darcy, quer que eu cuide dos preparativos?

— Obrigada — disse Elizabeth, e falou do fundo do coração, porque Lady Matlock já conduzia Lady Catherine para fora da sala de visitas amarela, em direção à escadaria. Elizabeth estava desesperada por alguns momentos a sós antes de se envergonhar completamente.

— Gosto de Margaret — disse George, observando as duas mulheres desaparecerem escada acima. — Sempre gostei de Margaret. Ela é a única pessoa viva capaz de fazer Catherine agir sem que Catherine perceba que está sendo levada a isso.

Elizabeth se permitiu, por um breve instante, fechar os olhos.

Anne de Bourgh não tinha seguido a mãe para o andar de cima. Estava no hall de entrada, pequena, silenciosa, olhando ao redor para Pemberley como se o visse com clareza pela primeira vez. Quando percebeu Elizabeth a observando, sorriu; um sorriso hesitante, incerto. Elizabeth sorriu de volta e pensou: *eis uma moça a quem disseram a vida inteira o que pensar, e que está começando a se perguntar se algo daquilo era verdade.*

— Senhorita de Bourgh — disse Elizabeth. — Bem-vinda a Pemberley. Espero que você se sinta confortável aqui.

— Obrigada, Senhora Darcy — disse Anne. — Creio que sim.

Era uma frase tão simples, e Anne a disse tão baixo, mas soou nitidamente como alívio.

— Já deixamos os aposentos amarelos prontos para a senhorita, Senhorita de Bourgh — disse a Senhora Reynolds, calorosamente. — Se me permite acompanhá-la até o andar de cima?

— Obrigada, Senhora Reynolds — disse Elizabeth, profundamente grata pela eficiência da governanta. Como Senhora Reynolds conseguira deixar prontas duas das melhores suítes de hóspedes com apenas dez minutos de aviso era um mistério, mas Elizabeth não tinha dúvida de que Pemberley não deixaria a desejar por falta de empenho.

Na segunda noite, Elizabeth compreendeu que Lady Catherine seria um problema de uma ordem inteiramente diversa da dos Matlocks.

Ela esperava a desaprovação. Esperava os comentários sobre a mobília, os cardápios, a administração da casa, o fato de ter nascido mera filha de um cavalheiro do interior em vez de ter nascido na nobreza. Já enfrentara antes a oposição de Lady Catherine e não temia suas opiniões.

O que ela não esperava era a vigilância.

Lady Catherine observava tudo. Observava Elizabeth às refeições, durante os passeios, na sala de visitas amarela. Reparava com quem Elizabeth falava e quanto tempo duravam as conversas. Acompanhava suas entradas e saídas: quando deixava um aposento, por quanto tempo se ausentava, se voltava parecendo diferente de quando saíra.

Kitty, alerta ao perigo desde o primeiro instante, tratou de se adaptar. Na sala de visitas amarela, depois do chá, quando George Darcy apareceu ao lado de Elizabeth, falando das pequenas crueldades de Lady Catherine com a irmã quando eram jovens, Kitty lançou-se numa fala longa e animada sobre um romance que estava lendo, dirigida a Elizabeth de um modo que não exigia mais do que um aceno ocasional e um murmúrio de concordância. Elizabeth podia ouvir George enquanto aparentava ouvir Kitty, e Lady Catherine, observando de sua cadeira junto ao fogo, via apenas uma jovem entediada pelo entusiasmo literário da irmã. Tudo correu sem a menor falha, fruto de anos de prática, e Elizabeth sentiu por Kitty uma gratidão que não conseguia expressar.

Mas Kitty não podia estar em todos os cômodos.

Na manhã seguinte, Elizabeth parou no corredor para ouvir Nana, que queria lhe contar sobre uma criada assistente que andava fazendo olhinhos para um dos lacaios, e, ao se virar, Lady Catherine estava parada na outra extremidade do corredor, observando.

— A senhora estava falando com alguém, Senhora Darcy?

— Eu estava contando os castiçais de parede — disse Elizabeth. — A Senhora Reynolds me pediu que verificasse se todos estavam com velas novas antes do baile.

— A senhora estava completamente imóvel. E seus lábios estavam se movendo.

— Eu estava contando — disse Elizabeth outra vez, e sorriu, e passou por Lady Catherine com o coração martelando.

— Bruxa — disse Nana, e por um momento Elizabeth pensou que fora Lady Catherine quem falara, dirigindo a palavra a ela, e o terror que a atravessou quase lhe roubou o fôlego.

Ao jantar naquela noite, Lady Catherine discursou sobre a administração de grandes propriedades, assunto sobre o qual se considerava a maior autoridade da Inglaterra. Dirigiu a maior parte de suas observações a Darcy e Lord Matlock, embora vez ou outra lançasse a Elizabeth um comentário com o aguilhão de um teste.

— Espero que a senhora não tenha feito mudanças na casa, Senhora Darcy. Uma esposa recém-casada deve observar por pelo menos um ano antes de presumir alterar qualquer coisa.

— Fiz poucas mudanças — disse Elizabeth. — Senhora Reynolds e eu conversamos todos os dias, e ela me orienta admiravelmente.

— Senhora Reynolds — O tom de Lady Catherine sugeria que confiar numa governanta era uma confissão de incapacidade. — Quando assumi Rosings, não precisei de orientação. Soube de imediato o que era necessário.

— Que sorte a de Rosings — murmurou Lady Matlock, e Lord Matlock passou a se interessar intensamente por seu vinho.

Mas então, quando a sobremesa foi retirada, Lady Catherine voltou a atenção para Elizabeth, e dessa vez não havia nada de casual em seu tom.

— A senhora parece cansada, Senhora Darcy. Está dormindo bem? Sempre acreditei que mulheres de índole nervosa precisam de mais repouso do que as outras. É uma fraqueza da constituição, não uma deficiência moral, e não há vergonha em admiti-la.

A mesa ficou em silêncio. Darcy pousou a taça.

— Elizabeth goza de excelente saúde — disse ele.

— Eu não disse que não. Disse que ela parece cansada. Há uma diferença, Fitzwilliam, e um marido deve prestar atenção a esse tipo de coisa.

Elizabeth sorriu.

— Estou perfeitamente bem, Lady Catherine. Agradeço sua preocupação.

Debaixo da mesa, apertou as mãos com força uma contra a outra, porque Lady Catherine acabara de jogar sua primeira carta. *Disposição nervosa. Uma fraqueza da constituição.* A linguagem dos médicos, dos internamentos, das mulheres afastadas do convívio. E uma acusação fácil de voltar contra Elizabeth, filha de uma mulher que vivia se queixando dos nervos.

Depois do jantar, encontrou Kitty na biblioteca, lendo em silêncio na companhia de Miss Pardoe, embora Kitty, é claro, pensasse que estava lendo sozinha.

— Ela está me observando — disse Elizabeth, caindo sem muita elegância numa cadeira. — Não de modo casual. Está procurando alguma coisa.

— Ela sempre quis que este casamento fracassasse — observou Kitty. — Se encontrar qualquer sinal de que há algo errado com você, vai usar isso.

— Eu sei.

— Então você precisa ter mais cuidado. Chega de conversar em corredores onde qualquer um pode ver. Sem parar no meio do caminho. Sem ficar olhando para o que não está ali.

— George Darcy tem informações de que eu preciso. Não posso parar de falar com ele porque Lady Catherine está na casa. E a Nana com certeza nunca vai ficar quieta.

— Então encontre algum lugar para falar com eles que não envolva ficar parada no corredor sussurrando sozinha.

Elizabeth ficou sentada, pensando nos contornos do problema. Até ali, Pemberley fora uma casa acolhedora, em que a Senhora Reynolds era gentil, Darcy paciente e os Matlocks afetuosos. Lady Catherine não era nenhuma dessas coisas. Era hostil e perspicaz, e possuía as armas que a sociedade dava às mulheres que desejavam destruir outras mulheres: fofoca, insinuação, a sugestão de loucura. Em 1812, um marido podia internar uma esposa inconveniente só com a palavra de um médico. E Elizabeth ainda não tinha contado a verdade a Darcy, e por isso agora se recriminava com ainda mais severidade.

— Catherine conhecia bem esta casa — disse George Darcy atrás de Elizabeth, assustando-a.

Ele parecia mais tangível naquela noite, como se a chegada da cunhada tivesse despertado algo inquieto nele.

— Ela vinha com frequência quando Anne ainda estava viva. Ela e minha esposa discutiam sobre tudo, dos tapetes à criação dos filhos, mas eram da família, e a família vinha quando era preciso. Catherine estava aqui quando Fitzwilliam nasceu. Também estava aqui quando Georgiana nasceu, e Anne morreu em seus braços.

— Ela estava aqui quando você morreu?

— Não. Nós havíamos discutido. Catherine me achava tolo pelo favor que eu demonstrava por Wickham. Filho de um administrador, ela dizia, como se isso encerrasse a questão. Disse que eu estava sendo sentimental, que estava elevando um menino sem qualquer vínculo com a família acima do meu próprio filho e herdeiro. — Ele fez uma pausa. — Ela estava certa, embora não pelas razões que imaginava. Viu o problema de posição social. Não viu o problema de caráter. Ninguém viu, exceto Fitzwilliam.

— E vocês brigaram por causa disso?

— Amargamente. Na última vez que veio nos visitar, ela me disse que eu viveria para lamentar minha cegueira em relação a Wickham. Eu lhe disse que a administração da minha casa não era assunto dela. Ela foi embora na manhã seguinte e não voltou. — Sua voz ficou sem expressão. — Ao que parece, eu não vivi para me arrepender disso. Simplesmente morri por causa disso.

Elizabeth ficou em silêncio. Lady Catherine, que estava errada sobre tantas coisas, estivera certa sobre Wickham. Não sobre seu caráter; ela se opusera à sua condição, não à sua alma. Mas a conclusão ainda assim estava correta, e

George a descartara porque vinha envolta naquela forma particular de condescendência esnobe de Catherine. Assim como descartara Fitzwilliam. Assim como descartara todos os que tentaram lhe dizer aquilo que ele não queria ouvir.

— Ela não vai facilitar as coisas para você — disse George. — Catherine não perdoa, não esquece, e nunca em toda a sua vida deixou um assunto de lado quando acreditava estar certa. Ela veio aqui para encontrar falhas em você, Elizabeth. E vai encontrá-las, se você lhe der a menor oportunidade.

— Kitty — disse Elizabeth. — Precisamos de Jane.

— Jane está vindo.

— Jane precisa chegar o quanto antes.

Ela foi até a escrivaninha, pegou uma folha limpa de papel e começou uma segunda carta para Jane. Esta não era sobre o baile. Kitty a deixou sozinha, e George também, talvez ambos percebendo que ela precisava se concentrar. Concentrar-se em expressar sua urgência em palavras que não a denunciassem a ninguém além da destinatária.

Mal tinha selado a carta quando houve uma batida à porta. Era seu marido. Ele estava parado à porta, ainda com a roupa do jantar, e a observou por um instante antes de falar.

— Você ia me dizer uma coisa quando entrou no meu escritório ontem de manhã.

— Ia.

— A chegada da minha tia não muda isso. Seja o que for, Elizabeth, prefiro ouvir de você a descobrir por outro meio.

Ela olhou para ele. Ele não estava exigindo. Não estava com raiva. Estava simplesmente parado à sua porta, pedindo que ela confiasse nele, e o pior de tudo era que ela queria.

— Você vai ouvir — disse ela. — Em breve.

— Você já disse isso antes.

— Eu sei. E estou falando mais sério a cada vez, o que já deveria contar a meu favor.

Ele estudou o rosto dela. Então atravessou o aposento, beijou sua testa e disse:

— Boa noite, Elizabeth.

— Boa noite.

Ele saiu. Elizabeth ouviu seus passos se afastando pelo corredor e então voltou à carta, acrescentando um único pós-escrito no verso da folha: *Venha depressa.*

Capítulo Dezesseis

Lady Catherine não desceu para o café da manhã na manhã seguinte. Mandara um aviso pela Senhora Jenkinson que tomaria uma bandeja em seus aposentos, pois a noite fora perturbada por uma inquietação inexplicável e ela estava com dor de cabeça.

Foi então que ocorreu a Elizabeth que os aposentos azuis davam para o corredor leste, que alguns dos fantasmas mais antigos e melancólicos de Pemberley costumavam frequentar. Fantasmas que dificilmente teriam muita tolerância com os modos arrogantes de Lady Catherine de Bourgh e com sua antipatia pela nova senhora de Pemberley. Elizabeth encontrou o olhar de Nana do outro lado da mesa do café da manhã. Nana parecia inocente, o que era sempre um sinal de alerta.

— Eu não fiz nada. Não posso ser responsabilizada por Catherine ter escolhido os aposentos azuis.

— Você sugeriu os aposentos azuis à Senhora Reynolds — murmurou Elizabeth, fingindo aceitar mais chocolate do lacaio.

— Como eu poderia, se a Senhora Reynolds não me vê nem me ouve? — Nana pareceu piedosamente indignada.

Elizabeth deixou isso de lado, porque a ausência de Lady Catherine transformara a mesa do café da manhã de um modo que compensava qualquer dose de travessura fantasmagórica.

Anne de Bourgh estava comendo.

Não apenas aceitando torradas e empurrando-as pelo prato, como fizera na manhã anterior sob o olhar vigilante da mãe, mas realmente comendo: duas fatias de pão com manteiga e mel, um ovo cozido com uma grossa fatia de presunto, uma xícara de chá que bebeu até o fim e depois tornou a encher. Estava sentada ao lado de Georgiana, ouvia o relato de Kitty sobre o livro que estava lendo e fez um comentário seu sobre o autor, tão seca, tão certeira, que Kitty riu em voz alta. Georgiana olhou para a prima como se estivesse vendo-a pela primeira vez.

— Ela tem os olhos de Annie — disse George Darcy.

Ele estava junto à janela, observando a sobrinha. Elizabeth se acostumara aos ângulos de seu rosto quando estava zangado, à rigidez de sua mandíbula quando falava de Wickham, à fúria gelada que irradiava dele quando seu assassinato era discutido. Aquilo não era nenhuma dessas coisas. Ele parecia, pela primeira vez desde que Elizabeth o conhecia, simplesmente triste.

— Catherine a batizou em homenagem à minha esposa — disse ele. — Foi a única coisa generosa que Catherine já fez, e desde então ela vem punindo a moça pela semelhança. Annie era tudo o que Catherine queria ser e não podia. Bonita. Amada. Casada com um homem que a adorava em vez de apenas tolerá-la. E agora a menina que leva o nome de Annie está sentada à minha mesa, magra, pálida, metade da mulher que poderia ter sido, porque Catherine não suportou criar uma filha que lhe lembrasse o que a irmã tivera.

— A menina precisa ser alimentada como se deve — disse Nana, em seu posto perto do aparador. — Precisa de sol, de ar, de conversa que não comece e termine naquilo que a mãe permite. Olhe para ela, George. Ela tem vinte e três anos e nunca lhe permitiram ocupar o espaço que merece.

— Eu vejo isso — disse George. — Vejo isso há anos.

— Então pare de ficar aí com essa expressão fúnebre e deixe Elizabeth fazer alguma coisa.

Elizabeth, que não podia responder a nenhum dos dois sem alarmar os membros vivos da mesa, tomou um gole cuidadoso de seu chocolate e disse ao grupo:

— Está uma manhã linda para esta época do ano. Anne, você gostaria de passear pelos jardins depois do café da manhã? Georgiana e Kitty podem lhe mostrar o que têm feito no roseiral.

Anne levantou os olhos, e o prazer cauteloso em seu rosto era quase pior que a miséria. Parecia uma moça que aprendera a não querer nada e a quem agora ofereciam algo que ela não tinha a menor certeza de ter permissão para aceitar.

— Eu gostaria, sim — disse ela. — Se têm certeza de que não estarei atrapalhando.

— Você não vai atrapalhar — disse Georgiana com firmeza. — Vai estar exatamente no lugar certo.

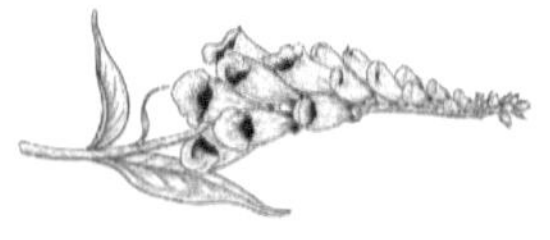

As quatro passaram a manhã no jardim de rosas e, na hora do almoço, Anne de Bourgh estava com terra debaixo das unhas, no que Elizabeth suspeitava ser a primeira vez na vida.

Georgiana e Kitty já vinham trabalhando na restauração havia semanas, guiadas pelo retrato na galeria e pelas lembranças exigentes de Nana de como o jardim fora em seu auge. Tinham arrancado o pior da trepadeira invasora, delineado os canteiros e começado a pôr as roseiras já estabelecidas de volta em ordem, embora o inverno estivesse chegando e houvesse um limite para o que se podia fazer antes da primavera. Mostraram a Anne o retrato de Lady Margaret, explicaram seus planos e puseram uma tesoura de poda em suas mãos, e Anne, que provavelmente nunca tinha segurado uma ferramenta de jardinagem na vida, dedicou-se a isso com uma concentração silenciosa que fez Elizabeth pensar, com uma pontada aguda, no que George dissera sobre a esposa. A essência de Annie. Aquela atenção cuidadosa às coisas vivas.

O sorriso de Lady Margaret estava mais aberto, pensou Elizabeth, e ela o dirigia às meninas tanto quanto às rosas.

Bem, ao menos um dos fantasmas de Pemberley estava satisfeito. Elizabeth se perguntou se Lady Margaret seguiria adiante ou simplesmente se apagaria ali mesmo, feliz enquanto suas rosas fossem cuidadas e amadas.

O jardim também era, Elizabeth tinha de admitir, o lugar mais seguro de Pemberley para ela ficar enquanto Lady Catherine estivesse hospedada ali. Catherine não jardineava. Catherine não saía para caminhar no frio se pudesse evitar. Ali fora, entre os caules nus das roseiras e a terra revolvida, Elizabeth podia falar com Nana sem medo de ser observada por alguém que pudesse tirar conclusões a respeito de sua sanidade.

George não vinha ao jardim. Sua inquietação o mantinha dentro de casa, percorrendo os corredores que não podia deixar, e a propriedade além do terraço parecia não exercer nenhuma atração sobre ele. Mas Nana vinha, pairando perto do velho relógio de sol que marcava o centro do jardim, observando as quatro jovens trabalharem.

— Ela fica melhor aqui fora — disse Nana. — Tem cor. Parece quase viva.

— Ela está viva, Nana.

— Quero dizer que ela parece saber disso, o que já é mais do que se podia dizer dela ontem.

Depois do almoço, com Lady Catherine ainda misericordiosamente ausente, Georgiana sugeriu que fossem cavalgar. Havia algum tempo ela queria mostrar a Kitty a vista do alto da elevação acima do prado do sul. A tarde estava clara e fria; os cavalos precisavam de exercício.

— Anne — disse Georgiana, voltando-se para a prima como se aquilo fosse a coisa mais natural do mundo. — Você vem?

O rosto de Anne passou por várias expressões em rápida sucessão: surpresa, anseio e então uma sombra que era inconfundivelmente medo.

— Eu não trouxe comigo um traje de montaria — disse ela. — Mamãe não achou que eu devesse cavalgar.

— Eu tenho três — disse Georgiana. — Somos parecidas o bastante em tamanho para que um deles sirva em você, tenho certeza. E Elizabeth, você também precisa vir.

— Não tenho grande jeito para montar — disse Elizabeth, o que era verdade, mas Kitty lhe lançou um olhar que não admitia discussão, e então Elizabeth foi.

Darcy, quando ouviu os planos delas, saiu até o estábulo e escolheu cavalos para todas. Pôs Elizabeth num cavalo baio castrado que, prometeu ele, era calmo e excepcionalmente seguro, mas tinha boa velocidade se ela quisesse exigir mais do animal. Quando Darcy foi escolher uma montaria para Anne, um dos irmãos de estrebaria espectrais se aproximou da cabeça do cavalo. Inclinou-se e murmurou alguma coisa que Elizabeth não conseguiu bem ouvir, e as orelhas do animal se ergueram, o pescoço se arqueando como se respondesse a uma mão familiar. O castrado podia senti-lo, percebeu Elizabeth. Os animais, ao que parecia, tinham sua própria percepção dos mortos. O tratador sustentou o olhar dela e levou a mão ao quepe, respeitosamente.

— A senhora estará segura com Jasper, senhora. Ele sabe que deve cuidar da senhora.

Ela estivera confiante de que Darcy a poria num cavalo em que confiasse, mas era bom saber que os tratadores espectrais também estavam zelando pela nova senhora de Pemberley. Perguntou-se se o cavalo realmente entendera o que o tratador havia sussurrado.

Para Anne, Darcy pediu aos tratadores que trouxessem uma égua mansa, um animal plácido, de olhos suaves e andamento fácil. Anne montou com rigidez, como se os músculos tivessem esquecido o que fazer, mas suas mãos recuperaram a memória nos primeiros minutos e, quando chegaram ao prado do sul, ela já estava sentada ereta e à vontade na sela, o rosto erguido ao vento.

— Mamãe deixou de permitir quando eu tinha doze anos — disse Anne. Cavalgavam lado a lado pelo caminho largo que levava à elevação, enquanto o sol de outubro lançava longas sombras pelo parque. — Ela disse que eu era frágil demais. Dr Harris concordou, embora Dr Harris concorde com tudo o que Mamãe diz, porque ela lhe paga muito bem para confirmar as opiniões dela.

— Essa é uma observação notavelmente lúcida — disse Elizabeth.

— Tive muito tempo para formulá-la. Não há muito mais o que fazer em Rosings.

As mãos de Anne estavam firmes nas rédeas agora, e sua postura melhorava a cada passada. Ela tinha aprendido bem, Elizabeth percebeu; a habilidade estava adormecida após anos de desuso, não ausente.

— Eu costumava cavalgar com meu pai quando era pequena. Ele tinha um cavalo de caça cinzento chamado Atlas, e me punha à sua frente, e nós saíamos antes do desjejum. Eu me lembro do cheiro do cavalo, do ar frio e do braço dele ao redor da minha cintura. De estar inteira, perfeitamente feliz.

— Quantos anos você tinha quando Sir Lewis morreu?

— Seis. Tudo mudou depois disso. Mamãe sempre foi, bem, Mamãe, mas Papai a equilibrava. Ele conseguia fazê-la rir, o que ninguém mais jamais conseguiu, e conseguia fazê-la escutar, o que é mais difícil ainda. Depois que ele morreu, não havia ninguém para equilibrar coisa nenhuma, então ela assumiu as rédeas de tudo.

Elas chegaram ao topo da elevação, pararam os cavalos e olharam para o vale. Pemberley se estendia abaixo delas à luz do outono: a casa, os jardins, o lago, a linha escura da mata além. Anne ficou em silêncio por um longo tempo, olhando a vista.

— Eu vim aqui quando criança — disse por fim. — Vim com minha mãe, antes de tia Anne morrer. Ela faleceu apenas um ano depois de Papai, então suponho que eu tivesse sete anos na época. Eu me lembro do lago, dos jardins, de Fitzwilliam tentando me ensinar a fazer a pedra quicar na água. Muito mal, diga-se. E me lembro da Senhora Reynolds, que me dava pão de gengibre e me chamava de senhorita Annie.

— A Senhora Reynolds comentou isso — disse Elizabeth. — Ela tinha grande afeição por você.

— Ela era gentil.

Anne contemplou a paisagem mais um instante, e, quando falou de novo, sua voz estava diferente. Mais baixa. Mais cautelosa.

— Mamãe falava de Pemberley, sabe. O tempo todo. De tia Anne, de tio George, de como as coisas deveriam ter sido administradas.

Elizabeth fez uma pausa, então perguntou com delicadeza:

— Ela alguma vez disse alguma coisa sobre a morte do seu tio?

Anne olhou para ela, e Elizabeth viu aqueles olhos se aguçarem, os olhos que George dissera serem os da sua Annie. Não era desconfiança, mas atenção. A atenção quieta e cautelosa de uma mulher que passara a vida escutando conversas dos cantos das salas onde ninguém julgava que ela importasse.

— Ela disse que ele morreu porque não quis escutar — disse Anne. — Lembro disso com bastante clareza, porque me pareceu uma coisa estranha de se dizer sobre um homem que morreu durante o sono. Mas Mamãe diz coisas estranhas com frequência suficiente, e aprendi cedo a não perguntar o que ela queria dizer com elas.

Kitty encontrou o olhar de Elizabeth, e havia surpresa naquele relance. Elizabeth vinha se surpreendendo menos a cada vez que alguém dizia ter a sensação de que havia algo de errado na morte de George Darcy, mas era interessante ouvir que Lady Catherine podia ter uma teoria mais concreta sobre isso. Não que Elizabeth pudesse exatamente perguntar a ela.

— Vamos voltar? — disse Georgiana. — A luz está acabando.

Elas viraram os cavalos em direção de casa. Anne cavalgava ao lado de Georgiana, e as duas falavam sobre música, sobre Londres, sobre as coisas de que moças jovens falam quando ninguém está lhes dizendo que fiquem quietas. Kitty ficou um pouco para trás para cavalgar ao lado de Elizabeth.

— Ele morreu porque não quis escutar — disse Kitty, em voz baixa.

— Lady Catherine quis dizer que ele não quis escutar a ela — concordou Elizabeth. — Sobre Wickham.

— Sim. Mas é uma maneira estranha de dizer isso.

— Tudo o que Lady Catherine diz é uma maneira estranha de pôr as coisas. Isso não a torna menos verdadeira. Mesmo que Lady Catherine suspeite de Wickham, e daí? Eu não posso perguntar a ela sobre isso, e suspeitas não são prova.

Kitty fez uma careta, porque sabia que Elizabeth estava dizendo a verdade. Anne a chamou então, e Kitty fez o cavalo avançar, colando de volta um sorriso no rosto. Elizabeth ficou para trás, seguindo-as de volta, matutando sobre o que Lady Catherine quisera dizer com *ele não quis escutar*.

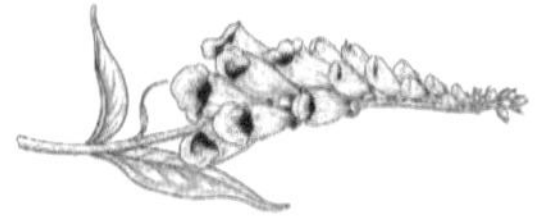

Naquela noite, enquanto a casa se vestia para o jantar, Nana encontrou Elizabeth em sua saleta.

— Você precisa levar aquela moça para Londres — disse Nana, sem rodeios.

Elizabeth vinha pensando a mesma coisa desde o passeio, vendo Anne ganhar vida na sela, vendo a cor voltar ao seu rosto, a rigidez abandonar sua coluna, vendo-a falar, rir e ser, por algumas horas, algo mais próximo da mulher em que poderia ter se tornado se Lady Catherine tivesse permitido.

— Com Georgiana e Kitty, para a temporada — esclareceu Elizabeth.

— Sim. Ela precisa disso. Precisa de concertos, exposições, bailes. Precisa descobrir que tem opiniões próprias e que as pessoas vão escutá-las. E precisa — disse Nana, com a veemência particular que reservava aos assuntos que considerava urgentes — ficar longe daquela mulher tempo o bastante para se lembrar de quem é.

— Lady Catherine nunca vai concordar.

— A concordância de Lady Catherine não é necessária. Anne é uma mulher adulta. Tem vinte e três anos, é mais velha do que você, e tem direito à própria vida. O que é preciso é alguém corajoso o bastante para lhe oferecer isso.

— E de alguém para ficar entre ela e a mãe quando Catherine se opuser.

— Você tem Darcy. Darcy tem Lord Matlock. Entre os dois, dá para lidar com Catherine. Ela vai se enfurecer, vai ameaçar, vai tornar a vida de todo mundo miserável por quinze dias. Depois vai ficar amuada. Depois vai afirmar que a ideia foi dela desde o começo. Já a vi fazer isso cem vezes. É do feitio dela.

Elizabeth encontrou Darcy depois do jantar, na biblioteca. Lord Matlock estava com ele, e ela decidiu que o destino a favorecera, porque poderia apresentar a ideia aos dois ao mesmo tempo.

— Eu gostaria de convidar Anne para passar a temporada em Londres — disse ela. — Com Georgiana e Kitty. As três juntas.

Lord Matlock pousou a taça. Darcy olhou para Elizabeth, e seu rosto se abriu. Não de surpresa; de reconhecimento. Como se estivesse esperando alguém dizer em voz alta o que ele pensava há anos.

— Anne nunca teve uma temporada em Londres — disse Lord Matlock. — Catherine não permitiu. Disse que a saúde de Anne não suportaria, o que era um absurdo então e continua sendo um absurdo agora. A moça não é robusta, mas não está morrendo, por mais que Catherine tenha se convencido disso.

— Ela cavalgou esta tarde — disse Elizabeth. — Pela primeira vez em anos. Foi magnífica.

— Foi? — Lord Matlock pareceu satisfeito. — Quando criança, ela montava muito bem. Lewis a ensinou. Ele teria ficado contente em saber.

— Então o senhor apoia a ideia?

— De todo o coração. Darcy?

— Acho uma excelente ideia. Anne não é uma criança, e já ficou presa naquela casa por tempo demais.

— Catherine vai se enfurecer — observou Lord Matlock, sem grande preocupação.

— Tia Catherine vai se enfurecer — concordou Darcy. — Mas Anne merece uma vida, tio. Já esperou tempo demais por uma. Elizabeth e eu temos a oportunidade de lhe dar isso; se ela concordar, não podemos deixar Lady Catherine impedi-la.

Eles contaram a Anne na manhã seguinte, antes do desjejum, na pequena saleta onde o sol da manhã entrava pelas janelas voltadas para leste e iluminava o aposento. Elizabeth pedira que Georgiana e Kitty também estivessem presentes, porque queria que Anne visse a recepção que a esperava, e porque Georgiana ensaiara um pequeno discurso sobre o quanto desejava a companhia da prima, e Elizabeth não teve coragem de impedi-la.

Georgiana não conseguiu terminar o discurso. Conseguiu apenas dizer:

— Anne, nós gostaríamos que você fosse a Londres conosco para a temporada, se quisesse...

antes que Anne levasse a mão à boca e os olhos se enchessem de lágrimas, tornando o discurso desnecessário.

— Sim — disse Anne. — Sim. Se vocês têm certeza. Se de fato é...

— É, sim — disse Kitty, tomando a mão de Anne, gesto claramente insuficiente, porque Anne a abraçou com força e depois se voltou para Georgiana e repetiu o abraço.

— Mamãe não vai permitir — disse Anne, após um momento, quando conseguiu falar de novo.

— A autorização de sua mãe será conseguida — disse Elizabeth. — Darcy e Lord Matlock já concordaram em contê-la.

Anne olhou para Elizabeth com uma expressão em que gratidão, terror e esperança se misturavam, e Elizabeth pensou no que Nana dissera: *ela precisa se lembrar de quem é.* Talvez aquele fosse o começo dessa lembrança.

Da porta, invisível para qualquer um além de Elizabeth, Nana observou a cena com os braços cruzados, o queixo erguido e uma expressão que, pela primeira vez, estava inteiramente livre de queixa.

— Ótimo — disse ela. — Enfim, algo foi feito direito nesta casa.

E, no canto mais afastado do aposento, George Darcy estava imóvel, vendo a sobrinha chorar de alegria por algo que sua homônima teria tomado como natural, e não disse absolutamente nada. Não precisava. Seu rosto dizia tudo.

Elizabeth desviou o olhar antes que a própria expressão a traísse e disse, em tom prático:

— Pois bem. Desjejum. E é melhor comermos depressa, porque Lady Catherine vai descer às nove, e eu gostaria de aproveitar a manhã enquanto ainda podemos.

Capítulo Dezessete

ERA O NOME QUE continuava voltando à sua mente, incomodando nos cantos da mente. Como se fosse importante de algum modo, um fio que ela ainda não puxara.

Sally Wilson. George Darcy falara dela na noite em que contou a Elizabeth sobre o confronto com Wickham. A moça a quem Wickham engravidara. A moça cujo pai fora até George em desespero. George acreditara nele e confrontara Wickham naquela mesma noite. De manhã, George estava morto. Era ali que a história terminava, para George. Ele morrera sem saber o que acontecera com Sally Wilson, ou com seu filho, ou se Wickham algum dia enfrentara alguma consequência.

Elizabeth perguntara a Nana. Nana já ouvira o nome, sim; lembrava-se dos Wilson, uma família de arrendatários respeitável que estava em Pemberley havia tanto tempo quanto ela, mas não tinha como saber o que acontecera depois da morte de George. Estava presa à casa e aos jardins próximos. A vida dos arrendatários para além dos muros de Pemberley estava fora do seu alcance. — Você vai ter que perguntar aos vivos — dissera Nana, e encerrara o assunto, como se os vivos fossem um recurso que Elizabeth ainda não tivesse considerado.

Os vivos.

Elizabeth não queria perguntar ao marido. Mas havia outra pessoa que talvez tivesse a informação de que ela precisava; talvez soubesse até mais do que Darcy, na verdade, porque estava ali quando George Darcy morreu.

Senhora Reynolds.

A Senhora Reynolds conhecia os arrendatários. Se Sally Wilson recebera ajuda, ela saberia. Talvez soubesse também exatamente quando o Senhor Wilson falara com George Darcy. E, se soubesse, isso seria prova. Prova de verdade, vinda de uma testemunha viva, que não dependia de fantasmas e que Elizabeth talvez enfim pudesse levar ao marido. Mas perguntar significava envolver ainda mais a Senhora Reynolds, e ela já estava mais perto da verdade do que qualquer pessoa, com exceção de Kitty e Georgiana. Elizabeth estava perdendo a paciência com não fazer nada, mas ainda não tinha esgotado suas razões para ser cuidadosa.

Pensava nisso em sua sala de estar, no fim da tarde, enquanto o restante da casa estava ocupado. Lady Catherine tomara a sala amarela para uma palestra sobre administração de criados que Lady Matlock suportava em silêncio. Lord Matlock se recolhera à biblioteca. Darcy saíra com seu administrador da propriedade. Kitty levara Georgiana e Anne para a sala de música, e as três estavam ensaiando uma peça que exigia duas pessoas tocando de cada vez, o que significava que a terceira precisava virar as páginas para elas; tarefa que coubera a Anne, já que ela não sabia tocar, embora Georgiana tivesse começado a lhe ensinar um pouco, sem deixar que Lady Catherine soubesse disso.

A sala de estar de Elizabeth era o único lugar em Pemberley onde ela podia pensar sem precisar representar. Era um cômodo pequeno, acolhedor e reservado, com uma escrivaninha, uma poltrona junto à lareira e estantes ao longo da parede do fundo. As estantes estavam ali havia tanto tempo quanto alguém conseguia se lembrar, mas não abrigavam muitos livros, e sim bibelôs e quinquilharias. Elizabeth acrescentara mais livros e, aos poucos, vinha retirando os enfeites menos agradáveis aos olhos, embora cada mudança fosse criticada por Nana.

Nana apareceu ao lado da escrivaninha, atravessando a estante como sempre fazia, como se a parede atrás dela não fosse mais sólida do que o ar.

— Você está remoendo alguma coisa — disse Nana.

— Estou pensando — retrucou Elizabeth.

— E tem diferença?

— Sim. Remoer não leva a nada, e eu estou sendo extremamente produtiva, ou vou ser quando resolver esse enigma. — Elizabeth suspirou. — Já que quer saber, estou pensando em como perguntar à Senhora Reynolds sobre Sally Wilson sem revelar por que preciso saber.

— Você não precisa de um motivo. Você é a senhora desta casa. Os arrendatários dizem respeito a você. Pergunte sobre as famílias, as fazendas, o bem-estar das mulheres e das crianças. É seu direito e seu dever, e a Senhora Reynolds não vai achar nada disso estranho.

Elizabeth considerou aquilo. Era verdade. Desde que chegara, ela vinha estudando os arrendatários; Darcy a encorajara, e a Senhora Reynolds vinha lhe apresentando as famílias, suas histórias e suas necessidades. Perguntar sobre os Wilson podia fazer parte disso. Uma pergunta natural numa conversa natural.

Uma batida à porta anunciou a própria Senhora Reynolds, com um ar de desculpa.

— Perdoe incomodá-la, senhora, mas Lady Catherine me informou que há uma corrente de ar nos aposentos da

Senhorita de Bourgh, que a lareira está soltando fumaça e que as cortinas não lhe agradam. Ela deseja que isso seja resolvido imediatamente.

Elizabeth reprimiu um suspiro. A Senhora Reynolds provavelmente já inspecionara os aposentos ela mesma antes de descer uma escada e subir outra para vir lhe transmitir pessoalmente as queixas de Lady Catherine. Um desperdício do tempo da governanta, e tudo por causa de uma lareira que quase certamente estava perfeitamente bem e de cortinas que com toda certeza não seriam trocadas por capricho de Lady Catherine. Pelo menos Elizabeth não precisava seguir por aquele caminho; havia uma porta escondida que ligava sua sala de estar diretamente à ala leste.

— Muito bem — disse ela, e atravessou o cômodo para pressionar o fecho sob a segunda prateleira da estante. O lado esquerdo girou para dentro em dobradiças antigas, revelando a passagem estreita por trás dela. Ela já estava dois passos lá dentro quando percebeu que a Senhora Reynolds não a seguira.

Elizabeth parou. Virou-se.

A Senhora Reynolds estava exatamente onde estivera antes, as mãos cruzadas, o rosto perfeitamente composto. Mas seus olhos estavam arregalados.

Atrás dela, Nana disse algo que não teria sido considerado próprio de uma dama em século nenhum.

Elizabeth olhou para a passagem. Olhou para a Senhora Reynolds. E compreendeu, com um gelo no estômago, o que acabara de fazer. Nana lhe mostrara aquela porta semanas antes, depois que Elizabeth a vira atravessar a estante vezes demais e perguntara o que havia do outro lado. Uma passagem de serviço, há muito esquecida, que se ligava ao corredor da ala leste por trás de um retrato de corpo inteiro. Elizabeth a usara meia dúzia de vezes desde então, sempre sozinha. Deixara de pensar nela como um segredo. Era simplesmente o caminho mais rápido para chegar à ala leste.

A Senhora Reynolds obviamente não sabia que aquilo existia.

— Eu — disse Elizabeth. E não conseguiu pensar em mais nada para dizer.

— Eu não sabia que aquilo estava ali, senhora — disse a Senhora Reynolds.

— Eu descobri por acaso — disse Elizabeth. — A trava fica atrás da prateleira. Eu estava pegando um livro e o painel se moveu.

Era uma mentira fraca, e ambas sabiam. Elizabeth via a Senhora Reynolds sopesar a explicação contra tudo o que observara nas semanas desde sua chegada — e achá-la insuficiente.

— Vamos? — disse Elizabeth, gesticulando em direção à passagem, porque não podia desfazer o que a Senhora Reynolds acabara de ver, e era melhor aproveitar o atalho.

A Senhora Reynolds hesitou apenas um momento. Então seguiu Elizabeth pela estante. Caminharam juntas pela passagem estreita em silêncio, saíram pelo quadro para o corredor da ala leste e foram inspecionar os aposentos de Anne como se nada de incomum tivesse acontecido.

A lareira estava bem, as cortinas estavam bem, e as queixas de Lady Catherine foram atendidas, ou pelo menos ela se cansou de reclamar, o que dava no mesmo.

Voltaram pelo caminho longo. A escadaria principal, a galeria, o trajeto apropriado. Nenhuma delas sugeriu a passagem.

Só quando chegaram à sala de estar da governanta, quando a Senhora Reynolds serviu chá para ambas e a porta foi fechada, foi que a Senhora Reynolds falou.

— A senhora não encontrou aquela porta por acidente, Senhora Darcy.

Elizabeth pousou sua xícara.

— Sou governanta desta casa há trinta anos — disse a Senhora Reynolds. — Eu não sabia que aquela passagem existia. Lady Anne nunca a mencionou, nem o velho senhor, nem ninguém. E a senhora está aqui há dois meses e a usa como se soubesse dela a vida inteira.

Elizabeth não disse nada, porque não havia nada que ela pudesse dizer que fizesse sentido.

— Não entendo como a senhora sabe o que sabe — disse a Senhora Reynolds. — Não estou pedindo que explique. Não hoje. Mas quero que saiba que eu vejo isso, senhora. Tenho visto desde sua primeira semana aqui. A senhora sabe coisas desta casa que não deveria saber, e a porta escondida é apenas a mais recente.

Ela fez uma pausa.

— Tenho meus próprios pressentimentos sobre esta casa. Tenho há trinta anos. Sensações. Impressões. O corredor leste faz minha pele arrepiar quando passo por ele depois de escurecer, e não saberia explicar o porquê, assim como não saberia explicar nada disso. Não entendo o que a senhora está fazendo. Mas acredito que suas razões são boas, que a senhora ama o senhor e a Senhorita Darcy, que tem o melhor interesse deles, e de Pemberley, no coração. E gostaria de ajudá-la, se puder.

— Há algo com que a senhora poderia me ajudar — disse Elizabeth, após uma pausa cuidadosa. — Gostaria de continuar aprendendo sobre as famílias arrendatárias. Especificamente, os Wilson, que têm a grande fazenda perto do moinho.

A Senhora Reynolds não hesitou. — Thomas Wilson é um bom homem. Trabalhador, honesto. A esposa também. Tiveram problemas, anos atrás. A filha mais velha, Sally, engravidou aos dezessete. O pai não pôde ser responsabilizado.

Elizabeth esperou.

— O Senhor Darcy cuidou disso — disse a Senhora Reynolds. — Nosso Senhor Darcy. Ele deu aos Wilson uma fazenda melhor, encontrou um jovem decente disposto a casar com Sally e criar a criança como se fosse sua. Um filho de ferreiro de Lambton, Joseph Cooper, que sempre gostara de Sally e não culpou a moça pelas ações de outro homem. O Senhor Darcy garantiu uma quantia para a criança, Sally casou com Cooper dentro de um mês, e a criança nasceu respeitável.

Ela fez uma pausa. — O Senhor Darcy estava à frente de Pemberley havia apenas alguns meses na época.

— O pai da criança de Sally — disse Elizabeth. — Foi George Wickham. — Ela não formulou como pergunta, e a Senhora Reynolds não perguntou como ela sabia.

— Sim. Foi George Wickham — disse a Senhora Reynolds, o nome pronunciado sem emoção. — Ele era afilhado do velho senhor, e recebeu todas as vantagens que um jovem poderia pedir, e retribuiu atacando uma moça que não podia se defender.

— O velho Senhor Darcy soube? Antes de morrer?

A Senhora Reynolds ficou quieta por um momento. Então disse: — O Senhor Wilson me contou algo uma vez, anos depois. Ele disse que havia procurado o velho senhor sobre Sally. Que tinha falado com ele diretamente, contado tudo. Logo antes de ele morrer.

As mãos de Elizabeth estavam no colo. Ela as forçou a permanecer assim.

— O Senhor Wilson disse que o senhor acreditou nele imediatamente. Disse que ele ficou branco como cera, pediu ao Senhor Wilson que lhe contasse tudo, cada detalhe. Quando o Senhor Wilson terminou, o senhor agradeceu e disse que cuidaria daquilo. Ele convocou o Senhor Wickham para casa, falou com ele em particular em seu escritório, jantou com ele.

— Estavam só sorrisos, e eu pensei: Wickham deve ter concordado em fazer a coisa certa. Mas então na manhã seguinte, o senhor estava morto, e Wickham foi embora sem casar com Sally. O médico disse que foi o coração do Senhor Darcy, e o Senhor Wilson me disse uma vez que sentiu culpa, que talvez a tensão de descobrir que seu afilhado se comportara tão mal tenha provocado o ataque.

Elizabeth ficou em silêncio, absorvendo aquilo. Agora ela tinha o começo do fio da meada. Era real, era sólido, e levava a um homem vivo que podia confirmar.

— Gostaria de visitar os Wilson — disse ela. — Com o Senhor Darcy. Gostaria de conhecê-los.

A Senhora Reynolds assentiu.

— Tenho carregado este sentimento por seis anos, Senhora Darcy — disse ela baixinho. — De que algo não estava certo na morte do senhor. Se a senhora encontrar o que está procurando, espero que me conte. Gostaria muito de poder deixar isso para trás.

— Quando puder — disse Elizabeth. — Prometo. Quando puder.

Ela contou a Kitty naquela noite, em sua sala, com a porta trancada.

— Sally Wilson teve um filho — disse Elizabeth. — Filho de Wickham. Darcy cuidou do caso depois que o pai dele morreu. Encontrou um marido para ela, garantiu dinheiro, deu à família uma fazenda melhor. Mas o importante é isto: o Senhor Wilson foi até George Darcy e contou sobre Wickham e Sally. George convocou Wickham a Pemberley, falou com ele. A Senhora Reynolds pensou que, porque estavam sorrindo, pareciam cordiais, Wickham devia ter concordado em fazer a coisa certa. Mas pela manhã, George estava morto.

Kitty a encarava.

— Você soube disso pela Senhora Reynolds — disse Kitty.

— Pela Senhora Reynolds, que soube do próprio Senhor Wilson. Uma testemunha viva, Kitty. Não um fantasma. Um homem que foi até o velho senhor e lhe contou a verdade, e que passou seis anos se perguntando se isso o matou.

— Matou sim. Só que não da forma que o Senhor Wilson pensa — disse Kitty.

— Não. Mas o ponto é que o Senhor Wilson pode testemunhar que George Darcy soube do caráter de Wickham enquanto ainda estava vivo. Que George estava furioso o suficiente para confrontá-lo. Isso é motivo, Kitty. Wickham tinha todas as razões para querer George morto antes que ele pudesse agir com base no que sabia. O Senhor Wilson pode dizer tudo isso a Lord Matlock, ou a um magistrado, ou a qualquer um que perguntar, porque ele estava lá. A Senhora Reynolds pode corroborar.

Kitty inspirou fundo.

— Esta é a primeira prova real que você tem, que não vem de um fantasma — disse Kitty.

— Sim.

Kitty a olhou, e Elizabeth podia ver os cálculos correndo por trás de seus olhos: a mesma inteligência feroz e prática que vinha segurando Elizabeth por semanas, agora se voltando para uma questão diferente. Não se devia agir, mas como.

— Você vai visitar os Wilsons — disse Kitty.

— Amanhã. Com Darcy — disse Elizabeth. Vou pedir que ele me leve, e ver se consigo conduzir a conversa para o que quero que ele saiba. Ele passou seis anos acreditando que o pai morreu sem enxergar a verdadeira natureza de Wickham. Saber que George viu a verdade no fim, que tentou agir; isso vai mudar como Darcy entende o próprio pai.

— E vai levá-lo a fazer perguntas — disse Kitty.

— Sim.

— As perguntas certas.

— Espero que sim.

Kitty ficou quieta. Então disse:

— Você não vai contar a ele sobre o assassinato — disse Kitty.

— Não. Vou apresentar os fatos e deixá-lo chegar às próprias conclusões. Se Darcy olhar para a sequência dos fatos, se vir que o pai confrontou Wickham na noite anterior à morte, pode começar a se perguntar se a morte do pai foi o que o médico disse que foi. E se ele chegar a essa conclusão sozinho, a partir de provas, do mundo dos vivos, então não revelo os fantasmas, e a suspeita vem de uma base concreta sobre a qual se pode agir.

— É uma linha tênue, Lizzy — disse Kitty.

Ela sabia. Mas era o primeiro fio que puxara que podia levar a algo tangível, então era uma linha que precisava trilhar de qualquer forma.

Ela encontrou Darcy depois que todos se recolheram, na sala que compartilhavam. Ele estava junto ao fogo, não lendo, apenas sentado. Ergueu os olhos quando ela entrou, e parte da tensão em seu rosto diminuiu ao vê-la.

— Você esteve tão calada hoje — disse ele.

— Estive pensando — disse Elizabeth.

— Isso costuma ser defeito meu, não seu — disse Darcy.

Ela se sentou na cadeira em frente a ele, puxou os pés para baixo da saia, porque já era tarde, eles estavam sozinhos, e ela estava cansada de sentar como um retrato.

— A Senhora Reynolds finalmente me contou o que quis dizer, naquele dia em que visitei Pemberley pela primeira vez com meus tios, quando disse que Wickham acabou se tornando muito desregrado — disse Elizabeth, observando o rosto dele. — Uma moça chamada Sally Wilson?

Darcy largou o copo.

— Sally Wilson — disse Darcy. — Sim.

— Me conte — disse Elizabeth.

— Wickham — disse Darcy, sem inflexão. — O filho é de Wickham. Sally tinha dezessete anos. O pai dela veio até mim depois que o meu morreu. Estava arrasado, envergonhado, como se fosse culpa dele a filha ter sido seduzida.

— O que você fez? — perguntou Elizabeth.

— O que pude. Dei aos Wilsons uma fazenda maior, uma que ficara vaga naquele outono. Encontrei um jovem disposto a casar com Sally e criar o filho como seu. Joseph Cooper, filho de um ferrador de Lambton. Garanti uma renda para o filho. Sally casou com Cooper em um mês, e ele trabalha com Joseph Wilson na fazenda; estão bem.

— E você fez tudo isso aos vinte e dois anos — disse Elizabeth.

— Quem mais havia? Meu pai estava morto. Georgiana tinha dez anos. Cuidei disso porque era preciso cuidar, e porque Wickham era, em algum sentido miserável, ainda minha responsabilidade. — Ele fez uma pausa. — Nunca contei a ninguém sobre Sally. A Senhora Reynolds sabe porque estava aqui e porque nada escapa dela. Mas nunca falei sobre isso.

— Está falando agora — disse Elizabeth.

— Porque você perguntou. E porque estou cansado de carregar tudo sozinho, Elizabeth. Tenho carregado coisas sozinho desde que tinha vinte e dois anos, e percebi que não quero mais fazer isso.

Elizabeth sentiu o peso disso, e a dor de saber que ainda estava escondendo dele a coisa que mais importava.

— Gostaria de visitar os Wilsons — disse Elizabeth. — Com você. Sou a senhora de Pemberley agora. Sally é uma de nossas arrendatárias, e gostaria de conhecê-la, ver se ela e o filho estão bem.

— Podemos ir amanhã, se quiser.

— Quero.

Ele ficou quieto por um momento. Então disse:

— Você ainda está tramando algo, Elizabeth. Posso sentir. Cada pergunta que faz, cada conversa que tem com a Senhora Reynolds, com minha tia. Está reunindo fios, e ainda não consigo ver o padrão, mas sei que tem a ver com meu pai.

— Sim — disse ela. — Tem.

— Vai me contar?

— Em breve. Prometo. Em breve.

Ele estudou o rosto dela à luz do fogo. Então se levantou, atravessou a sala, estendeu a mão.

— Venha para a cama — disse ele. Não era uma ordem. Algo mais gentil.

Elizabeth pegou a mão dele e deixou que a puxasse para ficar de pé. Ele não a largou. O polegar dele deslizou sobre os nós dos dedos dela, e ele a olhava com uma expressão que nada tinha a ver com Wickham ou segredos. Ele a olhava como se ela fosse a única coisa real naquele quarto.

— Darcy — disse ela, e ele a beijou. Ela o beijou de volta, e por alguns minutos o peso de tudo que carregava se dissipou e não havia nada além daquele momento.

Ele a conduziu pela porta que ligava os cômodos até o quarto deles, e a fechou atrás deles, e o resto da noite foi só deles.

Capítulo Dezoito

Saíram a cavalo depois do café da manhã, só os dois.

A manhã estava clara e fria, o tipo de dia de novembro que fazia as colinas de Derbyshire parecerem de contornos afiados contra o céu. Elizabeth montava Jasper, o baio castrado que Darcy escolhera para ela, e ele seguia a seu lado em seu alto cavalo cinzento, e não falaram muito no caminho. Ela podia senti-lo pensando. Havia nele aquela quietude particular que significava que alguma coisa se movia por trás de seus olhos, sendo examinada por todos os ângulos antes que ele se decidisse a responder.

A fazenda dos Wilson ficava ao norte do rio, talvez a uns cinco quilômetros de Pemberley, situada num vale raso, com bons pastos de cada lado e um córrego de moinho atravessando o campo mais baixo. Era bem cuidada. As cercas estavam firmes, o pátio estava limpo, e a fumaça subia da chaminé numa linha constante que falava de uma casa já desperta e em trabalho. Uma boa fazenda. Melhor do que a que os Wilson tinham antes, dissera a Senhora Reynolds. Boa o bastante para sustentar uma filha, o marido dela, uma criança, e quaisquer outras que pudessem ter vindo desde então.

Darcy mandara recado antes, e Thomas Wilson saiu para recebê-los. Era um homem corpulento, marcado pelo tempo, na casa dos cinquenta anos, chapéu na mão, visivelmente honrado pela visita e um pouco nervoso com ela. A esposa apareceu atrás dele, enxugando as mãos no avental, e atrás dela uma jovem de cabelos claros e expressão cautelosa, que só podia ser Sally.

— Senhor Darcy. Senhora Darcy. Sejam muito bem-vindos.

Darcy desmontou e ajudou Elizabeth a descer. As apresentações foram feitas com a formalidade fácil de um proprietário que conhecia bem seus arrendatários e os respeitava. A Senhora Wilson os convidou a entrar. A cozinha da fazenda estava quente e impecavelmente limpa, e já havia chá na mesa antes que Elizabeth terminasse de tirar as luvas.

Sally Cooper estava sentada um pouco apartada do grupo, calada, as mãos dobradas no colo. Devia ter agora uns vinte e três anos, bonita de um jeito discreto, e observava Elizabeth com cautela, como se a atenção dos que estavam acima dela nem sempre lhe tivesse trazido coisa boa. Elizabeth sorriu para ela e perguntou sobre a fazenda, sobre o laticínio, sobre as conservas das quais a Senhora Wilson evidentemente se orgulhava, e, devagar, com cuidado, os ombros de Sally começaram a descer, deixando de ficar encolhidos junto às orelhas.

Um menino apareceu à porta. Tinha uns seis anos, era robusto e loiro, com um sorriso de dentes falhados e lama nos joelhos. Não se parecia em nada com Wickham, o que Elizabeth percebeu com um alívio tão agudo que a surpreendeu. Tinha a coloração de Sally, os olhos bem separados de Sally, e nada do charme fácil que o denunciaria como filho de Wickham.

— William — disse Sally. — Venha cumprimentar o Senhor e a Senhora Darcy com uma reverência.

William fez sua reverência com uma expressão de solene concentração. Darcy olhou para o menino, e Elizabeth viu algo passar pelo rosto dele, rápido demais para ser identificado, mas doloroso demais para passar despercebido.

— Que belo menino — disse Darcy. — Parece muito saudável.

— É um terror — disse o Senhor Wilson, com orgulho indisfarçado. — Deixa os cães mortos de cansaço. Joseph não consegue acompanhá-lo.

— Joseph é o marido de Sally? — perguntou Elizabeth, embora soubesse.

— Sim, senhora. Joseph Cooper. Está lá fora com as ovelhas esta manhã, ou estaria aqui para cumprimentá-los. Um bom rapaz. A melhor coisa que já aconteceu à nossa Sally, com todo o respeito. — O Senhor Wilson lançou um olhar a Darcy, e Elizabeth captou algo nele: uma gratidão tão profunda que passara a fazer parte da postura do homem, tecida na maneira como ele se portava e falava na presença de Darcy.

William, tendo cumprido suas obrigações sociais, escapuliu de volta para o pátio. Podiam ouvi-lo pela porta aberta, falando com os cães daquele jeito sério e mandão dos meninos pequenos que acreditam estar no comando.

— Ele quer um pônei — disse Sally, baixinho.

Foi a primeira coisa que ela disse sem ser instigada, e o fez com um pequeno sorriso surpreso, como se as ambições do filho ainda tivessem o poder de surpreendê-la.

— Joseph diz que ele é novo demais. Eu digo que ele simplesmente vai montar num sem permissão se a gente não arranjar um logo.

— Suspeito que você fosse bem assim nessa idade — disse Elizabeth, lançando um olhar a Darcy, e foi recompensada com uma expressão do marido que era em partes iguais negação e divertimento.

— Eu era um excelente cavaleiro desde os quatro anos — disse Darcy, com apenas um toque de pompa. — Meu pai me pôs num cavalo antes que eu soubesse andar direito. É tradição dos Darcy.

— É o jeito de todo menino que cresce no campo, senhor — disse o Senhor Wilson, e a desenvoltura entre os dois era real, construída sobre anos de respeito silencioso.

— Conheço um bom pônei de sela que talvez logo fique disponível — disse Darcy. — Os meninos Cookson já estão grandes demais para ele. Vou falar com o Senhor Cookson para trazê-lo até aqui. Aí a gente vê se William gosta dele.

— O senhor é muito bondoso — disse Sally, agradecida.

A Senhora Wilson serviu mais chá, e Elizabeth deixou que a conversa se acomodasse no tom confortável das famílias do campo: a aração de outono, o estado dos estoques para o inverno, se o moinho precisaria ter a roda consertada antes da primavera. Darcy falou com o Senhor Wilson sobre as cercas do pasto de cima. Elizabeth sentou-se com Sally e a Senhora Wilson e ouviu as duas falarem sobre os estudos de William, na escola da aldeia em Kympton, três manhãs por semana, com o vigário, e sobre o segundo filho de Sally, uma menina de dois anos que dormia no andar de cima e que era, declarou a Senhora Wilson, ainda mais terrível do que o irmão.

— Duas crianças — disse Elizabeth a Sally. — Você tem sorte.

— Tenho — disse Sally, e a simplicidade da resposta tinha mais peso do que qualquer explicação poderia ter. Ela olhou para o pátio, onde William agora tentava escalar uma porteira enquanto o collie observava com resignação paciente. — Joseph é um bom pai. William não sabe que ele não é... que Joseph não é seu... — Ela parou, e o rosto se lhe tingiu de cor.

— William é amado — disse Elizabeth, com gentileza. — É isso o que importa.

Sally assentiu. Não disse mais nada sobre o assunto, e Elizabeth não insistiu. Mas guardou aquilo para si: um menino que não sabia quem era seu verdadeiro pai, criado por um homem que o amava de qualquer forma, em um lar que existia porque Darcy o havia construído para eles a partir dos destroços que Wickham deixara para trás. Wickham, que havia abandonado Sally sem olhar para trás. Que seguira para Georgiana, depois para Lydia, quem sabe quantas outras jovens no meio do caminho, parando apenas em Lydia porque Darcy o alcançara e o forçara a casar com ela.

Elizabeth mudou a conversa com delicadeza.

— Senhor, tenho aprendido a história das famílias de Pemberley desde meu casamento. A senhora Reynolds tem sido muito prestativa, mas ainda há muito que não sei. Vocês são arrendatários aqui há muito tempo.

— Toda a minha vida, senhora. Meu pai antes de mim, e o pai dele antes dele.

— Então o senhor conheceu bem o velho sr. Darcy.

A cozinha ficou em silêncio. Sally baixou os olhos para as mãos. A senhora Wilson se ocupou do chá. A expressão do senhor Wilson mudou, e a tranquilidade dos últimos minutos deu lugar a uma cautela maior.

— Conheci, senhora. Era um bom patrão. O melhor que conheci, exceto o Senhor Darcy aqui.

— Entendo que o senhor esteve com ele — disse Elizabeth. — Antes de morrer. Sobre a questão da paternidade de William.

O senhor Wilson olhou para Darcy. Darcy olhou para Elizabeth. Ela podia sentir a atenção dele se aguçar, mas ele não disse nada, e ela foi grata por isso.

— Falei, senhora. — A voz do senhor Wilson havia baixado. Sally estava encarando o chão, o rosto corado. — Fui ao velho patrão sobre... sobre o problema. Sobre Sally. Contei a ele o que havia acontecido, e quem era o responsável. — Tive vergonha de ir, mas a barriga de Sally já estava aparecendo, e eu não podia mais adiar.

— E o velho Senhor Darcy acreditou no senhor?

— Imediatamente, senhora. Não questionou, não duvidou de nós por um momento sequer. Ficou branco quando do contei a ele. Branco como cal. Pediu que eu contasse tudo. Contei. Quando terminei, ele me agradeceu e disse que seria resolvido. Essas foram suas palavras. *Será resolvido.*

— Quando foi isso, senhor? Quanto tempo antes de ele morrer?

O senhor Wilson esfregou a mandíbula.

— Foi... falei com ele numa terça-feira. Ele morreu no sábado, creio.

Elizabeth não olhou para Darcy. Não era necessário. Podia sentir a imobilidade ao lado dela, a respiração contida, a sensação de um homem ouvindo a própria história sendo recontada.

— Sempre me perguntei — disse o senhor Wilson, e sua voz estava áspera agora — se foi o choque que o matou. Se saber o que seu afilhado havia feito com minha menina colocou uma pressão em seu coração que ele não pôde suportar. O médico disse que foi o coração, e tenho dito a mim mesmo há seis anos que não foi minha culpa por ter contado a ele, que ele tinha o direito de saber, mas nunca fiquei tranquilo quanto a isso. Se eu tivesse ido a ele antes, ou se tivesse esperado... mas a barriga de Sally já estava aparecendo, e eu não podia esperar.

— O senhor agiu certo — disse Elizabeth. — Não deve se culpar pelo que aconteceu depois.

— É o que a senhora Reynolds diz também, senhora. Já me disse isso mais de uma vez.

Darcy falou pela primeira vez em vários minutos. Sua voz estava firme, mas Elizabeth podia ouvir o esforço que lhe custava.

— Senhor. Meu pai disse mais alguma coisa ao senhor? Sobre o que pretendia fazer?

— Apenas que seria resolvido, senhor. E que estava grato por eu ter ido a ele. Apertou minha mão quando saí. Lembro disso. Não era um homem que apertava as mãos de seus arrendatários como regra, mas apertou a minha naquele dia, e seu aperto foi firme.

Darcy assentiu. Levantou-se, agradeceu aos Wilson pela hospitalidade, elogiou a fazenda mais uma vez e disse algo gentil a Sally sobre William que encheu os olhos dela de lágrimas. Então estavam lá fora, no ar frio, observando William atirar um graveto para o collie enquanto o senhor Wilson trazia seus cavalos do celeiro.

Montaram em silêncio. Os cavalos caminhavam em passo firme, sua respiração formando nuvens no ar frio, e Elizabeth não quebrou o silêncio. Essa era a maneira de Darcy. Ele não era de pensar em voz alta. Absorvia as coisas, ruminava e voltava com algo ponderado.

— Perguntei a você ontem à noite se me contaria o que tem construído — disse ele por fim. — É isso, não é? Era isso que você queria que eu ouvisse.

— Em parte. Queria que você ouvisse do senhor Wilson, não de mim.

— Por quê?

— Porque é a história dele. E porque achei que significaria mais para você, vindo de um homem que estava lá, que carregou isso por seis anos.

Darcy olhou à frente para o caminho.

— Meu pai apertou a mão dele. Não era um homem que apertava as mãos de arrendatários. Apertou a mão do senhor Wilson porque estava grato e envergonhado de que sua cegueira sobre Wickham tivesse custado a honra da filha daquela família. E então mandou chamar Wickham.

— Sim.

— E apenas dias depois estava morto.

Pemberley apareceu à vista à frente deles, pedra pálida contra os bosques escuros de novembro. Darcy puxou as rédeas do cavalo e ficou olhando para ela.

— Passei seis anos acreditando que meu pai morreu sem jamais ver a verdade sobre Wickham — disse ele. — Que foi para o túmulo cegado pelo afeto. E agora descubro que ele viu. No fim, ele viu, e tentou agir, e não teve tempo.

— Ele não teve tempo — Elizabeth concordou, sentindo o peso do que não estava dizendo.

Seguiram cavalgando. Quando desciam a encosta em direção à casa, Elizabeth olhou para as janelas e viu George Darcy parado naquela em que sempre ficava, observando-os retornar. Ele não podia saber o que acabara de acontecer. Não podia saber que seu filho, cavalgando ao lado dela em silêncio, estava revirando as mesmas perguntas que haviam mantido o fantasma de seu pai caminhando por aqueles corredores por seis anos. Elizabeth desviou o olhar antes que Darcy pudesse segui-lo, e a janela, quando voltou a olhar, estava vazia.

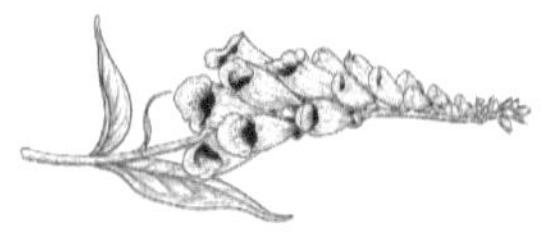

Em Pemberley, Darcy entregou os cavalos ao cavalariço e foi direto procurar a Senhora Reynolds. Elizabeth o seguiu. Tinha pretendido conduzir essa conversa ela mesma, mas Darcy se adiantara agora, movendo-se com a determinação silenciosa que ela já vira nele quando surgia um problema e ele pretendia resolvê-lo.

Ele encontrou a Senhora Reynolds em sua salinha de estar, esperou Elizabeth entrar atrás dele e fechou a porta.

— Senhora Reynolds. Quando meu pai morreu. Wickham estava em Pemberley?

A Senhora Reynolds olhou para Darcy, depois para Elizabeth. O que viu no rosto de Elizabeth deve tê-la convencido de que já não era hora de cautela.

— Sim, senhor. Wickham veio em resposta ao chamado de seu pai, por causa do caso de Sally Wilson. Seu pai falou com ele em particular no escritório. Jantaram juntos naquela noite e pareceram bastante cordiais. Lembro de ter pensado que o problema devia estar resolvido, para satisfação do Senhor Darcy. — Ela fez uma pausa. — Seu pai morreu em algum momento naquela noite.

— Wickham estava nesta casa na noite em que meu pai morreu.

— Sim, senhor. Ele não passou a noite aqui; voltou a cavalo para Lambton já tarde, para se hospedar com amigos de lá, e não tornou a Pemberley. Na época, não achei nada demais. Wickham estava sempre indo e vindo.

Darcy não se moveu. Elizabeth o observou assimilar aquilo: a peça final, a que transformava uma sequência de acontecimentos em um padrão. Seu pai descobrira a verdade sobre Wickham. Seu pai chamara Wickham para Pemberley. Haviam jantado juntos. De manhã, seu pai estava morto. Wickham tinha ido embora. O médico dissera que tinha sido o coração, e ninguém questionara isso por seis anos.

— Obrigado, Senhora Reynolds — disse Darcy. Sua voz estava perfeitamente controlada. Era só isso que eu precisava saber.

Ele saiu do aposento. Elizabeth ficou.

— A senhora já lhe contou — disse a Senhora Reynolds.

— Ele soube pelo senhor Wilson. Sobre Sally, e sobre o fato de o pai dele saber.

A Senhora Reynolds se sentou. Subitamente, pareceu mais velha e cansada.

— Eu devia ter dito alguma coisa. Anos atrás. Devia ter ido até ele e contado o que eu sentia, o que suspeitava.

— A senhora não tinha nada além de um pressentimento.

— Um pressentimento não é nada, Senhora Darcy. A senhora me ensinou isso.

Elizabeth tocou brevemente a mão da mulher mais velha. Depois foi procurar Kitty.

Kitty estava na biblioteca, lendo, sozinha exceto por Miss Pardoe, o fantasma. Ergueu os olhos quando Elizabeth entrou e leu seu rosto na mesma hora.

— Ele sabe? — perguntou Kitty.

— Sabe que o pai dele confrontou Wickham. Sabe que Wickham estava aqui quando seu pai morreu. Não disse a palavra assassinato, mas acredito que esteja pensando nisso. — Elizabeth fechou a porta atrás de si e recostou-se nela. De repente, sentiu-se esgotada. A manhã exigira um tipo de atuação a que ela não estava acostumada: não exatamente mentir, mas levar o marido à conclusão a que ela já chegara, fingindo não entender ao lado dele. Tinha funcionado. Ela não se orgulhava disso.

Kitty fechou o livro.

— Então começou.

Elizabeth se sentou na cadeira ao lado da irmã, permitindo-se relaxar um pouco, embora Miss Pardoe erguesse os olhos por cima do livro e lhe lançasse um leve olhar de desaprovação por isso.

— Sim. Começou. E eu ainda não contei a ele sobre os fantasmas, Kitty.

— Eu sei.

— Ele acha que é isso. Acha que Sally Wilson, o momento em que tudo aconteceu e as dúvidas da tia dele são o que eu estive escondendo dele. Acha que este é o segredo. Ele olhou para mim com uma expressão tão... ele estava grato, Kitty. Grato por eu ter descoberto isso para ele e o conduzido até ali com cuidado, para que pudesse confirmar tudo por si mesmo com as pessoas que estavam lá. E tudo em que eu conseguia pensar era que isso é só uma pequena parte da verdade, e que, quando ele descobrir o resto, vai se perguntar por que eu não confiei nele o bastante para contar.

— Você está protegendo-o.

— Estou mentindo para ele. Há uma diferença, por mais que a gente insista que não há.

Kitty não discutiu.

— Por quanto tempo o segredo dos fantasmas pode se sustentar? Agora que ele mesmo começou a puxar esse fio?

— Não sei — disse Elizabeth. — Acho que ele vai procurar Lord Matlock, e os dois vão investigar. Vão examinar o parecer do médico, os movimentos de Wickham. Nada disso exige fantasmas.

— E Lydia?

O rosto de Kitty estava tenso. Era sempre a isso que tudo voltava: Lydia, casada com o homem contra quem estavam montando um caso, com dezesseis anos e presa a um assassino.

— Uma coisa de cada vez — disse Kitty. — Darcy e Lord Matlock vão investigar. Nós lidamos com Lydia quando for preciso, e não antes, porque ainda não sabemos que forma isso vai tomar.

Elizabeth pensou no orgulho sereno de Sally por um filho que queria um pônei. Pensou no rosto de Darcy quando olhou para William e viu um menino que existia porque Wickham tomara o que queria e saíra andando. Pensou em George Darcy, em algum lugar nos corredores de Pemberley, andando de um lado para o outro como sempre fazia, sem ainda saber que o filho a quem falhara estava enfim lutando por ele.

— Você está fazendo a coisa certa, Lizzy — disse Kitty. Eu sei que não parece. Mas está.

Elizabeth não tinha certeza de acreditar nisso. Mas tinha certeza disto: havia começado, e agora não havia como deter aquilo.

Tentou não pensar em como seria a expressão de Darcy quando enfim descobrisse toda a verdade.

Capítulo Dezenove

Darcy falou com Lord Matlock naquela noite, depois do jantar.

Elizabeth não sabia o que se passara entre eles, porque não fora convidada a ouvir. Darcy beijara sua testa antes de descerem para o salão amarelo. — Vou contar ao meu tio o que descobrimos hoje — disse ele em voz baixa. Elizabeth assentiu, e aquilo encerrou sua participação. Os homens se retiraram para o escritório.

Foi uma noite longa. Lady Catherine discursou sobre as insuficiências da educação moderna, um tema que não exigia participação da plateia e não recebeu nenhuma. Lady Matlock trabalhava em seu bordado, serenamente imune ao monólogo. Georgiana tocava baixinho. Anne estava sentada ao lado dela, virando as páginas. Kitty lia. Elizabeth ficou sentada com as mãos pousadas no colo e o pensamento inteiramente em outro lugar, imaginando o que Darcy estaria dizendo e como Lord Matlock estaria recebendo aquilo.

Ela se retirou o mais cedo que lhe pareceu razoável, alegando uma dor de cabeça que não era de todo inventada, e foi para sua saleta.

George Darcy a esperava.

Ele andava de um lado para o outro. Elizabeth nunca o vira fazer isso num espaço tão pequeno; em geral, ele assombrava a galeria ou o longo corredor da ala leste, onde sua inquietação tinha espaço para se estender. Na saleta, parecia um animal enjaulado, voltando-se junto à estante, voltando-se junto à janela, com uma agitação tão palpável que as chamas das velas vacilavam quando ele passava.

— Eles estão conversando — ele disse, antes que ela fechasse a porta. — Fitzwilliam contou tudo a Matlock. O depoimento do Senhor Wilson. O que a Senhora Reynolds confirmou. A cronologia.

— E?

— Matlock ouviu. Não interrompeu. Ficou sentado, deixou Fitzwilliam falar. Quando Fitzwilliam terminou, Matlock disse: "Há seis anos venho me perguntando isso, e me envergonho de não ter feito nada."

Elizabeth sentou-se. — Ele acreditou nele?

— Imediatamente. Disse que sua tia também falara com ele, anos atrás, sobre uma sensação que tivera. Ele descartou isso na época. Não está descartando agora. — George parou de andar e se voltou para ela. Sua expressão era feroz, intensa; a postura rígida que ele normalmente mantinha desaparecera por completo. — Elizabeth. Eles estão planejando o que fazer em seguida. Estão falando do médico que assinou o atestado de óbito, dos movimentos de Wickham naquela semana. Mas estão deixando passar algo importante. Margaret esteve aqui. Ela estava em Pemberley nos dias que antecederam a minha morte. Viu que eu estava perturbado. Ouviu-me falar de Wickham. Foi embora antes de Wickham chegar, mas pode confirmar a cronologia. Pode dizer que eu estava abalado, que descobrira alguma coisa que mudou a maneira como eu falava do meu afilhado. E ela é a esposa de Lord Matlock. A palavra dela tem um peso que a de um arrendatário não pode ter, por mais honesto que o Senhor Wilson seja.

— Entendo.

— Então diga a Darcy. Diga a ele para envolver Margaret nisso. Ela espera há seis anos que alguém lhe peça, e não vai perdoar ser excluída agora.

Elizabeth pressionou os dedos contra as têmporas. A dor de cabeça que mencionara estava ficando real. — Vou falar com ele de manhã. Não posso ir ao escritório agora; pareceria que eu estava escutando atrás da porta.

— Você não estava escutando atrás da porta. Eu é que estava — ou melhor, escutando dentro da sala. Há uma diferença importante.

Apesar de tudo, Elizabeth quase riu. — Não tenho certeza de que essa diferença confortaria meu marido.

George retomou o vai-e-vem.

— Há mais uma coisa. Falaram em escrever ao médico, o Doutor Grieve, de Bakewell. Matlock disse que poderia fazer averiguações por meio do College of Physicians. É sensato, mas isso vai levar tempo, e, quanto mais isso demorar, maior o perigo de Wickham ficar sabendo. Ele tem amigos. Tem contatos. Sempre teve talento para descobrir coisas que não devia saber.

— Wickham está em Newcastle com Lydia. Não tem amigos aqui.

— Wickham tem amigos em toda parte. Esse sempre foi o dom dele. Ele podia entrar numa sala cheia de estranhos e sair de lá com aliados. — A voz de George era seca. — Fui eu quem lhe deu isso. Fui eu que lhe ensinei a ser encantador, a falar com gente acima da posição dele, a se tornar indispensável. Fui eu quem lhe deu cada arma que ele usa.

Elizabeth não discutiu. Era verdade, e ele sabia disso, e a compaixão não ajudaria nenhum dos dois.

— Vou falar com Darcy de manhã — disse ela outra vez. — Sobre Lady Matlock. E sobre... talvez haja outra fonte de informação, embora eu ainda não saiba bem como abordar isso.

— Quem?

— Lady Catherine.

George ficou imóvel, fitando-a. — Catherine?

— Anne me contou uma coisa. Durante o passeio a cavalo, na semana passada. Ela disse que sua mãe certa vez afirmou que sua morte aconteceu porque você não quis ouvir. Anne achou aquilo estranho e se lembrou. Se Catherine acreditava que você morrera porque não levara a sério os avisos dela sobre Wickham, talvez saiba mais do que jamais disse. Ela estava zangada com você por causa de Wickham, não estava? Antes de você morrer?

— Furiosa. Ela me disse que eu era um tolo por favorecer o filho de um administrador em vez do meu próprio sangue. Eu disse a ela que cuidasse dos próprios assuntos. Nós tivemos uma briga séria. Ela deixou Pemberley e não voltou antes da minha morte. Foi antes de Wilson vir falar comigo, mas... — Ele fez uma pausa. — Catherine é muitas coisas, mas não é estúpida. Se suspeitou de Wickham, não teria esquecido.

— Então eu preciso descobrir o que ela sabe.

— Tome cuidado. Catherine não entrega informações. Ela as usa.

Elizabeth apagou a vela e foi para a cama. Darcy ainda não subira. Ela ficou deitada no escuro, ouviu a casa se acomodar ao redor dela, pensou no que diria a Darcy pela manhã, em como abordaria Lady Catherine.

Ela encontrou Darcy antes do café da manhã, em seu quarto de vestir, enquanto ele calçava as botas.

— Você deveria falar com Lady Matlock sobre seu pai — disse ela.

Ele ergueu os olhos.

— Tia Margaret? — perguntou.

— Ela estava em Pemberley antes de seu pai morrer. Foi ela mesma quem me contou, pouco depois de chegar, durante um passeio. Disse que seu pai andava agitado, distraído. Ele falou com ela sobre Wickham, e acho que isso quer dizer que foi depois de Wilson ter ido falar com ele. Ela partiu poucos dias antes da morte dele e, desde então, tem a sensação de que havia algo errado naquilo tudo.

Elizabeth sentou-se no braço da poltrona dele, perto o bastante para tocá-lo, mas sem tocá-lo.

— Há seis anos ela espera que alguém lhe pergunte, Darcy. Não a deixe de fora disso.

Ele ficou em silêncio por um instante. Depois disse:

— Você foi muito atenta.

— Eu prestei atenção. Há seis anos, várias pessoas acham que havia alguma coisa errada, mas ninguém conseguiu encontrar as palavras certas para dizer isso a você, e você estava ocupado demais carregando todo o peso sozinho para sequer ouvi-las.

Ele segurou a mão dela. Manteve-a entre as suas.

— Vou falar com ela hoje.

— Ótimo. Há mais uma coisa. Lady Catherine.

A expressão dele mudou; tornou-se um tanto resignada.

— O que tem ela?

— Anne mencionou isso para mim. A mãe dela disse certa vez que seu pai morreu porque se recusou a ouvir. Catherine discutiu com seu pai por causa de Wickham antes de ele morrer. Ela o achava tolo pelo favor que dispensava a Wickham. Se acreditava que a morte de seu pai tinha ligação com aquela discussão, com Wickham, talvez tenha alguma informação.

— Você quer falar com tia Catherine sobre a morte do meu pai.

Darcy parecia não saber bem o que pensar daquilo. Talvez esperasse que ela dissesse outra coisa; alguma queixa sobre o comportamento da tia, embora Elizabeth estivesse decidida a nunca incomodá-lo com isso. Ela sabia lidar com Lady Catherine.

— Eu quero descobrir o que ela sabe. Se houver a menor chance de que ela saiba de algo, prefiro perguntar e ser repelida a deixar a pergunta sem ser feita.

Darcy estudou o rosto dela.

— Tome cuidado com ela, Elizabeth. Minha tia não reage bem a perguntas que não partem dela.

— Eu sei. Mas prefiro vê-la furiosa a vê-la calada.

Ele beijou a mão dela, soltou-a e foi procurar Lord Matlock. Elizabeth desceu para o café da manhã, suportou as opiniões de Lady Catherine sobre a temperatura correta da torrada e esperou pela oportunidade certa.

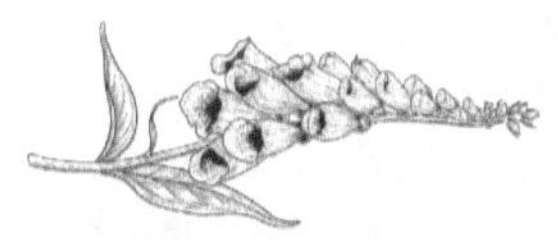

Ela se aproximou de Lady Catherine na sala de estar amarela após o almoço, sozinha. Lady Matlock tinha saído para caminhar com Anne e Georgiana. Kitty estava lendo na biblioteca. A casa estava silenciosa. Catherine estava sentada perto do fogo, com uma expressão de insatisfação por estar sem companhia. Elizabeth entrou e fechou a porta atrás de si, e não olhou para Sir Roderick dormindo em sua poltrona no canto.

— Lady Catherine. Posso falar com a senhora?

Catherine ergueu os olhos. Sua expressão era a que reservava para Elizabeth: tolerância civil sobreposta a uma profunda desaprovação.

— Pode falar.

Elizabeth sentou-se. Pensara cuidadosamente em como abordar aquilo, e decidira que rodeios não funcionariam. Lady Catherine desprezava rodeios. Ela respeitava a ousadia, mesmo quando a punia.

— Tenho aprendido muito sobre minha casa e minha nova família desde meu casamento — disse Elizabeth. — Sobre a história da casa, os arrendatários, as pessoas que serviram Pemberley ao longo dos anos. E sobre o falecido Senhor Darcy.

Os olhos de Catherine se aguçaram.

— O que tem ele de relevante?

— A senhora o conhecia bem. Melhor do que a maioria, eu acho. E a senhora não tinha medo de dizer a ele quando achava que ele estava errado.

— Não tinha. George era um bom homem, mas teimoso e, quando seus afetos estavam em jogo, cego.

— A senhora se refere a Wickham.

O nome explodiu no silêncio da sala. O rosto de Catherine estava rigidamente controlado, completamente imóvel, e Elizabeth podia ver o cálculo por trás de seus olhos: o que Elizabeth sabia, e qual era o propósito desta conversa.

— Refiro-me ao Senhor Wickham, sim. Disse a George repetidamente que seu apego àquele rapaz era equivocado e terminaria mal. Ele se recusou a me ouvir. Disse que eu estava com ciúmes de uma criança sem mãe, o que foi ofensivo, e que eu não entendia o vínculo entre eles, o que foi condescendente. Nós brigamos. Eu disse a ele que viveria para se arrepender. — Ela fez uma pausa. — Ele não viveu o bastante para nada, no final das contas.

— Anne me disse que a senhora uma vez disse que ele morreu porque não quis ouvir.

Os olhos de Catherine se estreitaram.

— Vou ter que falar com minha filha sobre discrição. Não gosto que minhas palavras sejam repetidas para qualquer um.

— Ela não as repetiu indiscretamente para qualquer um. Ela repetiu uma observação que sua mãe fez, porque eu perguntei sobre seu tio, e ela respondeu honestamente. Como estou perguntando à senhora agora.

— E o que exatamente está me perguntando, Senhora Darcy?

— Se a senhora acredita que a morte de seu cunhado teve algo a ver com George Wickham.

O silêncio que se seguiu foi longo. Catherine olhou para Elizabeth com uma expressão que não era raiva, não exatamente. Estava mais próxima de uma avaliação. Ela estava pesando Elizabeth, medindo-a, decidindo o que ela valia.

Então o cálculo cedeu a um olhar mais duro, um que Elizabeth reconheceu tarde demais como a frieza de uma mulher que decidiu atacar em vez de responder.

— Acho — disse Lady Catherine — que você é admiravelmente hábil em fazer perguntas e notavelmente incompetente em prestar atenção ao que está acontecendo sob seu próprio teto.

— Como disse?

— Você me pergunta sobre a morte de George. Me pergunta sobre Wickham. Você se ocupa com história, arrendatários, assuntos que, francamente, não são da sua conta, enquanto seu marido tem seus casos bem debaixo do seu nariz e você não faz nada a respeito.

Elizabeth sentiu o chão desaparecer sob seus pés.

— Não sei do que a senhora está falando.

— Estou falando da família Wilson, Senhora Darcy. Da fazenda que seu marido lhes deu, do dinheiro que ele deixou para a criança, das visitas que ele tem feito àquela casa há seis anos. Estou falando do menino que batizaram de William, em sua homenagem, porque Fitzwilliam era nome grandioso demais para o bastardo de um arrendatário.

Elizabeth a encarou.

— Minha querida Senhora Darcy. — A voz de Catherine estava suave agora, suave e terrível, destilando uma simpatia tão falsa que coalhou no ar entre elas. — Sinto que é meu dever lhe dizer, já que ninguém mais parece disposto a fazê-lo. Aquela criança é do seu marido. Darcy o sustenta desde o nascimento, visitando a família, garantindo que nada lhes falte. Ele a levou lá ontem, pelo que me disseram. Apresentou-a à criança. Você sentou naquela cozinha, bebeu o chá deles, e não viu o que estava bem na sua frente. O menino é loiro, pelo que sei. Como Darcy era, quando criança.

A fúria veio tão depressa que a cegou.

Não era a raiva fria e controlada que Elizabeth sentira antes, a fúria estratégica e cautelosa de que se valera contra Lady Catherine em Longbourn. Era algo mais quente, algo que subia do peito, inundava-lhe o rosto e fazia suas mãos tremer. Não porque acreditasse em uma só palavra daquilo. Não porque houvesse a menor dúvida em sua mente a respeito do marido, nem sobre quem era o verdadeiro pai do filho de Sally Wilson, nem sobre a verdadeira razão de aquela criança se chamar William. Sua raiva crescia porque aquela mulher, aquela mulher venenosa, maldosa e intrometida, pegara a bondade de Darcy, seus anos de cuidado silencioso por uma família que era responsabilidade dele e por uma moça que fora prejudicada, e transformara tudo em algo sórdido. Tomara o que havia de melhor nele e o transformara em algo sujo.

— Como a senhora *ousa*?

Sua voz não parecia a sua. Estava baixa e trêmula, e Lady Catherine piscou, surpresa.

— Como a senhora ousa falar do meu marido dessa maneira. A senhora não sabe nada do que está dizendo. Nada.

— Estou tentando ajudá-la, Senhora Darcy. Uma esposa deveria saber...

— A senhora não está tentando me ajudar. Está tentando me ferir, porque nunca perdoou Darcy por ter se casado comigo, porque não suporta que ele seja feliz e porque prefere acreditar que seu próprio sobrinho seria capaz de pôr um filho numa menina de dezessete anos a admitir que não sabe do que está falando.

O rosto de Catherine empalideceu.

— A senhora está histérica.

— Estou furiosa. Há uma diferença enorme.

Elizabeth já estava de pé. Não se lembrava de ter se levantado. Nana também estava no aposento, ela percebeu, parada ao lado da lareira com uma expressão de indignação tão concentrada que o ar à sua volta parecia estalar.

— A víbora — disse Nana. Sua voz estava baixa, quase um silvo. — Uma víbora da pior espécie. Ela ousa...

Elizabeth não podia responder a Nana. Não podia olhar para ela. Manteve os olhos em Lady Catherine, que a observava com uma expressão de fria satisfação. Catherine não estava desconcertada com a ira de Elizabeth. Estava satisfeita. Quisera uma reação, e a recebera, e agora a guardava consigo.

Emotiva. Instável. Incapaz de se governar.

Elizabeth percebeu. Percebeu exatamente o que Catherine estava fazendo. Não conseguia se conter, porque a raiva era real, era justa, e ela não podia reprimi-la sem fingir que a acusação de Catherine não importava, quando importava, porque era uma calúnia contra o homem que ela amava.

— Não vou discutir isso mais — disse Elizabeth. Sua voz estava mais firme agora, embora as mãos ainda tremessem. — A senhora está errada. Profundamente, perversamente errada, e, se repetir essa acusação a quem quer que seja, vou me certificar de que Darcy e Lord Matlock saibam exatamente o que a senhora disse.

Ela saiu do aposento antes que Catherine pudesse responder. Caminhou depressa pelo corredor, atravessou o vestíbulo de entrada, passou por um lacaio surpreso. Subiu correndo as escadas, entrou em sua saleta, fechou a porta, encostou as costas nela e ficou ali, respirando, até o tremor passar.

Nana atravessou a estante. Seu rosto estava terrível.

— Aquela mulher — disse Nana. — Aquela venenosa, ardilosa...

— Nana.

— Ela tem um espião nesta casa. Um traidor. Alguém lhe contou sobre a visita. Alguém lhe contou sobre a criança. Alguém está lhe passando informações, e ela está usando isso para...

— Eu sei.

— Vou descobrir quem é. Vou assombrar cada criado desta casa até descobrir qual deles andou levando mexericos àquela mulher, e, quando eu encontrar...

— Nana. *Pare* — Elizabeth pressionou as mãos espalmadas contra a porta atrás de si. — Eu preciso pensar no que acabou de acontecer, no que isso significa, no que Catherine fará em seguida. Não consigo fazer isso se você ficar listando quem você pretende assombrar.

Nana parou. Mas a fúria não deixou seu rosto. Instalou-se ali, endureceu, ficou marcada.

— Ela caluniou esta família — disse Nana. — Ela caluniou meu menino. Sentou-se na casa dele, acusou-o de ter posto um filho na filha de um arrendatário, e fez isso para ferir você. Não vou deixar isso passar.

Elizabeth olhou para ela.

— O que você quer dizer com não vai deixar isso passar?

Nana não respondeu. Virou-se, atravessou a estante de livros e desapareceu.

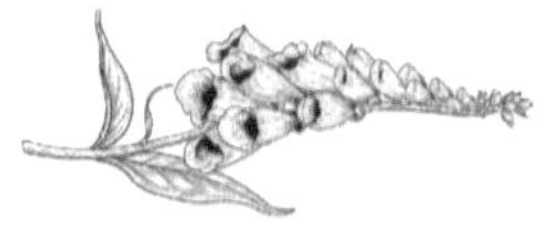

Naquela noite, Lady Catherine teve uma péssima noite.

Elizabeth soube disso na manhã seguinte, por meio da Senhora Reynolds, que fora acordada duas vezes durante a noite pela Senhora Jenkinson, a acompanhante de Lady Catherine, que relatou que os aposentos de sua ama estavam insuportavelmente frios, que o fogo não se mantinha aceso, que as portas não permaneciam fechadas por mais firmemente que fossem trancadas e que Lady Catherine tinha certeza de ter visto um retrato na parede se mover.

— Eu mesma fui verificar os aposentos, senhora — disse a Senhora Reynolds. — O fogo estava aceso sem problema nenhum. As portas estavam perfeitas. Não encontrei nada de errado.

— E o retrato?

— É uma paisagem, senhora. Uma vista do prado ao sul. Está pendurado naquele quarto há quarenta anos e nunca, até onde eu saiba, se moveu.

Elizabeth deixou que o mais leve sinal de exasperação aparecesse em sua expressão tolerante.

— Tenho certeza de que Lady Catherine estava apenas exausta. Acho que ela tem ficado acordada até mais tarde do que de costume em Rosings.

— Sim, senhora. — A Senhora Reynolds fez uma pausa. A pausa em si era sugestiva; ela claramente guardava suas teorias sobre os quartos azuis e seus distúrbios noturnos, e que as mantinha para si.

Elizabeth encontrou Nana na galeria de retratos depois do café da manhã. Nana estava parada diante do retrato de Lady Anne, de braços cruzados, com um ar de extrema satisfação consigo mesma.

— Você não pode aterrorizar os convidados — disse Elizabeth.

Nana se virou para ela com uma expressão capaz de azedar leite.

— Ela não é uma convidada. É uma invasora. E eu não a aterrorizei. Apenas cuidei para que os quartos azuis ficassem um pouco menos confortáveis do que de costume.

— Nana.

— Ela acusou meu neto de libertinagem dentro da própria casa! Para a esposa dele! Ela merece coisa muito pior do que um quarto frio e uma porta rangendo. — Nana fungou com majestade.

— Ela precisa ser tratada com cuidado, não assustada a ponto de ir embora antes que eu consiga o que preciso dela. Ela sabe alguma coisa sobre a morte de George, Nana. Ela praticamente admitiu isso ontem, antes de mudar de assunto. Se você a expulsar de Pemberley com suas assombrações, eu perco a chance de descobrir o que é.

A expressão de Nana mudou ligeiramente. Não exatamente repreendida. Nana não era dada a isso. Mas o argumento prático funcionara onde o apelo moral falhara.

— Uma noite — disse Elizabeth. — Você já teve a sua noite. Agora deixe que ela durma, e me deixe trabalhar.

— Não faço promessas — disse Nana. Mas descruzou os braços, o que era o mais próximo de um acordo que Elizabeth provavelmente conseguiria.

George Darcy a encontrou em sua saleta naquela tarde. Ele passara a manhã inteira em silêncio, ausente dos aposentos por onde Elizabeth circulava, e, quando apareceu, não se pôs a andar de um lado para o outro. Ficou junto à janela, olhando para a paisagem cinzenta de novembro, e seu rosto estava grave.

— Ouvi o que Catherine disse a você — disse ele. — Sobre Fitzwilliam e a criança dos Wilson.

— A esta altura, suspeito que todos os mortos desta casa já tenham ouvido — disse Elizabeth, com um sorriso cansado. — Só agradeço por não haver, entre os vivos, ninguém além de mim que possa ouvir Nana.

— Ela ainda está furiosa. Recrutou as criadas do corredor leste e Miss Pardoe, e elas estão debatendo se devem estender a campanha ao quarto de vestir de Catherine. — Ele fez uma pausa. — Pelo que entendi, a ideia de Miss Pardoe é sentar-se no quarto de Catherine e encará-la. Ela não fecha o livro por nada há sessenta anos, então o fato de estar disposta a largá-lo por isso já mostra a profundidade dos sentimentos envolvidos.

— Eu mandei que ela parasse.

— Ela não vai parar. Você sabe disso. Nana não para quando está com raiva. Ela encontra outro alvo. — George se afastou da janela. — Mas não é isso que me preocupa, Elizabeth. Catherine não é apenas irritante. Ela é perigosa.

— Eu sei.

— Não tenho certeza de que saiba. Catherine sempre acreditou que deveria ter assumido o comando desta família depois que eu morri. Esperava que Fitzwilliam se casasse com Anne e esperava controlar Pemberley por meio dela. Seu casamento pôs fim a essa possibilidade, e ela nunca perdoou isso; não vai descansar até encontrar um meio de desfazê-lo ou de punir você por isso.

— Ela não pode desfazer o meu casamento.

— Ela pode tornar sua vida muito difícil. Ela tem conexões, influência e o ouvido de gente importante. E agora acredita, erroneamente, que Fitzwilliam tem um filho bastardo, o que usará contra ele se isso servir a seus propósitos. A acusação não precisa ser verdadeira para causar dano. Só precisa ser repetida nas salas certas.

Elizabeth sentiu um calafrio repentino. Estivera tão concentrada na própria raiva, na injustiça da acusação de Catherine, que não pensara com clareza no perigo prático. Catherine não era apenas maldosa. Era estratégica.

— O que eu faço?

— Conte a Darcy. Diga a ele o que Catherine disse e deixe que ele lide com a tia. Ele ficará furioso, e a raiva dele será útil, porque obrigará Catherine a se defender em vez de atacar você. E, enquanto ela estiver se defendendo, você talvez encontre uma oportunidade de fazer suas perguntas de novo.

Elizabeth assentiu. Contaria a Darcy naquela noite. Diria a ele do que Catherine o acusara, observaria seu rosto e deixaria que a raiva dele fizesse seu trabalho. E, em algum ponto do caos que se seguiria, descobriria o que Lady Catherine sabia sobre a morte de George Darcy.

Mas primeiro ela precisava se certificar de que Nana e suas comparsas não incendiariam os quartos azuis.

Capítulo Vinte

Ela contou a Darcy naquela noite, depois que a casa inteira já havia se recolhido.

Estavam na sala de estar dos dois, com o fogo já baixo na lareira. Elizabeth sentou-se na poltrona à sua frente e disse, sem rodeios.

— Sua tia me procurou ontem com uma informação que achava que eu devia saber. Ela me disse que William Cooper é seu filho.

Darcy pousou o copo. Com cuidado, como se não confiasse no que a própria mão poderia fazer se ele não a controlasse com precisão.

— Ela disse o quê?

— Disse que o menino é seu. Que você o gerou com Sally Wilson, que vinha sustentando a família para esconder isso, que me levou para visitá-los sem me contar a verdade. Ela falou tudo com grande simpatia. Achava que era seu dever.

A cor abandonou primeiro o rosto dele e depois voltou, mais escura. Ele não falou por vários segundos.

— Como ela soube do menino?

— Não sei. Mas ela sabia da fazenda, do apoio financeiro, até da nossa visita de hoje. Sabia o nome do menino, sabia que ele é loiro. Alguém contou a ela, Darcy. Alguém nesta casa vem lhe passando informações. Nana tinha dito isso, e Elizabeth soube na mesma hora que ela estava certa.

Ele se levantou. Foi até a lareira e ficou de costas para ela, com uma das mãos apoiada na cornija. Elizabeth observou a tensão percorrer seus ombros.

— Ela me acusou — disse ele — de ter tido um filho com uma moça de dezessete anos. Uma moça cuja família dependia de mim para viver.

— Sim.

— Ela disse isso a você. À minha esposa.

— Sim.

Ele se virou. O rosto estava rigidamente controlado, mas os olhos, não.

— Ela insultou você. Insultou Sally. Insultou o Senhor Wilson, a família dele, o homem que se casou com Sally e criou aquele menino como se fosse dele. Pegou tudo de bom que eu fiz por aquela família e sujou tudo.

— Sim — disse Elizabeth pela terceira vez, porque não havia mais nada a dizer. Ela nunca tinha visto Darcy furioso, não daquele jeito. A raiva ardendo em seus olhos trouxe-lhe, de forma incômoda, a lembrança do olhar de George Darcy sempre que ele falava de Wickham.

— E ela tem um espião dentro da minha casa.

— Deve ter. Não há outra forma de ela saber.

Darcy saiu do aposento. Elizabeth ouviu seus passos na escada, rápidos e pesados, e depois o silêncio.

Na manhã seguinte, antes do café da manhã, a senhora Reynolds foi à sala de estar de Elizabeth.

— O Senhor Darcy me pediu que descobrisse como Lady Catherine obteve suas informações — disse ela. Parecia não ter dormido. — Passei boa parte da noite pensando nisso, senhora, e acredito que sei.

— Quem?

— Thomas Hawkins. Pelos meus registros, ele é lacaio aqui há dezessete anos. Competente o bastante no serviço, embora nada excepcional. Eu diria que era confiável, até agora. — A senhora Reynolds fez uma pausa, reunindo os pensamentos com cuidado; não era mulher de fazer acusações levianas. — Ele concorreu mais de uma vez ao posto de submordomo quando surgiram vagas, mas tanto o Senhor George Darcy quanto o atual Senhor Darcy o preteriram em favor de outros candidatos mais adequados ao cargo, embora às vezes fossem homens mais jovens.

— E a senhora acredita que ele vinha escrevendo para Lady Catherine?

— Acredito que Lady Catherine lhe ofereceu o que Pemberley não lhe deu: reconhecimento, remuneração. Ela deve ter agido com cautela, expressando preocupação com o sobrinho e a sobrinha. Bajulação, que Lady Catherine distribui quando lhe convém. No começo, Hawkins não deve ter visto problema nenhum nisso. Alguns detalhes sobre o funcionamento da casa, quem chegava e quem saía. Depois, aos poucos, mais. — Senhora Reynolds cruzou as mãos. — Ele estava de serviço quando a senhora e o Senhor Darcy saíram a cavalo para visitar os Wilson. Verifiquei: foi ele quem foi enviado aos estábulos para mandar preparar os cavalos e deve ter sido informado do destino para repassá-lo ao cavalariço-chefe. Ele serviu chá para Lady Catherine naquela tarde, sozinho com ela por vários minutos na sala amarela. Estava no saguão de entrada quando a senhora passou por ele na volta, depois que ela falou com a senhora, caminhando depressa.

Elizabeth se lembrou. O lacaio assustado por quem passara a caminho de sua sala de estar depois do confronto com Catherine. Ela não olhara para o rosto dele. Estava furiosa demais para olhar para qualquer coisa.

— Não posso provar — disse a senhora Reynolds. — Não sem revistar o quarto dele ou confrontá-lo diretamente.

— Conte ao Senhor Darcy o que contou a mim. Ele decidirá o que fazer.

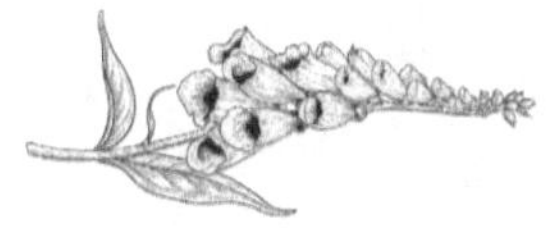

Darcy não hesitou. Elizabeth não estava presente quando Hawkins foi chamado ao escritório, mas depois a Senhora Reynolds lhe contou que tudo tinha sido breve. Darcy perguntou diretamente ao homem se ele vinha se correspondendo com Lady Catherine. Hawkins negou, sem convicção. Darcy pediu à Senhora Reynolds que revistasse o quarto do homem. Numa gaveta, sob sua libré sobressalente, encontraram três cartas de Lady Catherine, a mais recente datada de poucas semanas antes, pedindo informações específicas sobre os deslocamentos da Senhora Darcy, seus hábitos, e afirmando que a própria Lady Catherine chegaria em breve. Mencionava-se que o pagamento seguia junto, embora nenhum dinheiro tenha sido encontrado com as cartas.

Hawkins foi dispensado em menos de uma hora. Recebeu o que lhe era devido em salário e nada mais. Nenhuma referência, nenhuma carta de recomendação. Deixou Pemberley numa carroça, com o baú, enquanto o restante do pessoal da casa observava, em silêncio chocado, pelas janelas da cozinha.

Depois, a senhora Reynolds contou a Elizabeth que o homem parecera mais aliviado do que envergonhado, e isso, para ela, era o mais condenável de tudo.

— Ele nunca foi leal — disse a senhora Reynolds. — Alguns não são. É possível treinar as mãos de um homem, mas não seu coração. Hawkins sempre achou que merecia mais do que recebia. Lady Catherine viu isso e se aproveitou. Eu devia ter percebido antes, senhora. Tenho orgulho de conhecer esta casa, e não percebi.

— A senhora não é responsável pelas maquinações de Lady Catherine, senhora Reynolds.

— Não. Mas sou responsável por esta casa, e um espião operou sob o meu teto por anos sem que eu soubesse. Isso é um fracasso que não trato com leviandade.

— A senhora não pode se culpar — disse Nana, de sua cadeira de sempre. — Nem eu sabia disso.

— Ninguém consegue vigiar todo mundo o tempo todo — disse Elizabeth, para as duas.

Nenhuma das duas pareceu satisfeita com essa resposta, mas era verdade, gostassem elas ou não, então não havia mais nada a dizer.

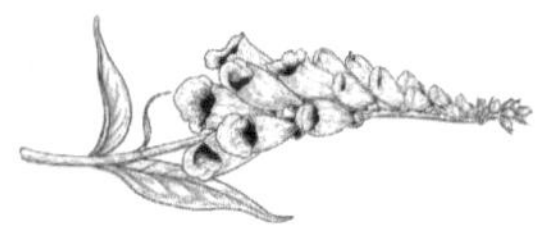

O confronto com Lady Catherine aconteceu no escritório, depois do almoço.

Darcy organizou tudo com exatidão. Pediu que Lord Matlock e Lady Matlock estivessem presentes. Pediu que Elizabeth estivesse lá. Mandou avisar a Lady Catherine que desejava falar com ela sobre um assunto de família. Catherine chegou esperando, como Elizabeth suspeitava, estar em posição de força. Entrou imponente, envolta em sua própria armadura de retidão, vacilando apenas de leve ao ver os presentes já reunidos.

— Fitzwilliam. Do que se trata isso?

— Sente-se, tia Catherine.

Ela se sentou, porque o tom de Darcy não deixava espaço para recusa. Ele permaneceu atrás da escrivaninha. Elizabeth sentou-se na cadeira junto à janela. Lord Matlock estava de pé diante da lareira, com o rosto indecifrável. Lady Matlock sentou-se ao lado de Elizabeth, com as mãos dobradas no colo, e não disse nada.

— Ontem — disse Darcy — a senhora disse à minha esposa que eu havia tido um filho ilegítimo com a filha de um arrendatário. Que o menino que está sendo criado neste momento por Sally e Joseph Cooper na fazenda Wilson é meu filho.

O queixo de Catherine se ergueu.

— Julguei que era meu dever informar a Senhora Darcy daquilo que todos nesta casa claramente sabem e que, ao que parece, ela não sabia.

— Ninguém nesta casa sabe disso, porque isso não é verdade. A criança não é minha. É filha de George Wickham.

O nome provocou exatamente o efeito que Elizabeth sabia que teria. O rosto de Catherine mudou. Não era espanto, exatamente. Era reconhecimento.

— Wickham seduziu Sally Wilson quando ela tinha dezessete anos — Darcy continuou. Sua voz era regular, medida, perfeitamente controlada, mas Elizabeth ainda via a fúria arder por trás dela e ficou contente por ela não estar voltada contra ela. — Ele a deixou grávida e partiu sem olhar para trás. Meu pai soube disso poucos dias antes de morrer. Mandou chamar Wickham a Pemberley e o confrontou, mas não conseguiu pôr a questão em ordem no pouco tempo que lhe restava. Depois da morte de meu pai, descobri o assunto. Dei à família Wilson uma fazenda melhor. Encontrei um bom homem disposto a se casar com Sally, a criar a criança como se fosse sua. Separei uma quantia para o menino, para garantir que ele não sofresse pelos pecados do pai. Visito a família regularmente há seis anos, porque são meus arrendatários, minha responsabilidade, porque a destruição deixada por Wickham não se desfaz sozinha.

O aposento ficou em absoluto silêncio. Catherine permanecia rígida na cadeira. Ninguém se mexeu.

— A senhora entrou na minha casa — a voz de Darcy tinha agora um fio cortante, frio, afiado. — Recrutou um espião entre os meus criados. Um lacaio chamado Hawkins, que se corresponde com a senhora há anos, desde antes da morte de meu pai, relatando tudo sobre a casa, os meus movimentos e a minha esposa. A senhora o pagou por informações. Usou essas informações para construir uma mentira. Levou essa mentira a Elizabeth com a intenção de lhe causar dor, de minar o nosso casamento.

— Eu estava protegendo esta família — disse Catherine. Sua voz era firme, mas estava ruborizada. — Se havia uma criança, sua esposa tinha o direito de saber.

— Há uma criança. Ela não é minha. A senhora não veio aqui para proteger ninguém. Veio porque nunca aceitou meu casamento, e se agarrou ao primeiro pedaço de fofoca que seu espião pôde lhe dar para atacar Elizabeth onde julgou que ela fosse mais vulnerável.

— Não tolero que me fale desse jeito.

— A senhora será tratada exatamente dessa maneira, Lady Catherine, porque o que a senhora fez é imperdoável. Caluniou-me diante da minha esposa. Caluniou uma mulher inocente e sua família. Corrompeu um membro da minha casa. Fez isso por despeito.

O rosto de Catherine estava branco, a mandíbula travada. Mas Elizabeth observava seus olhos, e o que viu ali não era apenas a rigidez de uma mulher acuada. Era a expressão de uma mulher que sentira o chão sumir sob seus pés. O filho bastardo de cuja existência ela estivera tão certa se dissolvera, e em seu lugar estava Wickham, cujo nome ela vinha repetindo havia anos, sobre cujo caráter ela advertira George muito antes de qualquer outra pessoa da família estar disposta a enxergá-lo.

Foi então que os fantasmas chegaram. Elizabeth os sentiu: Nana primeiro, crepitando de fúria justificada; depois George, atraído talvez pelo som do próprio nome na boca da irmã.

— A senhora não está surpresa — disse Elizabeth. As palavras saíram antes que ela pudesse se conter. — A senhora ouviu o nome Wickham e não se surpreendeu.

Catherine olhou para ela. Por um instante, a máscara escorregou, e o que havia por baixo era mais antigo, mais cru, mais complicado do que simples despeito.

— Eu avisei George — disse Catherine. Sua voz estava diferente agora. Mais baixa, mais contida. — Eu disse a ele que aquele rapaz seria sua ruína. Ele não quis ouvir. Disse que eu não entendia. Disse que eu tinha ciúme de um menino sem mãe, como se eu não fosse capaz de reconhecer um predador ao ver um.

George, junto à janela, fechou os olhos.

Catherine puxou o ar.

— Então George morreu. Hawkins me contou que Wickham estava em Pemberley quando isso aconteceu. Tenho pensado nisso há seis anos, Fitzwilliam. Seis anos.

O aposento ficou em silêncio absoluto. Lord Matlock se endireitou diante da lareira. As mãos de Darcy, espalmadas sobre a escrivaninha, não se moveram.

— O que exatamente a senhora está dizendo, Catherine? — Lord Matlock perguntou, por fim.

— Estou dizendo que avisei George. Ele não quis ouvir e morreu. Estou dizendo que Wickham estava lá. Que nunca fiquei em paz com isso.

— A senhora tem alguma prova? — disse Darcy. — Alguma coisa além de uma intuição?

— Se eu tivesse provas, o senhor acha que eu teria guardado isso para mim por seis anos? — A voz de Catherine se elevou. — Não, Hawkins não sabia de nada além do fato de que Wickham estava aqui. Mas eu tenho uma intuição. Sempre tive essa intuição. Eu disse a George que ele viveria o bastante para se arrepender desse ponto cego quando se tratava de Wickham, e, em vez disso, ele morreu.

Não posso provar que Wickham seja algo pior do que um sedutor, um caçador de fortunas, um homem sem honra. Mas eu sei o que sei.

Elizabeth observou a frustração percorrer a sala. Catherine lhes dera exatamente o que Anne insinuara: uma suspeita, uma convicção, uma vida inteira de estar certa sobre o caráter de Wickham. Nada disso era evidência além da que já tinham: que Wickham estivera em Pemberley no dia em que George morreu. Nada disso poderia ser usado como base para ação. Era a certeza de Lady Catherine, que era tão ilimitada quanto inútil, porque Lady Catherine tinha certeza sobre tudo, e estar certa desta vez não tornava sua palavra uma prova.

— A senhora deveria ter vindo até mim — disse Darcy. — Anos atrás. Deveria ter me contado o que suspeitava, em vez de cultivar isso em segredo e continuar espionando minha casa.

— Eu estava protegendo esta família. Fiz isso da pior maneira possível, admito. — Era o mais próximo de um pedido de desculpas que Catherine era capaz, e isso lhe custou visivelmente. Ela se levantou. — Não vou me desculpar pelo instinto. Apenas pelo método.

— O método — disse Lord Matlock, sua voz pesada de cansaço — foi plantar uma espiã na casa de seu sobrinho e fazer uma acusação maldosa à esposa dele. Isso não é instinto, Catherine. Isso é malícia disfarçada de dever.

Catherine girou nos calcanhares e marchou em direção à porta.

— Ainda não terminamos, irmã! — disse Lord Matlock, irritado, e a seguiu. Lady Matlock suspirou, olhou para Elizabeth com uma expressão que conseguia transmitir tanto simpatia quanto resignação, e foi atrás deles.

A porta se fechou.

O escritório estava silencioso. Darcy permaneceu atrás de sua escrivaninha, ambas as mãos apoiadas na superfície, a cabeça levemente curvada. Elizabeth permaneceu sentada em sua cadeira junto à janela e não falou, porque podia ver que ele ainda não terminara de pensar.

George continuava parado junto à janela, de costas para a sala. Não se movera desde que Catherine pronunciara seu nome. Nana o observava do canto com uma expressão que Elizabeth nunca vira em seu rosto: algo quase gentil.

— Ela deveria contar a ele — disse Nana. — Sobre o assassinato. Ele está pronto.

— Ainda não — disse George, sua voz áspera. — Deixe que chegue a isso sozinho.

— Ele está chegando. Olhe para ele. Está pensando sobre o momento. Sobre Wickham estar aqui na noite em que você morreu. Está quase lá.

— Então deixe que chegue.

Darcy falou. Sua voz estava tranquila, a raiva já passara, o que restava era algo mais cuidadoso.

— Elizabeth.

— Sim?

— Meu pai soube sobre Wickham e Sally Wilson. Convocou Wickham a Pemberley. Jantaram juntos. Pela manhã meu pai estava morto, e Wickham partiu a cavalo. — Ele ergueu a cabeça e olhou para ela. — Estou começando a me perguntar se a morte de meu pai foi o que o médico disse que foi.

Os fantasmas ficaram em silêncio.

Elizabeth ficou absolutamente imóvel. Este era o momento para o qual o vinha conduzindo há semanas, a conclusão que queria que ele alcançasse por conta própria, a partir das evidências, a partir do mundo dos vivos. Ele tinha chegado lá. Ela tinha que decidir o que dizer.

— Acredito que você está certo em se perguntar — disse ela. — Mas como algo poderia ser provado, depois de seis anos?

Ele se sentou. Sentou-se na cadeira de seu pai, atrás da escrivaninha de seu pai, e não disse nada. O fogo crepitou na lareira. Nana abriu a boca; George balançou a cabeça, uma vez. Ela a fechou novamente.

— E mesmo que pudéssemos — disse Darcy por fim. — E então? Wickham é casado com sua irmã.

A impossibilidade disso encheu a sala. Lydia, dezesseis anos, casada com um homem que poderia ter assassinado seu próprio benfeitor. Lydia, cuja reputação e futuro estavam atrelados a um homem cuja exposição a destruiria junto com ele.

— Eu sei — disse Elizabeth.

Darcy olhou para ela do outro lado da escrivaninha. — Você sabia que isso viria. Tem me conduzido até aqui, cuidadosamente, uma peça de cada vez, porque sabia que, uma vez que eu visse, não conseguiria ignorar. Queria que eu estivesse pronto.

— Sim.

— Lydia é a razão pela qual hesitou. Por que não me contou simplesmente o que suspeitava, semanas atrás.

— Sim.

Ele ficou quieto novamente. Então disse: — Obrigado. Por não me contar. Por me deixar descobrir sozinho. Eu não teria acreditado, Elizabeth, se você simplesmente tivesse dito. Teria pensado que estava deixando sua antipatia por Wickham influenciar seu julgamento, porque mesmo eu o desprezando, não achava que ele fosse capaz disso. Mas a evidência... — Ele parou. — A evidência não mente.

— Não — disse Elizabeth. — Não mente.

George Darcy se virou da janela e atravessou a parede sem uma palavra. Nana o observou partir. Pela primeira vez na memória de Elizabeth, ela parecia incerta. Lançou um olhar para Elizabeth com uma expressão que era quase uma pergunta. Então ela também desapareceu, deixando Elizabeth e Darcy sozinhos no escritório, o fogo queimando baixo, o peso do que agora ambos sabiam oprimindo-os.

— O que fazemos? — perguntou Elizabeth.

Darcy refletiu. Ela podia vê-lo ponderando aquilo, examinando de todos os ângulos, como sempre fazia. O fogo estalou. Lá fora, o vento de novembro batia nas janelas.

— Se seguirmos adiante com isso — disse ele —, e se encontrarmos prova, então Wickham é enforcado. Lydia é viúva de um assassino aos dezesseis anos. Sua família estará arruinada. Kitty e Mary nunca farão bons casamentos. O escândalo tocará Bingley, Jane, Georgiana, nós mesmos. Tudo arruinado.

— Eu sei.

— Se não fizermos nada, então vivemos com isso. Vivemos sabendo que meu pai foi assassinado, que o homem que fez isso está casado com sua irmã e solto por aí.

— Eu sei disso também.

Ele olhou para ela. O coração de Elizabeth se apertou, porque ela quisera aliviar seus fardos, ajudá-lo a carregar o peso que vinha carregando sozinho por seis anos. Ela podia ver em seu rosto que ele agora percebera que o peso era muito maior do que imaginara.

— Não vamos ficar de braços cruzados — disse ele. — Mas devemos ser extremamente cuidadosos sobre o que fazemos, como procedemos, quem sabe. Lord Matlock e eu continuaremos a investigação sobre a morte de meu pai. Silenciosamente. Se houver evidência a ser encontrada, a encontraremos. Quando soubermos com o que estamos lidando, decidiremos juntos o que vem a seguir.

— Juntos — disse Elizabeth.

— Juntos. Cansei de carregar fardos sozinho.

Ele estendeu a mão através da escrivaninha. Ela a segurou. Sentaram-se juntos no silêncio enquanto a escuridão de novembro descia ao redor de Pemberley, os fantasmas guardando seu próprio silêncio nos corredores além.

Capítulo Vinte e Um

NA MANHÃ SEGUINTE, CHEGOU uma carta de Long-bourn. Senhora Bennet escrevia com sua habitual urgência ofegante para dizer que estava prostrada por causa de um resfriado, que Senhor Bennet se recusava a viajar para qualquer lugar em novembro, que Mary não tinha o menor interesse em bailes e não se deixaria convencer, e que os três ficariam em casa, embora Senhora Bennet fizesse questão de registrar que seus nervos estavam profundamente abalados por perder o evento e esperava que Elizabeth lhe escrevesse um relato completo de cada vestido, cada dança e cada jovem solteiro adequado presente que pudesse vir a demonstrar algum interesse por Kitty.

Senhor Bennet acrescentara um pós-escrito de próprio punho: *O resfriado de sua mãe não passa de um nariz escorrendo. Minha recusa em viajar no inverno é perfeitamente real. Aproveite seu baile, Lizzy; talvez apareçamos no verão, pois estou verdadeiramente ansioso para conhecer a biblioteca de Pemberley.*

Elizabeth leu aquilo em sua sala de estar e sentiu uma mistura complicada de decepção e alívio. Ela sentia falta do pai. Naquele momento específico, ela não precisava da mãe dentro de casa, e a culpa por esse pensamento pesava, incômoda, junto da verdade que ele revelava.

— Um problema a menos — disse Kitty, lendo a carta por cima do ombro dela. — Mamãe na mesma casa que Lady Catherine teria sido um desastre.

— Mamãe na mesma casa que Lady Catherine teria sido divertido — corrigiu Elizabeth. — Por uns dez minutos. Depois disso, teria sido um desastre.

Os Bingley chegaram três dias antes do baile.

Elizabeth passara a manhã inteira de olho na carruagem na entrada e já estava à porta principal antes que o lacaio pudesse anunciá-los, o que não tinha nada de digno, e ela não se importava. A carruagem parou à porta. Bingley desceu primeiro, sorridente, as faces avermelhadas pelo frio, irradiando aquela boa vontade de quem jamais, em toda a vida, entrara num cômodo e piorara as coisas. Atrás dele, Jane.

Elizabeth desceu correndo os degraus e atravessou o cascalho. Jane já vinha em sua direção. Encontraram-se no meio do caminho e se abraçaram com força. Elizabeth encostou o rosto no ombro da irmã e respirou, e, pela primeira vez em semanas, o nó em seu peito afrouxou.

— Você veio — disse Elizabeth, tola, porque é claro que ela viera, fora convidada, escrevera dizendo que viria.

— É claro que eu vim — disse Jane, apertando-a mais forte e sem soltá-la até que Elizabeth estivesse pronta, o que levou bem mais tempo do que seria estritamente apropriado para um cumprimento em plena vista de toda a casa.

Bingley, Deus o abençoe, preencheu o silêncio com sua animação contagiante. Apertou vigorosamente a mão de Darcy, admirou a casa, admirou o céu de novembro, admirou os cavalos sendo conduzidos ao estábulo, cumprimentou a Senhora Reynolds, cumprimentou Kitty e Georgiana com genuíno calor e, de modo geral, tornou-se o centro de uma alegria descomplicada de que a casa andava precisando desesperadamente. A tensão da semana anterior não evaporou, mas recuou, como a tensão sempre fazia na presença de Bingley. Ele era a própria luz do sol em forma humana, e Pemberley precisava de sol.

Darcy, que gostava de Bingley daquele modo silencioso e pouco demonstrativo de um homem que não faz amigos com facilidade e conhece o valor dos que tem, pareceu sinceramente contente em vê-lo. Elizabeth observou os dois juntos, a reserva de Darcy se abrandando aos poucos, a mão de Bingley no braço do amigo, e pensou: é disso que ele precisa. Alguém que não lhe peça nada além de amizade.

Atrás dos Bingley, uma segunda carruagem trouxe Caroline Bingley, Louisa Hurst e o Senhor Hurst.

Caroline desceu com mais afetação do que graça, lançando sobre todos os reunidos um olhar rápido e avaliador de uma mulher que catalogava o que havia mudado. Seu olhar se demorou sobre Elizabeth por um segundo a mais do que devia.

— Senhora Darcy — disse ela, com um sorriso caloroso na superfície e calculista por baixo. — Que prazer revê-la. Você está muito bem. Pemberley lhe cai bem.

— Obrigada, Senhorita Bingley. Seja muito bem-vinda.

Senhora Hurst seguiu a irmã com menos teatralidade e um cansaço bem mais genuíno da viagem. Senhor Hurst fez breves cumprimentos e marchou direto para a porta da frente, claramente confiante de que em algum lugar ali dentro haveria uma poltrona confortável e uma taça de vinho do Porto. Encontrou ambos em dez minutos e não se ouviu mais falar dele por algum tempo.

— Nana vai ter opiniões sobre a Senhorita Bingley — murmurou Kitty a Elizabeth, enquanto entravam.

— Nana tem opiniões sobre todo mundo.

— Sim, mas ela vai ter opiniões *muito específicas* sobre a Senhorita Bingley. Eu até gostaria de poder ouvi-las. Você vai ter de me contar depois algumas das melhores.

Kitty tinha razão. Nana apareceu no hall de entrada enquanto os hóspedes eram conduzidos a seus quartos, observou Caroline Bingley subir a escadaria e disse:

— Ah, ela voltou. Graças a Deus, Fitzwilliam teve bom senso bastante para não se casar com aquela ali.

Elizabeth não podia responder. Cerrou os lábios e continuou andando.

— O vestido é elegante demais para o campo e fino demais para o clima — continuou Nana, acompanhando-a. — O chapéu é de Londres, a peliça também, e a expressão é pura ambição. Ela não pode ter Fitzwilliam agora, então vai se contentar com o solteiro mais cobiçado que encontrar no círculo dele, e já está medindo todo mundo para ver quem está em seu caminho.

Elizabeth teve de admitir que aquilo estava absolutamente correto. Mas não podia dizer isso. Jane estava ao seu lado, Bingley atrás delas, Caroline logo adiante na escada. O hall de entrada de Pemberley não era lugar para uma conversa com o ar.

— Vou gostar desta visita — disse Nana, com evidente prazer. — A Senhorita Bingley sempre soube me entreter.

Senhora Reynolds acomodara os Bingley nos aposentos chineses, que eram os melhores quartos de hóspedes depois dos aposentos azuis atualmente ocupados por Lady Catherine, e que Jane declarou encantadores. Caroline e os Hurst ficaram na ala oeste, que era confortável, bem mobiliada e tão distante dos aposentos da família quanto se podia arranjar sem de fato colocá-los em outro prédio. Elizabeth suspeitava que Senhora Reynolds também tinha suas próprias opiniões a respeito de Caroline Bingley. As opiniões da Senhora Reynolds sobre as pessoas raramente se mostravam erradas, e ela as expressava inteiramente por meio da distribuição dos quartos.

Elizabeth e Jane se encontraram a sós naquela tarde, na saleta de Elizabeth, com a porta trancada.

Jane sentou-se na cadeira junto à lareira e Elizabeth sentou-se no chão aos seus pés, porque Jane era a única pessoa no mundo para quem ela não precisava fingir nada. Jane passou os dedos pelos cabelos de Elizabeth, do jeito que fazia quando eram crianças. Elizabeth fechou os olhos, apoiou a cabeça no joelho de Jane, deixou que aquele puro alívio a inundasse.

— Conte-me — disse Jane.

Elizabeth contou tudo. Absolutamente tudo, desde o começo. Nana, administrando Pemberley há cento e trinta anos. O fantasma de George Darcy, ficando mais insistente conforme a investigação avançava, pressionando-a a conduzir Darcy às conclusões. A pista de Sally Wilson, a visita, o testemunho do Senhor Wilson, a corroboração da Senhora Reynolds. A sequência de eventos: George descobrindo a verdade, chamando Wickham, jantando com ele, morrendo naquela noite. Os seis anos de desassossego de Lady Matlock. A espiã de Lady Catherine, sua acusação vil, o confronto que se seguiu. A própria suspeita de Catherine sobre Wickham, que não passava de um pressentimento, apenas uma certeza sem provas, inútil precisamente porque Lady Catherine tinha certeza sobre tudo, e estar certa dessa vez não transformava suas palavras em prova. Darcy chegando à conclusão sozinho, sentado na cadeira de seu pai no escritório, dizendo *Wickham é casado com sua irmã*.

Jane escutou. Não interrompeu. Segurou a mão de Elizabeth e a deixou falar.

— Você tem carregado isso há semanas — disse Jane, quando Elizabeth terminou.

— Quase desde que cheguei a Pemberley.

— E Darcy ainda não sabe sobre os fantasmas.

— Não. Ele sabe sobre Sally Wilson, sobre a sequência dos fatos, sobre as suspeitas de Lady Catherine. Ele não sabe que o fantasma do pai dele me revelou quase tudo, ou que Nana me ajuda desde a minha primeira semana aqui. Ele acha que fui meticulosamente cuidadosa, impossivelmente inteligente. Ele não sabe que tive ajuda dos mortos.

Jane ficou em silêncio por um momento. Seus dedos não pararam de afagar os cabelos de Elizabeth. — Lizzy. Você não pode ocultar isso dele por muito mais tempo.

— Eu sei.

— Quanto mais você esperar, mais vai doer. Não porque o segredo seja terrível, embora seja estranho, e ele vai precisar de tempo para aceitar. Mas porque ele vai se perguntar por que você não confiou nele. Ele vai revisitar cada conversa, questionando o que era real, o que foi orquestrado. Isso vai feri-lo mais do que os próprios fantasmas.

Elizabeth pressionou a testa com mais força contra o joelho de Jane. — Eu sei. Sei que você está certa. Não estou pronta.

— Não disse que você tinha que fazer isso hoje. Disse que você não pode esperar muito mais tempo. — A voz de Jane era gentil, implacável, a voz de uma mulher que havia passado a vida inteira sendo bondosa e aprendera que bondade às vezes exigia dizer o que era difícil. — Ele te ama, Lizzy. Ele se casou com você sabendo que você não era comum. Ele pode estar mais preparado do que você imagina.

— Ou pode me achar louca.

— Ele não vai te achar louca. Vai te achar extraordinária, que é exatamente o que você é.

Elizabeth quase sorriu. — Você é parcial.

— Sou sua irmã. Claro que sou parcial. E também estou certa. — Jane fez uma pausa. — E quanto a Lydia? Você teve notícias dela?

— Sim.

Elizabeth contou a Jane sobre a carta de Lydia, sobre a descrição que Lydia fizera dos olhos de Wickham ficando vazios. Sobre Darcy ter concordado em dar a Wickham uma pequena mesada, para tornar a vida de Lydia um pouco mais confortável, mesmo antes de suspeitar que Wickham estivesse envolvido na morte de seu pai. — Ela não sabe que o marido matou um homem — terminou Elizabeth —, mas acho que ela aprendeu a temê-lo.

— Ela tem dezesseis anos — disse Jane, e havia dor naquilo. — Tem dezesseis anos e é casada com ele, e não há nada que possamos fazer até termos certeza.

— Darcy disse a mesma coisa. Ele disse que se houver provas, Wickham é enforcado, e Lydia é destruída. Se não fizermos nada, temos que conviver com isso.

— Deve haver um caminho do meio. Deve haver alguma forma de protegê-la, mesmo que Wickham seja culpado.

— Se você encontrar um, eu gostaria muito de saber. Venho procurando há semanas.

Jane não respondeu, porque não havia resposta, ainda não. Mas Elizabeth podia vê-la refletindo sobre aquilo, examinando com a praticidade sensata que as pessoas confundiam com doçura, e ela pensou: Jane vai pensar em algo. Ela sempre encontra. Pode levar tempo, e pode não ser o que nenhum de nós espera, mas Jane vai encontrar um caminho.

Elas ficaram sentadas juntas no silêncio, e o fogo ardia, e por um breve momento Elizabeth não precisou ser corajosa ou estratégica ou cuidadosa. Ela simplesmente precisou ser a irmã de Jane, que era a coisa mais fácil do mundo.

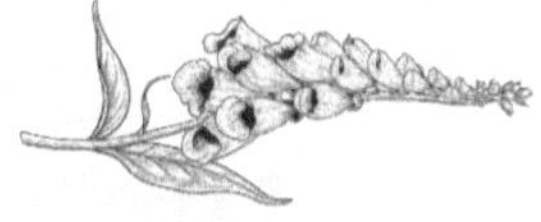

Durante o jantar naquela noite, Caroline Bingley deu início à sua campanha.

Sentou-se perto de Darcy, o que exigiu certa manobra, já que os lugares já haviam sido arranjados, e dirigiu-se a ele com um calor muito particular. Elogiou o vinho, a disposição da mesa, os quadros da sala de jantar. Perguntou sobre como Georgiana tocava, como se ela e Georgiana fossem amigas íntimas, e recebeu de Georgiana uma resposta educada, ligeiramente perplexa.

— Que animada está a casa, Senhor Darcy — disse Caroline, percorrendo a mesa com o olhar. — Lady Catherine, Lord e Lady Matlock, todos nós. Pemberley está completamente transformada.

— Estamos contentes com a companhia — disse Darcy, num tom que não convidava a maiores comentários.

Caroline não se deixou desanimar. Voltou sua atenção para as moças mais jovens, avaliando Anne com um olhar rápido e desdenhoso, Kitty com um olhar mais longo e mais calculista, e Georgiana com uma cortesia cuidadosa, porque a irmã de Darcy era um trunfo estratégico, e Caroline nunca esquecia disso.

— Senhorita Bennet, você está com ótima aparência — disse Caroline a Kitty, com aquele tipo de elogio que na verdade era uma avaliação. — A vida no campo lhe caiu tão bem. Embora eu suponha que, a esta altura, você deva estar sentindo falta da companhia de oficiais.

— Nem um pouco — disse Kitty com amabilidade. — Pemberley tem sido maravilhoso. Cavalgamos, lemos, estamos restaurando o jardim de rosas. Não senti falta de outra companhia nem uma vez.

Essa não era a resposta que Caroline esperava, e Elizabeth a viu se recompor. Kitty não era a menina tola de que Caroline se lembrava, dos tempos de Hertfordshire. Pemberley a havia mudado — ou talvez simplesmente lhe tivesse dado espaço para ser quem sempre fora, por baixo da sombra de Lydia.

— Esse tom de laranja fica realmente pavoroso nela — observou Nana, junto ao aparador. — E as penas no cabelo dela são de pavão, o que é vulgar num jantar de família. Penas de pavão são para um baile, e mesmo assim só se a pessoa tiver pescoço para isso. Ela não tem.

Elizabeth escondeu o sorriso que não conseguiu conter por completo em um gole cuidadoso de vinho.

— Ela se instalou ao lado de Fitzwilliam como uma peça de xadrez avançando para a posição certa — continuou Nana, animando-se com o assunto. — Ela fazia a mesma coisa todas as vezes que vinha aqui antes, mas agora isso é ainda mais tolo, tentando essa manobra com um homem casado. Eu a vi experimentar todos os truques possíveis: a amiga preocupada, a irmã devotada, a mulher que entendia Pemberley melhor do que qualquer um. Ela até tentou se aproximar de Georgiana, e foi o mais perto que chegou de agir com esperteza. Fitzwilliam nunca percebeu, porque Fitzwilliam é cego para mulheres que tentam chamar sua atenção. Ele notou você, Elizabeth, porque você não estava tentando de jeito nenhum. Isso é o que a senhorita Bingley nunca entendeu, e nunca vai entender.

Do outro lado da mesa, Jane encontrou o olhar de Elizabeth e sorriu, e Elizabeth sentiu aquele calor como a luz do sol. Elizabeth sorriu de volta e riu porque Lord Matlock acabara de rir, e fosse o que fosse que o tivesse divertido, aquilo servia de excelente disfarce para o riso que ela já não conseguia conter diante do humor mordaz de Nana.

Depois do jantar, na sala amarela, Caroline tentou se estabelecer como a líder natural das moças mais jovens e solteiras. Propôs música, o que claramente era um pretexto para exibir seus próprios dotes ao instrumento, e dirigiu-se a Georgiana e Anne com a cordialidade condescendente de uma irmã mais velha que esperava deferência.

Jane a interceptou sem sequer parecer tentar.

— Que ideia adorável, Caroline. Senhorita Darcy, você tocaria para nós? Fiquei absolutamente encantada na única ocasião em que tive o privilégio de ouvi-la tocar em Netherfield. Senhorita de Bourgh, você passaria as páginas?

Foi feito com tanta suavidade, com tanta gentileza, que Caroline não podia se opor sem parecer grosseira. Georgiana sentou-se ao instrumento. Anne tomou seu lugar ao lado dela. Caroline ficou de pé junto ao pianoforte, com sua oferta de tocar gentilmente, mas de maneira irremovível, desviada.

Elizabeth observou a irmã com algo muito próximo do assombro. Jane sempre fora bondosa. Sempre fora boa. Mas, de algum modo, desde o casamento, Jane adquirira uma qualidade adicional que Elizabeth só podia descrever como aço envolto em seda. Ela não discutia com Caroline. Não a confrontava. Simplesmente ocupava o espaço, com delicadeza, e se recusava a sair dali. Caroline não conseguia descobrir como passar por ela sem parecer rude, que era a única coisa que ela não podia se dar ao luxo de ser naquela companhia.

Era, percebeu Elizabeth, a mesma qualidade que Lady Matlock possuía: a capacidade de conduzir as pessoas sem que elas percebessem que estavam sendo conduzidas. Jane vinha observando Lady Matlock desde a chegada dos Bingley, e Lady Matlock vinha observando Jane, e Elizabeth suspeitava que as duas se reconheciam. Duas mulheres que entendiam que a verdadeira autoridade não precisava se anunciar.

— Sua irmã — disse Nana, aparecendo ao lado da cadeira de Elizabeth — é realmente magnífica. Gosto dela. E entendo perfeitamente por que você fala dela com tanto carinho.

Dessa vez, Elizabeth concordou inteiramente com Nana.

Caroline tentou mais uma vez, mais tarde, aproximando-se de Darcy junto à lareira para pedir sua opinião sobre um assunto qualquer. Jane surgiu do outro lado de Darcy, perguntou-lhe se ele havia escrito ao Senhor Gardiner sobre a pesca e o envolveu numa conversa sobre trutas à qual Caroline não podia se juntar sem denunciar sua completa ignorância dos esportes do campo. Caroline recuou para o sofá, onde a Senhora Hurst cochilava. Sentou-se com as costas rigidamente retas, o rosto perfeitamente composto, os olhos percorrendo o aposento, à procura de outra brecha.

Não encontrou nenhuma. Jane fechara todas.

— Elizabeth — disse Georgiana em voz baixa, quando subiam as escadas juntas, um pouco mais tarde. — Sua irmã Jane é assustadora.

— Jane? Assustadora?

— Da maneira mais agradável possível. A senhorita Bingley não sabe o que fazer com ela.

— Não — disse Elizabeth, sorrindo com orgulho. — Não sabe mesmo.

Capítulo Vinte e Dois

À MEDIDA QUE o dia do baile se aproximava, ele ocupava cada momento de Elizabeth.

Ela passou a manhã do primeiro dia no salão de baile com Lady Matlock, que tirou uma lista de exigências tão longa que precisou dos dois lados da folha. Lady Matlock lia em voz alta enquanto Elizabeth anotava, e as notas não paravam de aumentar: quais famílias deveriam ser cumprimentadas primeiro (os Ashbourne, porque Lady Ashbourne era o dragão mais antigo do condado e ficaria ofendida por muito tempo se não fosse cumprimentada); quais notáveis da região mereciam atenção especial (Sir Edward Morris, surdo de um ouvido, com quem se devia falar pelo lado esquerdo; sua esposa, que não era surda, mas fingia ser sempre que a conversa a entediava); onde as carruagens deveriam formar fila para que os convidados chegassem na ordem correta de precedência; por que os músicos precisavam ser alimentados antes de começar a dança, porque músicos com a cabeça na ceia tocavam mal.

A Senhora Reynolds tinha a casa sob controle. O salão de baile foi aberto e arejado; os lustres, desmontados e limpos cristal por cristal por uma equipe de criadas que estava nisso desde o amanhecer. Os pisos foram encerados até brilharem. As cozinhas operavam em plena capacidade. A Senhora Reynolds ia e vinha entre a cozinheira, a sala da governanta e a adega, conferindo os estoques, dando instruções, mantendo a calma incansável de uma mulher que supervisionava as recepções de Pemberley havia trinta anos. Ela não estava prestes a deixar o nível cair no primeiro baile da nova senhora de Pemberley.

Jane aparecia ao lado de Elizabeth sempre que era preciso tomar uma decisão. A ceia deveria ser servida às dez e meia ou às onze? Às onze, achava Jane, porque a fila de recepção levaria muito tempo e a primeira dança não poderia começar antes que ela terminasse, e elas precisavam ter tempo para haver danças suficientes antes da ceia. Deveriam abrir a sala de jogos, assim como a sala de estar amarela, para os que não dançavam? Sim, porque o Senhor Hurst reclamaria amargamente se ela não fosse aberta, e ele não era o único cavalheiro que preferia cartas a cotilhões. Jane triava as questões que podiam esperar, encaminhava as que não podiam e, em um único dia, a casa inteira já a aceitara como sucessora natural de Elizabeth, sem qualquer nomeação formal.

Elizabeth, observando Jane orientar um lacaio sobre onde colocar as mesas de jogo na sala de estar amarela, pensou que ela fora desperdiçada em Longbourn. Todas elas tinham sido desperdiçadas em Longbourn.

Nana, enquanto isso, estava em toda parte. Elizabeth não conseguia entrar em um cômodo sem encontrá-la já ali, de braços cruzados, inspecionando tudo. Declarara que as flores estavam erradas antes que os vasos estivessem meio cheios, julgara os arranjos de velas inadequados antes mesmo de serem acesos e mandara Elizabeth de volta à Senhora Reynolds três vezes por causa da galeria dos músicos, que, segundo insistia, precisava ser espanada, apesar de Elizabeth ter visto duas criadas espanando-a naquela manhã com minucioso cuidado.

A verdadeira dificuldade era as cortinas. Nana queria que as cortinas do salão de baile fossem abertas para revelar o parque ao luar, o que era uma ótima ideia, mas queria que fossem abertas numa medida exata que Elizabeth não conseguia comunicar aos lacaios sem revelar a origem da instrução. Elizabeth passou vinte minutos ajustando a cortina da esquerda aos poucos, polegada por polegada, enquanto Nana ficava atrás dela.

— Mais. Mais. Não, isso é demais. Volte um pouco. Aí.

— Ela está adorando isso — comentou George, atravessando o salão de baile em um de seus circuitos inquietos pela casa. Ele parou para ver Nana orientar Elizabeth nos ajustes da cortina, com um esboço de sorriso nos lábios, o que era o mais perto de um sorriso a que George Darcy jamais chegava. — Ela não ficava tão animada desde o último baile, que foi antes de Anne morrer. Ela está no seu elemento. A reputação de Pemberley como palco dos principais eventos do condado foi inteiramente construída em vida dela.

Elizabeth, que estava equilibrada em um banquinho ajustando a presilha da cortina enquanto Lady Matlock esperava pacientemente atrás dela com o plano de lugares, não pôde responder. Lançou a George um olhar que esperava transmitir tanto reconhecimento quanto um forte desejo de que ele fosse embora. Ele entendeu a indireta e seguiu adiante.

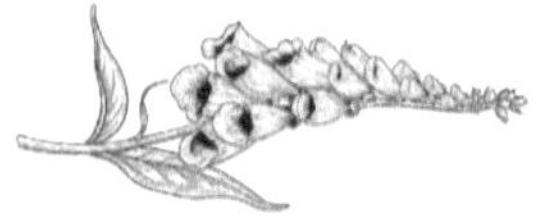

Caroline Bingley, depois de ter sido repetidamente passada para trás por Jane, mudou de tática. Ela não conseguia dominar as mulheres mais velhas: Lady Matlock estava acima dela em posição, Lady Catherine a ignorava, Jane lhe cortava o caminho a cada passo, e Elizabeth era a senhora de Pemberley. Mas as mais jovens, pensou Caroline com toda clareza, eram outra história. Kitty era uma completa desconhecida da província. Georgiana era tímida. Anne era frágil, protegida, e decerto não podia ter nada de interessante a dizer.

Na manhã do segundo dia, depois do café, ela encontrou as três na sala de música: Georgiana praticava, Anne lia, e Kitty escrevia uma carta. Caroline se instalou no canapé sem hesitar, espalhando as saias com a posse de quem achava o aposento arrumado exclusivamente para seu conforto.

— Espero que todas estejam ansiosas pelo baile — disse Caroline. — Para algumas de vocês, será a primeira verdadeira apresentação à sociedade. Georgiana, é claro, já esteve em Londres, mas Senhorita Bennet, Anne, imagino que devam estar bastante impressionadas com a perspectiva.

— Eu não estou impressionada — disse Kitty, sem erguer os olhos da carta. — Já fui a assembleias. E, aliás, ao baile que seu irmão ofereceu em Netherfield, há um ano.

— Assembleias em Hertfordshire — disse Caroline, com um sorriso que deixava bem claro o que ela pensava das assembleias em Hertfordshire, convenientemente ignorando o restante da observação de Kitty. — Isso será bem diferente. Trezentos convidados, as principais famílias de Derbyshire. Naturalmente, é preciso saber quem é quem. Lady Ashbourne certamente virá; ela é a grande dama do círculo do condado, terrivelmente exigente, e é preciso tomar muito cuidado para não ofendê-la. E Lord e Lady Vernon, naturalmente, de Chatterton. E soube que Sir Peregrine Howe e sua família estão pela região; encontrei-os em Londres na última temporada, na casa de Lady Jersey. Gente encantadora. Dizem que o segundo filho está à procura de uma esposa.

Ela desfiou essa lista com evidente autoridade e olhou em volta, à espera da admiração esperada.

Anne virou uma página do livro.

— Lady Ashbourne é minha tia-avó, por parte de pai — disse ela, com brandura. — Ela e minha mãe se correspondem semanalmente há muitos anos. Creio que ela trará a neta, Clara, que tem mais ou menos a idade de Georgiana; uma moça muito doce, que toca harpa. Acho que você e ela poderiam fazer um dueto, Georgiana, e seria encantador. Conheço os Vernon desde criança; eles iam a Rosings todo outono para as caçadas, até meu pai morrer. Quanto a Sir Peregrine, o pai dele e o meu estudaram no mesmo colégio. O segundo filho, Frederick, gagueja e é muito tímido, e não está à procura de esposa; está à procura de um benefício, que meu primo Fitzwilliam prometeu lhe dar quando o próximo vagar.

Caroline ficou olhando para ela, e seu sorriso endureceu como gesso.

— Entendo — disse ela.

— Mamãe mantém uma correspondência muito completa — acrescentou Anne, voltando ao livro. — Se houver alguém sobre quem você queira saber, tenho certeza de que posso ajudar.

Kitty e Georgiana trocaram um olhar de puro e indisfarçável deleite. Georgiana mordeu o lábio. Kitty, de repente, precisou se concentrar intensamente na própria carta.

Pouco depois, Caroline pediu licença para se retirar, e Anne a observou sair com uma expressão que não era cruel, mas certamente também não era de arrependimento.

— Foi demais? — perguntou Anne a Georgiana, quando Caroline já estava longe o suficiente para não ouvir.

— Foi perfeito — disse Georgiana. — Absolutamente perfeito.

— Minha mãe teria sido muito pior — disse Anne, pensativa. — Ela teria dito à Senhorita Bingley exatamente qual era seu lugar na ordem social e precisamente por que ela nunca subiria acima dele. Teria feito isso na frente de todos. E teria gostado. Eu apenas falei a verdade. Nem sequer gostei. — Ela fez uma pausa. — Bem. Talvez um pouco.

— Você é filha de um dragão — disse Kitty, com admiração.

Anne considerou isso.

— Creio que sim. Embora eu prefira pensar que sou um dragão um pouco mais educado.

Caroline recuou para a sala amarela, onde Louisa Hurst estava instalada no sofá com um romance que não lia e uma xícara de chá que deixara esfriar.

Elizabeth não estava presente no que se seguiu. Mas Nana estava. Entediada com a atenção insuficiente que Elizabeth dava às suas opiniões sobre os preparativos do baile, ela se afastara em busca de entretenimento melhor. Encontrou-o na sala de música.

Caroline Bingley era, se não para mais nada, bastante útil para servir de entretenimento a Nana.

Elizabeth estava em seu salão, examinando a lista de convidados mais uma vez, marcando os nomes que ainda não reconhecia para perguntar à Senhora Reynolds sobre eles antes de amanhã, quando Nana atravessou a estante com a expressão de quem acabara de receber um presente de Natal adiantado.

— Você não vai acreditar no que acabei de presenciar — disse Nana.

Elizabeth pousou a pena. Nana nesse estado de espírito não aceitava ser ignorada, e ao menos ali não havia testemunhas.

Nana se acomodou em sua poltrona, com um sorriso mais largo do que Elizabeth jamais vira em seu rosto, e contou, em detalhes, como Anne desmoralizara Miss Bingley com a maior facilidade.

— E então — disse Nana, com algo que quase parecia uma risadinha — Miss Bingley foi até a irmã no salão amarelo e se queixou longamente de Miss de Bourgh. Chamou-a de doentia. Chamou-a de presunçosa. Disse que era ridículo uma moça que nunca tivera uma temporada em Londres fingir conhecer todo mundo que valia a pena conhecer, e que Anne estava se dando ares que sua constituição não podia sustentar.

Nana parecia muito mais exultante do que uma mera testemunha tinha o direito de estar, por mais que Elizabeth desejasse ter estado ali em pessoa para ver o rosto de Caroline depois de Anne esvaziar suas pretensões.

— No salão amarelo — disse Elizabeth, pensativa. — Que fica ao lado de...

— Do corredor leste que leva aos aposentos azuis. Sim. E Lady Catherine estava nesse corredor, a caminho do salão amarelo. Ouviu cada palavra.

Elizabeth prendeu a respiração.

— O que ela fez?

— Ela não entrou no salão. Ficou no corredor e escutou, e parecia estar decidindo onde desferir o golpe. Não agora. Mais tarde. Quando causasse o máximo de estrago.

— Antes disso, Catherine estava considerando Miss Bingley como uma possível aliada — disse Elizabeth devagar. — Outra mulher que me ressente, e que poderia lhe ser útil.

Isso ficara bastante óbvio na noite anterior; Lady Catherine fora desdenhosa com Caroline até o instante em que a ouviu dirigir uma farpa sutil a Elizabeth. Então se voltara para ela, estreitando os olhos pensativamente, e passara a escutar.

— Se estava, não está mais — disse Nana, radiante. — Ninguém insulta Anne além de Catherine. Esse privilégio é de Catherine, e ela não o divide. Miss Bingley conseguiu alienar todas as mulheres de importância desta casa, Elizabeth. Lady Matlock a acha enfadonha. Jane já viu através dela. Anne a humilhou. Georgiana e Kitty estão rindo dela. E agora Lady Catherine, que a olhava de cima, mas que ao menos poderia ter se tornado sua aliada pela antipatia em comum por você, agora a despreza. Ela não tem mais ninguém além da irmã, que é inútil, e do irmão, que nunca a preferirá a Jane. É a destruição social mais completa que vi em anos, e o mais notável é que ela fez tudo isso sozinha.

Elizabeth deveria sentir pena de Caroline. Não chegava a tanto, mas sentia uma certa pena dela: uma mulher tão desesperada por pertencer que não conseguia ver que estava afastando todo mundo. Havia uma versão de Caroline Bingley que as pessoas poderiam ter apreciado, se ela algum dia parasse de atuar por tempo suficiente para que alguém a enxergasse. Era bonita, ao menos moderadamente inteligente, e rica. Se simplesmente tivesse se permitido brilhar como a pessoa que realmente era, em vez de deixar que o ciúme e a insegurança levassem a melhor sempre que se sentia ameaçada, poderia facilmente ter sido a estrela de seu círculo social, em vez do alvo de suas piadas. Mas Caroline parecia incapaz de abandonar a encenação, e a encenação era exaustiva para todos, inclusive, Elizabeth suspeitava, para a própria Caroline.

Mas esse era um problema de Caroline, não de Elizabeth. Elizabeth já tinha problemas demais, e saber que Lady Catherine de Bourgh não cogitava mais transformar Caroline em seu peão ao menos tirava um peso da montanha de preocupações com que Elizabeth tinha de lidar.

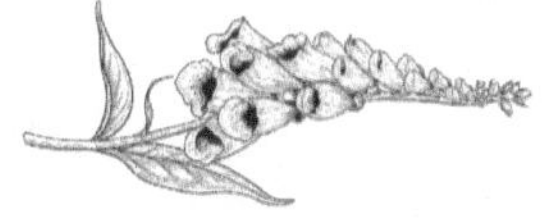

George Darcy estava esperando em seu salão quando ela voltou de se arrumar para o jantar naquela noite. Estava à janela, observando o que restava da luz de novembro desaparecer sobre a propriedade, e não se virou quando ela entrou. Elizabeth fechou a porta, verificou se sua criada já tinha saído e sentou-se à escrivaninha. Tinha quinze minutos antes de precisar descer.

— Não me importo com Caroline — disse George, quando Elizabeth tentou lhe contar sobre a devastação de Caroline nas mãos de Anne. — Ela não conseguiu o que queria e está sendo um incômodo por causa disso, mas não a ponto de causar problemas de verdade a ninguém. Vai embora de Pemberley exatamente como chegou. Essa é toda a história dela. Catherine é quem importa.

— Catherine está apagada desde o confronto. Faz dias que não fala comigo diretamente.

— Catherine nunca fica apagada. Está se recompondo. Há uma diferença considerável, e seria melhor você se lembrar disso.

Ele estava certo, e ela sabia disso. Catherine andara quieta às refeições, cortês quando lhe dirigiam a palavra, e passara a maior parte do tempo recolhida em seus aposentos. Mas quietude e cortesia não eram estados naturais de Catherine, e sua presença era mais inquietante do que sua fúria habitual.

— O que ela pode fazer? — perguntou Elizabeth, re-arranjando os objetos sobre a mesa porque precisava fazer alguma coisa com as mãos. — Darcy a enfrentou. Lord Matlock ficou do lado dele. Ela perdeu sua espiã, e vai perder Anne também.

— Pode voltar para Rosings e escrever cartas a todos os seus conhecidos, contando a versão que melhor sirva aos seus interesses. Pode sussurrar sobre seu casamento, sobre sua família, sobre a criança Wilson. A verdade não importa, Elizabeth. O que importa é no que as pessoas acreditam, e Catherine tem a atenção de pessoas que vão acreditar nela porque isso é mais fácil do que questioná-la.

— Você está muito alegre esta tarde.

— Estou morto. O ânimo não é exatamente uma das minhas virtudes.

Elizabeth sorriu sem querer. O humor de George era raro, seco, e sempre surgia como se o surpreendesse tanto quanto a qualquer outra pessoa. Ele lhe lançou aquele breve e raro repuxar de lábios que, nele, era o mais próximo que ele tinha de um sorriso, antes de voltar a ficar sério.

— Há mais uma coisa — disse George. — Fitzwilliam anda no meu escritório. Remexendo nos meus papéis.

— Eu sei. Ele me disse que pretendia fazer isso.

Ela fora vê-lo naquela manhã, entre consultas com a Senhora Reynolds sobre o menu do jantar. Ele estava sentado num banquinho no escritório, cercado por pilhas de diários e papéis, sem o casaco e com as mangas da camisa arregaçadas. Ele erguera os olhos para ela, e ela vira a frustração em seu rosto, a tensão da mandíbula, sinal de que não estava encontrando o que queria, mas ainda não estava pronto para parar. Ela lhe levara chá e o deixara em paz.

— Ele não vai encontrar nada. Eu não anotei o que Wilson me contou. Mandei um homem a cavalo até Wickham com um bilhete, pedindo que viesse a Pemberley. Não há memorando, nem registro de espécie alguma. Eu ia resolver isso pessoalmente, e então morri, e a prova morreu comigo. — George foi até a janela e voltou. — Meu filho está lá dentro desde esta manhã. Vasculhou as gavetas da escrivaninha, os arquivos de correspondência, as contas da casa daquele ano. Encontrou meu testamento, que já tinha visto antes. Encontrou uma carta de Wickham me agradecendo por um presente de cinquenta libras em seu aniversário, o que o deixou irritado. Encontrou algumas cartas que escrevi para Annie depois que ela morreu; eram apenas uma maneira de pôr meus pensamentos em ordem, de suportar o meu luto, mas eu as guardei. Elas o entristeceram. Mas ele não encontrou o que procurava, porque isso não existe.

— Ele precisa procurar — disse Elizabeth. — Mesmo que não haja nada a encontrar— Ele precisa sentir que foi até o fim, e eu não posso dizer a ele que não há nada a encontrar, George, porque não tenho como saber disso. Só você poderia saber, e este não é o momento de eu lhe falar sobre você.

— Eu sei. Mas eu... George parou de andar. Ficou junto à janela, de costas para ela, e, quando falou outra vez, a voz saiu rouca. — Tenho orgulho dele por causa disso. Por procurar. Por se importar. Ele voltou ao escritório depois do almoço e começou pelas estantes, procurando papéis escondidos dentro dos volumes. Eu o vi tirar cada livro da segunda prateleira, sacudi-lo, verificar se havia folhas soltas e colocá-lo de volta no lugar. Ele é metódico. Sempre foi, mesmo menino; não largava um enigma antes de resolvê-lo. — Virou-se da janela. — Ele é um homem melhor do que eu jamais fui, Elizabeth. Preferi um rapaz encantador ao meu próprio filho, e meu filho cresceu e se tornou o homem que eu deveria ter sido.

Elizabeth pousou a pena que estivera girando entre os dedos. George não costumava dizer coisas assim. Quando dizia, ela percebia o quanto aquilo lhe custava, e não sabia para onde olhar.

— Ele ficaria feliz em saber que você pensa assim — disse ela.

— Então talvez você devesse contar a ele.

Ela sustentou o olhar dele. George a fitou de volta, firme, à espera, e o desafio em seu rosto não era cruel, mas era real.

Um mês antes, a ideia de contar a Darcy sobre os fantasmas parecera impossível. Agora, depois de tudo que ele absorvera sem vacilar, depois de Sally Wilson, das acusações de Catherine, da lenta e constante construção do caso contra Wickham, a ideia de dizer *seu pai está aqui, e ele se orgulha de você* parecia menos uma loucura e mais um alívio. Mas o baile seria em três dias. A casa estava cheia de hóspedes. Se ela lhe contasse agora e tudo desse errado, teria de ficar ao lado dele e sorrir para trezentas pessoas enquanto seu casamento ruía. Isso, é claro, se não a internassem imediatamente num manicômio.

— Ainda não é a hora — disse ela outra vez. — Mas... em breve. Depois do baile, quando a casa estiver quieta de novo, vou contar tudo a ele.

Ela dissera *em breve* tantas vezes que a expressão perdera o sentido. Mas, daquela vez, falava sério. Achou que George podia perceber isso, porque ele assentiu uma vez, então voltou a andar de um lado para o outro. Elizabeth desceu para o jantar.

Capítulo Vinte e Três

, Elizabeth percorreu Pemberley e encontrou tudo pronto. Ou melhor, a metade viva de Pemberley estava pronta. A metade morta estava em alvoroço.

O salão de baile reluzia. Os lustres tinham sido limpos até que cada cristal refletisse a luz. As cadeiras estavam dispostas ao longo das paredes em fileiras bem alinhadas, estofadas em seda dourada clara que Nana escolhera quarenta anos antes e que mal apresentava desgaste e ainda parecia quase nova. A galeria dos músicos tinha sido varrida e espanada, os suportes para partituras colocados em seus lugares, as velas nos castiçais aparadas e prontas. As mesas de refrescos estavam posicionadas na extremidade oposta, cobertas com linho branco, vazias por enquanto, mas à espera.

E, no piso do salão, alinhada ao lado das criadas vivas, Sarah Dunn estava de joelhos, esfregando as tábuas que na verdade não podia tocar. O pano deslizava pela madeira sem encontrar resistência, mas sua postura era perfeita, os cotovelos se movendo com energia, o rosto tomado pela concentração severa de uma mulher que polira aqueles pisos durante toda a vida e não ia parar só porque estava morta.

— Ela está nisso desde o amanhecer — disse Nana, acompanhando Elizabeth enquanto ela atravessava o salão. — Eu disse a ela que era desnecessário. Ela me informou que um baile em Pemberley exigia pisos devidamente polidos e que não confiava nas moças novas para limpar direito os cantos. E ela não está errada quanto aos cantos.

— As moças novas estão aqui há quinze anos, Nana — disse Elizabeth, em voz baixa.

Ela aprendera que Nana a ouvia perfeitamente bem naquele tom de voz, e isso permitia que Elizabeth falasse com ela em público sem que ninguém percebesse. A maioria dos empregados mantinha os olhos abaixo do rosto dela, de modo que não viam seus lábios se mexendo.

— Como eu disse. Novas.

Nana caminhava ao lado dela, inspecionando. Não andava de um lado para o outro, nem parecia inquieta; caminhava, como fizera em vida por aqueles cômodos. Hoje ela parecia especialmente sólida, quase tão sólida quanto George Darcy, e Elizabeth se lembrou do que George dissera sobre a reputação de Pemberley como casa de grandes recepções ter sido construída nos anos em que Nana estivera à frente da casa. Nana parecia tão sólida porque estava tão envolvida com o que acontecia? Nana lançou um olhar crítico aos arranjos de flores, à disposição das velas e às mesas da ceia, e Elizabeth se preparou.

— Os lírios deveriam estar mais perto da entrada — disse Nana. — Os convidados devem sentir o perfume assim que chegam. Isso já cria o clima.

— Vou dizer à Senhora Reynolds.

— As rosas estão erradas. São escuras demais para este salão. Nós usávamos rosas claras, creme e rosadas, porque captam a luz das velas. Rosas escuras a engolem. O salão vai parecer pesado.

— Creio que as estufas já foram esvaziadas de flores. Temo que seja tarde demais para mudar isso.

Nana torceu o nariz, mas não tentou insistir no assunto.

— E as cortinas precisam ser presas com mais firmeza do lado esquerdo. O lado direito está correto. O esquerdo está avançado demais e obscurece a vista do lago, que é toda a razão de ser das janelas do lado oeste.

Elizabeth se obrigou a não retrucar que já passara tempo demais ajeitando aquelas cortinas malditas, que jamais seriam adequadas o bastante. Ela mesma ajustou a cortina. Nana observou, assentiu, não disse nada, o que equivalia à aprovação.

Além do salão de baile, o restante da casa estava igualmente ocupado. Elizabeth passou pelo vestíbulo de entrada a caminho da sala de carteado e encontrou o Senhor Graves, o mordomo georgiano, postado ao pé da escadaria em plena libré, parecendo mais aflito do que jamais estivera. Ele coordenava uma procissão de sombras tênues que Elizabeth mal conseguia distinguir: figuras diáfanas em trajes de criados de meia dúzia de épocas diferentes, atravessando o vestíbulo, entrando na sala de visitas amarela e saindo de novo, como se estivessem ensaiando um percurso. As formas eram tão transparentes que ela podia ver o papel de parede através delas, mas Graves as tratava como se fossem lacaios de carne e osso que precisavam de instrução rigorosa.

— Mas o que ele está fazendo? — murmurou Elizabeth a Nana, enquanto passavam.

— Ele está organizando a criadagem para o baile — disse Nana, como se fosse a coisa mais óbvia do mundo. — Fazia o mesmo antes de cada evento social quando estava vivo, e não achou por bem abandonar o hábito. Está nisso desde as quatro da manhã. Creio que a Senhora Alcott esteja fazendo o mesmo nas cozinhas, embora os dois não estejam se falando no momento, porque discordam sobre se a prata deve subir antes ou depois de acenderem as velas.

— Eles não estão se falando? Eles dividem o salão dos criados.

— Eles o dividiram com uma linha invisível. Está tudo muito dramático. Eu já disse aos dois que parassem de ser ridículos, mas nenhum me dá atenção, o que é profundamente irritante, porque eu sou a Senhora Darcy e minha autoridade deveria ser respeitada.

— Eu sou a Senhora Darcy — observou Elizabeth, e Nana lhe lançou um olhar fulminante, como se dissesse, *nem me lembre disso*.

Na sala de estar amarela, Sir Roderick Darcy ainda cochilava em sua cadeira, como fazia havia tanto tempo quanto qualquer fantasma de Pemberley conseguia se lembrar. Ainda estava ali, ainda aparentemente adormecido, a cabeça de peruca inclinada para um lado. Elizabeth passou por ele em silêncio.

— Você acha que o baile vai perturbá-lo? — perguntou a Nana, quando já estavam a salvo no corredor.

O rosto de Nana se contraiu.

— Espero sinceramente que não. Sir Roderick não se mexeu desde que me entendo por fantasma, e, se o barulho de trezentas pessoas dançando e uma orquestra tocando até as duas da manhã não o acordar, vamos nos considerar afortunadas. Por tudo que se conta, ele era um homem de temperamento excepcionalmente abominável. Há cento e trinta anos administro esta casa sem a opinião de Sir Roderick, e pretendo continuar assim.

— O que aconteceria se ele acordasse?

— Eu não sei, e não desejo descobrir. Passe em silêncio pela sala de estar amarela amanhã à noite e diga aos seus convidados que façam o mesmo.

— Eu não vou dizer a trezentos convidados que passem na ponta dos pés pela sala de estar amarela, Nana. Ela vai ser aberta para a conveniência e o conforto deles.

— Então teremos de torcer para que Sir Roderick durma por tudo isso. Ele já dormiu por todo o resto, inclusive quando uma das chaminés pegou fogo em 1763, o que deu um rebuliço dos bons. — Nana estalou a língua e balançou a cabeça. — A culpa foi minha, na verdade. Eu já estava bem velha naquela época e tinha deixado algumas coisas passarem. A nova Senhora Darcy era muito jovem, e Pemberley era mal servida por sua governanta da casa. As chaminés já estavam precisando ser limpas havia tempo.

Elas ficaram lado a lado no centro do salão de baile. O aposento agora estava vazio de pessoas vivas; as criadas já tinham terminado o trabalho, embora Sarah Dunn ainda estivesse na escada que levava à galeria dos músicos, com determinação espectral. O espaço parecia vibrar de expectativa pelo que em breve seria: trezentas pessoas, música, dança, luz de velas. O primeiro baile que Elizabeth daria como Senhora Darcy. O primeiro baile que Pemberley recebia em mais de vinte anos.

— Você está pronta — disse Nana.

— Estou apavorada — admitiu Elizabeth.

— É a mesma coisa. Eu ficava apavorada antes de cada baile. Quarenta e três deles, nesta sala. Eu os contei. Em cada um deles, achei que seria aquele em que Pemberley falharia, em que a comida sairia errada, ou a música seria ruim, ou os convidados ficariam insatisfeitos, e cada um foi melhor que o anterior. O seu não será diferente.

— Quarenta e três bailes — espantou-se Elizabeth.

— Quarenta e três. O último foi em 1785, por ocasião do batizado de Fitzwilliam. George queria uma reunião pequena. Annie lhe disse que um herdeiro Darcy merecia uma celebração de verdade, e ele cedeu, porque George sempre cedia quando ela insistia. Annie estava com seu vestido azul de seda, e George não conseguia tirar os olhos dela. — Nana fez uma pausa, e sua voz se suavizou de um jeito que Elizabeth raramente ouvia. — Foi a última vez que esta sala esteve realmente viva. Depois que Annie morreu, George não suportou. Fechou o salão de baile e nunca mais o abriu.

Elizabeth percebeu que Nana estava contando todos os bailes que tinha visto em Pemberley, mesmo depois de sua morte. Não perguntou quantos daqueles quarenta e três tinham acontecido durante a vida de Nana. Aos poucos, ela fora percebendo que Nana nem sempre distinguia com clareza o que acontecera em vida e o que viera depois de sua morte, com exceção da história do incêndio na chaminé.

Elas ficaram ali mais um instante, e Elizabeth lançou o olhar pela sala que Nana amara e cuidara por mais tempo do que qualquer pessoa viva podia se lembrar. Ela não era Lady Anne. Não era Nana. Era apenas Elizabeth Bennet, de Longbourn, mas faria jus a Pemberley ou morreria tentando, o que Nana provavelmente consideraria perfeitamente aceitável.

— Obrigada — disse Elizabeth. — Por tudo isso. Por me ensinar esta casa.

Nana a olhou. Por um momento, toda a dureza desapareceu de seu rosto. O que restou foi simplesmente uma velha que amava Pemberley mais do que qualquer coisa, exceto os descendentes que viviam ali, e que por fim encontrara alguém digno de levar seu legado adiante.

— Você sempre ia ser boa nisso — disse Nana. — Eu soube no instante em que você entrou pela porta da frente e não exagerou o quanto estava impressionada. Você estava impressionada, mas não fez espetáculo disso. Essa é a diferença entre uma visitante e uma senhora de Pemberley.

Elizabeth sorriu.

— Eu achava que a senhora me desaprovava.

— Desaprovava, sim. Desaprovação e aprovação não são coisas mutuamente excludentes. Eu desaprovava seus modos deploravelmente casuais e aprovava seu caráter. Seus modos estão melhorando aos poucos sob minha tutela, o que me agrada muito.

Elizabeth encontrou Darcy na galeria longa, no fim da tarde.

Ele estava de pé junto à janela que dava para o gramado do sul e, mais além, para o lago, escuro e imóvel sob o céu cinzento. Apenas parado, olhando para fora, com uma expressão que ela não conseguia compreender totalmente. Atrás dele, Edmund e Charlotte corriam e brincavam, embora, é claro, ele não pudesse vê-los. Passaram por Elizabeth com sorrisos marotos, e ela fez um gesto sutil para que se afastassem, sinalizando que desejava falar com o marido a sós. Eles saíram correndo sem protestar, deixando a longa galeria sem presença espectral.

Ela foi até ele e ficou ao seu lado. Ele a envolveu com o braço sem dizer nada. Os dois contemplaram Pemberley juntos.

— É estranho — disse ele, depois de um tempo. — Estar aqui, na véspera do baile, olhando para esta vista. Minha mãe costumava ficar diante desta janela. Eu me lembro dela fazendo isso quando eu era muito jovem, antes de um jantar ou de uma festa, apenas olhando para fora, como se precisasse ver os jardins mais uma vez antes de se voltar para os convidados.

— Talvez ela estivesse se recompondo.

— Talvez.

Ele ficou em silêncio. Depois disse:

— Eu queria que meu pai tivesse vivido para ver isto. Para conhecer você.

A garganta de Elizabeth se fechou. Ela enterrou as unhas nas palmas das mãos, porque George Darcy estava ali. Ele estava naquela casa, naqueles corredores, observando o filho. Ele conhecia Elizabeth. Ela achava que ele simpatizava com ela, que a aprovava como Senhora Darcy, embora não tivesse dito isso exatamente com essas palavras.

Darcy olhou para ela. Não insistiu. Esperou, como sempre esperava, com aquela atenção paciente e firme que era a melhor e a mais irritante coisa nele.

— Eu também gostaria que ele tivesse me conhecido — disse Elizabeth, em vez disso. — Acho que ele teria gostado muito de mim, depois de um tempo, assim que superasse o choque.

Darcy sorriu. O sorriso era verdadeiro. O instante se dissipou, e Elizabeth se agarrou a ele e não o soltou.

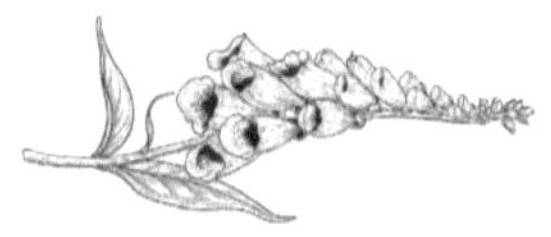

Lady Catherine estava observando-a.

Elizabeth tinha notado isso três vezes naquele dia. A primeira, ao sair do aposento da governanta depois de uma conversa com a Senhora Reynolds sobre as toalhas de mesa. Catherine estava no corredor, de pé, com as mãos cruzadas, numa postura que sugeria que talvez estivesse ali havia algum tempo. Não dissera nada. Apenas lançara a Elizabeth aquele olhar agudo e avaliador, e então fora embora.

A segunda, no saguão de entrada. Elizabeth estava dizendo a Nana, em voz baixa, que os degraus da frente não precisavam ser varridos de novo antes de amanhã porque seriam varridos pela manhã, e se virou para dar com Catherine ao lado do relógio de caixa alta. Não passando por ali. Não a caminho de algum lugar. Parada, observando. Elizabeth não saberia dizer havia quanto tempo ela estava ali. Mais uma vez, ela não falou quando Elizabeth percebeu que estava sendo observada; apenas virou nos calcanhares e foi embora.

A terceira, depois do chá. Elizabeth havia parado na galeria para murmurar uma resposta a George, que viera lhe dizer que Darcy finalmente desistira de procurar no escritório e fora se vestir para o jantar. Ela dissera duas palavras, mal movendo os lábios, e levantara os olhos para encontrar Catherine na outra extremidade da galeria, imóvel.

Todas as vezes, Catherine não dissera nada e não fizera nada. Simplesmente estivera ali, observando, e o silêncio era pior do que qualquer acusação. Elizabeth podia se defender de palavras. Não podia se defender de ser observada.

— Ela está fazendo isso de propósito — disse Kitty, quando Elizabeth lhe contou. Estavam no quarto de vestir de Elizabeth; ela se trocava para o jantar enquanto Kitty estava sentada na cama. — Ela ficou sem sua espiã, então está espionando por conta própria. Está procurando provas de que você não está bem, de que é instável, de que fala sozinha pelos corredores.

— Eu não falo sozinha pelos corredores. Eu falo com mortos pelos corredores.

— E é exatamente por isso que você precisa parar de fazer isso onde ela possa ver.

Elizabeth pensou nisso enquanto sua criada lhe arrumava o cabelo. Catherine estava quieta, civil, contida desde que Lord Matlock e Darcy a haviam repreendido. Catherine estivera se recompondo, como George avisara. Agora Catherine observava, calculava, reunia indícios com paciência e método, esperando o momento que faria tudo aquilo valer a pena.

Ela também pensou em Caroline Bingley. Catherine parecera descartar a ideia de uma aliança com Caroline depois de ouvir Caroline insultar Anne. Mas descartar uma aliança não era o mesmo que descartar uma ferramenta. Caroline estava infeliz e ávida pela atenção de qualquer um que a levasse a sério. Se Catherine escolhesse sussurrar ao seu ouvido, estimular seus ressentimentos e apontá-los numa direção útil, Caroline nem perceberia que estava sendo usada até ser tarde demais. Embora, se o alvo fosse Elizabeth, Caroline provavelmente ficaria mais do que feliz em ser usada, pensou Elizabeth.

Elizabeth decidiu avisar Jane. Jane saberia lidar com Caroline. Mas ninguém conseguia lidar com Lady Catherine de Bourgh por muito tempo; ela era a segunda pessoa mais impossível de controlar que Elizabeth já conhecera, depois de Nana.

Elizabeth não tinha certeza se Nana se sentiria elogiada ou insultada com a comparação, então resolveu nunca contar a ela.

Naquela noite, depois do jantar, Elizabeth pediu licença para deixar a companhia após uma hora e foi até seu salão revisar os acertos finais para o baile. A disposição dos lugares para a ceia, a ordem das danças, os pequenos detalhes que Lady Matlock lhe havia incutido precisavam estar corretos: quais pratos deveriam ser levados primeiro às mesas de bebidas e petiscos, quando sinalizar aos músicos, onde ficar quando os convidados chegassem para que a linha de recepção fluísse sem constrangimento.

George Darcy estava no aposento quando ela entrou. Ele andava de um lado para o outro, mas não do jeito de costume. Seu percurso era curto, tenso, cobrindo os mesmos dois metros de chão. Parecia um homem tentando desgastar o tapete de tanto andar.

— George?

Ele parou. Seu rosto estava abatido, os olhos escuros.

— Há algo errado com a casa — disse ele. — Não sei como explicar. Os outros também sentem isso.

— Os outros?

— Todos eles. Miss Pardoe vive pousando o livro e encarando o vazio. O lacaio da ala oeste está marchando pelo mesmo trecho do corredor desde esta manhã, de um lado para o outro, como se estivesse de guarda. A criada que assombra o armário da roupa de cama está chorando, o que não fazia há anos. E o velho mordomo... — Ele fez uma pausa. — Graves está na porta da frente e não se mexe. Abandonou por completo os preparativos para o baile, o que não combina com ele. Ele leva seus deveres muito a sério, como você sabe.

Aquilo fez Elizabeth parar na hora. Ela passara por Graves naquela manhã, colocando seus lacaios espectrais para ensaiar com a intensidade de um homem que considerava um baile em Pemberley uma questão da mais alta importância. Abandonar aquilo e assumir posto na porta da frente, imóvel, significava que ele acreditava que seu dever estava em outro lugar. Graves fora mordomo. O primeiro dever de um mordomo era a porta.

— O que isso significa?

— Não sei. Mas a casa parece diferente. Mais pesada. — Ele retomou seu vaivém, agora ainda mais curto, mais tenso. — Estou morto há seis anos, Elizabeth, e nunca senti a casa assim. Nem quando Fitzwilliam trouxe Georgiana de volta depois de Ramsgate. Nem quando você chegou. Nem mesmo quando Catherine veio. Isso é diferente.

Elizabeth pousou suas anotações e foi procurar Nana.

Nana estava na galeria de retratos, diante do retrato de Lady Anne. Estava de braços cruzados, o queixo erguido, e não olhava para o retrato. Olhava através dele, para além dele, para algo que Elizabeth não podia ver.

— Nana. George disse que a casa está inquieta.

— Está.

— Ele disse que os fantasmas estão inquietos. O lacaio está marchando, Miss Pardoe não sai da biblioteca, Graves abandonou os preparativos do baile e está de guarda na porta da frente.

— Sim. Sarah Dunn está polindo a escada da galeria dos músicos repetidas vezes, começando do alto e descendo até embaixo, e não para.

— O que está acontecendo?

Nana ficou em silêncio por um longo instante. A galeria estava na penumbra ao redor delas, os retratos observando de suas molduras. O ar parecia espesso. Nem frio, nem quente. Denso. Como as horas antes de uma tempestade, quando a pressão cai e os pássaros se calam.

— Esteja pronta — disse Nana.

— Pronta para quê?

Nana se voltou para ela. Estava com medo. Elizabeth nunca tinha visto Nana com medo, nem uma vez, nem de Lady Catherine, nem da investigação do assassinato, nem de coisa alguma. Nana não era de sentir medo. O que lhe era próprio era autoridade, desaprovação, ironia mordaz e, em raras ocasiões, ternura. Medo, não. Vê-lo agora em seu rosto era pior do que qualquer coisa que Catherine tivesse feito.

— Não sei — disse Nana. — Mas alguma coisa está vindo. Seja o que for, está vindo, e acho que o baile vai trazê-la.

— Isso não ajuda em nada, Nana.

— Não estou oferecendo ajuda. Estou dando um aviso. Há uma diferença, e seria bom você prestar atenção nela. — Ela tornou a olhar para o retrato. — Esta casa está de pé há mais de quatrocentos anos. Já atravessou luto, escândalo, morte, guerras. Ela não se inquieta sem motivo, mas nem eu posso dizer a você o que está vindo.

Elizabeth hesitou e então estendeu a mão, encostando-a na parede, imaginando se sentiria algo além de papel de parede sobre reboco sobre pedra fria.

Ela quase puxou a mão de volta, porque a parede estava tremendo. Era algo sutil, e ela suspeitava que nenhum outro morador vivo da casa perceberia o que ela estava sentindo, mas aquilo parecia quase um batimento cardíaco. A própria Pemberley, a grande casa que atravessara quatro séculos de luto, escândalo, morte e guerras, como Nana dissera, estava de fato inquieta. Era impossível atribuir qualquer emoção humana àquela sensação, mas, se Elizabeth fosse obrigada a nomear uma, diria que era fúria. Aquilo a lembrou, de modo perturbador, do jeito de George Darcy quando falava de Wickham.

Elizabeth foi se deitar naquela noite e ficou deitada ao lado de Darcy, que já dormia, olhando para o dossel acima deles.

No dia seguinte, trezentos convidados viriam a Pemberley para serem recebidos e entretidos. Haveria luz de velas, música, todo o condado observando a nova Senhora Darcy, julgando se ela era digna do nome.

Sob tudo isso, a casa estava enfurecida. Os mortos estavam inquietos. Nana estava com medo.

Elizabeth fechou os olhos e, apesar do cansaço, demorou muito a adormecer.

Capítulo Vinte e Quatro

Elizabeth acordou na manhã do baile com a sensação de não ter dormido nada.

Tinha dormido, um pouco; Darcy já estava de pé e tinha saído quando ela abriu os olhos, o que significava que ela dormira durante o momento em que ele se levantou. Mas seu corpo parecia pesado, errado, como se algo estivesse sentado sobre seu peito. Ela pressionou a mão espalmada contra o esterno e respirou, mas a pressão não cedeu.

A casa também sentia aquilo. Ela percebeu no instante em que pôs os pés no chão frio e se levantou. A vibração da noite anterior ainda estava ali, aquele zumbido tênue na pedra e na madeira, e agora estava mais forte. Sua pele se arrepiou quando atravessou o quarto para tocar a campainha e chamar a criada. Disse a si mesma que aquilo era o baile. Trezentos convidados, a primeira recepção que oferecia como Senhora Darcy, o condado inteiro observando e julgando. Claro que estava nervosa. Claro que seu estômago estava embrulhado. Era só isso.

Ela não acreditou em si mesma nem por um instante.

Estava no salão de baile com a Senhora Reynolds, examinando o desenho a giz traçado com todo cuidado segundo o padrão que Nana passara três dias aperfeiçoando, quando Jane apareceu à porta.

— Lizzy, você precisa vir ao escritório.

— O que aconteceu?

— Lady Catherine acabou de entrar lá com Darcy. Lord Matlock também está lá. Georgiana ouviu vozes alteradas e veio me procurar.

Elizabeth largou a lista. As mãos estavam trêmulas, e ela disse a si mesma que era por causa do baile, embora soubesse que não era. Lutava contra a náusea desde o café da manhã e quase não comera nada, e algo profundamente errado na casa pesava sobre ela como uma dor de cabeça.

Elizabeth ouviu Catherine antes mesmo de chegar à porta do escritório. Ela não estava gritando. Era pior do que gritar: falava naquela voz baixa e medida que usava quando acreditava estar enunciando uma verdade inatacável.

A porta do escritório estava entreaberta. Elizabeth estendeu a mão para empurrá-la, mas Nana estava ali, bloqueando a passagem, balançando a cabeça. Ela teve vontade de atravessar Nana, mas, em vez disso, ficou parada e observou pelo espaço estreito entre a porta e o batente.

Darcy estava de pé atrás da escrivaninha. Lord Matlock estava junto à lareira. Lady Catherine estava no centro do aposento, com as costas retas, o queixo erguido e uma folha de papel nas mãos.

— Eu averiguei — disse Catherine. — Observei. Escutei. E digo a você, Fitzwilliam, como sua tia e como alguém que tem em vista os interesses desta família, que sua esposa não está bem. Ela fala em cômodos vazios. Foi vista na galeria comprida depois da meia-noite, falando com ninguém. Para nos corredores e mexe os lábios como se estivesse conversando com alguém que não está lá. Os criados perceberam, Fitzwilliam. Sussurram sobre isso. A Senhora Reynolds a protege; lealdade mal colocada. Sua irmã e a Senhorita Bennet a acobertam; juventude e sentimentalismo. Os fatos estão aí.

Catherine baixou os olhos para a folha de papel.

— Na terça-feira, ela foi vista falando no vestíbulo sem ninguém presente. Na noite de quarta-feira, parou na galeria de retratos e dirigiu-se ao ar vazio. Na quinta-feira, foi vista saindo de uma passagem atrás de uma estante que nenhuma pessoa viva nesta casa sabia que existia.

Ela se voltou para Lord Matlock.

— Henry, o senhor estava lá ontem. Fomos ao salão de baile procurar Margaret, e as criadas estavam esfregando o chão. Margaret e Elizabeth estavam lá juntas. Elas nos viram chegar, caminharam em nossa direção, passaram ao redor das criadas. Elizabeth se desviou de coisa nenhuma. Fez a curva para evitar um ponto no chão onde ninguém estava ajoelhado, como se pudesse ver alguém ali que o resto de nós não podia. Margaret também percebeu. Eu vi o rosto dela.

Lord Matlock não disse nada, mas Elizabeth, observando pela fresta, viu sua expressão mudar. Ele percebera. Deixara isso de lado, porque era um homem bondoso e porque gostava de Elizabeth, mas percebera. Ela fizera aquilo; contornara Sarah Dunn sem sequer pensar, porque sempre achara grosseiro simplesmente atravessar os fantasmas, do mesmo modo que, um instante antes, permitira que Nana lhe bloqueasse a passagem. Nem lhe ocorrera como aquilo poderia parecer a quem estivesse olhando.

Catherine continuou.

— Ela tem feito perguntas sobre a morte de seu pai, sobre Wickham, sobre assuntos enterrados há anos e que era melhor deixar assim. Arrastou seu tio e sua tia para a obsessão dela. Adquiriu conhecimento sobre esta casa que não poderia ter obtido por nenhum meio natural. E eu acredito, Fitzwilliam, que ela sofre de um distúrbio da mente que exige atenção médica antes que se torne um escândalo público.

O aposento caiu num silêncio mortal.

— Você tem autoridade legal para agir — disse Catherine. — Um marido pode internar a esposa por recomendação de um médico. Conheço pessoalmente o doutor Grieve, em Bakewell, e estou certa de que ele...

— A senhora vai parar de falar agora, tia Catherine.

A voz de Darcy cortou as palavras de Catherine como uma lâmina. Ele deu a volta na escrivaninha, e Elizabeth pôde ver seu rosto pela fresta da porta. Sua mandíbula estava cerrada, os olhos duros e frios.

— A senhora passou semanas nesta casa espionando Elizabeth, sabotando-a, contando mentiras a ela sobre o meu caráter numa tentativa sórdida de nos separar, e agora está no meu escritório me dizendo para trancá-la. Com base em quê? Em ela falar sozinha? Em fazer perguntas que a senhora considera inconvenientes? Em descobrir uma passagem numa casa da qual ela é a senhora?

— O padrão de comportamento é...

— O padrão de comportamento é o de uma mulher inteligente explorando sua nova casa e tentando compreender a família com a qual se casou. As perguntas que ela fez sobre a morte do meu pai são perguntas que deveriam ter sido feitas há seis anos, por qualquer pessoa minimamente atenta, e o fato de ninguém tê-lo feito é uma vergonha para todos nós, não dela.

— Fitzwilliam, eu lhe imploro...

— Minha esposa não é louca. Ela não está doente. Ela é a pessoa mais extraordinária que já conheci, e não vou admitir essa acusação nem por um momento, vinda da senhora ou de qualquer outra pessoa. — Ele se aproximou da tia, erguendo-se sobre ela, e Catherine estremeceu diante da expressão em seu rosto. — Depois do baile, a senhora deixará Pemberley. Não retornará. Anne permanecerá aqui conosco, e irá a Londres para a temporada com Georgiana e Kitty, conforme já foi combinado. A senhora não interferirá nos planos dela. Não lhe escreverá ordenando que retorne a Rosings. Deixará minha esposa e minha casa em paz de agora em diante, ou me encarregarei pessoalmente de que a senhora seja a pessoa internada num asilo. Isso, eu lhe prometo.

O rosto de Catherine ficou da cor de giz.

— O senhor não pode me proibir de entrar nesta casa. Sou sua tia. Eu sou...

— A senhora é uma mulher que acabou de me pedir para aprisionar minha esposa. — A voz de Darcy era mortalmente calma. — A senhora perdeu toda e qualquer reivindicação que já teve sobre minha lealdade ou minha paciência, e deixará esta casa na manhã seguinte ao baile. Só estou permitindo que fique até lá porque é amplamente sabido que a senhora já está aqui, e não vou permitir que Anne seja alvo de fofocas porque sua mãe foi publicamente expulsa da casa antes do evento.

— Irmão — disse Catherine, virando-se para Lord Matlock. — Certamente você vê...

— Vejo muita coisa, Catherine. — A voz de Lord Matlock era pesada. — Vejo uma mulher que tentou por todos os meios destruir o casamento do sobrinho e fracassou, e que agora recorreu a uma arma tão desprezível que até eu estou chocado que a senhora se rebaixasse tanto. Não vou apoiá-la nisso. Não vou apoiá-la em nada, até que tenha feito um pedido de desculpas completo e sincero à Senhora Darcy, o que suspeito que lhe tomará um tempo considerável. Mesmo que ela aceite suas desculpas, duvido muito que seu sobrinho algum dia a perdoe, e francamente, nem deveria. Eu não conseguiria perdoá-la se você dissesse algo tão terrível sobre Margaret.

Catherine tremia, mas Elizabeth podia ver pela expressão dela que não era de medo. Ela tremia de fúria absoluta.

— Estou tentando proteger esta família — disse Catherine. — Sempre tentei proteger esta família, e só recebi ingratidão e...

— Mãe, pare.

Elizabeth não havia percebido que Anne estava na sala. Ela se levantou de uma cadeira meio escondida atrás de Lord Matlock, pálida, magra, as mãos entrelaçadas à frente. Ela havia chegado a uma decisão, Elizabeth podia ver, e seria tão resoluta nela quanto sua mãe sempre fora em relação a qualquer coisa.

— Pare — disse Anne novamente. — A senhora tem que parar. Agora.

Catherine se virou para a filha. Seu rosto desmoronou. Não em lágrimas; Lady Catherine de Bourgh não desmoronava em lágrimas. Mas a fachada se desfez, e o que havia por baixo era a perplexidade de uma mulher que acabara de ser atingida pela única pessoa de quem jamais esperou oposição.

— Anne...

— A senhora está errada, mãe. Está errada sobre a Senhora Darcy. Está errada sobre esta família. A senhora está errada há muito tempo, e não posso mais ouvir isso. — A voz de Anne estava instável, mas ela não desviou o olhar. — A Senhora Darcy tem sido gentil comigo. Ela e Darcy me ofereceram uma vida que nunca pensei que teria. A senhora está tentando destruir a mulher que tornou isso possível, porque não suporta que ela tenha o que a senhora queria para mim, e não vou fazer parte disso.

Catherine encarou a filha.

— Vamos discutir isso em particular — disse Catherine. Sua voz era quase inaudível.

— Não há nada a discutir. Eu a amo, mãe. Mas a senhora está errada.

Catherine deixou a sala sem dizer mais uma palavra. Passou por Elizabeth como se não a visse, as costas rígidas, o rosto uma máscara novamente, e o som de seus passos se afastando pelo corredor foi o som mais angustiante que Elizabeth já ouvira.

Nana riu.

Anne saiu cambaleando do escritório, tremendo e pálida, atravessou diretamente a forma espectral de Nana e quase esbarrou em Elizabeth. Elizabeth a segurou pelos cotovelos.

— Essa foi a coisa mais corajosa que já vi — disse Elizabeth.

— Acho que vou vomitar — disse Anne baixinho.

Elizabeth a levou para a saleta, chamou uma criada para trazer chá, ficou com Anne até que o tremor parasse. Não mencionou que suas próprias mãos também tremiam, que a náusea que combatera a manhã inteira havia piorado, não melhorado. A casa pesava sobre todos, exacerbando cada emoção, e apenas Elizabeth tinha a mais vaga noção de que isso sequer estava acontecendo.

O baile começaria em seis horas.

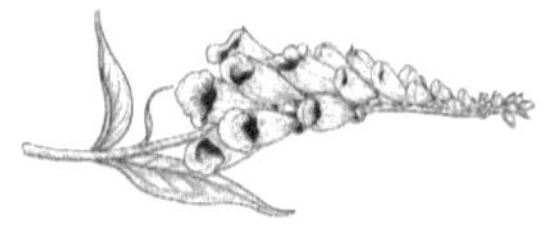

Elizabeth voltou ao salão de baile depois que Anne se acomodou e descobriu que Jane havia assumido o comando. O desenho de giz no chão estava pronto, com arabescos e grinaldas brancas impecáveis dos quais Nana teria se orgulhado. As flores estavam arrumadas, os copos alinhados sobre as mesas para serem enchidos mais tarde com o champanhe francês que seria trazido da adega, e as velas sendo colocadas. Kitty orientava a colocação de cadeiras extras ao longo da parede sul. Lady Matlock consultava a Senhora Reynolds sobre quais vinhos decantar primeiro. Até Caroline Bingley fora posta para trabalhar e organizava os cartões de lugar numa mesa lateral com um ar de aplicação surpresa, como se ainda não entendesse muito bem como Jane conseguira torná-la útil.

Jane olhou para Elizabeth e atravessou o salão.

— Você está muito mal — disse Jane, baixo o bastante para que ninguém mais ouvisse. — O que aconteceu?

— Catherine tentou me internar. Darcy a impediu. Anne ficou contra a própria mãe. Acabou. — Elizabeth pressionou a mão contra o estômago, que se revolvia. — Jane, estou me sentindo horrível, e acho que não é por causa do baile.

Jane pôs a mão na testa de Elizabeth. Fria, prática, era o mesmo gesto que a mãe delas sempre usara para ver se havia febre, embora a Senhora Bennet sempre o acompanhasse com previsões de morte iminente.

— Você não está com febre. Comeu alguma coisa?

— Não consigo. Meu estômago não deixa.

— Nervos.

— Talvez. — Elizabeth olhou ao redor do salão. Sarah Dunn espanava uma moldura, a mesma, repetidas vezes. Graves não saíra da porta da frente. A pressão da casa era um peso constante atrás dos olhos de Elizabeth, e ela não sabia como explicar a Jane que a própria casa parecia errada sem soar exatamente tão louca quanto Lady Catherine acabara de dizer que ela era. — Jane, preciso que você cuide dos preparativos. Não consigo fazer isso hoje. Me desculpe.

— Não se desculpe. A Senhora Reynolds, Lady Matlock e eu vamos cuidar de tudo. Vá descansar antes desta noite. Você precisa estar bem o bastante para ficar na fila de recepção.

— Não vou descansar. Darcy virá falar comigo. Ele precisa. Lady Catherine disse coisas que... ele tem perguntas, Jane. Faz semanas que ele tem perguntas, e eu venho fugindo delas, e depois do que Lady Catherine acabou de fazer, não posso mais fugir.

Jane a olhou com firmeza.

— Você vai contar para ele?

— Acho que preciso.

Jane segurou sua mão e apertou uma vez, com força.

— Então conte. Vá me procurar depois.

Elizabeth foi para sua sala de estar. Trancou a porta. Encostou as costas nela e respirou. A casa respirou com ela, lenta, pesada, errada. Nana atravessou a estante, olhou para ela; Elizabeth balançou a cabeça. Nana tornou a sair, sem dizer nada. Elizabeth ficou grata. Se ia desmoronar, queria fazer isso sem plateia, viva ou morta.

Ela apoiou as duas mãos espalmadas na porta atrás de si e tentou pensar. Sua pele estava fria e pegajosa. Seu estômago se revirava sem parar. A sensação de que havia algo errado na casa era tão forte agora que a vela sobre sua escrivaninha tremulava sem nenhuma corrente de ar, a temperatura no aposento mudando, quente, depois fria, depois quente de novo, como se as paredes não conseguissem decidir em que estação estavam.

Trezentas pessoas chegariam a Pemberley em seis horas. Ela precisava estar vestida, composta, ao lado de Darcy na fila de recepção, sorrindo, cumprimentando o condado, sendo a Senhora Darcy. Teria de dançar e conversar. Precisava estar bem.

Ela não estava bem. Sentia como se a própria Pemberley tentasse lhe dizer alguma coisa, pressionando-a com seus quatrocentos anos de pedra e madeira, e ela não conseguia ouvir o que a casa dizia.

Darcy bateu à porta da sala de estar dez minutos depois, uma sequência clara de três batidas firmes que ela aprendera depressa a reconhecer como sua marca registrada.

Ela abriu, e ele entrou. Fechou a porta atrás de si e ficou olhando para ela, e Elizabeth percebeu em seu rosto que ele viera fazer a pergunta que carregava havia semanas.

— Elizabeth. Eu disse à minha tia que ela estava errada. Eu disse a Lord Matlock. Eu disse a Anne. Não acredito que haja algo errado com você, e nunca vou acreditar, e vou protegê-la de qualquer pessoa que diga o contrário. — Ele fez uma pausa. — Mas não sou cego. Também notei certas coisas, Elizabeth. As conversas com cômodos vazios. A maneira como você sabe coisas sobre esta casa que não teria como saber, como a passagem deste cômodo para a ala leste, cuja existência ninguém em Pemberley conhecia, nem mesmo eu. As perguntas sobre meu pai que você começou a fazer antes de ter qualquer motivo para isso. — Ele a olhou com firmeza. — Diga-me o que está acontecendo. Não posso defendê-la do que dizem se não entender o que veem.

Elizabeth se sentou. As pernas não a sustentavam. Sentou-se na cadeira junto à lareira, olhou para as mãos, que tremiam, e pensou: é isso. Este é o momento que venho temendo.

— Darcy — disse ela. — Sente-se.

Ele se sentou na cadeira defronte à dela, exatamente como na noite em que ela conversou com ele sobre Sally Wilson, a noite em que ele disse estar cansado de carregar as coisas sozinho.

— Eu vejo gente morta — disse ela.

As palavras saíram secas, sem graça, nada parecidas com o discurso cuidadoso que ela ensaiara cem vezes. Ela planejara começar por Longbourn, pela tia-avó Irene, pela história de tudo aquilo, o dom talvez herdado do avô Gardiner, que fora muito mais bem-sucedido nos negócios do que se poderia esperar. Ela planejara ser comedida e clara e apresentar tudo de um jeito que fizesse sentido. Em vez disso, disse de forma crua, brutal, como uma confissão, porque era exatamente isso.

— Eu vejo fantasmas. Tenho visto a vida toda. Desde criança. Minha família sabe, mas mantivemos em segredo porque a alternativa é... — Ela gesticulou vagamente em direção à porta, além da qual Lady Catherine acabara de tentar fazê-la ser trancafiada, e não conseguiu terminar a frase.

Darcy não disse nada. Não se moveu. Apenas a observou, inexpressivo, exatamente como fizera em Hunsford quando ela o rejeitou com uma crueldade que ele nunca merecera.

— Há fantasmas em toda parte, Darcy. Os de Longbourn são minha família; minha tia-avó Irene me ensinou a administrar meu dom, a viver com ele, a mantê-lo escondido. Quando cheguei a Pemberley, atravessei a porta da frente e os vi. Em toda parte. A casa está cheia deles. Criados, família, quatrocentos anos de mortos, ainda aqui.

Ela estava falando rápido demais, as palavras saindo na ordem errada, mas não conseguia diminuir o ritmo porque se o fizesse pararia, e se parasse nunca recomeçaria.

— Um deles, um dos mais fortes, é Nana. O nome verdadeiro dela é Dorothea Darcy. Ela foi sua trisavó, que veio para cá como uma noiva muito jovem, teve um filho. O marido morreu quando ela tinha apenas vinte anos e Pemberley tornou-se seu encargo, a família Darcy sua responsabilidade, seu legado. Ela administra esta casa. Há cento e trinta anos. Ela decidiu que eu era aceitável, a duras penas, principalmente porque eu podia executar as ordens dela, suponho. Ela tem me ensinado sobre Pemberley desde então. A passagem atrás da estante. O jardim de rosas. Ela é o motivo de eu saber coisas que não deveria saber.

Ela parou. Respirou fundo. Forçou-se a olhar para ele e encontrar seus olhos.

— E seu pai — disse ela. — Seu pai também está aqui.

Pela primeira vez, a expressão de Darcy mudou, a mandíbula se contraindo. Seus olhos ficaram brilhantes. Ele apertou o braço da cadeira com força suficiente para que os nós dos dedos ficassem brancos.

— Meu pai. — Não pareceu incrédulo. Pareceu chocado, como se acreditasse nela, e a crença o tivesse atingido como um soco.

— George Darcy. Ele morreu nesta casa e nunca a deixou. Ele está furioso e em luto e desesperado por justiça, porque foi assassinado, Darcy. Wickham o envenenou. Dedaleira no conhaque que ele tomava à noite, na noite em que jantaram juntos, a noite em que a Senhora Reynolds disse que pareciam tão cordiais. Seu pai confrontou Wickham sobre Sally Wilson, e Wickham o matou por isso, e seu pai está aprisionado nesta casa há seis anos, observando você, incapaz de lhe contar nada disso.

Ela estava chorando. Não sabia quando começara. As lágrimas escorriam por seu rosto e ela não as enxugou porque suas mãos estavam agarradas aos braços da cadeira como se fosse cair dela.

— Kitty tem me ajudado a investigar porque sabe o que eu consigo fazer, então ela me serve de álibi. Georgiana sabe sobre meu dom porque estava na galeria quando eu falava com as crianças fantasmas que brincam lá. Ela me viu conversando com o que parecia ser o vazio. Tive que contar a ela. Ela manteve o segredo. Sei que você vai ficar magoado por ela ter sabido antes de você, e sinto muito por isso, sinto muito mesmo, mas tenho tido medo, Darcy. Tenho tido medo a vida toda. Porque o mundo não acredita em fantasmas, e uma mulher que vê coisas que não existem é uma louca, e sua tia acabou de provar exatamente quão real é esse perigo.

Ela parou. Não havia mais nada. Ela lhe dera tudo: o dom, os fantasmas, o assassinato, Kitty, Georgiana, o medo. O pacto que mantivera desde a infância, rompido em um salão tranquilo poucas horas antes de um baile, com o rosto molhado e as mãos tremendo e a casa pesando sobre ambos.

O relógio sobre a lareira marcava os segundos. Lá de baixo vinham os sons distantes da casa se preparando para a noite, se arrumando para trezentos convidados que chegariam em poucas horas para dançar e comer e julgar se a nova Senhora Darcy era digna do nome, enquanto a nova Senhora Darcy se sentava em seu salão com lágrimas no rosto, esperando descobrir se seu marido achava que ela era louca.

Darcy olhou para ela. Seu rosto estava fechado novamente, indecifrável.

Ele não falou.

Capítulo Vinte e Cinco

Darcy ficou em silêncio, olhando para ela, por um tempo que pareceu uma eternidade.

Elizabeth permaneceu sentada na cadeira e deixou que ele a olhasse. Não tinha mais palavras. Já tinha usado todas, cada uma delas, e o que restava era apenas ela: os olhos vermelhos, trêmula, as mãos agarradas aos braços da cadeira, o rosto molhado. Lá embaixo, os sons tênues da casa se preparando para o baile continuavam, indiferentes ao fato de que o mundo acabara de mudar.

— Você vê fantasmas — disse Darcy por fim. Sua voz estava excessivamente firme.

— Sim.

— Você os vê a vida inteira.

— Sim.

— Meu pai está nesta casa.

— Sim.

Ele se levantou. Atravessou o aposento, não em direção à porta, mas à janela. Ficou ali, de costas para ela, olhando a paisagem cinzenta de novembro. Elizabeth observou seus ombros, tentando entender o que estava acontecendo pela rigidez deles. Não conseguiu. Agarrou com mais força os braços da cadeira. As unhas afundaram no estofado.

— As observações de Lady Catherine — disse Darcy, ainda voltado para a janela. — As conversas com cômodos vazios. A galeria à meia-noite. O fato de você desviar de alguma coisa no salão de baile que ela não podia ver.

— Sarah Dunn — disse Elizabeth. — Uma antiga criada da casa. Ela estava esfregando o chão. Está morta há anos, mas ainda faz o trabalho dela porque era uma criada extremamente zelosa, e era função das criadas esfregar o chão do salão de baile. Eu desviei dela porque sempre achei grosseiro atravessar fantasmas, e não pensei em como aquilo pareceria para quem estivesse olhando.

Darcy se virou. Sua expressão não era a de um homem que achava que a esposa estava louca. Parecia um homem que estava reconstruindo sua compreensão do mundo, peça por peça, e descobrindo que a nova estrutura se sustentava.

— Eu acredito em você — disse ele.

As mãos de Elizabeth se afrouxaram. Seu corpo inteiro relaxou de uma vez, como se um punho que a apertava desde a infância simplesmente tivesse se aberto. Ela se curvou na cadeira, escondeu o rosto nas mãos e chorou. Não as lágrimas assustadas da confissão, mas o alívio puro e avassalador de uma mulher que carregou um segredo por vinte anos e por fim o deixou ir. Seus ombros sacudiam. Ela não conseguia parar, e não tentou.

Darcy atravessou o aposento em três passadas, ajoelhou-se ao lado da cadeira dela e a envolveu nos braços. Ela se virou para ele, pressionando o rosto contra seu ombro. Ele a segurou enquanto ela chorava. Não disse nada. Apenas a segurou, com a mão na nuca dela e o queixo apoiado junto à têmpora dela, e a deixou chorar até que passasse. Levou muito tempo; Elizabeth não saberia dizer quanto. Quando por fim se afastou, o colete dele estava completamente encharcado, embora ele não parecesse se importar.

— Sinto muito — disse ela. — Por não ter contado antes. Por ter contado para Georgiana antes de contar a você. Por todas as mentiras, Darcy, as meias-verdades, as coisas que deixei você acreditar que eu tinha descoberto pela minha esperteza quando, na verdade, me tinham sido contadas por uma mulher morta, parada ao meu lado, num aposento que você julgava vazio.

— Você estava com medo — disse Darcy. Ele ainda estava ajoelhado ao lado da cadeira dela. Não havia soltado suas mãos.

— Tenho vivido com medo a vida inteira. Ninguém mais na minha família consegue ver o que eu vejo, embora todos saibam. Mamãe sempre lidou com isso fingindo que não existe. Papai me protegeu à sua maneira, cuidando para que ninguém de fora da família jamais suspeitasse de nada. Nenhuma das minhas irmãs consegue vê-los, mas elas passaram a vida inteira me acobertando, aprendendo a reconhecer os sinais para poder distrair as pessoas quando minha atenção se desvia. Eu estive sozinha com isso, Darcy. Completamente sozinha. A regra, a única regra, sempre foi: não conte, não dê mostra disso, não deixe ninguém de fora da família saber, porque o mundo vai chamar você de louca e a lei vai deixar que tranquem você por isso. Sua tia acabou de entrar no seu escritório e provar que esse medo tem razão de existir.

— Minha tia é uma mulher vingativa que vem procurando uma arma para usar contra você desde o dia em que percebeu que eu pretendia me casar com você. Ela teria se agarrado a qualquer coisa. Se não fosse isso, teria sido outra coisa.

— Mas foi isso. As observações dela estavam corretas, Darcy. Todas elas. Eu falo com cômodos vazios. Eu caminho pela galeria à meia-noite. Eu desvio de pessoas que não estão ali. — Ela enxugou o rosto com as costas da mão. — Eu sou exatamente o que ela descreveu. A diferença entre a interpretação dela e a verdade é uma questão de fé, e eu não teria culpado você se tivesse escolhido a dela.

— Eu escolhi você — disse Darcy. — Escolhi você antes de ouvir uma única palavra de explicação. Teria escolhido você mesmo que você não me dissesse nada.

Elizabeth olhou para ele, ajoelhado diante dela, com as mãos quentes envolvendo as suas ainda trêmulas, o colete arruinado, e pensou: *Vou me lembrar disto pelo resto da vida. Deste aposento, deste momento, deste homem de joelhos me escolhendo quando sabe o que eu sou, tudo o que eu sou.*

— Mas Georgiana sabia?

Não era uma acusação, mas a mágoa estava ali, e Elizabeth sabia que era justa.

— Ela me viu falando com Edmund e Charlotte. As crianças fantasmas que brincam na galeria longa, seus antepassados de um ramo distante da família. Ela foi tão silenciosa que eu não a ouvi. Ela me viu falando com o que pensou ser ar vazio. Ela me perguntou, e eu não consegui mentir para ela. Eu tentei. Não consegui. — Elizabeth pressionou os polegares contra os nós dos dedos dele. — Eu devia ter contado primeiro a você. Devia ter contado antes de nos casarmos. Eu tive a intenção de fazer isso mais de uma vez. Houve uma tarde no seu escritório em que comecei. A carruagem de Lady Catherine subiu pela entrada e me interrompeu. Depois disso, nunca mais consegui encontrar o momento, nem a coragem,. Cada dia que passava tornava tudo mais difícil, porque cada dia era mais um dia em que eu não tinha confiado em você.

— Você está confiando em mim agora.

— Estou, e se você quiser me perguntar qualquer coisa, qualquer coisa, vou responder. Sem mais mentiras. Sem mais esconder nada. Tudo o que você quiser saber.

Darcy ficou quieto por mais alguns instantes. Então se sentou novamente na cadeira em frente a ela e disse:

— Me conte sobre o meu pai.

Elizabeth foi até a estante e pressionou o fecho, e o painel se abriu para a passagem. Nana estava esperando do outro lado. Olhou para Elizabeth, olhou além dela para Darcy e, pela primeira vez em sua considerável existência, não disse absolutamente nada.

— George está por perto? — perguntou Elizabeth. — Ele virá?

— Ele está na galeria — disse Nana. — Anda de um lado para o outro desde a manhã. Está pior que o normal. Inquieto, como a casa, mas ainda não consigo dizer o que está causando isso.

— Por favor, peça a ele para vir aqui. Diga-lhe que Darcy sabe. Diga-lhe tudo.

Nana foi embora. Elizabeth fechou o painel e se virou de volta para Darcy, que a observava com tanto choque no rosto quanto ela já havia visto nele. Ele acabara de ver sua esposa abrir uma porta secreta e falar com a passagem vazia atrás dela. Seu rosto mostrava que ele ainda tentava assimilar aquilo em que tanto insistira acreditar.

— Nana — disse Elizabeth. — Ela estava na passagem. Foi buscar seu pai.

— Você fala com eles como se estivessem na sala.

— Eles estão na sala. Geralmente estão na sala. Essa é que é a dificuldade.

Darcy quase sorriu. Elizabeth o amou por aquilo: no meio de descobrir que o pai fora assassinado e que a esposa via os mortos, ele ainda conseguia quase sorrir com algo que ela dizia.

Eles esperaram. Elizabeth se sentou. Darcy não. Levantou-se novamente, ficou de pé ao lado da lareira, as mãos entrelaçadas atrás das costas. Parecia estar esperando por uma audiência que não podia ver e não sabia como receber. Elizabeth compreendeu. Como se preparar para ouvir seu falecido pai falar pela voz de sua esposa? Não havia etiqueta para isso. Nem mesmo Lady Matlock, que tinha etiqueta para tudo, poderia ter ajudado.

George atravessou a parede.

Veio rápido, não flutuando, não andando de um lado para o outro, mas se movendo com uma determinação que Elizabeth nunca havia visto nele. Atravessou a parede ao lado da lareira e parou. Estava a menos de um metro de seu filho. Seu filho não podia vê-lo. A expressão no rosto de George Darcy partiu o coração de Elizabeth.

— Ele está aqui — disse Elizabeth. — Atravessou a parede ao seu lado. Está muito perto de você, Darcy. À sua esquerda.

Darcy virou a cabeça para a esquerda. Não podia ver seu pai. Olhou para o ar vazio onde George estava, e George olhou para o rosto de seu filho, e nenhum dos dois conseguia vencer a distância entre eles.

— Diga a ele — disse George. Sua voz estava rouca. — Diga que estou aqui. Posso vê-lo. Eu... — Parou. Recomeçou. — Diga-lhe que tenho orgulho dele. Diga-lhe que o observei carregar esta família por seis anos. Ele fez isso melhor do que eu jamais fiz. Sinto muito. Por Wickham. Por não ter ouvido. Por cada vez que escolhi aquele rapaz em vez de meu próprio filho. Eu estava errado, e sabia disso antes de morrer, e não pude dizê-lo até agora.

Elizabeth repetiu suas palavras, exatamente, sem mudar nada. Havia aprendido com Nana que a precisão importava: as palavras de um fantasma eram suas próprias, e ela era o canal, não a editora. Falou as frases de George na cadência de George. Darcy ficou de pé e escutou, a mandíbula tensionando a cada frase, os olhos ficando mais úmidos. Não desviou o olhar do ponto onde seu pai estava.

Quando Elizabeth terminou, a sala ficou em silêncio.

— Ele sabia — disse Darcy, finalmente. — Antes de morrer. Ele sabia sobre Wickham.

— Como o Senhor Wilson nos contou, ele foi até seu pai e lhe contou o que Wickham havia feito com Sally. Seu pai acreditou imediatamente, sem questionar. Disse que as escamas caíram de seus olhos. Viu o que você tentava lhe dizer há anos, então chamou Wickham de volta e o confrontou.

— E Wickham o matou por isso.

— Sim. Dedaleira. Seu pai não sabia que ia acontecer. Jantaram juntos, conversaram depois na biblioteca. Wickham trouxe conhaque para ele beber. George pensou que o assunto estava resolvido. Então foi para a cama e não acordou.

Darcy pressionou a mão sobre os olhos. Ficou assim por um longo momento, a mão cobrindo o rosto, os ombros rígidos. Elizabeth sentou e o observou, sem tocá-lo, porque via que ele precisava de um momento em que ninguém pudesse ver sua expressão. Deu-lhe esse momento.

George observou seu filho. Seu rosto estava despojado de tudo que Elizabeth estava acostumada a ver ali: a raiva, a inquietação, a necessidade premente de justiça. O que restava era mais simples e mais doloroso. Um pai olhando para seu filho, sabendo que havia falhado com ele, incapaz de fazer a única coisa que um pai quer fazer: estender a mão, colocar a mão no ombro do filho, dizer *você se saiu bem. Sinto muito. Você se saiu bem.*

Darcy abaixou a mão. Seus olhos estavam vermelhos, mas ele estava composto.

— Pergunte a ele — disse Darcy. — Pergunte se ele consegue me ouvir, quando eu falo.

— Ele consegue ouvi-lo. Sempre conseguiu. Simplesmente não pode responder. Isso tem sido a pior parte para ele, creio eu.

Darcy se virou para o espaço vazio onde seu pai estava e disse:

— Eu o perdôo, Pai. Por Wickham. Por tudo. Você foi enganado, e pagou por isso com sua vida, e eu não o culpo. Faz muito tempo que não o culpo.

George Darcy fez um som que Elizabeth nunca ouvira dele. Não era uma palavra. Não era um grito. Era o som de seis anos de luto se quebrando.

— Ele ouviu você — disse Elizabeth. — Ele está... — Não sabia como descrever o que estava no rosto de George, então não tentou. — Ele ouviu você, Darcy.

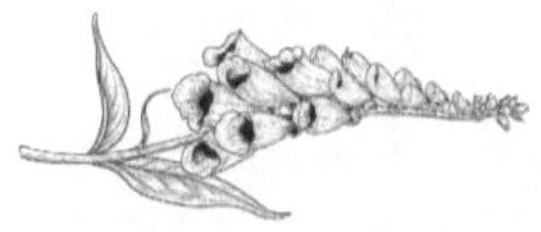

Georgiana veio quando Elizabeth mandou chamá-la.

Veio depressa, porque o bilhete que Elizabeth enviou com uma criada dizia apenas *Venha ao meu salão imediatamente, sozinha*, e Georgiana não era menina que precisasse ouvir duas vezes. Bateu à porta. Elizabeth abriu. Georgiana entrou, viu Darcy de pé junto à lareira com os olhos vermelhos e o colete arruinado, e parou.

— O que aconteceu? — disse ela. — É Lady Catherine? Anne me contou o que ela...

— Sente-se, Georgiana — disse Darcy.

Ela sentou. Olhou de um para o outro, seu irmão e a esposa dele, e Elizabeth pôde vê-la lendo o ambiente: o rosto de Darcy, os olhos inchados de Elizabeth, o silêncio carregado do salão. Georgiana era boa em ler ambientes. Fazia isso desde Ramsgate, vigiando o perigo nos rostos das pessoas ao seu redor.

— Elizabeth me contou — disse Darcy. — Sobre os fantasmas.

Os olhos de Georgiana se arregalaram. Ela olhou para Elizabeth.

— Contei tudo a ele — disse Elizabeth. — O dom. Nana. O pessoal da casa.

— Você contou para ele? — disse Georgiana, a voz mal audível. — Ele... sabe?

— Sabe. E acredita em mim.

Georgiana olhou para o irmão. Darcy encontrou seus olhos, e o que ela viu em seu rosto a fez expirar, um suspiro longo e trêmulo. Guardara o segredo de Elizabeth por semanas, carregando-o ao lado do próprio medo do que aconteceria quando o irmão descobrisse. Agora estava revelado. Ele não estava zangado. O alívio em seu rosto era tão exposto quanto o de Elizabeth havia sido.

— Há mais — disse Elizabeth. — Georgiana, preciso lhe contar algo que venho escondendo de você. Escondi porque estava tentando protegê-la, mas não posso mais.

As mãos de Georgiana se apertaram no colo, e o nervosismo voltou a seu rosto.

— Seu pai está aqui — disse Elizabeth. — O fantasma dele. Ele está em Pemberley desde sua morte. Está nesta sala, agora mesmo, ao lado de Darcy.

Georgiana não chorou. Ficou branca, tão branca que Elizabeth estendeu a mão, com medo de um desmaio, mas Georgiana apertou os dedos de Elizabeth com força e se segurou, mantendo-se consciente. Encarou o ponto ao lado de Darcy que Elizabeth havia indicado, e seus olhos se moveram como se procurassem algo que desesperadamente queria ver e não conseguia.

— Não consigo vê-lo — sussurrou Georgiana.

— Não. Mais ninguém consegue. Nem Kitty, nem você, nem ninguém. Só eu. — Ela apertou a mão de Georgiana. — Mas ele pode ver você, Georgiana. Ele está olhando para você agora.

George estava olhando para a filha. Elizabeth tinha visto muitas expressões em seu rosto ao longo dessas semanas: fúria, luto, autodesprezo, o humor amargo e seco que usava para manter o luto à distância. Nunca tinha visto isso. Ele estava olhando para Georgiana com uma ternura tão nua que Elizabeth teve que desviar o olhar.

— Diga a ela — disse George, a voz mal audível. — Diga que sinto muito por não ter estado lá. Depois de Ramsgate. Ela precisava do pai; ele estava morto. Teve que enfrentar a traição daquele homem sozinha. Nunca me perdoei por isso.

Elizabeth repetiu suas palavras. O rosto de Georgiana se desfez.

— Não foi culpa dele — disse Georgiana. — Ele não sabia o que Wickham era. Nenhum de nós sabia, até ser tarde demais.

— Ele sabe disso agora — disse Elizabeth. — Descobriu a verdade sobre Wickham pouco antes de morrer. Confrontou-o. E Wickham... — Ela parou. Essa era a parte que mais temia. — Georgiana, Wickham matou seu pai. Envenenou-o. É por isso que seu pai não conseguiu deixar esta casa. Está preso aqui porque seu assassinato nunca foi reconhecido, e ele esperou por seis anos por alguém que pudesse ouvi-lo.

O aperto de Georgiana na mão de Elizabeth foi tão forte que chegou a doer.

— Wickham — disse ela. O nome saiu seco, vazio de tudo.

— Sim.

— O homem que tentou me seduzir em Ramsgate. O homem que se casou com Lydia. Esse homem assassinou meu pai.

— Receio que sim.

Georgiana olhou para o irmão. Darcy olhou de volta para ela. Algo passou entre eles que não precisava de palavras: o conhecimento compartilhado do que Wickham havia tirado deles, o peso completo de tudo, exposto enfim.

— Quero ouvi-lo — disse Georgiana. — Não consigo vê-lo, mas você consegue, Elizabeth. Você... pode me dizer o que ele diz? Podemos falar com ele?

— Claro — disse Elizabeth.

O que se seguiu foi a conversa mais estranha da qual Elizabeth já participara, e a mais sagrada. Sentou-se entre Darcy e Georgiana, transmitindo as palavras de George conforme ele as dizia, e George falou com seus filhos pela primeira vez em seis anos. Contou a Georgiana sobre as rosas: que ver Georgiana restaurar o jardim com Kitty lhe dera mais alegria do que qualquer coisa desde sua morte. Contou a Darcy sobre o escritório, sobre vê-lo examinar os papéis, sobre as cartas para Annie. Disse que tinha visto

Darcy revistar cada livro em cada estante e quis dizer a ele que não havia nada a encontrar, e não pôde.

Disse que estava orgulhoso deles. Disse isso mais de uma vez, de maneiras diferentes, como se precisasse ter certeza de que ouviam, como se seis anos de silêncio tivessem represado tantas palavras que todas jorravam agora, demais, rápido demais. Darcy ouvia, a mandíbula tensa, os olhos brilhantes. Georgiana chorou baixinho, enxugando o rosto com o lenço que Elizabeth lhe deu, e fez perguntas com voz firme que desmentia as lágrimas: ele sentia dor, conseguia dormir, gostava da Senhora Annesley, tinha visto Georgiana tocar piano? Sim, disse ele, à última pergunta. Ficara na sala de música mais vezes do que podia contar e a ouvira tocar, e ela tocava como a mãe, de coração.

Foi quando Georgiana perdeu o controle. Ela escondeu o rosto nas mãos e chorou. Darcy passou o braço em volta dela. George Darcy ficou diante dos filhos, incapaz de tocá-los, sofrendo junto com eles pelo que lhes havia sido roubado quando Wickham pôs dedaleira no seu conhaque.

Elizabeth sentou-se e não disse nada, porque não havia nada a dizer. Ela era a ponte entre os vivos e os mortos, e pontes não falam. Elas sustentam.

Depois de um longo tempo, George disse, baixinho:

— Obrigado, Elizabeth.

Ela assentiu. Ele se virou e atravessou a parede. Tinha ido embora. A sala ficou mais quente com sua ausência, e mais triste.

Os três ficaram sentados na sala por um tempo depois que George partiu. Georgiana secou os olhos. Darcy mandou um criado buscar conhaque para si e para Elizabeth, que bebeu embora mal fossem quatro da tarde. Ela não comia desde a noite anterior. O conhaque queimou seu estômago vazio como fogo.

— Wickham — disse Darcy, após um longo silêncio. Ele estava parado junto à janela novamente, o copo na mão, olhando para os jardins. — Agora temos a verdade de tudo direto de meu pai, mas o testemunho de um fantasma não tem valor algum no mundo dos vivos. Temos o relato do senhor Wilson e a confirmação da Senhora Reynolds das partes que ela conhecia, o que estabelece motivo e cronologia, mas não o ato em si. Temos um médico que assinou um atestado de óbito há seis anos e pode ou não se lembrar dos detalhes. — Ele se virou da janela. — Não há caminho legal. Nenhum que resistisse ao escrutínio de um magistrado, muito menos de um tribunal.

— Eu sei — disse Elizabeth.

— Se eu pudesse desafiá-lo, eu o faria. Desafiaria Wickham para um duelo, meteria uma bala nele, seria enforcado se necessário — mas isso destruiria esta família tão certamente quanto um julgamento— Não traria meu pai de volta. — Sua voz estava firme. A fúria estava lá, contida, controlada, voltada para dentro, onde podia ser administrada. — Deve haver outra maneira. Não podemos provar assassinato, mas podemos tornar impossível para Wickham prejudicar mais alguém. Podemos cortar sua renda, suas relações, sua capacidade de circular pela sociedade como um homem honrado. — Ele fez uma careta. — Exceto que não podemos fazer nenhuma dessas coisas, por causa de Lydia.

— Lydia não vai deixá-lo por vontade própria — disse Elizabeth. — Ela tem dezesseis anos e é casada e ainda pensa que o ama, embora tenha começado a temê-lo.

— Então vamos criar condições para que ela parta, e esperaremos até que esteja pronta. Entre nós, Lord Matlock e eu temos recursos que Wickham não pode igualar — Darcy pousou o copo. — Não permitirei que sua irmã permaneça em perigo, Elizabeth. Prometo isso a você. Custe o que custar, leve o tempo que levar, encontraremos uma maneira de trazer Lydia para casa.

Elizabeth olhou para o marido. Ele estava parado na última luz de novembro, o rosto consumido pela dor, pela raiva e pela determinação. Ela pensou: este é o homem que me propôs casamento de forma tão desastrosa em Hunsford. Que me escreveu uma carta tão honesta que mudou minha vida. Que ouviu sua tia me chamar de louca esta tarde e me escolheu antes de saber a verdade. Que agora está prometendo salvar minha irmã de um assassino porque ela é minha irmã e, portanto, responsabilidade dele também. Ele nunca na vida fugiu de uma responsabilidade.

— Eu te amo — disse ela. Não tinha planejado dizer isso. Saiu do mesmo modo que a confissão dos fantasmas: brusca, sem elegância, verdadeira.

Darcy olhou para ela.

— Eu sei — disse ele. — Sei há algum tempo. Você não é tão sutil quanto pensa, Elizabeth.

Ela riu. Foi uma risada terrível, meio soluço, mas foi uma risada. Darcy sorriu. Georgiana, ainda de olhos vermelhos, também sorriu. Por um momento, os três eram apenas uma família, sentados numa sala, encontrando o caminho de volta uns aos outros.

— O baile — disse Elizabeth. Ela olhou para o relógio. Quatro e meia. Trezentas pessoas chegando em duas horas e meia. Ela não tinha se vestido. Seu rosto estava um desastre.

— O baile — concordou Darcy. — Vamos ficar na fila de recepção. Vamos dançar. Pemberley será tão majestosa quanto sempre foi, e a nova Senhora Darcy será elogiada como a melhor anfitriã que Pemberley poderia desejar. Amanhã, quando tia Catherine tiver ido embora e a casa for nossa novamente, vamos sentar juntos e decidir o que fazer sobre George Wickham.

— Sim — disse Elizabeth. — Esta noite vamos realizar o melhor baile que Pemberley viu em vinte anos, porque Nana vem planejando isso há cento e trinta anos, e eu prefiro encarar o próprio Wickham a dizer a ela que foi cancelado.

Darcy estendeu a mão. Elizabeth a pegou. Eles foram se vestir para o baile, e Georgiana foi procurar Kitty, e a casa fervilhava ao redor deles, à espera.

Capítulo Vinte e Seis

Todos os lustres estavam acesos, uma vela branca de cera de abelha ardia em cada castiçal, e o salão de baile devolvia a luz em cem superfícies: os cristais acima, as molduras douradas nas paredes, as altas janelas que agora nada mostravam além do reflexo do próprio aposento, duplicado e cintilante, como se houvesse dois salões, duas multidões, duas orquestras tocando a mesma música. O desenho de giz no chão estava nítido e branco sob os pés dos dançarinos. Os lírios junto à entrada perfumavam o ar, exatamente como Nana quisera. As cortinas estavam recolhidas na exata medida que Nana especificara, embora ainda não houvesse luar para revelar o parque; a lua surgiria mais tarde. Quando surgisse, as janelas do oeste emoldurariam o lago e o parque em prata. Pemberley faria por merecer cada elogio que seus convidados pudessem lhe fazer.

Elizabeth estava na fila de recepção ao lado de Darcy e sorria até o rosto doer. Trezentos convidados passaram por ela. Cumprimentou cada um, lembrou-se de todos os nomes, disse as coisas certas, porque Lady Matlock a treinara, a Senhora Reynolds a instruíra, e Nana passara cento e trinta anos se preparando para aquela noite. Georgiana e Darcy estavam de cada lado dela, sussurrando lembretes ocasionais. Lady Ashbourne chegou cedo, apoiada no braço da neta, Clara: uma mulher miúda, de olhos vivos e penetrantes, que examinou Elizabeth de cima a baixo e disse:

— Então é você quem conseguiu amansar Fitzwilliam Darcy. Nunca imaginei que isso fosse possível.

Elizabeth respondeu que não o domara exatamente, apenas chegara a um acordo de que ele não tinha permissão para rosnar nem morder, e Lady Ashbourne riu, um som seco e crepitante, antes de seguir adiante.

Darcy estava ao lado dela e cumprimentava todos com formalidade imperturbável. Fora criado para aquilo e, embora jamais se deleitasse em grandes reuniões sociais, pelo menos aquela era a espécie de ocasião em que se sentia mais à vontade, com convidados de sua própria escolha. Entre um cumprimento e outro, sua mão encontrava a base das costas de Elizabeth, um toque que dizia: estou aqui. Ela se inclinava para esse toque e não se importava com quem percebesse.

Lord Matlock estava com Bingley, que lhe contava uma história que exigia gestos largos com as mãos e o fazia rir, a despeito de si mesmo. Lady Matlock movia-se entre os convidados, guiando conversas, fazendo apresentações, comandando a noite como fazia havia trinta anos. Ela encontrou o olhar de Elizabeth do outro lado do salão e lhe deu um pequeno aceno de aprovação.

Georgiana dançava. Dançou a primeira dança com um jovem de uma das famílias de Derbyshire que Lady Matlock selecionara para esse fim, e dançou lindamente, o rosto corado, a timidez esquecida na música. Kitty também dançava, radiante em musselina branca, perseguida por dois jovens que disputavam sua atenção com um fervor ao qual ela respondia com uma graça digna que encheu Elizabeth de um orgulho feroz da irmã mais nova. Anne de Bourgh estava à beira do salão com Clara Ashbourne, as duas conversando em voz baixa. Anne começou a rir de algo que Clara disse, o rosto relaxado e desarmado de um jeito que Elizabeth nunca vira antes.

Lady Catherine estava ali. De pé perto das mesas de refrescos, vestida de bombazina preta, com as costas junto à parede e o rosto rígido. Não se aproximou de Darcy nem de Elizabeth. Falava com quem lhe dirigia a palavra, e era cortês, porque trezentas pessoas observavam, e Lady Catherine de Bourgh não daria a Elizabeth Darcy a satisfação de vê-la ruir em público. Estava ali por Anne, e todos no salão sabiam disso, e ninguém tocava no assunto, porque era assim que essas coisas se faziam.

Jane observava Elizabeth do outro lado do salão, e Elizabeth sentia o calor daquele olhar. Jane a vestira. Jane fizera seu penteado, porque a criada de Elizabeth era competente, mas Jane era melhor. Jane olhara para ela no espelho e dissera:

— Você está com postura de senhora de Pemberley.

Elizabeth respondera:

— Estou com porte de uma mulher que passou três horas chorando.

Jane dissera:

— As duas coisas podem ser verdade — e lhe entregara um pano embebido em água fria de pepino para os olhos.

Bingley estava em toda parte, encantando a todos, porque a boa natureza de Bingley era contagiante. Caroline encarnava a elegância perto do pianoforte, o vestido de seda creme resplandecendo à luz das velas. Posicionara-se onde pudesse ser vista com a maior vantagem possível e conversava com um grupo de cavalheiros locais com um charme determinado. Pretendia tirar o máximo proveito da noite, Elizabeth percebia. Olhou para Darcy várias vezes com a cabeça erguida regiamente, como se quisesse obrigá-lo a olhá-la. *Veja o que poderia ter sido,* Caroline evidentemente queria lhe dizer. *Veja o que você poderia ter tido. Eu poderia ter sido a senhora de Pemberley, se você não tivesse se deixado enredar pelos lindos olhos de uma mocinha do interior.*

Mas Darcy nem sequer lançou um olhar na direção de Caroline.

E os fantasmas estavam ali.

Elizabeth os viu no instante em que entrou no salão de baile. Todos eles. A galeria acima estava lotada: figuras espectrais de todas as épocas da história de Pemberley, comprimidas umas junto às outras, observando. Sarah Dunn estava em posição de sentido perto da entrada, sua faxina esquecida, o rosto iluminado pela animação. O Senhor Graves abandonara seu posto na porta principal e tomara posição ao pé da escada da galeria dos músicos, em libré completa, como se estivesse de serviço num baile de muitas vidas atrás. A Senhora Alcott estava ao lado dele e, pela primeira vez, não discutia; os dois estavam unidos. As crianças fantasmas, Edmund e Charlotte, espiavam por entre a grade da galeria, de olhos arregalados. Miss Pardoe deixara a biblioteca. Elizabeth não teria acreditado que isso fosse possível. Em todas as semanas em que estivera em Pemberley, Miss Pardoe jamais saíra uma única vez para além da porta da biblioteca. Mas ali estava ela, pairando perto da entrada do salão, ainda com o livro apertado contra o peito, olhando em volta para a multidão com um leve sorriso no rosto, como se estivesse apreciando bastante o espetáculo.

George Darcy estava no fundo do salão. Não andava de um lado para o outro. Estava imóvel, observando o filho, a filha, sua casa cheia de luz e música. Seu rosto estava tão cheio de amor e de orgulho que doía no coração de Elizabeth saber que Darcy e Georgiana não podiam vê-lo.

Nana estava ao lado de Elizabeth. Estivera ao lado dela a noite inteira, uma presença constante, e, pela primeira vez, não criticava. Observava os convidados chegarem, as danças começarem, as mesas da ceia se encherem. Disse, várias vezes:

— É assim que Pemberley deve ser.

Elizabeth dançou com Darcy. Abriram o baile juntos, como era esperado. Os músicos tocaram um minueto. Darcy a conduziu por ele com a mesma atenção firme e cuidadosa que dedicava a tudo. Elizabeth esqueceu, pela duração de uma única dança, os fantasmas, o assassinato, Wickham, Catherine, a estranha pressão que oprimia seu peito o dia inteiro. Esqueceu tudo. Dançou com o marido num salão cheio de luz de velas. Trezentas pessoas os observavam e percebiam o que era a nova senhora de Pemberley: uma mulher que pertencia àquele lugar, que era digna de sua posição. Que amava o homem a seu lado e era amada por ele, e cujo baile era, por qualquer medida, um triunfo.

Nana, observando ao lado da mesa de refrescos, enxugou os olhos com as costas da mão, e, se Elizabeth percebeu, teve a delicadeza de não comentar.

As portas do terraço se abriram assim que a primeira dança terminou.

Elizabeth não as viu abrir. Ela as sentiu, a lufada de ar frio de novembro entrando no salão aquecido, o murmúrio dos convidados mais próximos quando se viraram em direção à corrente de ar. Ela estava de pé com Darcy na borda da pista de dança, ainda corada do minueto, a mão no braço dele, e se virou com todos os outros.

Wickham entrou.

Ele estava de uniforme militar, porque é claro que estava, o casaco vermelho que havia encantado Meryton e deslumbrado Lydia e escondido o homem por baixo dele de todos que deveriam ter visto a verdade. Lydia estava em seu braço, barulhenta e exageradamente vestida num vestido ousado demais para sua idade, chamativo demais para a ocasião. Ela estava radiante, encantada consigo mesma, encantada com sua entrada, encantada de estar em Pemberley.

— Surpresa! — disse Lydia, para ninguém em particular e para todos ao mesmo tempo. — Viemos! Wickham disse que devíamos vir, que Darcy nos queria aqui, e cá estamos!

Elizabeth apertou o braço de Darcy. Ela o sentiu ficar rígido ao seu lado. Sua mandíbula travou. Sua respiração mudou.

Então a temperatura caiu.

Caiu tão rápido que a pele de Elizabeth se arrepiou, seu hálito ficou visível, e os convidados mais próximos das portas do terraço estremeceram e puxaram seus xales com mais força. As velas mais próximas das portas vacilaram, chamas se curvando para o lado como se um vento tivesse soprado pela sala, exceto que não havia vento. As portas do terraço agora estavam fechadas atrás de Wickham. O frio não estava vindo de fora.

George Darcy estava se movendo.

Elizabeth o viu cruzar o salão em três passadas longas e impossíveis, e ele estava atrás de Wickham, bem atrás dele, tão perto que, se Wickham pudesse sentir os mortos, teria sentido o hálito de George em seu pescoço. O rosto de George estava terrível. Elizabeth já tinha visto sua raiva antes, sua tristeza, sua frustração amarga. Isso não era nada disso. Era o rosto de um homem olhando para o próprio assassino, e o ódio nele era tão concentrado que o ar ao seu redor se distorcia, as chamas das velas mais próximas se curvando para longe como se repelidas.

— George — disse Elizabeth. Ela disse em voz baixa, mal movendo os lábios. — George, espere.

Ele não a ouviu. Ou a ouviu e não se importou.

Wickham, alheio a tudo, sorriu seu sorriso encantador e olhou ao redor do salão como se fosse seu.

— Darcy! Que noite magnífica. Pemberley nunca esteve tão bonita. Seu pai teria ficado tão orgulhoso.

As palavras caíram como um tapa. O braço de Darcy enrijeceu sob a mão de Elizabeth.

— Um homem tão bom, o velho Senhor Darcy — continuou Wickham, apertando a mão de um cavalheiro local. — Praticamente um pai para mim. Passei alguns dos dias mais felizes da minha vida nesta casa.

George Darcy estava diretamente atrás de Wickham. Elizabeth podia ver seu rosto por cima do ombro de Wickham. Ela apertou o braço de Darcy com mais força porque a expressão no rosto de George era uma que ela nunca queria ver de novo. Wickham continuava falando, continuava sorrindo, continuava a elogiar o homem morto que havia assassinado. A náusea de Elizabeth aumentou tão violentamente que ela quase se curvou.

Jane apareceu ao seu lado. Elizabeth não sabia de onde Jane tinha vindo, mas ela estava lá, a mão no cotovelo de Elizabeth, seus olhos fazendo a pergunta que não podia fazer em voz alta. Kitty estava observando do outro lado da pista de dança, o rosto tenso. Georgiana estava por perto, encarando Elizabeth com uma expressão de puro alarme.

Darcy não se movera. Ele estava olhando para Wickham com uma expressão que Elizabeth reconheceu, porque já tinha visto no rosto de seu pai: fúria fria e concentrada, contida apenas pela vontade. Ele estava calculando. Elizabeth podia vê-lo fazendo isso: pesando as opções, medindo as consequências, decidindo se expulsava Wickham fisicamente na frente de trezentos convidados ou se esperava e lidava com ele depois.

— Não aqui — disse Elizabeth, pressionando o braço dele. — Não na frente de todos.

Darcy olhou para ela. Sua mandíbula relaxou uma fração. Ele assentiu.

Wickham, enquanto isso, pegara uma taça de champanhe de um lacaio que passava e atravessava a sala como se fosse o convidado de honra. Lydia o seguia, tagarelando para qualquer um que quisesse ouvir sobre o regimento e Newcastle e uma casinha na propriedade onde haviam ficado com um velho amigo de Wickham, e Elizabeth pensou: ele planejou isso. Ele planejou entrar pelas portas do terraço depois da fila de recepção, para que Darcy não pudesse mandá-lo embora na porta da frente. Ele entrou pelos fundos porque sabia que não era bem-vindo, mas veio mesmo assim, porque Wickham sempre fazia exatamente o que queria e contava com o charme para suavizar as consequências.

— Lizzy — disse Jane, muito baixinho. — O que está acontecendo?

Jane não estava perguntando sobre Wickham. Ela já sabia que Wickham estar ali não era uma coisa boa. Ela estava falando sobre o que todos na sala — que não sabiam que Wickham não era o que parecia — podiam sentir. As velas ainda estavam vacilando. O frio não tinha recuado. Os convidados comentavam sobre isso agora, abanando-se menos e puxando os xales com mais força, e os músicos haviam começado a segunda série de danças, mas a música soava fraca, as notas não se propagando como deveriam, como se o próprio ar tivesse ficado denso.

Todos os fantasmas de Pemberley estavam observando Wickham. Elizabeth podia sentir isso. Sarah Dunn se apertara contra a parede, a empolgação desaparecida, o rosto branco. Graves estava ao pé da escada da galeria dos músicos, rígido, as mãos cerradas ao lado do corpo. Senhora Alcott havia recuado para o canto mais distante. Senhorita Pardoe fugira de volta para sua biblioteca, agarrando o livro como um escudo. As crianças fantasmas haviam desaparecido do parapeito da galeria.

George Darcy seguiu Wickham pela sala, passo a passo, nunca a mais de um passo atrás dele. O ódio irradiando dele curvava as chamas das velas, esfriava o ar, fazia os dentes de Elizabeth doerem.

— Problema — disse Elizabeth baixinho para Jane. — Vou tentar resolver isso.

Jane não questionou. Ela assentiu, virou-se, chamou Bingley alegremente, tentando quebrar a tensão que todos podiam sentir.

— George — disse Elizabeth novamente, sob o pretexto de aceitar uma taça de vinho de um lacaio. — George, por favor. Deixe-me encontrar outra maneira.

Ele não respondeu. Ele não olhou para ela. Ele olhava apenas para Wickham.

Nana estava ao seu lado, as mãozinhas cerradinhas.

— Não consigo conter isso — disse Nana. — Tenho contido desde ontem, Elizabeth. Tenho contido a casa, os espíritos, contendo o George, tentando entender o que estava errado. Agora sei o que estava errado, porque aquele homem está aqui, o homem que matou George, parado neste salão bebendo champanhe e sorrindo. A casa sabia. Pemberley sabia antes de qualquer um de nós. O assassino está na casa e todos os fantasmas de Pemberley podem sentir isso e não consigo conter isso por muito mais tempo.

— Você precisa conseguir — disse Elizabeth. — Nana, por favor. Não aqui. Não com trezentas pessoas assistindo.

— Estou tentando — disse Nana, e pela segunda vez desde que Elizabeth a conhecia, ela parecia assustada. — Mas não sou só eu, Elizabeth. É a casa. A casa está com raiva. Há fantasmas nesta casa mais velhos que eu que não obedecem a ninguém.

De todas as pessoas, foi Caroline Bingley quem rompeu a tensão.

Ela vinha observando a noite azedar do lugar que ocupava junto ao pianoforte. Fora ofuscada por Elizabeth e ignorada por Darcy. O baile era um triunfo; nada daquele triunfo era seu. Wickham e Lydia haviam entrado sem convite, barulhentos, vulgares, impossíveis de ignorar. Caroline viu uma oportunidade.

— Que extraordinário — disse Caroline a Louisa Hurst, num tom de voz calculado para alcançar todos. — Não sabia que o convite se estendia a todas as conexões da família Bennet, por mais desprezíveis que fossem. Seria como convidar o regimento da milícia inteiro.

Várias cabeças se viraram, e algumas conversas próximas se calaram. Louisa pareceu desconfortável. Caroline não se importou. Estava furiosa e humilhada e queria fazer alguém sangrar, e a conexão dos Bennet com Wickham era a ferida mais fácil de abrir.

— Suponho que, quando a irmã de alguém se casa com um homem sem fortuna nem caráter, deve-se esperar que ele apareça em momentos inconvenientes — continuou Caroline, falando ainda mais alto à medida que o silêncio ao seu redor se alastrava. — É a consequência natural de uma aliança imprudente. Lady Darcy deve estar mortificada, embora, claro, seja bem-criada demais para demonstrar. — O elogio era uma faca embrulhada em seda, e todos que o ouviram sabiam disso.

Nana olhou para Caroline Bingley com uma expressão de fúria tão incandescente que as velas do candelabro mais próximo vacilaram e se apagaram, todas as seis de uma vez, e um lacaio quase derrubou sua bandeja.

O lacaio não derrubou a bandeja. Mas a bandeja inclinou, só um pouco, apenas o suficiente, e uma taça grande de vinho tinto escorregou de sua superfície e derramou, numa cascata espetacular, sobre a frente do vestido creme de seda de Caroline Bingley.

Caroline gritou.

Foi um grito magnífico, agudo e penetrante. Cortou a música, a conversa, o frio opressivo, atraiu todos os olhares do salão de baile. Louisa Hurst se levantou de um salto. Uma matrona próxima sacou um lenço. Dois lacaios convergiram. Caroline ficou parada no salão de baile de Pemberley com clarete escorrendo pelo peito do vestido e manchando as marcações de giz sob seus pés, e por um momento glorioso e terrível, cada pessoa na sala estava olhando para Caroline Bingley e não para as velas que vacilavam ou o frio sobrenatural ou o homem que havia assassinado o último senhor de Pemberley.

Nana, ao lado de Elizabeth, cruzou os braços.

— Ela mereceu isso — disse Nana.

Elizabeth não podia discordar. Fora uma trégua, um respiro momentâneo da tensão, embora já estivesse passando. Louisa estava conduzindo Caroline em direção à porta, os lacaios estavam enxugando o chão, os convidados voltavam a dançar. Mas o frio ainda estava lá, George Darcy ainda seguia Wickham, as velas ainda vacilavam. Elizabeth sabia que era só questão de tempo.

Elizabeth olhou para Darcy. Darcy olhou para ela. Ambos sabiam — embora Darcy não pudesse sentir o que ela estava sentindo — que ele não era a pessoa mais furiosa naquela sala diante da presença de Wickham. O que quer que estivesse se acumulando naquela casa, o grito de Caroline lhes havia ganhado minutos, não uma solução.

Os músicos continuaram tocando. Os convidados continuaram dançando. Pemberley ardia em fúria e luz de velas.

Capítulo Vinte e Sete

JANE E LADY MATLOCK haviam resolvido a crise dos lugares entre elas quando a sala de ceia foi aberta. Elizabeth viu a consulta discreta, a rápida preparação de dois novos cartões de lugar, o rearranjo dos existentes. O resultado: Wickham e Lydia foram sentados na outra extremidade da mesa, bem longe da família, ladeados pela esposa de um proprietário rural local de um lado e por um coronel alegre e levemente surdo do outro. Foi feito com maestria. Ninguém que não soubesse teria adivinhado que os lugares haviam sido criados do nada.

Wickham saiu da sala de cartas e seguiu a multidão para a ceia, e as velas finalmente ardiam de forma constante pela primeira vez em uma hora. George Darcy o seguiu, mas a uma distância maior agora. Nana o havia pressionado, Elizabeth suspeitava. Ela tinha visto Nana conversando urgentemente com George pouco antes da ceia, e o que quer que ela tivesse dito parecia ter surtido algum efeito, porque George não estava mais imediatamente atrás do ombro de Wickham. Ele ficou na outra extremidade da sala de ceia, observando, o rosto rígido, as mãos cerradas ao lado do corpo. Ele havia tentado ferir Wickham, estrangulá-lo ou parar seu coração por dentro. Havia fracassado; fantasmas não podiam tocar os vivos. O fracasso o deixara mais furioso do que nunca.

Elizabeth sentou-se ao lado de Darcy, não comeu nada e sorriu para todos que falaram com ela.

Lydia tagarelava alegremente com a esposa do proprietário rural, que era educada demais para se retirar. Ela comeu muito e bebeu três taças de vinho. Elogiou a comida, a música, a casa, o desenho de giz no chão do salão de baile. Em certo momento, entre o peixe e a carne, ela se inclinou sobre a mesa em direção a Kitty e disse, na voz que carregava tanto quanto a de sua mãe:

— Kitty! Não é o baile mais maravilhoso? Você precisa vir sentar comigo depois da ceia, tenho tanto para contar sobre Newcastle, você não faz ideia dos oficiais...

Kitty olhou para Lydia. Sua expressão era neutra, educada, quando disse:

— Não posso, Lydia. Estou comprometida para dançar o próximo conjunto.

— Ah, mas depois disso! Mal conversamos, Kitty, e senti tanto sua falta, e há tanta coisa...

— Prometi todos os meus conjuntos desta noite, receio. Terei pouco tempo para sentar e conversar — disse Kitty, a voz agradável e firme.

Ela voltou-se para sua conversa com o cavalheiro ao seu lado. O rosto de Lydia se fechou por apenas um momento antes que a bolha a envolvesse de novo; ela voltou-se para a esposa do proprietário rural com entusiasmo renovado.

Elizabeth viu aquilo acontecer. Kitty, que havia passado toda a infância na órbita de Lydia, que fora a sombra e o eco de Lydia, afastara-se com uma determinação tranquila e definitiva. Não era crueldade. Kitty não seria cruel com Lydia. Mas ela não seria puxada de volta, tampouco, e Lydia, por um breve instante, pareceu desolada antes de se lembrar de que era a Senhora Wickham em um baile e não havia razão no mundo para estar desolada.

Elizabeth olhou para sua irmã mais nova e pensou: Ela tem apenas dezesseis anos. Está casada com um assassino, e não sabe. Seja o que for que aconteça esta noite, preciso tirá-la desta casa antes que ela descubra da pior maneira possível.

— Jane — disse Elizabeth, inclinando-se para a irmã. — Depois da ceia, posso pedir que leve Lydia para algum lugar tranquilo? Fique com ela.

Jane não perguntou por quê. Ela assentiu.

Após a ceia, a dança recomeçou. Os músicos iniciaram uma dança campestre. Os convidados voltaram ao salão animados, com o vinho e a conversa já fazendo efeito. Elizabeth permaneceu com Darcy na beirada do salão e observou os pares se formarem, e por alguns minutos o baile pareceu o que deveria ser: uma celebração, um triunfo, trezentas pessoas desfrutando da hospitalidade da nova senhora de Pemberley.

Então Wickham voltou.

Ele não parara de beber desde que chegara, e o vinho tinto fizera seu efeito nos homens que se julgam encantadores: aos próprios olhos, tornara-o ainda mais; aos olhos de todos os outros, bem menos. Ele atravessou o salão de baile com andar descontraído, arrogante, como se

Pemberley lhe pertencesse. Parou para admirar os retratos. Deteve-se na mesa de refrescos para pegar outra taça.

Elizabeth o seguiu. Ela não decidiu segui-lo; seus pés se moveram por conta própria, movidos por um pavor que não conseguia nomear, pela certeza de que onde quer que Wickham fosse naquela casa naquela noite, ela tinha de estar perto.

Darcy estava ao seu lado. Ele não se afastara dela desde que Wickham e Lydia atravessaram as portas do terraço. Ele não podia sentir o que ela sentia, não podia ver o que ela via, mas podia ler seu rosto, e seu rosto lhe dizia que algo estava terrivelmente, horrivelmente errado.

George Darcy estava três passos atrás de Wickham. Ele também não se afastara de Wickham. O frio se movia com eles, uma bolha de ar gelado que seguia Wickham pela sala aquecida. Os convidados se afastavam sem saber por quê, puxando seus xales com mais força, culpando as correntes de ar. As velas se curvavam e bruxuleavam quando George passava.

Wickham alcançou a escadaria para a galeria dos músicos. Era uma escada de madeira estreita, íngreme, que se curvava para cima até a sacada onde a orquestra tocava. Ele parou ao pé dela e olhou para cima, e Elizabeth o viu sorrir, o sorriso fácil e possessivo de um homem relembrando uma infância feliz. Ele brincara nestas escadas quando menino, ela percebeu. Ele tinha subido e descido correndo por elas quando George Darcy estava vivo, o salão de baile aberto, Wickham, o afilhado favorito, com livre acesso à casa.

Ele pisou no primeiro degrau.

— Wickham — disse Elizabeth. — Por favor, não suba.

Ele se virou. O sorriso encantador ainda estava no lugar, mas seus olhos eram opacos, do jeito que Lydia os descrevera em sua carta. Olhos mortos num rosto bonito.

— Senhora Darcy. Só apreciando a vista. Dá para ver o salão inteiro da galeria. Eu costumava sentar lá em cima quando menino e observar os convidados embaixo.

Atrás de Wickham, o rosto de George Darcy estava branco de fúria.

— A galeria é para os músicos — disse Elizabeth. — Não está aberta aos convidados.

— Certamente podem abrir uma exceção para um velho amigo da família.

Ele se virou de volta para a escada, subiu, taça na mão. Elizabeth não podia detê-lo sem causar uma cena; não podia causar uma cena com trezentas pessoas observando, perguntando-se por que a senhora de Pemberley estava perseguindo George Wickham escada acima.

Graves estava ao pé da escada. Ele estivera ali a noite toda, com os punhos cerrados, rígido. Quando Wickham subiu passando por ele, Graves olhou para Elizabeth, e seu rosto continha uma pergunta que ela não sabia como responder.

Wickham alcançou o topo. Ele ficou de pé junto ao corrimão da galeria dos músicos, olhando para o salão de baile, sua taça erguida, sua casaca vermelha vibrante contra a madeira escura. Os músicos haviam feito uma pausa entre as músicas. A galeria estava vazia, exceto por Wickham, as estantes de partituras e as velas que bruxuleavam em seus suportes. Ele olhou para a multidão abaixo e abriu os braços, como se abraçasse o salão, como se a própria Pemberley tivesse esperado por seu retorno.

— Magnífico — disse ele, para ninguém. Para todos. — Verdadeiramente magnífico. O velho Senhor Darcy teria adorado isso.

Elizabeth apertou o braço de Darcy. George estava ao pé da escada, olhando para cima, para Wickham. Nana estava ao lado de Elizabeth. Todos os fantasmas no salão de baile haviam ficado imóveis. Sarah Dunn, Senhorita Pardoe, Graves, Senhora Alcott, as sombras tênues na galeria acima. Todos observavam Wickham, apoiado no corrimão da galeria dos músicos, a taça de vinho tinto na mão e o sorriso encantador no rosto.

Então Sir Roderick atravessou a parede.

Ele veio *rugindo*. Não havia outra palavra. Apenas uma alma viva naquele salão podia ouvi-lo, mas Elizabeth o ouviu nos ossos, nos dentes, nas solas dos pés, e recuou com tanta violência que Darcy se virou para ela, alarmado.

— Elizabeth? O que foi? — perguntou ele.

Ela não conseguiu responder. Estava olhando fixamente para a parede sul do salão de baile, de onde Sir Roderick Darcy estava emergindo. Ele era enorme. Não alto, não fisicamente grande, mas enorme da maneira que George era sólido e Nana era vívida: uma presença que preenchia o espaço que ocupava e empurrava todo o resto para o lado. Seu rosto era uma máscara de raiva absoluta e incontrolável, a boca escancarada, e o rugido que dela emergia era tão alto que Elizabeth não ouvia mais nada. Ele estivera adormecido por tanto tempo quanto qualquer fantasma em Pemberley conseguia lembrar. Estava desperto agora.

Ele atravessou o piso do salão de baile em passadas que cobriam distâncias impossíveis. As velas não tremularam desta vez. Elas se apagaram. Cada vela no extremo sul do salão de baile, vinte ou trinta delas, extinguiram-se de uma vez. Os convidados soltaram exclamações de espanto. Alguém derrubou uma taça. As velas da galeria dos músicos também se apagaram, mergulhando o nível superior na sombra. Os convidados vivos tropeçaram para o lado sem saber por quê, agarrando-se a seus pares, suas bebidas, sua compostura. O frio atingiu como uma parede. Os dentes de Elizabeth batiam. Darcy apertou sua mão.

Sir Roderick não olhou para Elizabeth. Nem para Darcy. Nem para Nana, George, Graves ou qualquer um dos fantasmas que se comprimiam contra as paredes enquanto ele passava. Olhou apenas para cima, para a galeria dos músicos, para o homem que estava junto à balaustrada em seu casaco vermelho com sua taça de vinho tinto e seus olhos mortos e seu sorriso encantador.

Ele subiu as escadas. Os degraus de madeira rangeram sob um peso que ali não poderia existir. Um convidado vivo perto da escadaria olhou para os degraus, franzindo a testa; a madeira gemia, mas não havia ninguém ali.

Wickham ainda estava junto à balaustrada. Ele havia observado as velas apagadas, a rajada de ar frio, e seu sorriso havia vacilado. Não porque conseguisse ver Sir Roderick, mas porque o salão de baile havia ficado subitamente frio, escuro e terrivelmente errado; até George Wickham, que não tinha dom, sensibilidade ou consciência, conseguia perceber.

Sir Roderick alcançou o topo das escadas.

Ele cruzou a galeria em duas passadas. Ficou diretamente atrás de Wickham, e Wickham não o viu, mas Wickham estremeceu, e sua mão apertou a taça.

— Não — disse Elizabeth, em voz alta. Não ligava se alguém a ouvisse. — Não, pare, por favor...

Darcy olhou para ela.

— Elizabeth?

Sir Roderick estendeu as mãos e *empurrou*.

Não deveria ter sido possível. Fantasmas não podiam tocar os vivos. As regras eram claras, sempre foram claras, e Elizabeth as compreendia desde a infância. Mas Sir Roderick Darcy havia dormido por mais tempo do que qualquer um conseguia lembrar. Diziam que fora, em vida, um homem excepcionalmente desagradável. Ele havia acordado para encontrar o assassino de seu descendente parado em seu salão de baile bebendo vinho tinto, e as regras, aparentemente, não se aplicavam a ele.

Wickham cambaleou para a frente. Seu pé escorregou no degrau superior — aquele que uma criada fantasma havia polido diligentemente o dia inteiro —, e despencou por cima da balaustrada.

A queda não foi grande. A galeria dos músicos ficava um andar acima do piso do salão de baile, talvez quatro metros, mas a escadaria abaixo era estreita e íngreme, toda de madeira escura e arestas afiadas. Wickham bateu no corrimão, torceu-se e caiu pelo resto da altura. Sua taça estilhaçou. O barulho foi abafado pelo estrondo que seu corpo produziu ao atingir o piso do salão de baile, de cabeça.

Alguém gritou. Depois outra pessoa. Então a sala inteira se encheu de barulho: gritos, cadeiras sendo arrastadas, a multidão avançando e recuando da figura desmoronada ao pé da escada da galeria dos músicos.

Graves afastou-se, pairando, o rosto inexpressivo. Ele havia esperado ao pé daquelas escadas a noite inteira. Nana pressionou as mãos sobre a boca; se em horror ou satisfação, Elizabeth não conseguiu dizer. George Darcy estava ao pé das escadas, olhando para o corpo do homem que o havia assassinado. Sua expressão era a mesma máscara impenetrável que Darcy usava em Hunsford: processando algo chocante, algo que não sabia como responder.

Darcy já estava se movendo. Abriu caminho pela multidão à força, ajoelhou-se ao lado do corpo de Wickham. Elizabeth o viu pressionar os dedos no pescoço de Wickham. Ela viu a expressão dele quando ele levantou os olhos. Ela soube antes que ele falasse.

— Mandem chamar o médico — disse Darcy. Sua voz atravessou o salão de baile silencioso. — Peço que todos se retirem, por favor. Minhas mais sinceras desculpas, mas o baile acabou.

Os convidados saíram. Partiram em meio a uma confusão de carruagens, capas e vozes sussurradas: trezentas pessoas que haviam vindo para dançar, comer, julgar a nova Senhora Darcy, e agora iam para casa com uma história completamente diferente. Um homem havia caído da galeria dos músicos. Ele estava bebendo. As escadas eram tão íngremes. Um acidente terrível. Que fim terrível para uma noite tão encantadora.

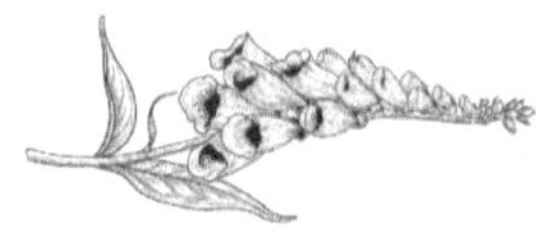

Elizabeth ficou parada no vestíbulo e os viu partir. Manteve a expressão serena, agradecendo a cada convidado que saía, porque era a senhora de Pemberley; esta era sua obrigação. Se sua voz estava firme, seus olhos secos, era porque não lhe restavam lágrimas depois de tudo aquilo, nenhuma compostura a perder.

Jane estava com Lydia. Elizabeth ouvira o grito quando Lydia foi informada, um som brutal, animalesco, vindo de algum lugar do fundo da casa. Depois a voz de Kitty, baixa, firme. A de Jane. Então silêncio. Kitty fora até Lydia porque, apesar de tudo, Lydia ainda era sua irmã e Kitty não a deixaria sozinha nisso. Bingley andava por perto, tentando ajudar e errando um pouco, mas cada palavra de conforto era sincera, como era típico de Bingley, como sempre fora.

Lord Matlock assumiu o controle quando o médico chegou, cuidou da remoção do corpo, e da dúzia de questões práticas que acompanham uma morte súbita em uma grande casa. Lady Matlock conduziu os convidados que pernoitariam para seus quartos sem demora. A Senhora Reynolds cuidou dos criados, que estavam profundamente abalados.

A última carruagem partiu. O vestíbulo ficou vazio. As velas que haviam se apagado foram reacesas. O salão de baile resplandecia novamente, quente, dourado, como se nada tivesse acontecido. O desenho de giz no chão estava borrado e manchado, os arabescos brancos desfeitos por trezentos pares de pés e pelo sangue de um homem. Os lírios perto da entrada ainda exalavam seu perfume doce.

Darcy encontrou Elizabeth no corredor do lado de fora do salão de baile. Ela estava encostada na parede, os olhos fechados, o vestido de baile amassado e o cabelo se soltando dos grampos que Jane arrumara com tanto cuidado. Ele parou diante dela, olhando seu rosto. Ela abriu os olhos. Olhou de volta para ele.

Ele sabia, ela via em seus olhos. Não os detalhes, é claro. Não Sir Roderick, não o empurrão, não o exército de Darcys espectrais e seus criados, leais até depois da morte, que haviam observado sua casa executar sua própria justiça. Mas ele sabia que o que acontecera naquela escada não fora um acidente, que Elizabeth o vira, e sabia que ela lhe contaria, porque havia prometido que ele poderia perguntar-lhe qualquer coisa e ela não guardaria mais segredos dele.

— Ele caiu — disse Elizabeth.

— Ele caiu — repetiu Darcy.

— O médico vai dizer que ele estava bêbado. As escadas são íngremes, e haviam sido bem polidas, para ficarem apresentáveis para o baile. Será considerado um acidente.

— Sim.

— Não foi um acidente.

Darcy ficou quieto por um momento. O corredor estava vazio. A casa estava quieta, mais quieta do que Elizabeth jamais a conhecera. Até os fantasmas estavam silenciosos. Graves retornara ao salão dos criados. A Senhora Alcott fora com ele. Sarah Dunn desaparecera. A galeria acima estava vazia.

— Meu pai — disse Darcy, e ela ouvira algo como medo em sua voz. — Foi...

— Não. Seu pai esteve no salão de baile o tempo todo. Estava parado ao meu lado. Observou, mas não agiu. Foi Sir Roderick.

— Sir Roderick? — Darcy piscou, e ela pôde vê-lo vasculhando a memória. — Conheço esse nome...

Elizabeth pressionou a nuca contra a parede. — Ele era o tataravô do marido de Nana, ou talvez mais uma ou duas gerações além, que foi senhor de Pemberley no tempo da Rainha Elizabeth. Estivera dormindo na sala amarela por mais tempo do que qualquer um conseguia lembrar. Nana tinha medo do que aconteceria se ele acordasse.

— E ele acordou.

— Ele acordou. Entrou no salão de baile, subiu as escadas, empurrou Wickham por cima do corrimão. Eu não achava que fantasmas pudessem tocar os vivos. Eles não podem, como regra. Sir Roderick não é um fantasma que segue regras.

Darcy encostou-se na parede ao lado dela. Ficaram ombro a ombro, ambos exaustos, ambos em suas roupas de baile, ambos carregando uma verdade que, depois daquela noite, nunca mais seria dita em voz alta.

— A morte de Wickham reflete seu crime — disse Elizabeth, depois de um longo silêncio. — Parece natural. Acidental. Um homem que estava bebendo, escorregando numa escada íngreme. Só nós sabemos a verdade.

— Só nós saberemos. Sempre.

— Você consegue conviver com isso?

Darcy abriu os olhos. Olhou para ela. — E você?

Elizabeth pensou a respeito. Dissera *não, pare, por favor* e não fizera diferença, porque Sir Roderick não atendia a ordens de ninguém. Assistira a um homem morrer e não conseguira impedi-lo e não estava inteiramente certa, na parte mais sombria e honesta de si mesma, de que quisera impedir.

— Não sei — disse ela. — Acho que consigo. Vou ter de conseguir.

Darcy pegou sua mão. Segurou-a contra a parede entre eles, os dedos entrelaçados nos dela.

— Então carregamos isso juntos — disse ele. — Do jeito que carregamos todo o resto. — Inclinou-se e beijou sua testa, com ternura. — Vá para a cama, Elizabeth. Durma. Vou ficar acordado esperando o médico.

A casa estava quieta ao redor deles. Em algum lugar de Pemberley, Lydia estava chorando. Na sala amarela, Sir Roderick Darcy voltara para sua cadeira, fechara os olhos e adormecera.

Capítulo Vinte e Oito

Na manhã seguinte ao baile, Pemberley estava silenciosa.

Elizabeth desceu cedo, antes de qualquer um, exceto os criados, e encontrou as portas do salão de baile fechadas e uma empregada de joelhos no hall de entrada, esfregando o pó de giz que fora pisoteado pelo mármore. A casa cheirava a velas apagadas e lírios. O padrão de giz borrado ainda estava visível através da porta entreaberta do salão quando Elizabeth a empurrou para olhar: arabescos brancos borrados e quebrados, a mancha perto da escada da galeria dos músicos escura contra a madeira clara.

A Senhora Reynolds já estava de pé, porque a Senhora Reynolds estava sempre de pé. Ela encontrou Elizabeth com um olhar que fazia várias perguntas ao mesmo tempo.

— Como está a Senhora Wickham? — Elizabeth fez sua própria pergunta antes que a Senhora Reynolds pudesse começar.

— Dormindo, senhora. A senhorita Bennet e a Senhora Bingley estão com ela. Ela acordou duas vezes durante a noite e ficou angustiada, mas a senhorita Bennet a acalmou em ambas. — A Senhora Reynolds fez uma pausa. — Ele não indicou que encontrou algo incomum.

— Obrigada, Senhora Reynolds.

Kitty, que havia passado a infância sendo descartada como a irmã tola, aquela que seguia Lydia, aquela de quem ninguém esperava nada. Kitty, passando a noite toda acordada com a irmã que havia discretamente superado, amparando-a em meio a uma dor que era real mesmo que o homem por quem Lydia estava de luto não merecesse isso. Elizabeth sentiu um nó na garganta.

— E o relatório do médico?

— O médico veio e confirmou a morte. Ele atestou a causa como uma queda, agravada pelo consumo de álcool. Ele observou a inclinação da escada e o polimento da madeira. — Ele não indicou que encontrou algo incomum.

— Obrigada, Senhora Reynolds.

Elizabeth foi para a sala da manhã, onde se sentou sob a fria luz de novembro. Bebeu o chá que a Senhora Reynolds lhe trouxe pessoalmente e tentou sentir algo além de exaustão. Ela havia dormido, um pouco, mas não até que Darcy finalmente viesse para a cama. Ele havia colocado os braços ao redor dela, segurado-a no escuro. Ela havia pressionado o rosto contra seu peito e dormido do jeito que uma pessoa dorme depois de uma batalha: profundamente, sem sonhos, longe de ser suficiente.

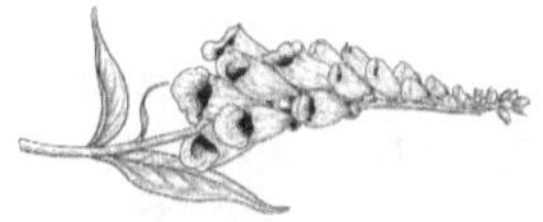

Lady Catherine deixou Pemberley às dez horas.

A carruagem dela foi posta à porta. Os baús foram carregados. A Senhora Jenkinson esvoaçava em volta dela, solícita. Catherine desceu a escada em sua bombazina preta, o rosto uma máscara, as costas rígidas, e não falou com ninguém no caminho, exceto Lord Matlock, que aguardava no hall de entrada com a expressão que sempre usava ao lidar com a irmã: paciência esticada ao limite.

— Vou escrever — disse Catherine.

— Não duvido — respondeu Lord Matlock.

Anne estava ao pé da escada. Estava pálida. Havia estado chorando, Elizabeth pensou, embora tivesse limpado o rosto cuidadosamente e sua compostura estivesse intacta. Ela olhou para sua mãe. Catherine olhou para sua filha. O silêncio entre elas carregava anos de amor, de dano, um abismo que talvez pudesse — ou não — ser atravessado.

— Adeus, mãe — disse Anne.

Catherine abriu a boca. Fechou-a. Estendeu a mão, tocou o rosto de Anne brevemente com as pontas dos dedos enluvados. Então se virou, saiu pela porta da frente, entrou em sua carruagem. Não olhou para trás.

A carruagem partiu pela entrada. Anne a observou ir até que contornou a curva, desapareceu atrás das árvores. Então se virou, passou por Elizabeth sem uma palavra, subiu para seu quarto. Elizabeth a deixou ir. Algumas dores exigiam companhia. Outras exigiam solidão. Anne saberia a diferença por si mesma.

Caroline Bingley partiu uma hora depois, abatida. Louisa Hurst a acompanhou, e o Senhor Hurst seguiu, tendo sido despertado de uma cadeira confortável na sala de cartas onde aparentemente havia dormido durante a morte de Wickham, a evacuação do salão de baile e a chegada do médico.

Ele parecia perplexo. Ninguém explicou nada a ele. Ele entrou na carruagem e foi, com destino à hospedaria em Lambton por alguns dias, porque Pemberley não precisava de hóspedes que exigissem entretenimento naquele momento.

Bingley ficou. Jane ficou. Os Matlock ficaram. E Lydia dormiu, porque Kitty a havia persuadido a tomar láudano nas primeiras horas da manhã, e ela dormiria até a tarde.

Georgiana encontrou Elizabeth no salão depois do almoço. Elizabeth estava em sua escrivaninha, compondo uma carta ao pai que precisaria reescrever três vezes até dizer o que precisava dizer sem dizer o que não podia. Ela largou a pena quando Georgiana entrou e fechou a porta atrás de si.

Georgiana sentou-se na cadeira perto da lareira. Parecia composta, mas suas mãos estavam dobradas no colo do jeito que sempre ficavam quando ela estava se controlando.

— Preciso lhe perguntar uma coisa — disse ela. — Sobre ontem à noite.

— Não foi uma queda natural — Elizabeth admitiu, sabendo o que Georgiana queria dizer.

— Foi meu pai?

Elizabeth encarou-a.

— Não. Seu pai estava no salão de baile o tempo todo. Ele estava ao meu lado. Ele observou, Georgiana, mas não agiu.

A respiração de Georgiana saiu de uma vez. Estivera prendendo o ar, Elizabeth percebeu. Carregara aquela pergunta desde a noite anterior, temendo a resposta, temendo que o fantasma do pai tivesse matado um homem diante de trezentas pessoas e que a conclusão que ele buscara por seis anos tivesse chegado sob a forma de vingança, e não de justiça.

— Então quem?

— Sir Roderick Darcy. Um ancestral distante seu. Ele está adormecido na sala de estar amarela há mais tempo do que qualquer um se recorda. Nana me avisou que, se um dia ele acordasse, ela não saberia o que ele faria. Ele acordou. Fez o que fez. Depois voltou para sua cadeira e adormeceu de novo.

Georgiana a encarou.

— Ele está dormindo? Depois daquilo?

— Ele está dormindo. Eu verifiquei esta manhã. Ele está em sua cadeira, exatamente como sempre esteve, como se nada tivesse acontecido.

— Podemos... devemos... há algo que possamos fazer a respeito dele?

— Não creio. Nana cuidou desta casa por cento e trinta anos sem a intervenção de Sir Roderick, e pretendo fazer o mesmo. Ele dorme. Deixamos que durma. E torcemos para que nada nunca mais o desperte.

Georgiana ficou quieta por um momento. Então disse:

— Darcy me contou que Wickham e Lydia estavam hospedados na propriedade desde o dia anterior ao baile, com um amigo de Wickham que tem um dos chalés perto do bosque norte.

— É por isso que a casa estava inquieta — disse Elizabeth. Ela mesma havia entendido, deitada no escuro à espera de Darcy, juntando as peças. A vibração na pedra que começara dois dias antes. Os fantasmas, cada vez mais agitados. Graves abandonando os preparativos do baile para montar guarda à porta da frente. O medo de Nana. A náusea que Elizabeth combatera o dia inteiro.

Pemberley *soubera*. A propriedade era mais do que a casa. Wickham estivera nas terras de Pemberley, dormindo num chalé de Pemberley, e a casa sentira a presença do homem que assassinara o antigo senhor da casa como um veneno no solo. Os fantasmas não sabiam o que sentiam. Sabiam apenas que algo em seu lar estava errado.

— Pemberley soube antes de qualquer um de nós — disse Elizabeth. — A casa, a propriedade, o sentiu.

Georgiana absorveu a informação e refletiu. Era irmã de Darcy. Analisava as coisas da mesma forma que ele:

com cuidado, minúcia, revirando-as antes de dar qualquer resposta.

— Meu pai está em paz agora? — ela perguntou. — Agora que Wickham está morto?

— Não sei — disse Elizabeth. — Não o vi esta manhã. Mas vou encontrá-lo, Georgiana. E vou lhe contar.

Elizabeth encontrou George sozinho na galeria longa; Edmund e Charlotte costumavam sumir quando ele estava ali, e naquele dia não foi diferente.

George não estava andando de um lado para o outro. Estava parado à janela onde Darcy estivera na noite anterior ao baile, olhando para o gramado ao sul e para o lago além, e, quando Elizabeth entrou, ele não se virou. Ela percorreu a galeria até alcançá-lo e parou a seu lado, e por algum tempo nenhum dos dois falou.

— Acabou — disse George.

A voz dele era baixa. Não a voz inquieta, impelente, que ela aprendera a conhecer. Quase vazia.

— Acabou — concordou Elizabeth.

— Há seis anos eu quero matá-lo e, quando o vi entrar na minha casa com aquele casaco vermelho, eu quis aquilo com tanta força que quase podia sentir o gosto. Mas não pude. Não fui eu que o matei.

— Eu sei. Eu vi você. Você ficou ao meu lado o tempo todo.

— Sir Roderick — George balançou a cabeça devagar. — Eu não sabia que ele podia fazer aquilo. Nenhum de nós sabia. Pelo que sabemos, ele esteve adormecido desde que se tornou um fantasma. Nana às vezes falava dele, sempre com certa cautela. Dizia que ele tinha fama de ser desagradável. Não disse que fosse capaz de...

— Nana também não sabia.

George tornou a se calar. A luz cinzenta de novembro entrava pela janela e atravessava sua forma espectral, sem lançar sombra alguma.

— Elizabeth — disse ele. — Acho que chegou a minha hora.

Ela já estava esperando por isso. Podia senti-lo na natureza da presença dele: uma leveza, um afinamento, como se a solidez que o mantivera preso à casa estivesse se dissolvendo. A fúria que o retivera ali por seis anos havia se esgotado. A justiça que ele exigira lhe fora concedida, não pela lei, não por seu filho, mas por seu ancestral, que se erguera para punir o homem que envenenara seu descendente. Não era a justiça que George imaginara, disso ela tinha certeza. Mas era suficiente.

— Ainda não — disse Elizabeth. — Por favor. Deixe-me trazer Darcy. Deixe-me trazer Georgiana. Você não pode partir sem se despedir.

George olhou para ela. Havia em seu rosto uma gentileza que ela nunca vira antes.

— Rápido — disse ele. — Acho que não tenho muito tempo.

Elizabeth correu. Correu pela galeria, desceu o corredor, encontrou Darcy no escritório.

— Seu pai. Agora. Na galeria. Ele está indo embora.

Darcy se levantou da escrivaninha sem dizer palavra e a seguiu. Ela mandou uma criada chamar Georgiana com um recado urgente: *Galeria, agora, por favor, depressa* e, quando chegaram à galeria longa, George ainda estava ali, ainda à janela, mas mais apagado.

— Ele está aqui — disse Elizabeth. — Junto à janela. Ele está... está desaparecendo, Darcy. Não tem muito tempo.

Darcy se voltou para a janela. Georgiana chegou sem fôlego. Elizabeth segurou sua mão e a colocou ao lado do irmão. Os três ficaram diante da janela onde George Darcy passara tantas horas observando os jardins que não podia deixar para trás.

— Diga a eles — disse George.

A voz dele também estava se apagando.

— Diga a Fitzwilliam que me orgulho dele mais do que jamais consegui dizer em vida. Diga que ele estava certo a respeito de Wickham, e eu estava errado, e que o maior pesar da minha morte é não ter ouvido meu próprio filho quando ele tentou me contar a verdade. Diga que a maneira como ele tem cuidado desta família, de Georgiana, de Pemberley, tem sido tudo o que eu poderia ter esperado e mais do que eu merecia.

Elizabeth repetiu suas palavras. Darcy ouviu, com o maxilar travado e os olhos brilhando, e não desviou o olhar do lugar onde seu pai estava.

— Diga a Georgiana — disse George, e a voz falhou — que ela tem a coragem da mãe, sua beleza, seu coração. Que eu a tenho visto crescer e se tornar uma mulher de quem Annie teria se orgulhado, e que lamento, lamento tanto, não ter estado ali para ver isso em vida.

Elizabeth repetiu aquilo também. O rosto de Georgiana estava banhado em lágrimas, mas ela sorria apesar delas, um sorriso intenso e quebrado, mais Darcy do que Darcy jamais fora.

— E diga aos dois — disse George — que a mãe deles está à minha espera. Posso senti-la. Ela está esperando há seis anos, e já a fiz esperar tempo demais.

A voz de Elizabeth falhou na última frase. Ela mal conseguiu dizê-la. Darcy procurou a mão de Georgiana. Georgiana a apertou. Permaneceram lado a lado, irmão e irmã, diante da janela onde o pai se desfazia na luz de novembro.

George fitou Elizabeth no rosto uma última vez e disse mais uma coisa, só para ela.

— Obrigado, Senhora Darcy.

Ela não conseguiu falar, mas fez uma reverência profunda e respeitosa, como teria feito ao pai de seu marido se tivesse sido apresentada a ele enquanto ainda estava vivo.

George Darcy olhou além de Elizabeth. Além de Darcy. Além de Georgiana. Além da janela, dos jardins e do céu cinzento. Fitou algo que Elizabeth não podia ver, e seu rosto se transformou. Todo o pesar, toda a fúria se dissolveram. O que restou foi uma alegria pura, descomplicada. Ele disse, num tom de puro deslumbramento:

— Annie?

Ele se foi. A galeria ficou vazia.

Nana estava na entrada. Elizabeth não sabia havia quanto tempo Nana estava ali. Não disse nada; apenas manteve as pequenas mãos unidas diante de si, olhando para o lugar onde George estivera. Depois de um momento, ajeitou a touca, virou-se e saiu. Tinha uma casa para cuidar, e Nana se mantivera ocupada com isso por cento e trinta anos.

Elizabeth chorou. Darcy passou o braço ao redor dela, abraçando-a. Georgiana se encostou ao lado do irmão. Os três ficaram na galeria, de luto juntos: pelo homem que haviam perdido, pelo homem que haviam reencontrado, pela mulher que o esperava do outro lado.

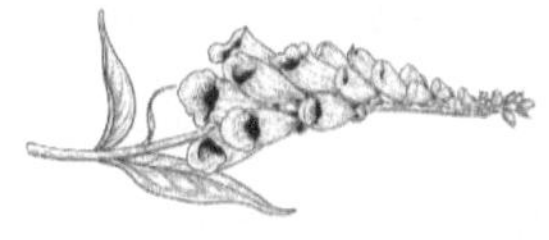

Anne de Bourgh encontrou Elizabeth mais tarde, naquela mesma tarde, no jardim de rosas.

Elizabeth tinha saído porque precisava de ar, precisava de céu, precisava estar em algum lugar que não fosse dentro das paredes de Pemberley. O jardim de rosas estava despido para o inverno, os canteiros revolvidos e cobertos com palha, os caules cortados até virarem tocos escuros. Lady Margaret sorria de seu banco, como sempre fazia. O frio de novembro atravessava o casaco de Elizabeth, mas ela não se importava. Sentou-se no banco de pedra oposto a Lady Margaret, observando a dama no vestido Tudor com sua gola engomada, suas saias armadas. Ela se perguntou como teria sido a vida de Lady Margaret, casada com Sir Roderick.

Talvez houvesse excelentes razões pelas quais o fantasma de Lady Margaret nunca entrava em Pemberley.

Anne desceu o caminho que vinha da casa, envolta num xale, seu rosto magro contraído pelo frio. Sentou-se ao lado de Elizabeth sem pedir permissão, o que era novidade. A Anne de antes teria pedido. A Anne de antes pedia permissão para tudo.

Ficaram sentadas em silêncio por um tempo. Então Anne disse, baixinho:

— Elizabeth. Posso te perguntar uma coisa? Você não precisa responder, se não quiser responder.

— Pode me perguntar qualquer coisa.

— Minha mãe disse muitas coisas sobre você, nas últimas semanas. A maioria delas foi cruel e errada, e eu não acreditei nelas. — Anne fez uma pausa. — Mas algumas das coisas que ela descreveu, o falar com salas vazias, o saber coisas que você não deveria saber... elas não estavam erradas. Eu também observei você, Elizabeth. Não para colecionar indícios. Porque eu estava curiosa. E cheguei à minha própria conclusão, muito diferente da de minha mãe.

Elizabeth esperou.

— Por acaso você viu meu pai em Rosings? — perguntou Anne. — Quando visitou com o Senhor e a Senhora Collins?

Elizabeth olhou para ela. Anne retribuiu o olhar, firme, sem medo, e Elizabeth viu a inteligência de Lady Catherine naqueles olhos, despida da malícia de Lady Catherine.

— Não — disse Elizabeth. Ela podia ser honesta sobre isso, completamente honesta, e o alívio disso era doce. — Rosings, apesar de antiga, é uma casa silenciosa. Acredito que seu pai seguiu em frente em paz. George Darcy me disse uma vez que Sir Lewis era um homem bom, feliz, e que ele amava você muito. Acho que ele não tinha motivo para permanecer.

A expressão de Anne se transformou de um jeito complicado. Alívio e luto e uma pequena perda íntima, tudo ao mesmo tempo. Ela tinha esperado, talvez, que seu pai ainda estivesse lá, ainda observando, do modo como George tinha observado Darcy e Georgiana. E ela tinha esperado, talvez igualmente, que ele não estivesse: que ele tivesse sido poupado do longo e aprisionado purgatório dos fantasmas de Pemberley, que ele estivesse em paz.

— Obrigada — disse Anne. — Por ser honesta comigo.

— Como você soube?

Anne sorriu. Era um sorriso pequeno, cuidadoso, o sorriso da filha de um dragão que tinha aprendido discrição observando sua mãe fracassar nisso. — Minha mãe construiu seu caso a partir de suspeita e rancor. Eu construí o meu a partir de observação e lógica. Você não é louca, Elizabeth. Você é extraordinária. E guardarei seu segredo pelo tempo que você precisar.

Ela se levantou, puxou o xale com mais força, caminhou de volta pelo caminho até a casa. Elizabeth permaneceu sentada no jardim de rosas com o sorriso espectral de Lady Margaret como companhia e pensou: *Aquela moça vai ser muito mais formidável do que sua mãe jamais foi.*

Naquela noite, Elizabeth e Darcy sentaram-se juntos em sua sala de estar, o fogo queimando baixo. Georgiana e Anne tinham ido para a cama. Kitty estava com Lydia. Jane e Bingley tinham se retirado discretamente, e os Matlock estavam em seus quartos. A casa estava silenciosa, e pela primeira vez em semanas, o silêncio parecia um descanso em vez de ameaça.

— Lydia vai precisar de cuidados — disse Elizabeth finalmente. — Ela é viúva aos dezesseis anos. Vai precisar de um lar, em Longbourn ou conosco. Vai precisar de tempo, paciência, pessoas que a amem apesar de tudo.

— Ela terá isso. Já escrevi para seu pai.

— Você escreveu?

— Esta manhã. Contei a ele o que aconteceu, a versão pública. Disse que Lydia deveria voltar para Longbourn assim que estivesse bem o suficiente para viajar, porque acredito que ela precisa da mãe mais do que qualquer outra coisa neste momento, e que eu providenciaria o que ela precisasse.

Elizabeth olhou para ele. Este homem, que tinha passado o dia anterior descobrindo que sua esposa podia ver fantasmas, que seu pai tinha sido assassinado, e depois viu o assassino ser morto por um ancestral que dormia havia séculos, tinha se levantado nesta manhã e escrito uma carta prática e gentil para o pai dela sobre cuidar de Lydia.

— Eu te amo — ela disse, e não era o balbucio desajeitado de ontem, mas não era menos honesto.

Os olhos dele se aqueceram, e ele se inclinou para beijá-la. — Eu também te amo, Elizabeth — murmurou ele contra os lábios dela.

— O que fazemos agora? — perguntou ela, depois de alguns momentos de doce intimidade.

— Vivemos nossas vidas — disse Darcy. — Cuidamos de Georgiana, Anne, Kitty e Lydia. Deixamos o mundo acreditar que Wickham caiu porque estava bêbado, e carregamos a verdade entre nós, e não deixamos que ela envenene o que construímos.

Elizabeth se apoiou no ombro dele. O fogo queimava. A casa se acomodava ao redor deles, e pela primeira vez desde que chegara a Pemberley, aquela acomodação parecia contentamento.

— Seu pai está em paz — ela disse. — Lady Anne estava esperando por ele. Ele disse o nome dela, pouco antes de partir, e seu rosto... — Ela parou, porque a memória do rosto de George naquele último momento, a alegria nele, ainda estava crua demais para descrever sem chorar, e ela já tinha chorado o suficiente. — Ele está com ela agora. Depois de dezesseis anos, ele está com ela.

Darcy ficou quieto por alguns momentos, luto e alegria em conflito em seu rosto enquanto absorvia o que ela acabara de dizer. Então ele disse — Bom — e beijou o topo da cabeça dela. Ficaram sentados juntos à luz do fogo.

Pemberley os acolhia. Os mortos descansavam. Os vivos seguiam em frente.

Capítulo Vinte e Nove

TRÊS DIAS APÓS o baile, os Bingleys partiram para Netherfield, levando Lydia com eles.

A ideia fora de Jane. Lydia não iria para Longbourn ainda; estava frágil demais, e Jane e Elizabeth concordaram que a simpatia histérica peculiar da Senhora Bennet lhe faria mais mal que bem. Netherfield era mais tranquilo, Jane era firme, e Lydia precisava dessa firmeza mais do que de qualquer outra coisa. Kitty foi com eles. Não saíra do lado de Lydia nos últimos três dias, e não a deixaria agora. Voltaria a se juntar à comitiva dos Darcy quando fossem para Londres para a Temporada, na primavera.

Elizabeth ficou de pé nos degraus da entrada de Pemberley e observou a carruagem partir até que finalmente desapareceu entre as árvores.

Os Matlocks haviam partido no dia anterior, Lord Matlock prometendo fazer investigações sobre o inquérito, que seria uma formalidade, e Lady Matlock prometendo escrever. Anne permaneceu. Ficaria em Pemberley com Georgiana até partirem para Londres e teria a vida que sua mãe nunca lhe permitira desejar. Elizabeth pretendia garantir isso. A Senhora Annesley retornaria em poucos dias de sua visita à irmã, e manteria as duas moças na linha.

Pemberley estava tranquila. A temporada de convidados havia terminado. Os vestidos de baile foram guardados, o piso do salão de baile esfregado para remover o giz, o vinho derramado e o sangue. A escadaria da galeria dos músicos fora inspecionada pela Senhora Reynolds e dois carpinteiros, que declararam o corrimão sólido, a madeira em bom estado; não conseguiram explicar por que um homem teria caído. Recomendaram que uma grade fosse adicionada no topo da escada, e Darcy concordou, e aquilo foi o fim da questão.

Elizabeth caminhou pela casa.

Caminhou devagar, do modo como caminhara em seu primeiro dia como senhora de Pemberley, embora tudo fosse diferente agora. O hall de entrada estava silencioso, o piso de mármore limpo. Graves estava de volta ao seu posto perto do pé da escadaria, libré impecável, sua compostura recuperada. Ele inclinou a cabeça quando Elizabeth passou, e ela inclinou a sua de volta, e nenhum dos dois mencionou o baile.

A biblioteca estava aquecida. A Senhorita Pardoe estava em sua poltrona, lendo, como fazia há sessenta anos. Não ergueu os olhos. Elizabeth não esperava que o fizesse. A Senhorita Pardoe se aventurara fora da biblioteca uma vez, para o baile, e provavelmente não o faria novamente por mais sessenta anos — o que convinha a ambas.

A sala de estar amarela estava silenciosa. Sir Roderick dormia em sua poltrona, a cabeça, coberta pela peruca,

inclinada para um lado, exatamente como estivera por tanto tempo quanto alguém conseguia se lembrar. Elizabeth
parou na porta e olhou para ele. Ele não se mexeu. Não
se mexeria, ela esperava, nunca mais. Passou por ele silenciosamente e fechou a porta atrás de si, com delicadeza, e
seguiu em frente.

A galeria longa estava vazia. A luz de novembro caía
através das janelas altas sobre o piso onde George Darcy
caminhara de um lado para o outro, enfurecido, esperando por alguém que pudesse ouvi-lo. O ar estava parado
agora. Não havia ponto frio, nenhuma pressão, nenhuma
presença inquieta cavando um sulco no assoalho. George
tinha ido embora, e a galeria sabia disso, e o vazio não era
triste. Era pacífico. Era a paz de um cômodo que cumpriu
seu propósito e podia descansar.

Edmund e Charlotte estavam de volta. Passaram correndo por Elizabeth com acenos alegres, perseguindo um
ao outro pela galeria, suas risadas vibrantes e tênues no
ar de novembro. A galeria era deles novamente, e estavam
aproveitando bem.

O salão dos criados estava ocupado. A Senhora Alcott
estava ralhando com Graves a respeito da prataria após o
baile. O polimento fora inadequado, disse ela. Os garfos
de peixe eram uma vergonha. Graves disse que os garfos de
peixe estavam perfeitamente aceitáveis; a Senhora Alcott
não reconheceria um garfo de peixe devidamente polido
nem se ele se materializasse em sua mão espectral. A Senhora Alcott disse que vinha polindo prataria desde antes
de Graves nascer, o que era verdade, dado que ela morrera durante o reinado da Rainha Anne, enquanto ele era
apenas georgiano. Graves disse que esse era precisamente o
problema: os padrões eram claramente diferentes em sua
época. Elizabeth passou por eles, sorrindo. Nenhum dos
dois percebeu, porque estavam ocupados demais em estar
furiosos um com o outro para prestar atenção aos vivos.

Sarah Dunn estava espanando. Estava no patamar superior, espanando atrás do relógio que ela insistia que a nova
criada nunca espanava direito, e ergueu os olhos quando

Elizabeth passou e lhe deu um aceno pequeno e tímido. Elizabeth acenou de volta.

Elizabeth tocou a parede enquanto caminhava. A pedra estava quente sob seus dedos, o calor de uma casa em repouso: quatrocentos anos de pedra, de madeira, das vidas que a preencheram. Assentada, contente, mantendo seguras e sãs as pessoas dentro dela.

Chegou à sua salinha e sentou-se à sua escrivaninha. A salinha estava silenciosa, e a vela não vacilou. A temperatura não mudou. Pela primeira vez desde que atravessara a porta da frente de Pemberley, a casa era apenas uma casa: bela, antiga, cheia de fantasmas e inteiramente em paz.

Ficou sentada por talvez cinco minutos, apreciando o silêncio, antes que Nana pigarreasse.

Elizabeth ergueu os olhos. Nana estava em sua cadeira. Braços cruzados. Queixo erguido. A expressão em seu rosto era a que usava quando decidia que chegara a hora de discutir um assunto importante.

— Você se saiu muito bem, considerando tudo — disse Nana.

— Obrigada, Nana.

— O baile foi excelente. A ceia foi adequada. As marcações no salão foram, admito, muito bonitas. O incidente do vinho com Miss Bingley foi lamentável, para ela, embora eu não lamente. E o episódio com Sir Roderick foi... inesperado.

— É uma maneira de dizer.

— Tenho outras, mas não são apropriadas para a sala de uma dama. Nana descruzou os braços e tornou a cruzá-los, o que significava que estava se preparando para alguma coisa. Elizabeth esperou. Nana não era de ser apressada.

— Não vou a lugar nenhum, se é isso que você está pensando — disse Nana.

— Eu não estava me perguntando. Sei melhor do que esperar que você vá embora.

— Ótimo. Porque meu trabalho ainda não terminou. Nana olhou para Elizabeth e então baixou o olhar deliberadamente para o ventre dela.

A mão de Elizabeth foi até a barriga. Ela não tinha... ela não tinha pensado... mas, agora que Nana olhara, agora que a pergunta estava no ar, ela refez as contas, e a conta demorou a fechar, e a resposta que encontrou a fez prender a respiração.

— Oh — disse ela.

— Sem dúvida — disse Nana. — Oh.

— Há quanto tempo você sabe?

— Desde antes de você saber, como é da ordem natural das coisas. Presenciei muitas gravidezes nesta casa, Elizabeth, e os sinais são inconfundíveis para uma mulher com a minha experiência. Você está enjoada há dias. Atribuiu isso ao baile, à inquietação da casa, e você não estava inteiramente errada quanto a isso. Mas eu estava observando você. O enjoo veio antes da agitação, e eu sei a diferença entre uma mulher ansiosa e uma mulher grávida.

Elizabeth permaneceu sentada, olhando para Nana, atônita, com a mão sobre o ventre. Pensou no enjoo que atribuía à inquietação de Pemberley, na comida que não conseguira comer, no cansaço que a abatia havia dias. Tinha achado que era a casa. Tinha achado que eram os fantasmas, a investigação, o baile, o pavor.

Parte era.

Mas não tudo.

— Vou ser tataratataratataravó — disse Nana. Ela não sorriu, porque Nana não sorria quando podia parecer satisfeita em vez disso, mas sua satisfação era tão completa que enchia o aposento. — E esse é justamente o ponto. Minha missão, Elizabeth, seja lá qual for, sempre foi ver descendentes meus em número suficiente virem ao mundo em segurança, para que eu não precise me preocupar com a continuidade da linhagem. Estou aqui há cento e trinta anos, e nenhum dos meus descendentes conseguiu ter mais de um filho ou, no máximo, dois. Sua expressão se tornou, se possível, ainda mais incisiva.

— Quantos descendentes, exatamente, você considera um número seguro? — perguntou Elizabeth. A própria voz lhe soou estranha.

— Nunca pensei nisso, na verdade. Não estou fixando um número. Estou apenas dizendo que Pemberley precisa de seus herdeiros, e pretendo estar aqui para garantir que sejam devidamente cuidados.

Elizabeth olhou para Nana. Nana sustentou o olhar, implacável, eterna, com cento e trinta anos e nem um centímetro mais perto de partir.

— Você vai assombrar meus filhos — disse Elizabeth.

— Vou garantir que seus filhos sejam criados da maneira correta. Há uma diferença.

Elizabeth pensou em discutir. Pensou em apontar que Nana não aprovara, por sua própria admissão frequente, a maneira como os Darcy de uma geração a outra haviam sido criados, e que, portanto, seu histórico era imperfeito. Pensou em lembrar Nana de que a senhora viva de Pemberley era, de fato, Elizabeth, e de que ela e Darcy criariam os filhos como bem entendessem.

Não disse nada disso. Diria depois. Nana ignoraria. As duas discutiriam sobre a organização do berçário, horários de alimentação, se a criança deveria aprender a cavalgar aos três ou aos quatro anos, e seria exatamente como todas as outras discussões que Elizabeth tinha com Nana: intensas, exaustivas, conduzidas com um afeto profundo e mútuo que nenhuma das duas jamais admitiria.

— Preciso contar a Darcy — disse Elizabeth.

— Sim, precisa. Vou deixar você cuidar disso. Embora eu ache que você deva saber que o berçário da ala leste recebe a melhor luz pela manhã e tem o fogo mais quente, e eu já pus na cabeça da Senhora Reynolds que ela deve começar a cuidar da rouparia do berçário.

— *Nana*. Faz *dois minutos* que eu sei.

— E eu sei disso há bem mais tempo, e não perco tempo. As roupas de cama já estão arejando. Você pode me agradecer depois.

Nana se levantou da cadeira, lançou a Elizabeth um último olhar de profunda satisfação e atravessou a estante de livros.

Elizabeth permaneceu sentada à escrivaninha, com a mão sobre o ventre. Ficou ali por muito tempo, na sala silenciosa, imaginando se o calor nas paredes era porque Pemberley sabia que um herdeiro estava a caminho.

Então foi procurar Darcy, porque, se Nana sabia, era certo que todos os outros fantasmas já sabiam também, e era profundamente injusto que Darcy estivesse tão longe do topo da lista dos que sabiam.

Ele estava no escritório, à sua mesa, cuidando de alguma correspondência. Ergueu os olhos quando ela entrou. Ela fechou a porta atrás de si. Ele deve ter visto algo em seu rosto, porque pousou a pena e se levantou.

— Elizabeth?

— Nana acaba de me informar — disse Elizabeth — que não vai a lugar nenhum. Sua missão, como ela descreve, é ver descendentes Darcy em número suficiente chegarem ao mundo com segurança para que não precise se preocupar com a linhagem da família. Ela diz que está aqui há cento e trinta anos; pretende ver nosso primeiro filho nascer e ser devidamente cuidado. Não vai estabelecer um número de Darcys que seja suficiente. Acho possível que nunca haja um número suficiente, e ela assombrará Pemberley para sempre. Mas ao menos nossa criança terá uma guardiã devotadíssima.

Darcy olhou para ela. Seu olhar desceu para onde a mão dela repousava na cintura, e ela o viu chegar à conclusão correta.

Ele desatou a rir. Foi o som mais surpreendente que Elizabeth já ouvira de Fitzwilliam Darcy: alto, sem reservas, alegre, um som que pertencia a um homem que acabara de sobreviver à pior semana de sua vida e então recebera a melhor notícia de sua vida. Ele riu, contornou a mesa, segurou o rosto dela nas mãos e a beijou.

— É melhor mantermos Nana feliz — disse ele, com os lábios ainda tocando os dela.

— Ela já convenceu a Senhora Reynolds de que as roupas de cama do berçário precisam ser arejadas; tive a sensatez de não perguntar exatamente como.

Ele riu de novo. Então pegou a mão dela e a levou pela casa até o quarto deles, e os fantasmas de Pemberley, que tinham opiniões sobre tudo, guardaram suas opiniões para si desta vez.

Mais tarde, no sossego da tarde, Elizabeth caminhou pela casa novamente.

Caminhou devagar. Tocou as paredes ao passar, e a pedra estava morna, e a casa vibrava, muito levemente, mas não com pavor ou raiva ou a inquietação dos dias antes do baile. Vibrava como uma casa em paz: o rangido de vigas antigas, o sussurro do ar através de janelas que haviam visto quatro séculos de intempéries, o som distante dos criados cumprindo seu trabalho. Havia também uma sensação de expectativa, pelo novo herdeiro. A vida, continuando.

Graves estava em seu posto no hall. Senhora Alcott estava nas cozinhas, discutindo com ninguém sobre o armazenamento adequado de conservas. Sarah Dunn estava tirando o pó. Edmund e Charlotte estavam na galeria, rindo. Senhorita Pardoe estava lendo. Lady Margaret sorria no jardim de rosas. Sir Roderick dormia.

Elizabeth parou no hall de entrada e ergueu os olhos para o teto pintado, do mesmo modo como fizera em sua primeira visita a Pemberley, naquela tarde de verão com os Gardiners, quando viera como turista e tentara não pensar demais no homem a quem tudo aquilo pertencia. Olhara para o teto e ficara impressionada, e Nana, observando de algum lugar, decidira que ela serviria.

Ainda olhava para cima quando a voz de Nana veio de trás dela.

— A Senhora Reynolds deseja que eu lhe diga — disse Nana — embora, é claro, ela não saiba que estou lhe dizendo, que a criada da cozinha, Ellen, anda de olho no ajudante de jardineiro, Thomas. Ela não aprova. Eu também não aprovo. O ajudante de jardineiro é um rapaz perfeitamente decente, mas a criada da cozinha é necessária na cozinha. Se ela se casar com ele, deixará o serviço, e a Senhora Reynolds passou um ano treinando-a; não deseja começar de novo. Ellen é jovem demais para estar tomando decisões tão sérias. Mais três anos pelo menos, a Senhora Reynolds acha.

— *Nana*. Acabei de receber a notícia mais significativa da minha vida, e você quer discutir sobre a criada da cozinha?

— A criada da cozinha é uma preocupação imediata. O herdeiro não chega antes de meses. — Nana cruzou os braços. — Prioridades, Elizabeth.

Elizabeth olhou para Nana. Nana olhou para Elizabeth e ergueu uma sobrancelha imperiosa e espectral.

— Vou falar com a Senhora Reynolds — disse Elizabeth.

— Cuide para que isso aconteça. E já que está nisso, a lareira da sala de estar amarela está soltando fumaça de novo. Sir Roderick não percebe, porque está dormindo, mas os hóspedes vivos vão perceber, e não admitirei que as lareiras de Pemberley soltem fumaça quando há visitas na casa.

— Não há hóspedes na casa, Nana. Todos já foram embora.

— Senhorita de Bourgh ainda está aqui. Os padrões não baixam porque o público é pequeno.

Elizabeth respirou fundo. Soltou o ar. Olhou ao redor do hall de entrada de sua casa: o piso de mármore, a escadaria, os retratos, o fantasma de uma senhora que não descansaria, os criados espectrais que não sabiam como parar de servir, a casa que os mantinha a todos, vivos e mortos, em seu abraço ancestral.

Pemberley jamais seria silenciosa. Elizabeth jamais estaria sozinha nela. Os mortos sempre estariam ali, brigando, tirando pó, lendo, dormindo, oferecendo opiniões que ela não pedira sobre assuntos que era perfeitamente capaz de resolver sozinha.

Ela não teria isso de outro jeito.

— Vou cuidar da chaminé, Nana, e da criada da cozinha — disse Elizabeth. Foi procurar a Senhora Reynolds, e Pemberley sussurrava satisfeita ao seu redor, morna e à espera de seu novo herdeiro.

Outros livros da Catherine Bilson

As Noivas Coradas

Um Conde para Ellen
Um Marquês para Marianne
Um Duque para Diana
Um Capitão para Clarissa

As Belas da Livraria (com Ebony Oaten)

O Ardente Admirador de Estelle
O Cavalheiro de Natal de Marie
O Campeão de Natal de Louise
O Encantador Doutor de Bernadette

As Noivas de Belle Haven

O Legado de Belle Haven
Nossa, Miss Molly
Clara e o Marquês
O Erro de Anna
Eliza Assume o Controle
Charlotte Causa Confusão
Laura Está Apaixonada
Louise Se Intromete

Românticas Festas

Sua Querida Duquesa
O Sequestro de Lorde Blaymire
A Noiva Fugitiva do Capitão
A Aposta do Coração
A Rainha da Décima Segunda Noite

Novela vencedora do prêmio RUBY

A Noiva Disse Não

Exclusivo para assinantes do boletim

São Jorge e o Monstro do Rio

Corações da Fronteira

O Brilho da Prata
   A Força do Coração

Variações de Orgulho e Preconceito

As Melhores Relações
   Relações Infames
   A Esposa do Sr. Bingley
   Um Milagre de Natal em Longbourn
   Dores e Desafetos
   A Segunda Senhora Bennet
   Luto em Longbourn
   Os intrometidos Matlock
   Possessão e Preconceito
   Lydia e o Coronel
   Os Fantasmas de Pemberley
   Trilogia Crime e Consequências
   Malícia e Infortúnio
   Rivalidades e Ruína
   Intriga e Herança

Descubra todas as publicações da Shenanigans Press acessando nosso site!

Ou siga-nos nas redes sociais; estamos no Facebook e no Instagram.

E não se esqueça de assinar nossa newsletter para saber sobre lançamentos, promoções, sorteios e muito mais!